KB199975

빨간 머리 앤

빨간 머리 앤

루시 모드 몽고메리 | 김지혜 옮김

더
디

차례

제1장
레이첼 린드 부인, 놀라다

레이첼 린드 부인은 에이번리 마을의 큰길이 작은 골짜기로 꺾여 내려가는 곳에 살고 있었다. 그곳에는 오리나무와 푸크시아꽃이 흐드러지게 피어 있었고, 오래된 커스버트 댁 농장 숲에서 샘솟은 시냇물이 큰길을 따라 흘러내렸다. 냇물은 숲의 상류에서는 은밀한 비밀을 부여잡은 폭포수마냥 굽이치며 저돌적인 물살을 뿜어내더니 린드 부인 댁에 다다르자 이내 고요하고 잠잠한 개울이 되었다. 마치 린드 부인의 대문을 지나치려면 시냇물마저도 품위와 예의를 갖춰야 한다는 듯이. 어쩌면 린드 부인이 창가에 앉아 날선 눈으로 시냇물이건 아이들이건 지나가는 모든 것을 지켜보고 있다는 것을, 냇물이 눈치챘는지도 모를 일이다. 린드 부인은 조금이라도 이상하거나 눈에 거슬리는 부분이 있으면 도대체 무슨 일인지 다 파헤칠 때까지 결코 멈추는 법이 없었다.

자신의 일은 내팽개친 채 남의 대소사에는 밑도 끝도 없이 간섭하는 사람들이 어디 에이번리 마을에만 있을까. 하지만 레이첼 린드 부인은 자신의 일을 솜씨 좋게 해내면서 타인의 일에도 관여할 줄 아는 몇 안 되는 부류였다. 게다가 야무진 주부이기도 했다. 린드 부인은 집안일을 단 하나도 빠짐없이 해내면서도 빈틈이 없었다. 자선 바느질 모임의 회장이었을 뿐 아니라 주일 학교에서 활동했으며, 교회 자선단체와 해외 선교사 모임에도 열성적이었다. 이렇게 해도 성에 안 찼는지, 린드 부인은 하루에 몇 시간씩이나 부엌 창가에 앉아 침대보를 만들었다. 에이번리 마을 아낙네들은 침대보를 열여섯 장이나 뜬 린드 부인의 솜씨에 경탄을 금치 못했다. 물론 린드 부인은 그 와중에도 골짜기를 지나 붉고 가파른 언덕 너머까지 이어지는 큰길을 예리하게 주시하곤 했다. 에이번리 마을은 작은 삼각형 반도로, 세인트로렌스 만을 향해 치솟은 모양을 띠고 있으며 마을의 양쪽은 바다로 둘러싸여 있었다. 그런 탓에 마을을 드나드는 사람이라면 누구든 언덕길을 가로질러야 해서 남몰래 모든 것을 지켜보는 린드 부인의 시선을 피할 방도가 없었다.

6월 초순의 어느 오후, 린드 부인은 그날도 그 자리에 앉아 있었다. 햇살이 창문을 통해 따스하고도 환하게 스며들었다. 집 아래쪽 비탈길에 자리 잡은 과수원에는 새색시의 발그레한 뺨과도 같은 연분홍빛 꽃들이 피었고, 그 위로는 벌이 떼를 지어 웅웅거리며 날아올랐다. 에이번리 사람들이 '레이첼 린드의 남편'이라고 부르는, 온화하고 키가 작은 토머스 린드는 마구간 너머에 위치한 언덕 텃밭에서 철 지난 순무 씨를 뿌리고 있었다. 그리고 지금쯤 매슈 커스버트도 초록 지붕 집 너머에 위치한 붉은 시냇가 근처의 널찍한 텃밭에서 순무 씨를 뿌리고 있을 것이다. 린드 부인은 전날 카모디에 있는 윌리엄 블레어의 상점에서 피터 모리슨으로부터 매슈가 '다음 날 오후에 순무 씨를 뿌릴 생각'이라고 말했다고 들었다. 먼저 물어본 것은 당연히 피터였을 것이다. 매슈 커스버트는 묻지도 않은 말을 먼저 털어놓는 사람이 아니니 말이다.

그런데 한창 분주해야 할 오후 3시 30분경, 매슈 커트버트는 유유자적하게도 마차를 몰고 골짜기를 지나 언덕으로 향하고 있었다. 게다가 하얗게 깃을 세운 셔츠에 가장 좋은 슈트를 걸친 차림이었다. 그건 마을 밖으로 나간다는 명백한 증거였다. 마차와 밤색 말까지 끌고 나왔으니 상당히 먼 길을 떠나는 듯했다. 그렇다면 매슈 커트버트는 어디로 향하는 것이며, 어떤 연유로 떠나는 걸까?

매슈가 아니라 에이번리 마을의 다른 누군가였더라면 린드 부인은 이 질문에 대한 그럴듯한 해답을 금세 찾아냈을지도 모른다. 하지만 매슈는 대단히 긴박하고도 심상찮은 사정이 있지 않고서야 좀처럼 집 밖을 나서지 않는 데다, 성격도 소심하기 이를 데 없어서 낯선 이들과는 말을 거의 섞지 않는 사람이었다. 말을 해야만 하는 자리라면 아예 참석하는 것조차 꺼렸다. 그런 매슈가 깃 세운 슈트 정장 차림에 마차를 몰고 나간다는 것은 정말이지 흔치 않은 일이었다. 골똘히 생각해봤지만 도무지 답을 찾을 수 없었던 탓에 린드 부인은 오후의 휴식 시간을 망쳐버리고 말았다.

이 엄청난 여인은 마침내 결론을 내렸다.

'차를 마신 다음 초록 지붕 집에 들러서 무슨 일인지 마릴라에게 물어봐야겠어! 매슈는 보통 연중 이맘때 즈음에 마을 밖으로 나가는 일이 거의 없단 말이야. 누군가를 방문하는 일도 없고. 순무 씨가 다 떨어진 거라면 저렇게 차려입고 마차까지 몰고 집을 나설 이유는 없잖아. 만약 급한 일이 생겨 의사를 부르러 가는 거라면 저렇게 느긋한 걸음일 순 없지. 하지만 어젯밤 이후로 무슨 일이 생긴 게 분명해! 통 알 수가 없네. 매슈가 오늘 에이번리를 왜 나갔는지 알아내기 전엔 도무지 신경이 쓰여서 정신을 가다듬을 수가 없겠어!'

그래서 린드 부인은 차를 다 마시고 문 밖을 나섰다. 멀리 갈 건 없었다. 과일나무로 에워싸인 널찍하고, 휑한 커스버트 집은 린드 부인이 사는 골짜기에서 4분의 1마일도 채 안 되는 거리에 있었다. 하지만 길이 구불구불해서 실제보다는 좀 더 멀게 느껴졌다. 매슈의 아버지는 자신을 닮은 아들만큼이나 조용하고 점잖은 사람이어서 숲속에 파묻히지는 않지만 최대한 마을 사람들과는 거리를 둘 수 있는 곳에 집을 짓고 싶어했다. 그리하여 초록 지붕 집은 농장의 가장 안쪽에 위치하게 되었다. 지금도 에이번리 마을의 집들이 옹기종기 모여 있는 큰길에서 초록 지붕 집은 겨우 보일 듯 말 듯 할 정도였다. 린드 부인은 그런 곳에서 사는 것은 사는 것이라 할 수 없다고 생각했다. "그저 머무는 거지, 그게 다야." 린드 부인은 마차의 바퀴 자국으로 움푹 팬 풀밭을 걸으며 혼잣말을 해댔다. 들장미 넝쿨이 주변을 수놓았다.

"매슈와 마릴라가 이렇게 외딴 곳에서 적적하게 지내는 걸 보면 둘 다 좀 유별나기는 한 게지. 저 무성한 나무들이 벗이 되어준들 얼마나 의지가 되겠어. 나라면 오히려 사람을 보면서 살 텐데.

그래도 본인들은 만족하는 것 같던걸 뭐. 익숙해져서 그런가. 하긴 아일랜드 속담에도, 사람은 어디서든 적응하게 마련이라고, 심지어 목을 매다는 일이래도 익숙해지게 마련이라잖아."

린드 부인은 오솔길을 벗어나 초록 지붕 집의 뒤뜰로 들어섰다. 녹음이 짙은 뒤뜰은 한쪽으로는 아름드리 버드나무로, 다른 한쪽으로는 포플러나무로 채워져 깔끔하고 단정한 모습이었다. 삭정이나 돌멩이 하나 눈에 띄지 않았다. 그런 것들이 있었더라면 린드 부인이 지나칠 리가 없었을 게다. 마릴라는 실내를 청소하는 것처럼 마당도 쓸어내는 모양이라고 린드 부인은 속으로 생각했다. 바닥에 떨어진 음식을 주워 먹어도 먼지 하나 묻어나지도 않을 것만 같았다.

린드 부인은 부엌문을 재빠르게 두드리고는 들어오라고 하기가 무섭게 안으로 들어갔다. 초록 지붕 집의 부엌은 밝은 공간이었다. 아니, 전혀 사용된 적이 없는 응접실처럼 병적으로 깔끔한 모양새만 아니었다면 밝은 분위기를 자아냈을지도 모른다. 창문은 동쪽과 서쪽으로 나 있었다. 서쪽 창으로는 보드라운 6월의 햇살이 쏟아져 들어왔다. 하지만 동쪽 창은 초록 넝쿨들이 뒤덮여서, 왼편 과수원의 흰 벚나무와 시냇가 골짜기에서 흐느적거리는 호리호리한 자작나무들만 어렴풋이 보일 뿐이었다. 마릴라는 늘 동쪽 창가 쪽에 앉곤 했는데, 그곳에 앉아서도 햇살을 내심 못미더워했다. 그녀의 눈에 비친 햇살은 신중을 기해야 할 이 세상에서 지나치게 촐싹대고 무책임해 보였기 때문이다. 그녀는 동쪽 창가에 앉아 뜨개질을 하고 있었고, 그녀의 등 뒤 테이블에는 간단한 음식이 차려져 있었다.

문을 제대로 닫기도 전에, 린드 부인은 식탁을 보며 머릿속으로 모든 정황을 파악했다. 접시가 세 개가 놓여 있는 것을 보니 마릴라는 매슈와 함께 오는 손님을 기다리고 있는 게 분명했다. 하지만 일상용 접시와 꽃사과 잼, 케이크 한 종류 정도뿐이니 대단한 손님은 아닌 것 같았다. 그렇다면 매슈의 하얀 깃 셔츠와 밤색 말은 무엇이었던 걸까? 린드 부인은 이 고요하고, 수상할 것이라곤 없어 보이는 초록 지붕 집의 요상한 미스터리에 머리가 어질어질해졌다.

"안녕하세요, 레이첼. 오늘 저녁은 정말 날씨가 좋네요, 그렇죠? 좀 앉았다 가세요. 가족들은 잘 지내죠?"

마릴라는 사무적으로 인사했다.

마릴라와 린드 부인은 공통분모라고는 찾아볼 수 없지만, 어쩌면 그러하기 때문에 이 둘 사이에는 우정이라고밖에는 표현하지 못하는 무언가가 있었다.

마릴라는 강한 인상에 키가 크고 마른 몸집에다 체형이 밋밋한 여자였다. 흰머리가 희끗희끗 비치는 검은 머리카락은 언제나 돌돌 말아 올려 쇠 머리핀 두 개로 단단히 고정시켰다. 경험의 폭이 좁고 깐깐해 보였으며, 실제로도 그러했다. 하지만 조금만 매만져준다면, 유머 감각이 되살아날지도 모를 그런 입매를 지녔다.

"저흰 다 잘 지내요. 그저 매슈가 어딜 급하게 가는 걸 보니 마릴라 댁은 잘 못 지내는 것 같아 걱정이 되네요. 의사에게 진찰을 받으러 가나 생각했죠."

린드 부인이 대답했다.

마릴라는 그럴 줄 알았다는 듯 입술을 삐죽였다. 그녀는 린드 부인의 속을 익히 짐작했다. 매슈의 난데없는 외출이 이 이웃의 호기심을 부추기기에 충분하다는 것쯤은 눈치채고도 남았다.

"아니에요. 어젯밤에는 두통이 심했는데 이젠 괜찮아요. 매슈 오라버니는 브라이트리버 역에 갔어요. 노바스코샤의 한 고아원에서 남자아이 하나를 데려오기로 했는데, 그 아이가 오늘 저녁 기차로 도착하거든요."

매슈가 브라이트리버 역에서 호주 캥거루를 데려온다고 하였던들 린드 부인이 이보다 더 놀랐을까. 그녀는 정말이지 5초간 벙어리가 되어버렸다. 마릴라가 허튼소리를 할 리야 없었지만 린드 부인은 그렇게 생각할 수밖에 없었다.

"진짜예요, 마릴라?"

목소리를 겨우 가다듬고 린드 부인이 물었다.

"네, 그럼요."

마릴라는 노바스코샤의 고아원에서 남자아이를 데려오는 일이, 듣도 보도 못한 혁신적인 사건이 아닌, 마치 에이번리 농가의 정기 춘계 행사라도 되는 양 평온하게 대답했다.

린드 부인은 엄청난 충격을 받았다. 머릿속이 느낌표로 가득 찼다. 남자아이이라니! 마릴라와 매슈 커스버트가 남자아이를 입양한다고? 고아원에서? 이거 원, 세상이 뒤집힌 게 틀림없어! 이보다 더 놀라운 일이 또 어디 있겠어! 없고말고!

"도대체 어떻게 그런 생각을 하게 된 거죠?"

린드 부인은 못마땅하다는 듯 캐물었다. 자신에게 조언을 구하지도 않고 일을 벌였으니 일단은 못마땅하다는 기색을 내비쳐야 했다.

"사실 겨울 내내 이 문제로 고민해왔어요. 알렉산더 스펜서 부인이 지난 크리스마스이브 날 여기에 오셔서 봄이 되면 호프턴에 있는 고아원에서 여자아이 하나를 데려올 계획이라고 하셨어요. 사촌이 그곳에 살아서 스펜서 부인도 호프턴에 가본 적이 있으시고, 그곳 사정을 잘 아시더라고요. 그때부터 매슈 오라버니와 저도 그 얘기를 종종 했었어요. 저희는 남자아이를 데려올까 했죠. 매슈 오라버니도 이제는 나이가 많아요. 아시잖아요, 예순이에요. 몸이 예전 같지가 않다고요. 심장 질환도 골치고요. 게다가 일손 구하기가 어쩜 하늘의 별 따기보다 어려운지, 죄다 얼빠지고 어설픈 프랑스 사내아이들뿐인걸요. 어쩌다가 괜찮은 녀석을 골라서 일을 가르쳐놓으면 가재 통조림 공장이나 미국으로 날라버리죠. 매슈 오라버니는 처음에 영국 고아원 아이가 어떠냐고 묻더라고요. 그런데 제가 싫다고 잘라 말했어요. 좋은 아이들일지도 모르죠. 나쁘다는 건 아니에요. 하지만 런던 길거리에서 동냥하는 아이들은 안 된다는 거였죠. 저는 적어도 우리 나라 아이였음 했거든요. 어떤 아이를 입양하든 위험은 따르기 마련이에요. 하지만 캐나다 아이라면 그나마 조금은 마음 편하게 잠자리에 들 수 있을 것 같았어요. 그래서 스펜서 부인에게 여자아이를 데리러 가는 김에 남자아이도 하나 데려와 달라고 부탁한 거예요. 지난주에 스펜서 부인이 간다고 들었거든요. 그래서 카모디에 사는 리처드 스펜서 가족에게 열 살 남짓한 똑똑하고 착한 남자아이를 찾아달라고 했어요. 저희는 그 정도 나이가 딱 좋다고 생각했어요. 집안일도 곧잘 할 만한 나이면서 제대로 가르칠 수 있을 만큼 다루기 쉬운 나이기도 하니까요. 좋은 가족이 되어주고 학교도 보내줄 생각이에요. 오늘 스펜서 부인이 보낸 전보를 집배원이 가지고 왔는데, 오늘 5시 반 기차로 아이가 온다고 하더라고요. 그래서 매슈 오라버니가 브라이트리버 역에 나간 거예요. 스펜서 부인이 그 아이를 브라이트리버 역까지 데려다주기로 했어요. 물론 그다음에 스펜서 부인은 화이트샌즈 역까지 계속 갈 거고요."

린드 부인은 자기 생각을 밝히는 것을 항상 자랑스러워했다. 그래서 그녀는 이 놀라운 소식에 어느 정도 정신을 가다듬은 후 말문을 이어갔다.

"마릴라, 솔직히 난 당신들이 지금 좀 엉뚱한 일을, 아니 어쩌면 위험한 일을 벌이고 있다는 생각이 들어요. 지금 뭐가 어떻게 돌아가고 있는지 잘 모르는 것 같다고요! 지금 당신들은 낯선 아이를 집에 들이려고 해요. 가족으로 들인다고 하면서 정작 그 아이에 대해서는 아는 게 하나도 없잖아요. 아이의 성향이나 부모, 심지어 나중에 어떻게 자랄지 아는 바가 전혀 없다고요. 그 뭐냐, 내가 바로 지난주에 신문에서 봤는데, 섬 서쪽에 살던 부부가 고아원에서 남자아이 하나를 입양했는데, 글쎄 그 아이가 야밤에 집에 불을 질렀다지 뭐예요. 그것도 일부러요. 그 집안 사람들은 침대에서 거의 타 죽을 뻔했어요. 또 어떤 집에서는 입양한 남자아이가 날계란을 몰래 빨아먹곤 했는데, 도무지 그 못된 버릇을 고칠 수가 없었대요. 나한테 이 문제에 대해 미리 조언을 구했더라면 이런 일은 꿈도 꾸지 말라고 했을 텐데, 왜 안 그랬어요, 마릴라?"

이 달갑잖은 위안에 마릴라는 언짢아하거나 놀라지 않고 잠자코 뜨개질만 했다.

"레이첼 말이 일리가 있다는 거 알아요. 저도 약간 꺼림칙한 구석은 있어요. 하지만 오라버니가 아주 마음을 단단히 먹었어요. 그래서 어쩔 수 없었죠. 매슈 오라버니가 그러는 건 드문 일이잖아요. 그러니 저도 따를 수밖에요. 그리고 위험은 어디에나 있죠. 친자식을 둔 사람들에게도 위험은 있는걸요. 애들이 어디 곱게만 자라나요? 노바스코샤는 우리 섬 바로 옆이에요. 영국이나 미국에서 아이를 입양하는 것도 아닌걸요. 우리와 크게 다르지 않을 거예요."

린드 부인은 의심이 가득한 목소리로 답했다.

"흠, 잘됐으면 좋겠네요. 그 아이가 초록 지붕 집을 몽땅 태워 먹거나 우물에 스트리크닌 독약을 탄대도, 왜 미리 귀띔하지 않았느냐고 날 원망하지 말아요. 뉴브런즈윅에서도 고아원 출신 아이가 딱 이런 일을 벌여서 온 가족이 끔찍한 고통 속에서 죽었다고요. 물론 그때는 여자애가 그랬다지만."

"우린 여자아이를 데려오는 것도 아닌걸요. 여자아이를 키우는 건 꿈도 꿔본 적 없어요. 스펜서 부인이 무슨 생각으로 여자아이를 입양하겠다는 건지 모르겠어요. 하지만 그분이야 마음만 먹으면 고아원을 통째로 입양하고도 남을 분이시니."

마릴라는 우물에 독약을 타는 것은 마치 여자아이들만의 소행이며, 남자아이들은 그럴 일이 없다는 듯 말했다.

린드 부인은 매슈가 고아 소년과 돌아올 때까지 머무르고 싶었지만, 그러려면 족히 두 시간은 더 걸릴 것 같았다. 그래서 길을 따라 로버트 벨 댁으로 가서 이 소식을 전하기로 마음먹었다. 둘째가라면 서러울 정도로 엄청난 화젯거리 아닌가. 그리고 린드 부인은 이러한 입방아를 꽤나 즐겼다. 린드 부인의 비관적인 말들에 불안과 염려를 서서히 느끼던 찰나에 부인이 떠나자 마릴라도 그제야 한시름을 놓았다.

오솔길로 들어선 린드 부인이 갑자기 탄성을 질렀다.

"어머나, 세상에! 정말 별일이야! 이게 꿈인지 생시인지. 그 어린 것이 가여워서 어째. 매슈와 마릴라는 애들에 대해선 아는 게 없어. 어린아이가 할아버지보다도 현명하고 견실하길 바랄 거라고. 그리고 그 아이에게 어디 할아버지가 있기나 했겠어. 초록 지붕 집에 어린아이라니 영 어울리지가 않아. 하긴 그 집에 아이가 있었던 적이 없었으니까. 매슈와 마릴라도 그 집이 지어졌을 땐 이미 다 컸고. 그 둘을 보면 과연 어린 시절이 있기는 했었을까 싶기도 하지만. 어쨌든 나라면 절대 그 고아 신세가 되고 싶진 않네. 불쌍한 것. 어린 것이 안됐어."

린드 부인은 벅찬 감정을 들장미 넝쿨에 대고 터뜨렸다. 물론 린드 부인이 그 순간 브라이트리버 역에서 참을성 있게 기다리고 있는 아이를 보았더라면 동정심이 더욱 깊어졌을 것이다.

제2장
매슈 커스버트, 놀라다

매슈 커스버트가 탄 밤색 말은 브라이트리버 역까지 8마일이 넘는 길을 가뿐히 달렸다. 아늑한 농장들 사이로 난 길은 아름다웠다. 길을 따라 발삼 향이 그윽한 전나무 사이를 지나치기도 했고, 야생 자두나무 잎사귀가 흐드러지게 핀 나무 사이에 난 골짜기를 지나기도 했다. 과수원의 사과들이 자아내는 향기로 공기는 달콤했고, 진줏빛과 보랏빛 아지랑이가 피어오르는 먼 수평선까지 초원이 길게 미끄러져 있었다.

　작은 새들이 노래했네
　마치 여름은 오늘 하루뿐인 것처럼*

　매슈는 나름의 방식으로 나들이를 즐겼다. 길에서 여인들과 마

---

*　미국 시인 제임스 러셀 로웰(James Russell Lowell)의 시 「론팔 경의 꿈」 중 한 구절.

주쳐서 고개 숙여 인사를 해야 하는 순간을 제외하곤 말이다. 프린스에드워드 섬에서는 잘 아는 사이든 그렇지 않든 길에서 마주치면 고개 숙여 인사를 하는 것이 관행이었다.

매슈는 마릴라와 린드 부인을 빼곤 모든 여인들이 무섭기만 했다. 속을 통 알 수 없는 존재들이 자신을 몰래 비웃는 것 같아서, 영 불편했던 것이다. 어쩌면 당연한 것일지도 모른다. 볼품없는 외모에다 구부정한 어깨, 회색 단발머리와 스무 살 적부터 길러온 덥수룩한 연갈색 턱수염까지, 그는 괴상한 외모의 대명사였다. 사실 매슈는 흰머리만 없었다 뿐이지 스무 살 때도 예순 살로 보이는 얼굴이었다.

브라이트리버 역에 도착했을 때 기차의 흔적은 찾아볼 수 없었다. 매슈는 너무 빨리 왔구나 생각하며 브라이트리버 호텔 앞 작은 마당에 마차를 대었다. 그리고 역사 안으로 들어갔다. 기다란 플랫폼에는 인기척이 없었다. 저 멀리 널빤지 더미 위에 올라앉은 여자아이 하나가 겨우 눈에 띨 뿐이었다. 매슈는 여자아이라는 것도 간신히 알아보았는데, 그 아이에게는 눈길도 주지 않고 서둘러 지나쳤기 때문이다. 한 번이라도 쳐다보았더라면 소녀의 태도와 표정에 묻어난 긴장감과 간절함을 놓칠 리 없었을 것이다. 소녀는 앉은 채로 무언가를, 아니 누군가를 기다리고 있었다. 앉아서 기다리는 것 말고는 할 수 있는 일이 하나도 없었기에 소녀는 온 마음을 단단히 먹고 앉아서 기다리고 있었다.

매슈는 매표소 문을 잠그고 저녁을 먹으러 집에 갈 채비를 하던 역장과 마주쳤다. 매슈는 5시 반 기차가 곧 도착할 예정이냐고 물었다.

호탕한 성격의 역장이 대답했다.

"5시 반 기차는 30분 전에 지나갔어요. 그런데 커스버트 씨를 기다리는 손님이 한 분 있어요. 어린 여자아이예요. 저기 널빤지 위에 앉아 있어요. 여성 전용 대합실에서 기다리라고 일렀는데도 굳이 밖에서 기다리겠다고 정중하게 말하더라고요. 상상의 여지가 있다나. 제가 보기엔 아이가 좀 유별나던데요."

"여자아이가 아닐 텐데……. 남자아이가 오기로 되어 있어요. 남자아이가 와 있어야 하는데. 알렉산더 스펜서 부인이 노바스코샤에서 남자아이를 데려다주기로 했거든요."

역장은 휘파람을 불었다.

"무슨 오해가 있었던 것 같군요. 스펜서 부인은 저 여자아이를 데리고 기차에서 내려 나한테 맡겼어요. 당신과 당신 여동생이 고아원에서 저 애를 입양했다면서 곧 데리러 올 거라고 하면서요. 내가 아는 건 그게 전부예요. 이곳에 다른 고아는 한 명도 숨겨놓지 않았어요."

"그럴 리가 없는데."

매슈는 당황한 표정을 지으며, 옆에서 마릴라가 함께 이 상황을 대처해주면 얼마나 좋을까 생각했다.

역장이 무심하게 말했다.

"그럼 아이에게 직접 물어보시죠. 저도 입이 달렸으니 스스로 설명할 수 있지 않겠어요? 뭐, 쓸 만한 남자아이가 없었다든가."

역장은 배가 고픈지 이내 성큼성큼 사라졌다. 가여운 매슈는 이제 굴 속에 들어가 잠든 사자의 수염을 뽑아오는 것보다 더 어려운 일을, 홀로 감내해야 했다. 여자아이, 그것도 낯선 소녀이자 고아이기까지 한 아이에게 다가가는 것도 모자라 왜 남자아이가 아니냐고 물어야 하는 것이다. 매슈는 영 내키지 않는 심정으로 떨어지지 않는 발걸음을 이끌고 아이가 있는 곳을 향해 걸어갔다.

소녀는 매슈가 제 앞을 지나칠 때부터 그를 유심히 지켜보고 있었다. 그리고 그 순간에도 시선을 떼지 않고 있었다. 매슈는 소녀를 쳐다보지 않았다. 혹여나 보았더라도 관심 있게 보지는 않았을 것이다. 하지만 소녀의 외모는 보통 사람들의 눈에는 띄었을 법하다. 열한 살 정도 되어 보이는 아이는 몸에 꽉 끼는 황갈색 윈시 작물로 만든 옷을 입고 있었다. 다 헤어진 갈색 밀짚모자를 눌러쓴 머리 아래로는 도톰하게 땋은 새빨간 머리가 두 갈래로 늘어져 등까지 흘러내렸다. 작고 뽀얀 계란형 얼굴은 주근깨투성이였다. 입도 크고 눈도 큰 소녀였는데, 눈동자는 빛과 분위기에 따라 어떤 때는 초록빛을 띠었고, 또 어떤 때는 회색빛으로 비쳤다.

지금까지는 누구나 알아볼 만한 것들이다. 눈썰미가 있는 사람이라면 이 소녀의 턱이 날카롭고 도드라졌으며 큰 눈망울은 영혼이 충만하고 생기가 넘친다는 것과, 달콤한 입은 감성이 풍부하고 이마는 넓다는 사실을 알아차렸을 것이다. 다시 말해 분별력 있는 예리한 관찰자라면 이 갈 곳 없는 어린 소녀는 소심한 매슈가 이렇게나 당황하여 어쩔 줄 모를 만큼, 그렇게 흔해빠진 영혼은 아니라고 판단했을 거란 이야기다.

어쨌거나 매슈는 먼저 말을 걸어야 하는 시련에서 벗어날 수 있었다. 소녀는 매슈가 자신에게로 다가오고 있다는 사실을 알아차리고는 자리에서 일어나더니 야위고 얼룩진 손으로 낡고 허름한 여행가방의 손잡이를 꽉 쥐었다. 그러고는 다른 손은 매슈에게 불쑥 내밀었다.

"초록 지붕 집의 매슈 커스버트 아저씨 되시죠? 만나 뵙게 돼서 정말 반가워요. 데리러 오시지 않으면 어쩌나 걱정하던 참이었어요. 못 오실 상황이 뭐가 있을까 혼자 온갖 상상을 하고 있었죠. 만약 오시지 않으면 저기 아래 기찻길을 따라 내려가서 길모퉁이에 있는 벚나무 위에 올라가서 밤을 보내려고 했어요. 저는 무서움을 잘 안 타거든요. 그리고 흰 꽃들이 흐드러지게 핀 벚나무 위에서 달빛을 받으며 잔다는 것은 정말 아름다운 일이잖아요, 그렇지 않아요? 그리고 대리석으로 된 방에서 머문다고 상상할 수도 있고요, 그렇죠? 게다가 오늘 못 오시면 내일은 꼭 오실 거라고 믿고 있었어요."

유난히 또렷하고 달콤한 목소리였다.

매슈는 소녀의 작고 뼈만 앙상한 손을 어색하게 잡으며 마음먹었다. 눈망울을 반짝이는 이 아이에게 무슨 착오가 있었던 것 같다고 말할 수는 없는 노릇이었다. 아무쪼록 일단 소녀를 집에 데려간 뒤 그다음은 마릴라에게 떠넘길 작정이었다. 무슨 착오였던지 간에 이 아이를 브라이트리버 역에 홀로 놔두고 갈 수는 없는 일이었다. 어떤 연유인지는 초록 지붕 집에 안전히 돌아간 후에나 알아보는 편이 나을 것 같았다.

그가 쑥스러운 듯 말했다.

"늦어서 미안하구나. 따라오너라. 말은 저기 호텔 마당에 있어.
가방을 주렴."

아이는 신이 나서 대답했다.

"아, 제가 들 수 있어요. 하나도 안 무거워요. 제 물건이 몽땅 들
어 있는데도 전혀 안 무거워요. 게다가 요령껏 들지 않으면 손잡
이가 빠져버리거든요. 제가 잘 다룰 줄 아니 제가 드는 편이 나아
요. 이건 정말 오래된 가방이거든요. 벚나무에서 자는 것도 멋지
긴 하지만, 그래도 와주셔서 얼마나 기쁜지 몰라요. 마차를 타고
한참 가야 하는 것 맞죠? 스펜서 아주머니께서 8마일 정도라고
하셨어요. 저는 좋아요. 마차 타는 걸 좋아하거든요. 그리고 아저
씨와 함께 살고 가족이 된다니 정말 근사해요. 저는 이제껏 누구
와 가족이 되어본 적이 딱히 없어요. 고아원은 최악이었고요. 그
곳에서는 고작 4개월 정도 있었지만 그걸로도 충분해요. 아저씨
는 고아원이 어떤 곳인지 짐작도 못하실 거예요. 상상도 못하리만
큼 나빠요. 스펜서 아주머니께서는 제가 말버릇이 고약하다고 하
셨지만 일부러 그렇게 못되게 굴려고 한 게 아니에요. 저도 모르게
심술궂어졌다고요, 아시겠어요? 물론 고아원 사람들은 착했어요.
하지만 고아원에서는 상상거리가 없어요. 고아들이 있을 뿐이죠.
그래도 그 애들에 대해 상상하는 건 꽤 재미있어요. 예를 들자면
이런 식이에요. 아저씨 옆에 앉은 여자애가 사실은 백작의 딸이었
던 거예요. 그 아이는 어릴 때 유괴를 당했죠. 하지만 유모는 그 사
실을 고백도 하기 전에 죽어버려요. 저는 밤마다 이런 상상을 하곤
했어요. 낮에는 시간이 없어서 못했어요. 제가 괜히 이렇게 말라깽

이가 되었겠어요. 저는 정말 부지깽이처럼 마르지 않았나요? 살점 하나 붙어 있지 않아요. 전, 제가 팔꿈치에도 살이 오동통하게 오른 귀엽고 통통한 아이였음 좋겠다고 상상하곤 해요."

대화가 잠시 멈췄다. 소녀가 숨이 차기도 했고 마차 앞에 다다르기도 했기 때문이다. 마을을 떠나 가파른 언덕을 넘어갈 때까지 소녀는 한마디도 더 하지 않았다. 마차는 가파른 작은 언덕을 향해 내려가고 있었는데, 보드라운 흙을 깊이 파서 만든 길이라 꽃이 만개한 벚나무와 쭉쭉 뻗은 흰 자작나무들은 마차를 탄 매슈와 소녀의 머리보다 몇 피트는 높은 둑에 늘어서 있었다.

아이는 손을 뻗어 마차 옆을 스치는 자두나무 가지를 꺾었다.

"예쁘지 않나요? 온통 하얗고 흐느적거리며 저 둑에서 빠끔히 가지를 내민 모습을 한 저 나무를 보면 아저씨는 무슨 생각이 드세요?"

소녀가 물었다.

"글쎄, 잘 모르겠는걸."

"에이, 신부잖아요! 새하얗고 신비로운 베일을 두른 사랑스러운 신부 말이에요. 신부를 실제로 본 적은 한 번도 없지만, 어떤 모습일까 상상할 순 있어요. 그렇다고 제가 그런 신부가 될 거라고 예상하는 건 아니에요. 전 영 볼품없어서 그 누구도 신붓감으로 원하지 않을 거예요. 외국인 선교사라면 또 모를까. 외국인 선교사라면 별로 까다롭지 않을 테니까요. 하지만 언젠가 새하얀 드레스를 꼭 입어보고 싶어요. 그러면 세상에 더는 바랄 게 없을 것만 같아요. 저는 예쁜 옷이라면 다 좋아요. 저는 지금껏 예쁜 옷을 가져본 적이 없거든요. 하긴 이 말은 곧 앞으로 더 소망할 것이 있다는 뜻이겠죠, 그렇죠? 그러면 멋진 드레스를 입은 제 모습을 상상할 수 있어요. 오늘 아침 고아원을 떠나올 땐 이 끔찍하게 낡은 원피스 때문에 솔직히 부끄러웠어요. 저희 고아들은 죄다 이 천으로 만든 옷을 입어야 하거든요. 지난겨울에 호프턴에 사는 어떤 상인이 고아원에다 원시 직물을 300야드나 기증하셨어요. 누군가는 안 팔려서 그런 거라고 숙덕였지만, 저는 그분이 마음씨가 고와서 그런 거라고 믿고 싶어요, 그렇겠죠? 역에 도착했을 때 사람들이 전부 저를 가엾게 쳐다보는 것 같았어요. 하지만 저는 이내 상상을 날개를 펼쳤답니다. '난 가장 아름다운 연하늘색 실크 드레스를 입고 있어!'라고 생각하면서요. 기왕 상상할 거라면 멋진 걸로 상상하는 편이 낫잖아요. 꽃으로 장식한 커다란 모자에는 깃털도 휘날리고, 금빛 번쩍이는 시계와 새끼염소가죽 장갑과 부츠까지도요. 그렇게 상상했더니 금세 신이 나서 섬까지 오는 여행이 정말 즐거웠답니다. 뱃멀미도 한 번도 안 했는걸요. 스펜서 아주머니도 평소에는 멀미를 종종 하시는데 이번에는 그럴 틈이 없으셨대요. 제가 혹여나 물에 빠지지는 않을까 지켜보느라 말이죠. 스펜서 아주머니는 저처럼 까부는 아이는 살면서 처음 보셨대요. 하지만 어쨌든 스펜서 아주머니께서 멀미를 안 했다면 다행인 거 아닌가요? 전 배에서 본 모든 것을 다 눈에 넣고 싶었어요. 이런 기회는 두 번 다시 올 것 같지 않아서요. 어, 저긴 벚꽃들이 더 많이 피었어요! 이 섬은 정말 꽃동산이에요! 벌써부터 이 섬이 좋아진걸요. 이곳에서 살게 된다니 정말 기뻐요. 프린스에드워드 섬이 세상에서 가장 아름다운 곳이라고들 해서 여기서 사는 상상을 하곤 했어요. 상상이 현실이 되다니 참 멋져요, 그렇죠? 그런데 저 빨간 길은 좀 우스꽝스러워요. 샬롯타운에서 기차를 탔을 때 저 빨간 길이 언뜻 지나쳐 보이길래 스펜서 아주머니께 여쭈어봤죠. 왜 길이 빨간색이냐고요. 그랬더니 아주머니는 모르겠다고, 제발 질문 좀 그만하라고 하셨어요. 제가 질문을 천 번도 더 했다나요. 제 생각에도 그랬던 것 같아요. 하지만 묻지 않으면 어떻게 뭔가를 알아낼 수가 있죠? 그래서 말인데요, 저 길은 왜 빨간 걸까요?"

"글쎄다, 잘 모르겠는걸."

"그럼 언젠가는 꼭 알아내고 말겠어요. 알아봐야 할 수많은 것들에 대해 생각하면 근사하지 않나요? 살아 있다는 게 기쁘게 느껴질 정도예요. 정말 흥미진진한 세상이라니까요. 세상의 모든 걸 이미 다 알아버린다면 사는 재미가 절반으로 줄어버릴 것 같아요. 그러면 상상의 여지도 없겠죠, 그렇죠? 제가 말이 너무 많나요? 그런 이야기 종종 들어요. 입 다물고 있을까요? 그 편이 좋으시면 입을 꾹 다물고 있을게요. 조금 어렵긴 해도 저는 마음만 먹으면 할 수 있거든요."

매슈는 스스로도 놀랄 만큼 즐거워하고 있었다. 별로 말이 없는 사람들이 대부분 그러하듯 매슈도 수다스러우면서도 상대방에게는 굳이 대꾸를 기대하지 않는, 그런 부류의 사람을 좋아했다. 그렇다고는 해도 이 어린 소녀와의 대화에 빠져들 것이라곤 미처 생각하지 못했다. 여자들은 여러 면으로 보나 별로였고, 어린 여자아이라면 더욱 끔찍했다. 그 아이들이 마치 그가 입이라도 벙긋 열면 잡아먹히기라도 할 듯 지레 겁을 먹고 곁눈질을 하며 슬금슬금 자신을 피하는 게 영 마음에 들지 않았기 때문이다. 에이번리에서 곱게 자란 요조숙녀들은 대개 그랬다. 하지만 이 주근깨 가득한 아이는 매우 달랐다. 그의 더딘 이해력으로 소녀의 번득이는 생각을 따라가기가 벅차기도 했지만 소녀의 재잘거림이 싫지는 않았다. 그는 평소와 같은 수줍은 얼굴로 말했다.

"마음껏 이야기해도 된단다. 나는 괜찮아."

"오, 정말 다행이에요. 저는 아저씨와 제가 잘 맞을 줄 알았어요. 말하고 싶을 때 말할 수 있고, 자고로 아이들은 시야를 벗어나선 안 되지만 소란을 떨어서도 안 된다는 말을 듣지 않아도 된다니 정말 다행이에요. 그런 얘길 백만 번쯤은 들었는걸요. 그리고 사람들은 제가 거창한 표현을 쓴다고 놀려요. 하지만 엄청난 생각이 떠오르면 그에 걸맞은 단어로 표현하는 게 맞지 않나요?"

"음, 그렇게도 생각할 수 있겠구나."

"스펜서 아주머니께서는 제 혀가 입 한가운데에 동동 매달려 있을 거라고 하셨어요. 하지만 그렇지 않다고요. 분명 제 혀도 입 끝에 단단히 붙어 있어요. 스펜서 아주머니는 아저씨 댁이 초록 지붕 집이라고 하셨어요. 그리고 나무들로 가득 둘러싸여 있다고 하셨어요. 그 말을 듣고 얼마나 기뻤는지 몰라요. 저는 나무를 정말 좋아하거든요. 하지만 고아원에서는 나무라곤 찾아볼 수가 없었어요. 앙상하고 초라한 나무 몇 그루가 고아원 앞쪽으로 조금 심어져 있을 뿐이었죠. 그리고 그 주변에는 눈속임으로 꾸며둔 작은 나무들뿐이었죠. 모조리 고아처럼 보였어요. 나무도 그렇고요. 그럼 울고 싶어진다니까요. 그럴 때면 나무들에게 말을 걸었어요. '가여운 꼬마 나무들아! 너희도 큰 숲에서 다른 나무들과 함께 자랐다면, 이끼와 준베리 꽃들이 너희들의 뿌리 위에서 자라나고 냇물이 너희를 적시고, 새들이 너희의 가지에 앉아서 놀아 준다면 너희도 지금보다 한참은 더 키가 크고 울창했겠지? 하지만 이곳에 있으니 그럴 수가 없네. 나도 너희의 마음을 알아. 가여운 꼬마 나무들아.' 오늘 아침 나무들을 두고 떠나오면서 마음이 아팠어요. 그런 것들에도 정이 드나봐요, 그렇죠? 초록 지붕 집 근처에도 개울이 있나요? 스펜서 아주머니께 여쭤본다는 것을 깜박하고 말았어요."

"글쎄다, 옳거니, 집 바로 아래 있단다."

"멋져요! 전 개울 근처에 살아보는 게 소원이었어요. 하지만 현실로 이루어질 것이라곤 기대 안 했어요. 꿈이 항상 현실이 되는 건 아니잖아요. 물론 현실이 된다면 정말 멋지겠지만요. 그런데 지금은 거의 완벽하게 행복한 기분이에요. 그렇다고 완벽하게 행복한 기분은 아니에요. 그 이유는, 음, 아저씨는 이게 무슨 색깔 같아 보이세요?"

소녀는 깡마른 어깨 아래로 땋아 내린 길고 반짝이는 머리카락을 앞으로 당겨서 매슈의 눈앞에 들이밀었다. 매슈는 여인들의 머리색을 알아채는 데는 영 소질이 없었지만 이번에는 의심의 여지가 없었다.

"붉은색이구나, 그렇지?"

소녀는 땋은 머리를 내려놓으며, 발가락 끝에서부터 한숨을 길게 들이쉬더니 인생의 모든 슬픔을 한껏 토해냈다.

"네, 빨간색이에요."

아이는 체념한 듯 말했다.

"이제 제가 왜 완벽하게 행복할 수 없는지 아시겠죠? 빨간 머리로는 행복해질 수 없다고요. 주근깨, 초록색 눈, 말라깽이까지 다 참을 수 있어요. 그런 건 다른 걸로 상상하면 되니까요. 제가 장미처럼 발그레한 얼굴과 사랑스럽고 반짝반짝한 보랏빛 눈을 가졌다고 상상할 수 있어요. 하지만 빨간 머리는 그렇지가 않아요. 전 정말 최선을 다해봤어요. 주문을 걸어봤죠. '내 머리카락은 떠돌이 까마귀의 날개처럼 까맣다!'라고요. 하지만 그럴 때마다 그냥 빨간 머리더라고요. 마음이 찢어졌죠. 평생의 한이 되고 말 거예요. 예전에 소설책에서 평생 한을 안고 산 어떤 소녀에 대해 읽은 적이 있어요. 물론 빨간 머리 때문은 아니었어요. 금빛 머리카락이 석고 같은 이마에서부터 등까지 물결치는 소녀였어요. 그런데 석고 같은 이마가 뭐죠? 도무지 뭔지 모르겠어요. 아저씨는 아세요?

"글쎄다. 나도 모르겠는걸."

매슈는 머리가 약간 어질했다. 어릴 적 친구의 꼬임에 넘어가 회전목마를 탔을 때와 비슷한 느낌이었다.

"흠, 무엇인지는 몰라도 분명 좋은 물건일 거예요. 그 여자애가 여신처럼 아름다웠으니까요. 여신처럼 아름답다는 게 어떤 것인지 상상이 되세요?"

"아니, 아직 상상해본 적이 없는걸."

매슈는 솔직하게 고백했다.

"저는 아주 많이 상상해봤어요. 만약 고를 수 있다면 여신처럼 아름답거나 어지러울 정도로 영리한 거나 천사처럼 착한 것 중에 뭐가 좋으세요?"

"흠, 잘 모르겠는걸."

"저도 그래요. 결정을 못 하겠더라고요. 하지만 어차피 이루어질 가능성이 없으니 못 고른다고 달라질 거야 없죠. 제가 천사처럼 착해질 일이 없다는 건 분명해요. 스펜서 아주머니께서 뭐라 하셨냐면요……. 어머, 아저씨, 아저씨, 커스버트 아저씨!"

그건 스펜서 부인이 한 말이 아니었다. 아이가 마차 밖으로 굴러떨어진 것도 아니었고, 매슈가 아이를 놀라게 한 것도 아니었다. 그저 언덕을 넘어 가로수 길로 들어섰을 뿐이었다.

뉴브리지 사람들이 '가로수 길'이라고 부르는 이곳은 거대한 사과나무들이 완전히 아치를 이룬 4, 5백 야드 길이의 곧은 도로로, 오래전 괴짜 농부가 심은 사과나무가 널리 퍼져서 그렇게 된 것이었다. 머리 위로는 눈송이 같은 향기로운 사과꽃들이 둥근 천장처럼 뒤덮고 있었다. 가지 아래로는 해가 보랏빛으로 지고 있었고, 저 멀리 앞쪽으로 살며시 보이는 노을은 대성당 복도 끝의 커다란 장미 무늬 창처럼 반짝였다.

그 아름다움에 아이는 할 말을 잃은 듯했다. 소녀는 마차에 기대어 야윈 손을 무릎에 곱게 포개고 새하얀 절경을 황홀하게 바라보았다. 그곳을 지나쳐 뉴브리지로 향하는 비탈길을 달릴 때에도 소녀는 꼼짝도 하지 않았고 아무 말도 하지 않았다. 노을이 지는 서쪽 하늘을 바라보며 붉은 석양을 따라 장엄하게 흘러가는 환영들을 향해 눈동자를 반짝였다. 북적이는 작은 뉴브리지 마을을 따라 개들이 짖어대고 꼬마들이 웃음보를 터트리며 호기심 어린 눈망울들이 창문 틈을 통해 빼꼼히 밖을 향하는 동안에도 두 사람은 말이 없었다. 3마일이나 더 갈 때까지도 소녀는 아무 말을 하지 않았다. 열성적으로 수다를 떨 수 있는 것만큼이나 침묵할 줄 아는 아이임이 분명했다.

"피곤하고 배고픈 모양이구나."

이윽고 매슈가 용기 내어 말을 걸었다. 오랜 침묵을 설명하려니 별다른 이유가 떠오르지 않았다.

"하지만 이제 거의 다 왔단다. 1마일만 더 가면 되거든."

소녀는 한숨을 길게 내쉬며 몽상에서 깨어났다. 그리고 아주 먼 별나라를 여행하고 막 돌아온 듯 꿈에서 덜 깬 얼굴로 매슈를 바라보았다.

소녀는 속삭였다.

"커스버트 아저씨, 방금 지나온 저 하얀 곳은 뭐예요?"

"가만 있자, 가로수 길을 말하는가 보구나. 예쁜 곳이지."

매슈는 잠시 곰곰이 생각하다가 말했다.

"예쁘다고요? 고작 예쁘다는 것으론 어림없죠. '아름답다'도 역부족이라고요. 아, 경이롭다. 그래요. 경이로워요. 처음이라고요. 제 상상력을 더한다고 해도 그 이상일 순 없을 거예요. 완벽하게 충만한 기분이었어요."

소녀는 한 손을 가슴 위에 대었다.

"기이하고도 괴상한 통증을 느꼈는데, 또 한편으로는 행복에 겨운 고통이라고나 할까요. 아저씨는 이런 고통을 느껴본 적이 있으세요?"

"글쎄다, 없는 것 같구나."

"저는 정말 많아요. 웅장하게 아름다운 것을 볼 때면 늘 그래요. 하지만 그렇게 아름다운 곳을 가로수 길이라고 부르다니, 너무해요. 아무 의미가 없는 이름이잖아요. 그곳은, 어디 보자, '환희의 새하얀 길'이라고 부르면 좋을 것 같아요. 상상력이 담긴 멋진 이름 같지 않나요? 저는 어떤 장소나 사람의 이름이 마음에 들지 않을 때 늘 새 이름을 상상해서 지어주곤 해요. 고아원에는 헵지버 젠킨스라는 여자아이가 있었어요. 하지만 저는 그 아이를 상상 속에서는 로잘리아 드비어라고 불러주었죠. 다른 사람들이 가로수 길이라고 부른데도 저는 환희의 새하얀 길이라고 부르겠어요. 이제 1마일만 더 가면 되는 거죠? 저는 정말 기쁘고 섭섭해요. 이번 마차 여행이 너무 신났거든요. 저는 신나는 일이 끝날 때쯤이 되면 늘 섭섭해요. 물론 신나는 일이 다음에도 또 생길 수도 있겠지만 그건 모를 일이니까요. 그리고 즐겁지 않은 경우들도 종종 있잖아요. 어쨌거나 제 경우엔 그랬어요. 하지만 집에 간다고 생각하니 기뻐요. 저는 집이라는 걸 가져본 적이 없어요. 진짜 집으로 간다고 생각하니까 또다시 기분 좋은 통증이 느껴져요. 얼마나 멋진 일인지!"

두 사람이 탄 마차가 산마루를 내달렸다. 언덕 아래로는 연못이 있었는데, 너무 길고 구불구불해서 강처럼 보였다. 연못 한가운데로 다리가 놓였고, 황금색 모래언덕이 저 멀리 짙푸른 바닷물과 연못을 갈라놓았다. 물은 각양각색으로 변하며 찬란하게 빛났다. 자홍빛과 장밋빛, 오묘한 초록빛이 이제껏 이름 붙여진 적 없는, 형용할 수 없는 색깔들과 숨바꼭질하듯 어우러졌다. 다리 위로는 전나무와 단풍나무가 자랐고, 수면에는 흔들리는 어두운 반투명한 그림자가 일렁이고 있었다. 자두나무는 잘 차려입은 요조숙녀가 까치발을 하고서 제 모습을 물에 비춰보듯 둑 이곳저곳에 몸을 내밀었다. 연못 위쪽 늪에서는 개구리들이 맑고 구슬프게 떼 지어 울고 있었다. 비탈길 너머 사과나무 과수원 주변에 작은 회색 집 한 채가 보였다. 아직 많이 어둡지는 않았지만 창문 하나에서 불빛이 새어 나오고 있었다.

"저건 배리 연못이야."

매슈가 말했다.

"그 이름은 별로인걸요. 저라면 '빛나는 호수'라고 부르겠어요. 그래요. 바로 이거예요. 짜릿함이 느껴지는 걸 보니 알겠어요. 느낌이 오는 이름을 고르면 이런 짜릿함을 느끼게 되거든요. 이런 기분을 느껴본 적이 있으세요?"

매슈는 곰곰이 생각했다.

"글쎄다. 옳거니, 오이 밭에서 작업을 하다가 징그러운 허연 땅벌레들을 볼 때면 기분이 짜릿해지곤 해. 보기만 해도 소름이 돋거든."

"아이 참, 제가 말한 짜릿함은 그런 종류가 아니라고요. 그게 똑같다고 생각하세요? 땅벌레랑 빛나는 호수랑 무슨 상관이 있겠어요? 그런데 왜 사람들은 배리 연못이라고 부르는 건가요?”

“내 생각엔 배리 씨 댁이 바로 앞에 살아서 그럴 게야. 비탈 과수원 집이 배리 씨 댁 이름이거든. 그 뒤로 우거진 수풀만 아니면 여기서도 초록 지붕 집이 보였을 텐데. 우린 다리를 건너 길을 돌아가야 한단다. 이제 반마일 정도 남았다.”

“배리 아저씨 댁에도 여자아이가 있을까요? 너무 어린 아이 말고, 제 또래로요.”

“열한 살 정도 되는 아이가 있지. 다이애나라고 말이야.”

소녀는 길게 숨을 들이키며 말했다.

“오, 정말 사랑스러운 이름이에요!”

“글쎄다, 나는 잘 모르겠는걸. 뭔가 이교도적인 느낌이 들거든. 난 제인이나 메리가 더 좋을 것 같은데. 다이애나가 태어났을 때 선생님 한 분이 그 댁에 머물고 계셔서 그분이 다이애나라고 이름 지어주었다더구나.”

“저도 태어났을 때 주변에 그런 선생님이 한 분 계셨으면 정말 좋았을 것 같아요. 아, 이제 다리에 다 왔어요. 저는 눈을 꼭 감을래요. 저는 다리를 건널 때 정말 무섭더라고요. 다리 한가운데에서 잭나이프처럼 꽉 끼어버리는 상상을 하게 되거든요. 그래서 눈을 꼭 감아버려요. 그런데 한가운데 즈음에 다다르기만 하면 꼭 눈을 뜨게 되죠. 왜냐하면 제가 정말 집게처럼 확 물린다면 그걸 꼭 제 눈으로 직접 확인하고 싶거든요. 그럼 저는 와장창 무너지겠죠! 저는 와장창 무너지는 소리가 좋더라고요. 세상에 이렇게 좋은 게 많다는 건 멋진 일이에요! 다 건넜네요. 이제 뒤를 돌아볼래요. 잘 자렴, 빛나는 호수야. 저는 사랑하는 모든 것에 인사를 한답니다. 사람들에게 그러는 것처럼요. 쟤들도 좋아하는 것 같아요. 호수도 저에게 웃어 보이는 것 같거든요."

마차가 언덕을 올라 모퉁이를 돌자 매슈가 입을 열었다.

"거의 다 온 것 같구나. 초록 지붕 집은 바로 저……."

"안 돼요. 알려주지 마세요!"

소녀는 숨도 안 쉬고 매슈의 말을 가로막으며, 한쪽 손은 절반쯤 올라간 매슈의 팔을 붙잡고, 다른 손으론 매슈의 손짓을 보고 싶지 않다는 듯 자신의 눈을 가렸다.

"제가 알아맞혀 볼게요. 제가 맞출 수 있을 것 같아요."

소녀는 눈을 뜨고 주변을 둘러봤다. 언덕의 꼭대기에 있었다. 해는 이미 저물었지만 부드러운 저녁노을은 여전히 선명하게 주변을 드리웠다. 서쪽으로는 칙칙한 외형의 교회 첨탑이 하늘 높이 솟아 있었다. 그 아래로는 시냇물이 흐르고 저 너머로는 길고 부드러운 능선의 아늑한 농장들이 흩뿌려져 있었다. 소녀의 눈은 열정과 호기심, 동경으로 가득 찼다. 마침내 소녀의 눈동자는 길에서 한참 왼쪽으로 떨어진 곳에 가 닿았다. 황혼녘이 드리워진 숲은 하얀 꽃나무들로 우거졌다. 그곳, 티끌 하나 없는 남서쪽 하늘 위로는 거대한 수정 같은 흰 별이 길잡이 또는 약속의 등불처럼 반짝이고 있었다.

"저기예요, 그렇죠?"

소녀가 집을 가리켰다.

매슈는 밤색 말의 고삐를 힘차게 내려쳤다.

"그래, 맞아. 스펜서 부인이 알려줬나 보구나."

"아니오. 전혀요. 스펜서 아주머니는 뻔한 말만 하세요. 그래서 도무지 그림이 그려지지 않았어요. 그런데 보자마자 '바로 저기구나!' 하는 느낌이 왔어요. 꿈을 꾸는 것만 같아요. 제가 오늘 온종일 꼬집어대서 팔꿈치가 시퍼렇게 멍이 들어버렸을 거예요. 이따금씩 오싹한 기분이 들 때마다 이게 꿈인지 생시인지 확인하려고 제 스스로를 꼬집어보죠. 그러다 문득 이게 꿈이라면 깨어나지 않는 편이 낫겠다고 생각했어요. 그래서 꼬집는 걸 멈췄어요. 그런데 이건 꿈이 아니에요. 정말 집에 다 온 거라고요!"

소녀는 황홀한 듯 긴 숨을 내쉬고는 다시 침묵으로 빠져들었다. 매슈는 다시 불안해졌다. 이 갈 곳 없는 아이가 그토록 간절히 원하는 이 집이 결국 그녀의 세상이 될 수 없다는 사실을 알려야 하는 사람이, 본인이 아닌 마릴라라는 사실이 그나마 다행이었다. 두 사람은 린드 댁의 골짜기를 지나쳤다. 이미 꽤 어두워졌지만 그렇다고 린드 부인이 창밖을 통해 언덕 넘어 긴 길을 따라 초록 지붕 집으로 마차가 들어가는 것을 못 볼 정도는 아니었다. 집에 다다르자 매슈는 이제 모든 것이 들통날 것이라는 사실에 저도 모르게 움츠러들었다. 그가 걱정하는 것은 마릴라나 저 자신이 아니었다. 이 실수 때문에 벌어질 소란도 아니었다. 다만 이 아이가 실망할까 염려가 되었다. 아이의 눈동자에서 경외감에 찬 빛을 사그러지게 한다고 생각하니 새끼 양이나 송아지처럼 죄 없는 어린 생명을 죽여야 하는 일에 공범이라도 된 느낌이었다.

두 사람이 들어섰을 때 어둠은 짙었고 포플러나무 잎사귀들이 여기저기 흩날리고 있었다.

매슈가 소녀를 번쩍 들어 마차에서 내려주자 소녀가 속삭였다.

"나무들이 잠꼬대를 하나봐요. 귀 기울여보세요. 분명 좋은 꿈을 꾸고 있을 거예요."

그러고는 '세상의 모든 귀중한 것을 다 담았다'는 여행 가방을 꽉 그러안고 소녀는 매슈를 따라 집 안으로 들어갔다.

제3장
마릴라 커스버트, 놀라다

매슈가 문을 열자 마릴라는 기분 좋게 이들에게 다가갔다. 하지만 뻣뻣하고 남루한 옷차림을 한 빨간 머리 소녀의 열정적이고 반짝이는 눈을 마주하자 이내 놀라서 걸음을 멈추고 말았다.

"매슈 오라버니, 이 아이는 누구인가요? 남자아이는 어디 있죠?"

마릴라가 외쳤다.

매슈는 의기소침해서 말했다.

"남자아이는 없었어. 이 아이뿐이었다고."

매슈가 아이를 고갯짓으로 가리키다가 심지어 아이의 이름조차 묻지 않았다는 것을 깨달았다.

"남자아이가 없었다뇨! 당연히 있어야죠. 스펜서 부인에게 사내 녀석을 데려다달라고 편지를 보냈잖아요."

마릴라가 외쳤다.

"그랬지. 하지만 이 아이를 데려오셨어. 무슨 착오가 있었는지는 모르겠지만, 그렇다고 아이를 역에 놔두고 올 순 없잖아."

마릴라가 소리쳤다.

"일을 이 따위로 처리하는 경우가 어디 있어요!"

두 사람이 대화하는 동안 아이는 말이 없었다. 아이의 눈동자만이 두 사람을 번갈아 쳐다볼 뿐이었다. 아이의 얼굴에서는 생기가 사라지고 있었다. 순간적으로 무슨 일이 벌어지고 있는지 다 알아차리게 된 모양이었다. 소중한 여행 가방을 앞으로 툭 떨어뜨린 채 한 걸음 앞으로 다가와 두 손을 움켜쥐었다.

소녀가 소리쳤다.

"저를 원하지 않으시는 거죠! 제가 남자아이가 아니어서 싫으신 거죠! 제가 그 생각을 못했네요. 아무도 저를 원한 적이 없었죠. 영원히 지속되기엔 너무 아름답다는 걸 진작 깨달았어야 했는데. 저를 진심으로 원하는 사람은 아무도 없다는 사실을 진작 알았어야 했는데. 아, 저는 이제 어쩌면 좋죠? 울음이 터져 나올 것만 같아요."

그러고는 정말 눈물이 터져버렸다. 식탁 옆 의자에 털썩 주저앉아 두 팔을 내던지더니 얼굴을 그 위에 파묻고 엉엉 울어댔다. 마릴라와 매슈는 화롯가 건너편에 서서 서로를 난처한 듯 바라보았다. 둘 다 무슨 말을 해야 할지 알지 못했다. 그나마 무엇이라도 시도를 해본 쪽은 마릴라였다.

"애야, 그렇다고 울 것까진 없잖니."

"아뇨, 있지요."

아이는 머리를 치켜들었다. 얼굴은 눈물범벅이 되었고, 입술은 파르르 떨렸다.

"아주머니께서 고아라고 생각해보세요. 집이라고 생각했던 곳에 왔는데 남자아이가 아니라는 이유로 원치 않는다는 소리를 들었고요. 아주머니도 분명 울고 싶을 거예요. 제 인생에 가장 비극적인 일이라고요!"

마릴라의 표정 없는 얼굴에는 오랫동안 쓰지 않아서 녹슨 듯한 떨떠름한 미소가 번졌다.

"그만 울거라. 오늘 밤에 내치는 일은 없을 테니까. 어찌된 연유인지 알아낼 때까지 여기 머무르렴. 넌 이름이 뭐니?"

아이는 잠시 머뭇거렸다.

"코델리아라고 불러주실래요?"

아이는 간절하게 말했다.

"코델리아라고 불러달라고? 그게 네 이름이니?"

"아, 아뇨. 사실 제 이름은 아니에요. 하지만 코델리아로 불러주셨으면 해요. 완벽하게 우아한 이름이잖아요."

"무슨 뚱딴지같은 소리인지 모르겠구나. 코델리아가 이름이 아니라면, 본명은 뭐니?"

"앤 셜리예요. 하지만 제발 코델리아로 불러주세요. 어차피 조금만 머물다가 곧 떠날 텐데, 저를 어떻게 부르시든 상관없으시잖아요. 게다가 앤은 낭만적이지 않다고요."

앤 셜리 이름의 주인이 영 내키지 않는다는 듯 말했다.

"낭만적이지 않다니, 말도 안 돼. 앤은 멋지고 기품 있는 이름이야. 부끄러워할 게 뭐 있다고."

마릴라는 냉정하게 말했다.

앤이 설명했다.

"부끄럽다는 건 아니에요. 그저 코델리아라는 이름이 더 좋다는 것뿐이에요. 저는 제 이름이 코델리아면 좋겠다고 늘 상상해왔어요. 적어도 최근 몇 년 동안은요. 어릴 땐 제럴딘이라고 상상하곤 했는데, 지금은 코델리아가 더 좋아요. 그래도 저를 앤이라고 정 부르고 싶으시다면 철자 끝에 'e'가 붙은 앤(Anne)으로 불러주세요."

"그렇게 부르면 뭐가 달라지는데?"

마릴라가 찻주전자를 집어 들며 또 한번 어색한 미소를 지었다.

"엄청난 차이죠! 앤(Anne)이 훨씬 멋지잖아요. 이름을 소리 내어 발음해보면 마음속에 철자가 새겨지지 않으세요? 전 그래요. e가 없는 앤은 볼품없어요. 하지만 e로 끝나는 앤은 눈에 띄죠. 저를 철자 e로 끝나는 앤(Anne)으로만 불러주신다면 코델리아로 불러달라고 더 이상 투정 부리지 않을게요."

"그래, 그럼, 철자가 e로 끝나는 앤아, 무슨 착오가 어떻게 발생한 건지 알려줄래? 우린 스펜서 부인께 남자아이를 부탁했단다. 고아원에 남자아이가 없었던 거니?"

"아뇨. 남자아이들은 많아요. 하지만 스펜서 아주머니는 분명히 열한 살 정도 되는 여자아이를 찾는다고 말씀하셨어요. 그래서 원장 선생님이 저를 추천하신 거고요. 제가 그때 얼마나 기뻤는지 모르실 거예요. 너무 기뻐서 한숨도 잘 수 없었다고요."

소녀는 매슈를 돌아보며 원망조로 말을 이어갔다.

"기차역에서 왜 말씀하시지 않으셨어요? 저를 원한 게 아니었다고. 그냥 그곳에 저를 놔두셔도 되었잖아요. 그랬으면 환희의 새하얀 길과 빛나는 호수를 볼 일도 없었을 것이고, 그랬더라면 지금 이렇게 힘들지도 않았겠죠."

"이 아이가 무슨 말을 하는 거죠?"

마릴라가 매슈를 쳐다보며 물었다.

"아, 그게, 아까 오는 길에 나눴던 얘기들을 하는 거야. 난 마구 간에 좀 가봐야겠구나. 돌아올 때까지 차 좀 마련해줘."

매슈가 허둥지둥 대답했다. 매슈가 나가자 마릴라는 질문을 이어갔다.

"스펜서 부인이 너 말고 다른 아이는 데려오지 않았니?"

"릴리 존스라는 아이가 있었는데 직접 돌보실 거래요. 릴리는 다섯 살밖에 안 되었는데, 정말 예쁘장하고 밤색 머리카락을 갖고 있어요. 제가 그 아이처럼 예쁘고 머리카락도 갈색이라면 절 받아주실 건가요?"

"아니, 우린 남자아이를 원해. 오라버니의 밭일을 거들어줄 아이로 말이야. 여자아이는 필요하지 않아. 모자를 벗으렴. 가방이랑 같이 거실 테이블에 올려둘게."

앤은 얌전하게 모자를 벗었다. 매슈는 이내 돌아왔고, 그들은 저녁 식탁에 둘러앉았다. 하지만 앤은 먹을 수가 없었다. 버터 바른 빵을 조금 베어 먹기도 하고 작은 부채꼴 모양의 유리 그릇에 담긴 꽃사과 잼을 콕콕 쪼아 먹기도 했지만 허사였다. 앤의 접시 위에 담긴 음식은 좀처럼 줄어들지 않았다.

"영 먹지를 못하는구나."

마릴라는 심각한 결점이라도 되는 양 나무라듯 말했다. 앤은 한숨을 내쉬었다.

"못 먹겠어요. 저는 지금 절망의 구렁텅이에 빠져 있다고요. 절망의 구렁텅이에서 어떻게 음식이 넘어가겠어요?"

"난 절망의 구렁텅이에 빠져본 경험이 없어서, 뭐라 할 말이 없구나."

마릴라가 대꾸했다.

"없다고요? 그렇다면 상상해본 적도 없으세요?"

"없단다."

"그러시면 지금 제 심정을 이해하지 못하시겠네요. 정말 심난해요. 무언가를 먹으려고 하면 응어리가 목구멍까지 차올라서 삼킬 수가 없는 느낌이에요. 설령 그게 캐러멜 초콜릿이라고 해도 말이에요. 저는 2년 전쯤 캐러멜 초콜릿을 한 번 먹어본 적이 있는데 기막히게 맛있었어요. 그때부터 캐러멜 초콜릿을 엄청 많이 갖고 있는 제 모습을 상상하곤 했죠. 하지만 그걸 먹으려고 하는 순간 항상 눈이 떠져요. 제가 잘 먹지 못한다고 너무 언짢게 여기지 말아주세요. 음식들은 정말 맛있어요. 단지 음식이 넘어가지가 않아요."

"아이가 피곤한가봐. 마릴라, 아이를 재우는 게 좋겠어."

마구간에서 돌아온 뒤로 한마디도 않던 매슈가 이윽고 입을 열었다.

마릴라는 앤을 어디에 재울지 고민 중이었다. 남자아이가 오는 줄로만 알고 부엌방에 잠자리를 마련해두었던 참이었다. 하지만 아무리 깔끔하고 깨끗하다고 해도 여자아이를 그곳에 재우기에는 무리가 있었다. 그렇다고 떠돌이 아이에게 손님방을 내어주는 건 말도 안 되지 않는가. 그러니 남는 방이라곤 동쪽 지붕 아래 다락방뿐이었다. 마릴라는 등불을 밝힌 뒤 앤에게 따라오라고 했다. 앤은 영혼 없는 표정으로 탁자에 놓인 모자와 여행 가방을 집어 들고 발걸음을 옮겼다. 현관은 오싹하리만큼 깨끗했다. 이내 들어선 작은 다락방은 티끌 하나 없었다.

마릴라는 다리가 세 개 달린 세모난 탁자 위에 초를 올려두고는 침대보를 젖혔다.

"잠옷은 가져왔겠지?"

마릴라가 물었다.

앤은 고개를 끄덕였다.

"네, 두 벌 있어요. 고아원 원장 선생님께서 만들어주셨어요. 그런데 옷이 정말 꽉 끼어요. 고아원은 살림이 넉넉지가 않아요. 그래서 뭐든 빠듯해요. 적어도 제가 머물렀던 가난한 고아원에서는요. 저는 꽉 끼는 잠옷이 싫어요. 하지만 그걸 입고도 프릴이 달리고 치맛단이 살랑살랑 나부끼는 사랑스러운 잠옷을 상상할 수 있어요. 그게 제 위안이죠."

"그래, 어서 갈아입고 잠자리에 들도록 해라. 불 끄러 몇 분 후에 다시 오도록 하마. 네 스스로 불을 끌 것 같지는 않으니까. 그러다가 이곳에 불을 낼지도 모를 일이고."

마릴라가 자리를 비우자 앤은 주변을 아쉬운 듯 둘러보았다. 하얗게 칠한 벽은 너무도 휑해서 벽들도 저 자신들의 벌거벗은 모습에 고통스러워하는 것만 같았다. 마룻바닥도 휑하기는 마찬가지였다. 앤이 지금껏 한 번도 본 적 없는 밧줄을 꽈서 만든 둥근 깔개만이 방 한가운데를 덩그러니 장식하고 있었다. 한쪽 귀퉁이에는 기둥 네 개로 지탱한 짙은 색의 높다란 구식 침대가 놓여 있었다. 다른 쪽에는 앞서 말한 세모난 탁자가 있었고, 도톰하고 붉은빛이 감도는 벨벳 바늘꽂이가 장식으로 놓여 있었다. 제아무리 뾰족한 바늘이라도 휘어지게 할 만큼 단단해 보였다. 그 위로는 가로 6인치, 세로 8인치의 작은 거울이 걸려 있었다. 탁자와 침대 사이로는 눈처럼 하얀 모슬린 레이스 커튼이 드리워진 창문이 있었고 반대편에는 세면대가 있었다. 방 전체에 말로 다 표현하기 어려운 엄숙함이 배어 있어서 앤은 뼛속까지 전율이 일었다. 앤은 눈물을 훔치며 옷을 벗어던지고는 꽉 끼는 잠옷을 걸쳤다. 그러고는 침대로 몸을 날렸다. 베개 깊숙이 얼굴을 파묻고 머리끝까지 이불을 뒤집어썼다. 마릴라가 등불을 끄러 다시 왔을 때 옷가지는 마룻바닥에 널브러져 있었고, 침대 위에서 누군가가 유난을 떨고 있는 걸 보아하니 방 안에 마릴라 말고도 누군가가 있기는 한 모양이었다.

마릴라는 앤의 옷가지를 일부러 집어 들고는 가지런히 정리해 노란 의자 위에 올려둔 다음 촛불을 들고 침대로 향했다.

"잘 자렴."

다소 어색했지만 불친절하지는 않은 목소리로 마릴라가 말했다. 순간 앤의 새하얀 얼굴과 멀뚱한 눈이 이불 밖으로 불쑥 튀어나왔다.

"제 생의 최악의 날이라는 걸 알면서 어떻게 잘 자라고 하실 수가 있어요?"

앤은 원망하는 듯 따져 물었다. 그러고는 다시 이불 속으로 숨어들어갔다.

마릴라는 천천히 부엌으로 내려와서 저녁 설거지를 시작했다. 매슈는 담배를 피우고 있었다. 그건 분명 마음에 근심거리가 있다는 표시였다. 매슈는 어지간해서는 담배를 피우지 않았다. 마릴라가 흡연은 불결한 습관이라고 강하게 반대를 해서였다. 그렇다 해도 때로는 담배 없이 견디기 어려운 순간이 있게 마련인지라, 그럴 때면 마릴라도 눈감아주었다. 남자라고 할지라도 감정을 털어놓을 곳은 있어야 한다고 생각했기 때문이었다.

마릴라는 화를 내며 말했다.

"정말 난감하네요. 우리가 직접 가지 않고 말만 전하니까 이렇게 된 거라고요. 어쨌든 리처드 스펜서 댁 아이가 말을 잘못 전달한 것 같아요. 우리 둘 중에 한 명이 내일 스펜서 부인을 만나봐야 할 것 같아요. 그래야죠. 그리고 저 아이는 고아원으로 돌려보내고요."

"그래, 그래야겠지."

매슈는 내키지 않는 목소리로 답했다.

"그래야겠지라뇨! 이게 무슨 상황인지 모른다는 거예요?"

"아니, 아이가 착하고 가엾지 않은가. 아이가 여기 머물고 싶어 하는데 돌려보낸다는 게 안쓰러워서 그래."

"오라버니, 그래서 설마 저 아이를 데리고 있자는 건 아니죠?"

매슈가 물구나무 서는 것을 좋아한다고 말했대도 마릴라가 이보다 놀라지는 않았을 것이다.

"아니, 꼭 그렇다기보다는 그게⋯⋯. 저 아이를 데리고 있는 것은 쉽지 않다는 것이지."

말뜻을 분명히 해야 하는 궁지에 몰리자 매슈는 말을 더듬었다.

"그렇죠. 저 아이가 무슨 도움이 되겠어요?"

"우리는 저 아이에게 도움이 될 수도 있지."

매슈가 의외의 말을 불쑥 내뱉었다.

"저 꼬맹이가 오라버니를 아주 홀려놨군요! 오라버니는 지금 저 아이를 데리고 있고 싶은 거잖아요."

"아이가 귀여운 구석이 있어. 아까 역에서부터 집에 올 때까지 저 아이가 재잘대는 걸 너도 들었어야 했는데."

매슈가 고집을 부렸다.

"네, 말은 엄청 빠르게 하더군요. 그건 바로 알아봤어요. 그게 장점이라는 건가요? 전 수다쟁이는 딱 질색이에요. 고아 여자아이도 필요 없지만, 설령 필요하다고 해도 저 아이는 제가 원하는 타입이 아니라고요. 저 아이가 통 이해가 안 가요. 그러니 안 돼요. 저 아이는 원래 있던 곳으로 당장 돌아가야 해요."

"나를 도와줄 아이라면, 프랑스 사내 녀석을 하나 고용해도 되지 않는가. 저 아이가 네 말벗이 되어줄 수도 있고."

매슈가 말했다.

"말벗은 필요 없어요. 저 아이를 키울 생각 따위 없다고요."

마릴라가 단호하게 말했다.

"그럼 네 뜻대로 하려무나. 난 가서 자야겠다."

자리에서 일어난 매슈가 담배 파이프를 치우며 말했다.

매슈는 침실로 향했다. 설거지를 마친 뒤 마릴라도 잠자리에 들었다. 마음을 단단히 먹은 듯 얼굴을 잔뜩 찌푸린 채였다. 그리고 한층 위 동쪽 다락방에서는 외롭고 사랑과 정에 굶주린 어린 아이가 울다가 잠이 들었다.

제4장
초록 지붕 집에서의 아침

앤이 아침에 눈을 떴을 때 해는 이미 중천에 떠 있었다. 비몽사몽 간에 침대에 걸터앉아 물밀 듯 쏟아지는 향긋한 햇살을 물끄러미 바라보았다. 파릇파릇한 하늘에는 새하얀 깃털과도 같은 것들이 물결치듯 일고 있었다.

앤은 순간 어리둥절했다. 처음에는 즐거움과 기쁨이 밀려왔지만, 이윽고 끔찍한 기억이 떠올랐다.

'여긴 초록 지붕 집이고, 이곳 사람들은 남자아이가 아니라서 나를 원하지 않아!'

하지만 지금은 아침이었다. 그리고 창밖으로는 벚나무가 한아름 피어 있었다. 침대에서 쿵 뛰어내린 앤은 마루를 뛰어가 빗살 문을 열어젖혔다. 창문이 삐거덕거리며 잘 열리지 않았다. 마치 꽤나 오랫동안 열려본 적이 없는 듯했다. 실제로도 그러했다. 창문이 하도 꽉 끼어서 무얼 받쳐놓을 필요도 없었다.

앤은 무릎을 꿇고 6월의 아침을 지그시 바라보았다. 소녀의 눈은 기쁨으로 반짝였다.

'아, 어쩜 이렇게 아름답지? 정말 사랑스러운 곳이지 않아? 여기서 머물 수 없다니 섭섭해.'

하지만 이곳에 산다고 상상하고 싶었다. 상상의 나래는 펼칠 수 있는 곳이었다. 커다란 벚나무가 손을 뻗으면 닿을 만한 곳에 있었고, 억척스럽게 피어난 꽃들이 잎사귀를 덮고 있었다. 집 양쪽으로는 사과나무와 벚나무가 꽃잎을 흩날리는 큰 과수원이 있었고, 나무 밑 풀밭에는 민들레가 흩뿌려져 있었다. 뜰에 핀 보랏빛 라일락의 알싸하고도 달콤한 향기가 아침 바람을 타고 다락방 창문까지 날아들었다.

토끼풀이 소복한 푸른 풀밭은 골짜기까지 비탈을 이루고 있었다. 골짜기에는 냇물이 흘러내렸고 흰 자작나무가 줄지어 자랐다. 그 아래로는 고사리와 이끼와 같은 식물들이 쑥쑥 자라나는 것 같았다. 골짜기 너머로는 가문비나무와 전나무의 초록빛 깃털로 뒤덮인 언덕이 자리 잡고 있었다. 그리고 빛나는 호수 반대편에서 보았던 작은 회색 지붕 집의 모퉁이가 슬며시 보였다.

왼쪽에서 조금 떨어진 곳에는 커다란 마구간이 있었고, 초록색으로 물든 낮은 등선의 들판 저 멀리로는 반짝이는 푸른 빛 바다가 어렴풋이 펼쳐졌다.

아름다운 것들을 사랑하는 앤의 눈동자는 이 모든 것들을 모조리 먹어치우기라도 할 것 같았다. 그동안 사랑스럽지 못한 것들을 너무도 많이 보아왔던 가엾은 소녀가 아니었던가. 하지만 이곳은 앤이 꿈꾸던 그 모습 그대로 사랑스러웠다.

무릎을 꿇은 채로 주변의 아름다움에 넋을 잃고 있던 소녀는 어깨에 얹은 누군가의 손길에 정신이 번쩍 들었다. 마릴라는 소리도 없이 들어와 이 꼬마 몽상가의 옆에 서 있었다.

"옷을 갈아입었어야지."

마릴라는 퉁명스럽게 말했다. 어린아이와 대화하는 법을 알지 못했던 탓에 마릴라는 본의 아니게 차갑고 무뚝뚝해졌다.

앤은 자리에서 일어나 길게 한숨을 내쉬었다.

"정말 멋지지 않나요?"

바깥세상을 향해 크게 손을 흔들며 소녀는 말했다.

"커다란 나무지. 꽃도 멋지게 피운단다. 하지만 열매는 그다지 잘 맺지 않아. 크기도 작고, 벌레 자국 투성이지."

마릴라가 말했다.

"나무만을 두고 한 말은 아니에요. 물론 나무도 사랑스러워요. 정말 눈부시게 사랑스럽죠. 아주 작정하고 만개하는 것만 같아요. 하지만 저는 모든 걸 두고 한 말이었어요. 정원과 과수원, 개울과 숲, 이 크고도 사랑스러운 세상 전부를 말이에요. 오늘과 같은 아침이면 이 세상이 그저 다 사랑스럽지 않나요? 개울이 재잘대는 소리가 여기까지 들려요. 개울들이 얼마나 발랄한지 아세요? 쟤네들은 항상 웃어대요. 심지어 겨울에도요. 제가 얼음 속에서 쟤들이 까르르 대는 걸 들었다니까요. 저는 초록 지붕 집 근처에 개울이 있어서 너무 좋아요. 저를 데리고 있지 않으실 테니 무슨 대수냐고 생각하실지 모르겠지만, 제겐 그렇지 않아요. 저는 초록 지붕 집의 개울을 항상 기억할 거예요. 다시는 보지 못하게 된다고 해도 말이에요. 개울이 없었다면 불안했을지도 몰라요. '하나쯤은 있어야 하는데'라는 찝찝한 기분이 들었겠죠. 오늘 아침은 절망의 구렁텅이까지는 아니에요. 아침에까지 그럴 순 없죠. 아침이 있다는 건 정말 멋지지 않나요? 하지만 서글퍼져요. 조금 전까지만 해도 아주머니께서 절 받아주셔서 제가 이곳에 영원히 머물 수 있으면 좋겠다고 상상했거든요. 상상을 하는 동안에는 위로를 받아요. 하지만 상상이 쓰라린 건, 결국 그걸 멈춰야 할 시간이 다가온다는 거죠. 그건 마음 아픈 일이에요."

말을 할 틈이 생기자마자 마릴라는 입을 열었다.

"옷을 입고 내려오렴. 상상은 그만 좀 하고. 아침 식사 차려놨다. 세수하고 머리도 빗고. 창문은 열어두거라. 잠옷은 침대 바닥에 개어두고. 그 정도는 할 수 있지?"

앤은 야무진 아이임이 분명했다. 10분 만에 옷은 단정히 개어놨고, 머리는 곱게 빗어서 양 갈래로 땋았으며, 세수도 했다. 그리고 마릴라가 시킨 일을 다 했다는 듯 사뿐히 아래층으로 내려왔다. 사실 이불을 개는 일은 깜박했지만 말이다.

앤은 마릴라가 준비해놓은 의자에 미끄러져 앉으며 말했다.

"오늘 아침엔 정말 배고파요. 어젯밤처럼 세상이 온통 황량한 광야처럼 느껴지지 않아요. 햇살이 쏟아져서 정말 좋아요. 하지만 저는 비가 부슬부슬 내리는 아침도 좋아해요. 아침은 어떤 종류라도 다 흥미진진하지 않나요? 하루 종일 어떤 일이 일어날지 모르잖아요. 그러면 상상의 여지가 정말 많아지게 되고요. 하지만 오늘은 비가 내리지 않아서 기뻐요. 그래야 고통을 견디고 명랑해질 수 있거든요. 저는 참고 견뎌야 하는 일이 참 많은 것 같아요. 슬픈 소설을 읽고 그 슬픔을 영웅처럼 딛고 일어서는 상상을 하는 건 나쁠 게 없죠. 하지만 현실에서 직접 겪는다면, 그건 그렇지가 않아요."

마릴라가 말했다.

"제발 그 입 좀 다물어 줄래? 쪼그만 게 하루 종일 입을 놀리는구나!"

앤은 고분고분 입을 다물었다. 앤이 한참을 침묵하자 되레 불안해진 쪽은 마릴라였다. 뭔가 어긋난 느낌이었다. 매슈 또한 말이 없었다. 늘 그랬듯이. 그리하여 남은 아침 식사는 침묵 속에서 이루어졌다.

시간이 갈수록 앤은 넋이 나간 사람마냥 기계적으로 음식을 입에 넣었다. 커다란 눈망울은 창문 밖 하늘을 멀뚱히 바라보고 있었다. 마릴라는 더욱 불안해졌다. 이 괴짜 같은 아이는 몸은 식탁에 붙어 있는데 영혼은 저 멀리 상상의 날개를 단 채 구름 속을 둥둥 떠다니는 것은 아닐까 생각하니 마음이 번잡했다. 누가 이런 아이를 데리고 있으려 할까?

하지만 매슈는 아이를 데리고 있고 싶어했다. 도대체 무슨 생각인 건지, 원! 마릴라는 매슈가 어젯밤과 마찬가지로 오늘 아침에도 저 아이를 원하고 있고, 앞으로도 그러할 것임을 느낄 수 있었다. 그것이 매슈의 방식이다. 매슈는 한번 마음을 먹으면 자신의 뜻을 관철할 때까지 침묵으로 일관했다. 이러한 침묵은 말로 내뱉는 것보다 열 배는 더 강력하고 효과적이었다.

식사를 마치자 앤은 몽상에서 빠져나와 설거지를 하겠다고 나섰다. 마릴라는 못 미더운 듯 물었다.

"잘할 수 있겠니?"

"그럼요. 아이를 더 잘 돌보긴 하지만요. 설거지를 많이 해봤거든 요. 아주머니 댁에는 제가 돌봐드릴 아기가 없다는 게 아쉬워요."

"돌볼 아이가 지금보다 더 생기는 건 사양이구나. 너만으로도 충분히 골머리를 앓고 있거든. 너를 어찌해야 할지 도무지 모르 겠구나. 매슈 오라버니는 정말 못 말려."

앤이 이에 반박했다.

"매슈 아저씨는 좋은 분이세요. 동정심도 많으시고요. 제가 쉴 새 없이 재잘거려도 괜찮다고 하셨어요. 심지어 제 수다를 즐기 시는 것 같았는걸요. 저는 아저씨를 보자마자 영혼의 단짝을 만 난 기분이었어요."

마릴라는 코웃음을 치며 말했다.

"둘 다 괴짜구나. 그래서 '영혼의 단짝'이라는 말이 있는지도 모 르지. 그래 설거지를 하렴. 더운 물은 적당히 쓰고. 그릇은 잘 말려 두렴. 난 오늘 아침에 신경 쓸 것이 많아. 오후에 화이트샌즈에 가 서 스펜서 부인을 만나야 해. 너도 같이 가자꾸나. 네 일을 처리해 야 해. 설거지를 마치면 윗방으로 올라가서 네 침대를 정리하고."

앤이 설거지하는 모습을 눈여겨보던 마릴라는 앤의 솜씨가 보 통이 아니라는 것을 알아차렸다. 이부자리 정돈에는 소질이 없었 는데, 그건 아마도 깃털 이불을 다뤄본 적이 없어서일 것이다. 그 래도 그럭저럭 정돈된 모습이었다. 마릴라는 앤이 귀찮게 굴까봐 점심 때까지 밖에 나가 놀아도 된다고 일러두었다.

앤은 눈망울을 반짝이며 밝은 얼굴로 뛰어나가다가 이내 현관 문턱에 멈춰 서더니 몸을 돌려 식탁 앞에 앉았다. 누가 찬물이라도 끼얹은 듯, 조금 전의 밝고 빛나는 얼굴은 온데간데없었다.

마릴라가 물었다.

"무슨 일이니?"

앤은 속세에서의 모든 쾌락을 내려놓은 순교자와도 같은 말투로 답했다.

"차마 못 나가겠어요. 여기서 살 것도 아닌데 초록 지붕 집과 사랑에 빠진들 무슨 소용이 있어요. 밖에 나가면 저 나무, 꽃, 과수원, 개울이랑 친해지게 되고, 그러면 저는 사랑에 빠질 수밖에 없단 말이에요. 지금도 충분히 힘들어요. 더 힘들어지면 곤란해요. 다들 절 부르는 것 같아요. '앤, 앤, 이리 와, 같이 놀자.' 이렇게요. 하지만 나가지 않는 게 좋겠어요. 결국 헤어질 거라면 사랑해봤자 아무 의미가 없잖아요. 게다가 사랑하지 않으려고 애쓰는 건 얼마나 힘든 일인데요. 여기서 살게 될 거라고 생각했을 때 정말 좋았던 점이 바로 그거예요. 저는 사랑할 것들이 너무나도 많을 거라 생각했고, 아무도 저를 방해하지 못할 거라고 생각했어요. 하지만 한순간의 꿈이 되어버렸죠. 이제 제 운명을 받아들일 참인데 다시 운명을 거스르고 뛰쳐나갈까봐 두려워요. 그래서 못 나가겠어요. 창가에 놓인 저 제라늄은 이름이 뭐예요?"

"사과향 제라늄이란다."

"저는 그런 걸 여쭤본 게 아니에요. 아주머니가 지어준 이름 말이에요. 이름을 안 지어주시나요? 그렇다면 음, '보니'가 좋겠네요. 제가 여기 있는 동안 저걸 보니라고 불러도 될까요? 제발 허락해주세요!"

"나 원 참, 네 마음대로 하려무나. 제라늄에 이름을 지어줄 생각은 어떻게 한 거니?"

"그저 제라늄이라고 해도 저마다의 이름이 있으면 좋잖아요. 마치 사람처럼 느껴지고요. 그냥 제라늄이라고만 부르면 저들이 서운해할지도 모를 일이잖아요. 아주머니도 남들이 이름 없이 여자라고만 부른다면 싫으실 거잖아요. 그래요, 보니라고 불러야겠어요. 제 침실 창가에 난 벚나무의 이름은 오늘 아침에 지어주었어요. '눈의 여왕'이라고요. 물론 항상 하얗게 꽃을 피우는 건 아니겠지만요. 그래도 상상은 할 수 있잖아요."

마릴라는 감자를 가지러 가야 한다고 지하실로 향하며 수다스런 휴식을 중단시키고 중얼댔다.

"살다 살다 저런 애는 처음이야. 매슈 오라버니가 말한 대로 정말 특이한 아이인 건 확실해. 저 아이가 다음에 또 무슨 말을 하려나 벌써부터 궁금해지려고 한다니까. 나에게도 마법을 걸려는 수작인 게지. 매슈 오라버니는 진작 홀렸고. 밖에 나가는 오라버니를 보니 어젯밤에 나한테 넌지시 건넸던 말들이 아주 얼굴에 다 드러나던걸. 오라버니가 다른 남자들처럼 속내를 털어놓는 사람이면 좀 좋아. 그럼 말대꾸를 하든지 말싸움을 하든지 할 텐데. 그저 눈만 멀뚱거리는 사람하고 뭘 해보겠어."

마릴라가 지하실에서 돌아왔을 때 앤은 두 손으로 턱을 괴고 하늘을 바라보며 또 상상에 빠져 있었다. 마릴라는 점심을 다 차릴 때까지 앤을 그냥 내버려두었다.

"오늘 오후에 마차를 써도 되죠?"

마릴라가 물었다. 매슈는 고개를 끄덕이며 아쉬운 얼굴로 앤을 바라보았다. 마릴라는 매슈의 그런 표정을 가로막으며 냉정하게 말했다.

"화이트샌즈에 가서 이 문제를 처리해야겠어요. 아이를 데리고 갈게요. 스펜서 부인이 이 아이를 노바스코샤로 곧장 돌려보낼 조치를 취해줄 거예요. 차는 끓여놓고 갈게요. 소젖을 짤 시간까지는 돌아올 거예요."

매슈는 여전히 아무 말도 없었고, 마릴라는 허공에 대고 말을 한 기분이었다. 아무런 대꾸가 없는 남자보다 더 울화통 터지는 게 있을까. 대꾸 안 하는 여자만 빼고.

매슈는 시간에 맞춰 마차를 내어주었고, 마릴라와 앤은 곧 출발했다. 매슈가 마당 문을 열자 두 사람을 태운 마차가 천천히 달리기 시작했다. 매슈는 홀로 중얼댔다.

"오늘 아침에 크리크에서 제리 부트라는 남자아이가 왔어. 그래서 여름 동안 일꾼으로 쓰고 싶다고 했어."

마릴라는 답을 하지 않았다. 애꿎은 말만 채찍으로 내리쳤다. 이러한 푸대접이 익숙지 않은 몸집 큰 말은 화가 나서 엄청난 속도로 길가로 내달렸다. 마차가 들썩였다. 마릴라의 속을 썩이던 매슈는 마당 문에 기대어, 측은한 눈으로 그들의 뒷모습을 바라보고 있었다.

제5장

앤의 지난 나날들

앤이 당차게 말했다.

"있잖아요, 저는 이번 마차 여행을 즐기기로 했어요. 제가 깨달은 건데요, 마음을 강하게 먹으면 즐길 수 있게 되더라고요. 물론 마음을 강하게 먹어야 해요. 저는 마차에 타고 있는 동안에는 고아원에 돌아간단 생각은 하지 않을래요. 여행만 생각할 거예요. 저기 보세요! 저기에 작은 들장미가 벌써 피었어요. 예쁘지 않나요? 장미라서 정말 다행이라고 생각하지 않나요? 장미가 말을 할 수 있다면 정말 좋을 텐데 말이죠. 그럼 정말 멋진 이야기를 해줄 거예요. 그리고 분홍색은 얼마나 매혹적인지! 정말 아름다워요. 하지만 그 색을 입을 수 없다는 게 아쉬워요. 빨간 머리를 가진 사람들은 분홍색 옷을 입을 수가 없어요. 상상 속에서도 말이에요. 아주머니는 어릴 적엔 빨간 머리였다가 자라면서 머리색이 다른 빛깔로 변한 사람을 본 적이 있으세요?"

마릴라는 무뚝뚝하게 말했다.

"아니, 없었던 것 같구나. 그리고 네 경우에서도 드물 것 같다만."

앤은 한숨을 내쉬었다.

"그렇다면 희망 하나가 또 날아간 셈이네요. 제 삶은 희망들이 파묻힌 무덤과도 같아요. 이건 제가 책에서 읽은 한 소절이에요. 제가 실망을 하는 순간마다 위안을 삼으려고 스스로에게 건네는 말이죠."

마릴라가 말했다.

"그게 어떻게 위로가 되는지 모르겠구나."

"왜요? 근사하고 낭만적이잖아요. 마치 책 속의 여주인공이 된 것만 같다고요. 저는 낭만적인 것들이 좋아요. 그리고 묘지에 가득 버려진 희망은 상상만 해도 낭만적이잖아요? 한 가지라도 있는 편이 낫겠어요. 저희는 오늘 빛나는 호수를 건너나요?"

"아니, 오늘 배리 연못을 건너지 않아. 네가 말하는 빛나는 호수가 그곳이라면 말이야. 우리는 해변 길로 간단다."

앤은 꿈꾸듯 말했다.

"해변 길이라니! 정말 이름만큼 멋진가요? 아주머니께서 '해변 길'이라고 말씀하셨을 때, 제 마음속에 바로 그림이 그려졌어요. '화이트샌즈'도 예쁜 이름이죠. 하지만 에이번리만큼은 아니에요. 에이번리는 사랑스러운 이름이에요. 마치 음악 같아요. 화이트샌즈까지는 얼마나 남았나요?"

"5마일 정도 남았다. 그렇게 재잘대고 싶으면 네 자신에 대해서 좀 이야기해다오."

앤은 간절히 말했다.

"오, 저에 대해서는 말씀드릴 만한 게 없어요. 제 자신에 대해서 상상한 것을 말씀드리는 쪽이 훨씬 더 흥미진진하실 거예요."

"아니, 난 네 상상은 필요 없다. 네 존재 그대로, 처음부터 시작해봐. 어디에서 태어났고, 지금 몇 살이니?"

앤은 한숨을 쉬며 사실대로 털어놓기 시작했다.

"지난 3월에 열한 살이 되었어요. 노바스코샤 주의 볼링브로크에서 태어났어요. 아버지 성함은 월터 셜리셨고, 볼링브로크 고등학교 선생님이셨어요. 엄마는 마르샤 셜리셨고요. 월터와 마르샤는 멋진 이름이지 않나요? 제 부모님이 멋진 이름을 갖고 계셔서 좋아요. 제 아버지가, 음, 예를 들어 제데디어와 같은 이름이었으면 싫었을 것 같아요."

"사람의 됨됨이가 중요한 거지 이름은 중요하지가 않다고 생각하는데."

마릴라는 앤에게 선과 유익한 도덕을 가르쳐야 할 것 같았다.

앤은 골똘히 생각하더니 입을 열었다.

"글쎄요, 잘 모르겠어요. 어떤 책에서 봤는데 장미는 다른 이름으로 불려도 달콤한 향이 날 거래요.* 하지만 그 말이 잘 와닿지가 않아요. 장미가 엉겅퀴나 스컹크양배추 같은 이름이었으면 과연 지금의 장미와 동일한 느낌으로 멋질까, 하는 의구심이 들어요. 저희 아버지가 제데디어였어도 좋은 분이셨겠죠. 하지만 그래

---

* 윌리엄 셰익스피어(William Shakespeare)의 『로미오와 줄리엣』 중 한 구절.

도 쉬운 삶은 아니었을 거예요. 저희 엄마도 고등학교 선생님이셨어요. 하지만 아버지와 결혼하신 뒤로는 그만두셨죠. 가장이 된다는 건 큰 책임이에요. 토머스 아주머니께서는 두 분 다 세상 물정을 몰랐고, 교회의 쥐들만큼 가난했다고 하셨어요. 볼링브로크에 작은 노란 오두막을 짓고 아웅다웅 살았대요. 저는 그 집을 본 적이 없어요. 하지만 상상은 수천 번도 넘게 해봤죠. 응접실 창문으로 인동 덩굴이 자라고, 앞마당에는 라일락이 피었죠. 대문 안쪽으로는 은방울꽃이 피었고요. 게다가 창문마다 모슬린 커튼이 달렸어요. 모슬린 커튼은 집 안에 신선한 느낌을 주죠. 저는 그런 집에서 태어났어요. 토머스 아주머니께서는 제가 정말 볼품없는 아기였대요. 어찌나 작고 뼈만 앙상한지 눈만 초롱초롱했대요. 하지만 엄마는 제가 그저 완벽하게 예뻤대요. 그래도 집안일을 도우러 온 가난한 아주머니보다야 엄마 눈이 더 정확하겠죠? 어쨌든 엄마가 저를 마음에 들어 하셨다는 게 다행이에요. 엄마가 실망했다면 전 많이 슬펐을 것 같아요. 왜냐하면, 엄마는 그후로 오래 살지못하셨거든요. 제가 겨우 3개월 되었을 때 열병으로 돌아가셨어요. 엄마라고 불러본 기억이 날 정도로만 사셨어도 좋았을 텐데. '엄마'라는 말은 참 달콤해요. 그렇지 않나요? 나흘 뒤에는 아버지도 열병으로 돌아가셨어요. 그래서 고아가 되었죠. 사람들은 저를 어찌해야 할지 몰라서 발을 동동 굴렀대요. 그래서 토머스 아주머니께서 절 거두어주셨죠. 심지어 그 당시에도 저를 원하는 사람은 아무도 없었던 거예요. 그게 제 운명인가 봐요. 부모님은 모두 먼타지에서 오셔서 가까운 곳에 친척이 살고 있지 않았어요. 그래서

토머스 아주머니께서 저를 데려가시기로 했죠. 그분도 가난하신
데다 남편이 술주정뱅이인데도 말이죠. 토머스 아주머니는 손수
저를 키우셨어요. 돌봄을 받고 큰 아이들이 그렇지 않은 다른 아
이들보다 더 잘 자란다고 생각하시나요? 왜냐면 제가 말썽을 피
울 때마다 토머스 아주머니는, '내가 너를 어떻게 키웠는데 어쩜
이럴 수 있냐'고 저를 나무라셨거든요.

　토머스 아주머니 내외분은 볼링브로크를 떠나 메리스빌로 이
사를 했어요. 저는 여덟 살이 될 때까지 그분들과 함께 살았어요.
아이들을 돌보면서요. 저보다 어린 아이들이 네 명이나 있었어
요. 손이 정말 많이 가는 아이들이었죠. 그러던 어느 날 토머스 아
저씨가 기차에서 떨어져 돌아가셨어요. 토머스 아저씨의 어머니
가 토머스 아주머니와 아이들을 데려가겠다고 했지만 저까지는
원하지 않으셨어요. 토머스 아주머니는 저 때문에 어쩔 줄 몰라
하셨죠. 그때 강 상류 쪽에 살던 해먼드 아주머니께서 저를 데려
가겠다고 하셨어요. 제가 아이를 잘 돌본다는 점을 눈여겨보셨던
거죠. 그래서 해먼드 아주머니와 함께 강 너머 그루터기들 사이
작은 공터에서 살았어요. 그곳에서는 매우 외로웠어요. 상상력이
없었더라면 하루하루 버티기 어려웠을 것 같아요. 해먼드 아저씨
는 그곳에서 작은 제재소를 운영하셨고, 아주머니는 여덟 명의
아이를 돌보셨죠. 아주머니께서 쌍둥이만 세 차례 낳았거든요.
아이들은 숫자가 적당할 때는 귀엽지만 쌍둥이를 세 번이나 연달
아 낳는 건 너무 많잖아요. 저는 막내 쌍둥이들이 태어났을 때 단
호하게 말씀드렸어요. 애들을 돌보느라 제정신이 아닐 때가 한두

번이 아니었거든요.

그렇게 그곳에서 2년 넘게 살았어요. 해먼드 아저씨가 돌아가셨고, 아주머니는 집안 살림을 감당하기 어렵게 되셨죠. 그래서 아이들을 친척들에게 나누어 맡기고 미국으로 가셨어요. 전 호프턴에 있는 고아원으로 보내졌죠. 고아원에서도 처음에는 저를 원하지 않았어요. 아이들이 너무 많다는 이유로요. 하지만 어쩔 수 없이 저를 받아줬고, 그렇게 스펜서 아주머니께서 오실 때까지 넉 달을 머물렀어요."

앤이 이번에는 안도의 한숨을 내쉬며 말을 마쳤다. 버림받은 세상에서의 기억들에 대해 더 이상 이야기하기 싫은 듯했다.

"학교에 다닌 적은 있니?"

마릴라는 해변 길로 밤색 말을 몰며 물었다.

"오래 다니진 못했어요. 토머스 아주머니 댁에 살던 마지막 해에 잠깐 다녔어요. 강 상류에 살 때는 학교와 너무 멀어서 겨울에는 걸어서 다닐 수가 없었고요. 여름엔 방학이니까 봄과 가을에 겨우 다녔어요. 하지만 고아원에 있을 때는 다녔어요. 저는 책도 꽤 잘 읽고 술술 외울 수 있는 시도 몇 편이나 있는걸요. 「호엔린든의 전투(The Battle of Hohenlinden)」와 「플로든 전투 이후의 에든버러(Edinburgh after Flodden)」, 「호수의 여인(Lady of the Lake)」도 외울 줄 알고요. 제임스 톰슨(James Thompson)의 「사계(The Seasons)」는 대부분 다 외울 줄 알아요. 아주머니는 등골이 오싹할 정도로 시가 좋지 않나요? 5학년 교과서에 보면 「폴란드의 몰락(The Downfall of Poland)」이라는 시가 있어요. 짜릿함이 넘치죠. 물론 저는 4학년이기는 했지만 언니들이 읽던 것을 빌려주곤 했어요."

마릴라는 앤을 곁눈질로 쳐다보며 물었다.

"그 토머스와 해먼드 분들은 잘 대해주셨니?"

앤은 멈칫했다. 소녀의 감수성 짙은 작은 얼굴이 순간 당황하여 붉게 달아올랐다.

"어…… 본마음은 그러셨을 거예요. 진심이 그러했다면 밖으로는 늘 그렇게 되지 않는다고 해도 상관없다고 생각해요. 그분들은 나름대로 고민거리가 많은 분들이셨어요. 술주정뱅이 남편과 같이 산다는 거나, 쌍둥이를 연달아 세 번이나 낳아 키우는 것은 보통 일이 아니잖아요. 그분들도 본마음은 제게 잘해주고 싶으셨을 거예요."

마릴라는 더 이상 묻지 않았다. 앤은 해변 길에 매혹되어 할 말을 잃은 듯했고, 마릴라는 수심에 찬 얼굴로 멍하니 말을 몰았다. 아이에 대한 안쓰러움이 속에서부터 밀려왔다. 얼마나 굶주리고 사랑받지 못한 삶을 살았던 걸까. 궂은일과 가난, 홀대로 얼룩진 삶이었을 것이다. 마릴라는 앤이 살아온 이야기에서 아이가 미처 입 밖으로 내지 못한 행간의 속뜻을 짚어낼 수 있었다. 그래서 가정이 생길 것이라는 희망에 그렇게 기뻐했던 것이었구나. 돌려보내야 한다는 것은 안타까운 일이었다. 만약 마릴라가 매슈의 옹고집을 마지못해 받아줘서 아이를 데리고 있으면 어떨까? 매슈는 마음을 굳혔다. 아이는 착하고 가르치면 잘 배울 법했다.

마릴라는 생각했다.

'너무 수다스러운 면이 있기는 해. 하지만 그건 교육을 잘 못 받아서 그럴 거야. 게다가 말투가 무례하거나 상스럽지도 않잖아. 숙녀다운 면도 있고. 본디 괜찮은 집안 아이였을 거야.'

숲이 우거진 해변 길은 황량하고 외로워 보였다. 오른 편으로는 전나무들이 오랜 세월의 바닷바람에도 꿋꿋이 버티며 굵게 뿌리내리고 있었다. 왼편으로는 붉은 사암 절벽이 아찔하게 나 있었다. 이 밤색 말처럼 웬만큼 진중한 말이 아니었다면 마차에 탄 사람들을 불안에 떨게 했을 것이다. 절벽 아래로는 파도에 닿은 바위들과 바다 보석과도 같은 조약돌들이 모래밭을 뒤덮고 있었다. 그 너머로는 푸르른 바다가 넘실댔고 갈매기들이 햇살에 은빛 날개를 반짝이며 수면 위로 날아올랐다.

눈을 크게 뜬 채 주변을 넋 놓고 바라보던 앤이 문득 침묵을 깨며 입을 열었다.

"바다는 정말 근사하지 않아요? 언젠가, 제가 메리스빌에 살 때요, 토머스 아저씨가 사륜마차를 빌려와서 저희 모두를 10마일이나 떨어진 해변가로 데려간 적이 있어요. 하루 종일 아이들을 돌봐야 했지만 그날은 매 순간 어찌나 즐겁던지. 행복한 기억이 그 후로 한참을 가더라고요. 하지만 여기는 메리스빌의 해변보다 더 멋져요. 갈매기들도 멋지지 않나요? 아주머니는 갈매기가 되어보고 싶지 않으세요? 저는 되어보고 싶은데. 아침에 눈을 뜨면 바다로 재빨리 날아갔다가 하루 종일 아름답고 푸르른 바다 위에서 날 갯짓하고요. 그러다 밤이 되면 둥지로 돌아오는 거죠. 그렇게 사는 제 모습이 막 그려져요. 저기 보이는 저 커다란 집은 뭐예요?"

"화이트샌즈 호텔이다. 커크 댁에서 운영하시지. 하지만 아직 성수기는 아니야. 여름이 되면 미국인들이 많이 온단다. 미국인들은 이 해변이 마음에 드나봐."

앤은 슬픈 얼굴로 말했다.

"저 집이 스펜서 아주머니 댁이면 어쩌나 걱정했어요. 벌써 도착하고 싶지는 않거든요. 모든 것이 다 끝나버릴 것 같아서요."

제6장
마릴라, 마음먹다

그러나 두 사람은 때맞춰 도착하고 말았다. 스펜서 아주머니는 화이트샌즈 만에 있는 커다란 노란 집에 살고 있었다. 자애로운 인상의 그녀는 놀라움과 반가움이 뒤섞인 얼굴로 두 사람을 맞이했다.

"어머나, 오늘 오실 줄은 몰랐어요. 어쨌거나 반가워요. 말을 안으로 들이시겠어요? 잘 지냈니, 앤?"

"네, 잘 지냈어요. 감사합니다."

앤은 웃음기 없는 얼굴로 말했다. 어두운 그림자가 앤의 얼굴에 드리워졌다.

마릴라가 말했다.

"말이 쉴 동안만 잠시 머물다 갈게요. 매슈 오라버니에게 금방 돌아오겠다고 했거든요. 사실은요, 스펜서 부인, 어딘가에 착오가 있었던 것 같아요. 그걸 알아보러 온 거예요. 매슈와 저는 고아원에서 남자아이를 데려와 달라고 부인께 부탁드렸었죠. 그래서 부인의 남동생이신 로버트 씨께 열한 살 정도 되는 남자아이가 필요하다고 말했거든요."

마릴라는 난감하다는 표정으로 말했다.

"마릴라, 그게 무슨 말이죠? 로버트는 딸 낸시를 시켜서 제게 편지를 보냈어요. 두 분이 여자아이를 원한다고 그러던걸요. 그렇지 않니, 플로라 제인?"

스펜서 부인은 계단에 내려와 있는 딸에게 다그치듯 물었다.

"커스버트 아주머니, 낸시가 분명 그렇게 말했어요."

플로라 제인이 옆에서 거들었다.

"정말 유감이에요. 너무 안됐네요. 하지만 제 잘못은 아니에요, 마릴라. 저는 최선을 다했고, 두 분의 뜻대로 했다고 생각했어요. 낸시가 많이 덜렁대죠. 제가 그 아이가 경솔하게 굴 때마다 그렇게 나무랐건만."

마릴라가 체념한 듯 말했다.

"이건 저희 쪽 잘못이에요. 저희가 직접 왔어야지 그렇게 중요한 내용을 그런 방식으로 건너 건너 전할 게 아니었어요. 어쨌거나 착오가 발생했고, 지금은 그걸 바로잡아야 해요. 이 아이를 고아원에 돌려보낼 수 있나요? 그곳에서 다시 받아주겠죠?"

스펜서 부인은 생각에 잠겼다.

"아마 그렇겠죠. 하지만 굳이 돌려보낼 필요가 없을 것 같아요. 어제 피터 블루엣 부인이 들르셨어요. 일손을 도울 여자아이를 간절히 찾더라고요. 아시잖아요, 그 댁이 식구가 좀 많아요. 일손을 구하기가 힘든 모양이더라고요. 앤이 그 집에 적합할 것 같은데. 아주 인연이네요!"

마릴라는 무엇이 마침 인연이라는 것인지 감이 잡히지 않았다. 원치 않는 고아를 떨쳐낼 수 있는 때마침 좋은 기회를 얻었지만 마릴라는 기쁘지 않았다.

마릴라는 피터 블루엣 부인과는 안면만 있는 사이였다. 그녀는 작은 체구에 심술궂은 인상을 지녔고, 뼈에 살점이라고는 하나 붙어 있지 않았다. 게다가 소문도 익히 들었다. 블루엣 부인은 지독한 일벌레에 일꾼을 몰아세우는 걸로 유명했다. 블루엣 부인 댁에서 일했던 사람들은 안주인의 괴팍한 성질과 인색함, 버르장머리 없고 싸우기 좋아하는 아이들에 대해 이야기하며 치를 떨었다. 마릴라는 앤을 그런 블루엣 부인에게 넘긴다는 생각만으로도 양심의 가책을 느꼈다.

"글쎄요, 들어가서 의논해보죠."

"아, 마침 블루엣 부인이 저기 오시는군요!"

스펜서 부인은 부산을 떨며 응접실로 손님들을 맞아들였다. 짙은 초록빛 블라인드를 너무 오랫동안 쳐놓았던 듯 응접실의 공기는 온기라곤 한 점 없이 서늘한 기운만 감돌았다.

"정말 잘됐어요. 곧바로 일을 해결할 수 있어서요. 미스 커스버트, 흔들의자에 앉으세요. 앤, 너는 여기 기다란 의자에 앉을래? 부끄러워하지 말고. 모자는 이리 주렴. 플로라 제인, 가서 물주전자를 올리렴. 잘 지내셨나요, 블루엣 부인? 부인이 때마침 오셔서 얼마나 다행인지 모른다고 이야기를 나누던 참이었어요. 두 분 소개해드릴게요. 블루엣 부인, 마릴라 커스버트예요. 잠시만 실례할게요. 플로라 제인에게 오븐에서 빵을 꺼내야 한다는 말을 깜박했어요."

스펜서 부인은 블라인드를 걷어올리더니 총총걸음으로 나갔다. 앤은 말없이 긴 의자에 앉아 두 손을 무릎 위에서 꼭 움켜쥔 채 블루엣 부인을 멍하니 바라보았다. 저렇게 날카로운 얼굴과 눈초리를 한 여자에게 가게 되는 것일까? 목구멍에서 무언가가 걸리는 듯했고 눈은 고통스럽게 아려왔다. 스펜서 부인이 육체적으로나 정신적으로나, 아니 영혼의 모든 문제까지 해결할 수 있다는 듯 발그레하게 상기된 얼굴로 되돌아왔을 때, 앤은 더 이상 눈물을 참기 어려울 것 같았다.

스펜서 부인이 입을 열었다.

"이 아이에게 착오가 좀 있었어요, 블루엣 부인. 저는 커스버트 댁에서 이 아이를 입양하고 싶어하는 줄 알았죠. 분명 그렇게 들었는데, 그런데 남자아이를 원하셨다는 거예요. 그래서 말인데, 어제와 생각이 다르지 않으시다면 이 아이가 부인이 보시기엔 어떠신지 싶어요."

블루엣 부인은 앤을 머리끝부터 발끝까지 찬찬히 뜯어보았다.

"몇 살이지? 이름은?"

그녀가 다그치듯 물었다.

"앤 셜리예요. 열한 살이고요."

잔뜩 움츠러든 아이는 이름 철자에 주의해달라는 말은 입 밖에도 꺼내지 못했다.

"흠, 영 볼품없지만, 그래도 야무진 면은 있구나. 잘은 모르겠지만 그래도 야무진 아이가 낫지. 그래, 내가 널 데려가면 말을 잘 들어야 한다. 고분고분하고 똘똘하고 예의 바르게 행동하라고. 밥값은 해야 할 것 아니겠니. 이 부분은 분명히 해줬으면 좋겠구나. 네, 제가 데려갈게요, 미스 커스버트. 아기가 어찌나 까다로운지 제가 녹초가 될 지경이에요. 괜찮으시다면 지금 바로 데려갈게요."

마릴라는 앤을 쳐다보았다. 아이의 새하얗게 질린 얼굴과 고통스럽게 꿀 먹은 벙어리처럼 있는 모습을 보자 마음이 약해졌다. 힘없는 작은 동물이 겨우 덫에서 벗어났는데 이내 다시 덫에 걸려버린 듯한 모습이었다. 마릴라는 아이의 저 간곡함을 저버리고 나면 죽는 날까지 저 아이의 표정이 뇌리에서 떠나지 않을 것만 같은 불편한 확신이 들었다. 더욱이 마릴라는 블루엣 부인이 마음에 들지 않았다. 감성적이고 예민한 아이를 저런 여자에게 보내다니, 그럴 수는 없었다. 그건 도리가 아니었다.

"글쎄요, 잘 모르겠어요. 매슈 오라버니와 제가 이 아이를 키우지 않겠다고 확실히 결정한 건 아니거든요. 사실 오라버니는 앤을 데리고 있고 싶어해요. 저는 무슨 착오가 있었던 것인지 알아보러 온 것뿐이고요. 일단은 앤을 집으로 다시 데려가서 오라버니와 의논을 해봐야 할 것 같아요. 상의 없이 저 혼자 결정할 수는 없을 것 같아요. 저희가 데리고 있지 않는 것으로 결정하면 내일 밤에 부인 댁으로 저희가 데려다주든, 아이만 보내든 할게요. 그때까지 소식이 없으면 아이가 저희와 지내는 것으로 생각하시면 될 것 같아요. 괜찮으시겠어요, 블루엣 부인?"

"할 수 없죠, 뭐."

블루엣 부인이 시큰둥하게 말했다.

마릴라가 이야기하는 동안 앤의 얼굴에는 먼동이 트는 듯 환해지고 있었다. 우선 절망이 사라졌고 희망의 빛줄기가 떠올랐다. 두 눈은 샛별처럼 깊게 반짝였다. 아이는 다른 사람이 되었다. 그리고 잠시 뒤, 블루엣 부인이 요리법에 대해 물어보려고 스펜서 부인과 함께 자리를 비우자 앤은 쏜살같이 자리에서 일어나 방을 가로질러 마릴라에게로 향했다.

앤은 숨죽여 속삭였다. 마치 큰소리로 떠들면 이 환상적인 행운이 산산조각 날지도 모른다는 듯이.

"커스버트 아주머니, 제가 초록 지붕 집에 머물 수도 있다는 말 진심이세요? 정말인 거예요? 아니면 그저 제 상상인 건가요?"

마릴라는 마음에 들지 않는다는 듯 말했다.

"앤, 너는 그 상상력을 좀 다룰 줄 알아야 하지 않겠니? 현실과 상상을 구별하지 못해서야 원. 그래, 네가 들은 대로다. 하지만 결정된 건 없어. 결국 블루엣 부인께 너를 맡길지도 모를 일이지. 나보단 그분이 네가 더 필요해 보이니까."

앤은 격하게 말했다.

"그분 댁에서 지내느니 차라리 고아원으로 돌아가겠어요. 그분은 꼭 송곳같이 생겼다고요."

마릴라는 웃음을 억지로 참았다. 그런 말을 한 것은 비난받아야 마땅하다는 것을 보여줘야 한다고 생각했기 때문이다. 마릴라는 엄하게 말했다.

"어린애가 잘 알지도 못하는 어른께 그런 말을 함부로 하면 못써. 자리로 돌아가서 입 조심하고 얌전하게 있도록 해."

앤은 긴 의자로 고분고분 돌아가며 말했다.

"시키는 대로 다 할게요. 절 버리지만 말아주세요."

그날 저녁 마릴라와 앤이 초록 지붕 집으로 돌아왔을 때 매슈는 오솔길에서 두 사람을 맞이했다. 마릴라는 저 멀리에서 어슬렁거리는 매슈를 보며 그의 속내를 짐작했다. 앤을 도로 데려온 것을 보고 마음을 놓을 그의 얼굴이 눈앞에 그려졌다. 하지만 그녀는 그 일에 대해서는 아무 말도 하지 않았다. 두 사람이 함께 마구간 뒤편에 있는 마당에서 소젖을 짤 때가 되어서야 마릴라는 앤의 과거와 스펜서 부인 댁에서 있었던 일에 대해서 매슈에게 털어놓았다.

매슈는 평소답지 않게 흥분하며 말했다.

"나라면 블루엣 댁에는 내가 키우던 개도 맡기지 않을 거야."

마릴라가 끄덕였다.

"저도 그런 분은 딱 질색이에요. 하지만 그렇지 않으면 저 아이를 우리가 키워야 해요. 오라버니는 저 아이를 원하는 것 같으니 저도 어쩔 수 없죠. 오라버니의 뜻을 따를 수밖에요. 자꾸 생각을 하다 보니 그렇게 되어버렸어요. 마치 의무처럼요. 전 아이를 키워본 적이 없어요. 게다가 여자아이라니! 생각만 해도 끔찍해요. 하지만 최선을 다해볼게요. 그러니까 매슈 오라버니, 제 말은, 앤을 데리고 있자고요."

매슈의 숫기 없는 얼굴이 기쁨으로 밝아졌다.

"그래, 네가 그럴 줄 알았어, 마릴라. 저 아이는 정말 재미있는 꼬마라고."

마릴라가 빈정댔다.

"저 아이가 쓸모 있는 아이라고 말해주면 더 고마웠을 것 같네요. 하지만 그렇게 될 수 있도록 교육시켜 볼게요. 그리고 매슈 오라버니, 제 교육방식에는 참견하지 않았으면 좋겠어요. 노처녀가 아이 키우는 법을 잘 알 리는 없겠지만, 아무렴 노총각보다 못하겠어요? 그러니 아이 교육에 관해서는 간섭하지 않았으면 해요. 저 혼자 힘들면 그때 도와줘도 늦지 않으니까."

매슈가 다독였다.

"그래, 마릴라, 네가 알아서 하렴. 하지만 따뜻하게 잘 대해줬으면 좋겠구나. 그렇다고 버릇 나빠지게는 하지 말고. 앤이 너를 좋아한다면 네 말을 잘 듣고 따를 것 같은데."

매슈가 여자들에 관해 말하는 의견이라면 무시해버리겠다는 듯, 마릴라는 콧방귀를 뀌며 양동이를 들고 젖소 우리로 가버렸다.

마릴라는 크림 분리기에 우유를 거르며 곰곰이 생각했다.

'머물러도 된다는 말을 오늘밤에는 그 아이에게 해주진 말아야지. 좋다고 까불다가 한숨도 못 잘 것이 뻔해. 마릴라 커스버트, 너도 뭐하는 짓이니. 내가 고아 여자아이를 입양하게 될 줄이야. 정말 기가 막힐 노릇이지. 하지만 매슈 오라버니는 더 기가 막혀. 여자아이라면 치를 떨던 사람이었잖아. 하지만 어쨌든 결정을 한 거고, 앞으로의 일은 아무도 몰라.'

제7장
앤의 기도

그날 밤 마릴라는 앤을 침실로 데려다주면서 무뚝뚝하게 말했다.

"앤, 어젯밤에 보니 옷을 마룻바닥에 아무렇게나 내팽개쳤더구나. 그러면 못써. 난 절대로 용납할 수 없다고. 옷은 벗는 대로 바르게 개어서 의자에 걸쳐두려무나. 단정하지 않은 아이는 쓸모가 없어요."

앤이 말했다.

"어제는 너무 속상해서 옷에 신경 쓸 수가 없었어요. 오늘 밤에는 잘 개어놓을게요. 고아원에서도 그렇게 배웠어요. 물론 제가 실천에 옮긴 적은 절반에도 못 미치지만요. 제가 잘 까먹거든요. 빨리 침대로 들어가서 상상의 날개를 펼치고만 싶어요."

마릴라가 나무라듯 말했다.

"여기에서 머물고 싶다면 기억력을 곤두세워야겠구나. 옳지, 이번에는 제대로 했구나. 이제 기도를 하고 자려무나."

"저는 기도를 해본 적이 없는데요."

마릴라는 깜짝 놀라서 물었다.

"뭐라고? 그게 무슨 말이니, 앤? 기도하는 법을 배워본 적이 없니? 하나님은 언제나 어린 소녀들의 기도를 듣기 원하신단다. 하나님이 누군지는 알고 있니, 앤?"

앤이 재빠르게 웅얼거렸다.

"하나님은 영이요, 무궁하시며 영원불변하시고, 지혜와 권능과 거룩함과 정의와 선함과 진리가 있도다."

그제야 마릴라는 조금 안심이 되었다.

"조금 알기는 하는가 보구나. 이교도는 아니로구나. 천만다행이야. 그런 것들은 어디서 배웠니?"

"고아원 주일 학교에서요. 성경 구절을 통째로 외워야 했어요. 그런데 전 그게 좋았어요. 문구가 멋졌거든요. '무궁하다, 영원하다, 불변하다'라는 단어들 말이에요. 근사하지 않나요? 마치 커다란 오르간을 연주하는 것 같아요. 시라고까지 할 수는 없겠지만 꽤 비슷하긴 한 것 같아요, 그렇지 않아요?"

"지금 시에 대해 얘기하는 게 아니잖니, 앤. 기도에 대해서 얘기하던 중이었잖아. 매일 밤마다 기도를 하지 않는 건 정말 끔찍한 일이란다. 네가 못된 꼬마일까봐 염려가 되는걸."

앤은 한탄하듯 말했다.

"빨간 머리 사람들은 착하게 되는 것보다 나쁜 사람이 되는 게 더 쉽다고요. 겪어보지 않은 사람은 이 고충을 모르죠. 토머스 아주머니는 하나님께서 다 뜻이 있으셔서 제 머리를 빨갛게 만드신 거랬어요. 하지만 그 말을 들은 후로 하나님이 안 좋아졌어요. 게

다가 밤마다 너무 피곤해서 기도할 겨를이 없기도 했고요. 쌍둥
이를 돌보는 사람들은 기도할 여유가 없어요. 솔직히 그게 가능
하다고 생각하세요?"

마릴라는 당장 종교 교육부터 시켜야겠다고 마음먹었다. 더 이
상 시간을 늦출 수 없었다.

"앤, 우리 집에 있으려면 무조건 기도를 드려야 해."

앤은 발랄하게 답했다.

"네, 그럴게요. 아주머니께서 원하신다면요. 저는 시키는 대로
다 할게요. 하지만 이번만은 기도를 어떻게 드리는 건지 알려주
셨으면 해요. 다음부터는 제가 멋진 기도문을 상상해볼게요. 생
각해보니까 분명 재미있을 거예요."

"무릎을 꿇어보렴."

마릴라는 당혹스러운 얼굴로 말했다.

앤은 마릴라 앞에서 무릎을 꿇고 심각한 얼굴로 그녀를 올려다
보았다.

"사람들은 왜 기도할 때 무릎을 꿇는 거예요? 진심으로 기도하
고 싶다면 전 이렇게 하라고 일러주고 싶어요. 드넓은 들판에 홀
로 나간다든지, 깊고도 울창한 숲속으로 들어간다든지, 저 높이
끝이 없을 것만 같은 하늘을 바라본다든지 하라고요. 그러고 나
면 기도를 할 수 있을 같은 느낌이 들어요. 준비가 됐어요. 이제 뭘
하면 되죠?"

마릴라는 그 어느 때보다 당황스러웠다. 사실 마릴라는 '저는
이제 잠자리에 들려고 합니다' 같은 전형적인 아이들 기도를 가

르쳐야겠다고 마음먹었다. 하지만 앞서 언급했듯 마릴라에게는 아주 약간이나마 유머 감각이 있었다. 이것은 다른 말로 하면 상황 판단력이 있다는 말이었다. 새하얀 잠옷을 입고 엄마의 무릎에 앉아 짧게 읊조리는 기도는 이 주근깨 가득한 어린 꼬마에게는 낯선 것이었다. 이 아이는 인간의 사랑이라는 형태로 하나님의 사랑을 받아본 적이 없지 않은가.

"앤, 넌 스스로 기도할 수 있는 나이잖니. 네가 받은 축복에 대해 하나님께 감사드리고, 네가 원하는 것을 겸손하게 구해보렴."

마릴라는 나직이 말했다.

앤은 얼굴을 마릴라의 무릎에 파묻으며 약속했다.

"네, 최선을 다해볼게요. 은혜로우신 하나님 아버지, 교회에서 목사님들이 이렇게 말씀하시던 걸 들었어요. 그러니 제 기도에도 이렇게 하면 되죠?"

앤은 잠깐 고개를 들더니 딴소리를 해댔다.

"은혜로우신 하나님 아버지, 환희의 새하얀 길, 빛나는 호수, 보니와 눈의 여왕을 주셔서 감사드려요. 얼마나 고마운지 몰라요. 지금 생각나는 감사는 이 정도예요. 제가 원하는 거는요, 사실 너무 많아서 전부 말씀드리려면 시간이 엄청 오래 걸릴지도 몰라요. 그러니 지금은 가장 중요한 두 가지만 말씀드릴게요. 우선 제가 초록지붕 집에 살 수 있게 해주세요. 그리고 제가 어른이 되면 예뻐지게 해주세요. 그럼 이만 줄입니다. 존경을 담아, 앤 셜리 올림."

앤은 몸을 일으키며 간절한 눈망울로 물었다.

"저 어땠어요? 잘했나요? 생각할 시간이 좀 더 있었더라면 더 멋진 문구를 생각해낼 수 있었을 텐데 아쉬워요."

가여운 마릴라는 기가 막혀서 그 자리에 주저앉을 뻔했지만, 이윽고 앤의 엉뚱한 기도가 불경스러움이 아닌 그저 종교적 무지에서 비롯되었음을 기억해냈다. 아이를 침대에 눕히며 당장 내일부터 아이에게 기도를 가르쳐야겠다고 마음먹었다. 촛불을 들고 방을 나서는데 앤이 마릴라를 불렀다.

"방금 생각이 났어요. '존경을 담아'가 아니라 '아멘'이라고 했어야 했는데, 맞죠? 목사님들이 그렇게 하시더라고요. 그걸 깜박했지 뭐예요. 하지만 기도가 어떻게든 끝맺음이 되어야 한다는 생각에 엉뚱하게 해버렸어요. 잘못된 걸까요?"

"괜찮을 거야. 이제 얌전히 잠들렴. 잘 자거라."

마릴라가 말했다.

"오늘 밤은 맨 정신으로 밤 인사를 할 수 있을 것 같아요."

앤이 베개에 얼굴을 파묻으며 말했다.

마릴라는 부엌으로 돌아와 촛불을 테이블 위에 단단히 고정시킨 뒤 매슈를 치켜보았다.

"매슈 오라버니, 저 아이는 이제 정말 누군가가 입양해서 제대로 가르쳐야 해요. 완전 이교도나 다름없지 뭐예요. 글쎄, 기도를 한 번도 안 해봤다는 거 있죠. 이게 말이 되요? 내일 교회에 가서 새벽기도 교본을 빌려와야겠어요. 적당한 옷을 지어 입혀서 주일학교도 보내고요. 할 일이 산더미예요. 그래도 살다보면 이 정도는 누구나 하게 되죠. 지금껏 편하게 살아왔는데, 이제 저도 올 게 왔나 봐요. 최선을 다해봐야죠."

제8장
앤을 돌보기 시작하다

마음먹은 대로 마릴라는 다음날 오후까지 이제 초록 지붕 집에 살 수 있게 되었다는 말을 앤에게 하지 않았다. 오전 내내 마릴라는 아이에게 이것저것 시켜보면서 그걸 어떻게 해내는지 주의 깊게 살펴보았다. 점심 무렵이 되자 마릴라는 앤이 꽤 영리하고 순종적이며 야무지고 일을 빨리 배운다는 것을 알게 되었다. 한 가지 심각한 단점이 있다면, 일을 하던 중에 공상에 빠진다는 것이고, 그럴 경우 하던 일을 모조리 잊어버리게 된다는 것이었다. 앤은 혼이 바짝 나거나 일을 엉망으로 만들어버리고 난 후에야 정신을 차렸다.

앤은 점심 설거지를 끝내자 마치 최악의 소식이라도 들을 각오가 된 표정으로 마릴라 앞에 갑자기 다가갔다. 그녀의 여리고 작은 몸이 머리끝부터 발끝까지 바르르 떨렸다. 뺨은 붉게 달아올랐고 눈은 동그랗게 뜨고는 두 손을 모아 쥐더니 애원하는 목소리로 말했다.

"오, 제발요, 커스버트 아주머니. 제가 떠나야 한다고 말씀하실 건 아니시죠? 아침 내내 마음을 추슬러보려고 했는데 더 이상 못 참겠어요. 정말 끔찍한 기분이에요. 제발 알려주세요."

마릴라는 움직임 없이 말했다.

"내가 시킨 대로 행주를 더운 물에 넣고 삶지도 않았잖니. 질문을 하려거든 시킨 일부터 먼저 하고 난 다음에 해야지, 앤."

앤은 돌아가서 행주를 빨았다. 그러고는 돌아와서 마릴라를 간절한 눈빛으로 올려다보았다. 마릴라도 더 이상은 설명을 미룰 명분을 찾지 못하자 입을 열었다.

"그래, 이야기해줘야겠구나. 매슈 오라버니와 나는 너를 데리고 있기로 했다. 하지만 조건이 있다. 네가 행실이 바른 착한 아이가 되고 감사하게 생각한다고 약속한다면 말이다. 아니, 왜 그러니?"

앤은 당황하여 어쩔 줄 몰라하며 말했다.

"저 눈물이 나요. 이유는 모르겠어요. 저 지금 너무 기쁜데 말이죠. 아, 기쁘다는 말로는 부족해요. 환희의 새하얀 길과 벚나무를 봤을 때도 기뻤어요. 하지만 그때와 지금은 달라요. 그때보다 훨씬 더한 기쁨이에요. 아, 너무 행복해요. 착한 아이가 되겠어요. 물론 쉽지는 않겠지만요. 토머스 아주머니는 저더러 매번 꼬마 악당 같다고 하셨어요. 하지만 노력해볼게요. 그런데 왜 자꾸 눈물이 나는 걸까요?"

마릴라는 못마땅한 듯 말했다.

"그건 네가 너무 흥분해서 날뛰니까 그런 게 아닐까? 저기 의자에 앉아서 정신을 좀 가다듬도록 해라. 너는 너무 쉽게 웃고 울어. 그래, 여기 머물러도 된단다. 우린 너를 위해 노력하기로 했다. 넌 학교를 다녀야 해. 하지만 곧 방학이니까 조금만 기다렸다가 9월부터 다니자꾸나."

앤이 물었다.

"제가 아주머니를 어떻게 부르면 될까요? 커스버트 아주머니? 마릴라 이모?"

"아니, 그냥 마릴라 아주머니라고 불러라. 난 커스버트 아주머니나 미스 커스버트라는 호칭이 익숙하지가 않아 영 어색하구나. 듣기 불편해."

"그렇게 부르면 너무 버릇없어 보이지 않을까요?"

"네가 예의 바르게만 말한다면 그렇게 들리진 않을 것 같구나. 에이번리 사람들은 나이가 많건 적건 다들 나를 마릴라라고 부르지. 목사님만 빼고 말이야. 그분은 나를 미스 커스버트라고 부르시지. 그것도 생각이 날 때만이겠지만."

앤이 간절함을 담아 말했다.

"저는 마릴라 이모라고 부르고 싶어요. 저는 이모나 그외 친척들을 가져본 적이 없어요. 심지어 할머니도 안 계셨는걸요. 이모라고 부르면 정말 가족이 된 기분일 것 같아요. 마릴라 이모라고 불러도 되나요?"

"아니, 나는 네 이모가 아니잖니. 사실도 아닌 이름으로 부르는 건 옳지 않아."

"하지만 이모라고 상상할 수 있잖아요."

"나는 못한다."

마릴라가 냉정하게 말했다.

"실제와 다른 일을 상상해본 적이 없으세요?"

앤의 눈이 휘둥그레졌다.

"없어."

앤이 한숨을 내쉬었다.

"어머나, 마릴라 아주머니, 그동안 뭘 놓치고 사신 거예요!"

마릴라가 반박했다.

"나는 상상하는 일을 믿지 않는다. 하나님이 인간에게 특정한 상황을 부여하신 건 인간들이 마음대로 상상이나 해대라고 한 건 아니실 게야. 그러고 보니 생각이 난 게 있구나. 거실에 가서 벽난로 위에 있는 그림 카드를 가져오렴. 발을 깨끗하게 하고 하루살이들이 들어오지 않게 조심하고. 거기에 주기도문이 쓰여 있단다. 오후에 짬이 날 때마다 외우렴. 어젯밤과 같은 기도를 다시 해서야 어디 쓰겠니!"

앤은 미안한 듯 말했다.

"제가 봐도 요상했던 것 같아요. 하지만 저는 기도를 해본 적이 없어요. 처음 해본 사람한테 근사한 기도를 기대할 순 없는 거잖아요. 어젯밤에 약속한 대로 잠자리에서 멋진 기도문을 생각해봤어요. 목사님이 하시는 것처럼 엄청 길고 시적이었죠. 그런데 이게 웬일인지! 아침에 일어났더니 모조리 다 까먹은 거 있죠. 세상에 두 번 다시 없을 근사한 기도문이었는데. 하지만 여느 일이든 두 번째는 처음 생각할 때만 못하죠. 그런 경험 없으세요?"

"앤, 집중 좀 해주겠니? 내가 뭘 하라고 시켰으면 너는 곧장 가서 처리를 해야지 그렇게 멀뚱멀뚱 앉아서 헛소리를 늘어놓으면 못써. 지금 당장 가서 내가 시킨 일을 하도록 해."

앤은 재빨리 복도를 가로질러 거실로 향했다. 그러더니 돌아올 기미가 보이지 않았다. 10분이 지나도 돌아오지 않자 마릴라는 하던 뜨개질을 멈추고 차가운 표정으로 앤을 찾으러 갔다. 앤은 꿈쩍도 하지 않고 두 창문 사이에 걸린 그림을 바라보고 있었다. 두 눈은 마치 꿈을 꾸는 듯했다. 바깥에 선 사과나무와 포도 넝쿨을 뚫고 뻗어 들어온 흰색과 초록색 빛줄기가 그 앞에 넋을 잃고 선 작은 소녀를 밝게 비추고 있었다.

"앤, 도대체 어디에 넋을 팔고 있는 거니?"

마릴라가 날카롭게 쏘아붙였다.

"저거요."

앤은 화들짝 놀라 정신을 차리고 그림을 손으로 가리켰다. 〈어린 아이들을 축복하는 예수 그리스도(Christ Blessing Little Children)〉라고 적혀 있는 선명한 석판화였다.

"저는 제가 저 아이들 중 한 명이라고 상상하고 있었어요. 파란 원피스를 입고 구석에서 홀로 있는 아이 말이에요. 그 어디에도 속하지 않는 바로 저 같은 아이 말이죠. 소녀는 외롭고 슬퍼 보이지 않나요? 분명 부모님이 계시지 않을 거예요. 하지만 그럼에도 축복을 받고 싶은 거죠. 그래서 수줍게 군중 속으로 살그머니 다가가, 예수님만 자신을 알아봐주셨으면, 그 외에 다른 그 누구도 자신을 알아채지 못했으면 하고 바라는 거죠. 전 어떤 기분인지 알 것 같아요. 분명 가슴이 쿵쾅거리고 손도 차갑고 그랬을 거예요. 제가 아주머니께 이곳에 머물러도 되냐고 여쭈었을 때와 같은 심정이겠죠. 아이는 예수님이 자신을 못 봤으면 어쩌나 걱정이 되었을 거예요. 하지만 다행히 알아봐주셨죠. 그렇죠? 이런 것들을 상상하고 있었어요. 저 아이는 조금씩 예수님께 다가가죠. 예수님은 아이의 머리 위에 손을 얹으시죠. 아, 쟨 정말 기뻤을 거예요. 그런데 화가가 예수님의 표정을 너무 슬프게 그리지 않았더라면 더 좋았을 것 같아요. 예수님은 그림 속에서 다 저런 표정을 하고 계신 것 아세요? 하지만 예수님이 실제로는 그렇게 슬픈 얼굴을 하고 계시진 않았을 거예요. 그렇다면 아이들이 무서워했을 게 뻔하잖아요."

마릴라는 앤의 수다를 진작 끊지 않은 것이 후회가 되었다.

"앤, 그렇게 말하면 못써. 그건 불경스러운 거야. 아주 불경스럽다고."

앤의 눈이 동그래졌다.

"저는 경건한 참이었는데요. 불경스럽게 굴 의도는 전혀 아니었어요."

"그래, 알아. 하지만 예수님에 대해서 그렇게 함부로 말하면 안 되는 거란다. 또 한 가지 더 있어. 내가 뭘 가져오라고 시켰으면 바로 가서 가져와야지, 이렇게 넋을 놓고 그림 앞에서 공상을 떨고 있으면 어쩌니! 명심하도록 해. 저 카드를 가지고 곧장 부엌으로 와. 그리고 구석에 앉아서 기도문을 외우도록 해."

앤은 카드를 사과꽃이 담긴 병에 기대어 세워두었다. 그 사과꽃은 저녁 식탁을 장식하려고 앤이 꺾어온 것이었다. 마릴라는 곁눈질로 그 꽃을 보았지만 아무 말도 하지 않았다. 앤은 두 손으로 턱을 괴고서는 입을 꼭 다물고 한동안 주기도문을 공부했다.

이윽고 앤이 입을 열었다.

"이거 좋아요. 아름답잖아요. 이전에도 들어본 적이 있어요. 고아원의 목사님이 주일 학교에서 읽으시던 걸 들은 적이 있어요. 하지만 그때는 싫었어요. 그분 목소리가 갈라진 데다가 너무 엄숙하게 기도하셨거든요. 분명 기도를 억지로 하고 계셨던 것 같아요. 주기도문은 시는 아니지만 시와 같은 감동을 줘요. '하늘에 계신 우리 아버지, 이름을 거룩하게 하옵시며'는 마치 음악의 한 소절 같아요. 커스버트…… 아니, 마릴라 아주머니, 이런 걸 배울 수 있게 해주셔서 너무 기뻐요."

마릴라는 짧게 대꾸했다.

"그래, 잘 외우고 입은 좀 다물럼."

앤은 사과꽃 병을 살짝 기울여 분홍색 꽃봉오리에 입을 맞추었다. 그러고는 조금 전보다 더 열중해서 주기도문을 외웠다.

"마릴라 아주머니, 제가 에이번리에서 영혼의 단짝을 만날 수 있을까요?"

앤이 물었다.

"영혼의 뭐?"

"영혼의 단짝이요. 정말 친한 친구 말이에요. 저의 가장 깊은 속내까지 털어놓을 수 있는 그런 친구요. 전 그런 친구를 꼭 만날 수 있길 평생 소원해왔어요. 그렇다고 정말 만날 수 있을 거라 기대한 건 아니지만, 제 가장 소중한 꿈들이 한꺼번에 다 이루어진 걸 보니 어쩌면 이 꿈도 이뤄질지 모른다고 생각해요. 가능할까요?"

"비탈 과수원 집에 다이애나 배리가 살고 있어. 네 또래쯤이지. 착하고 귀여운 아이란다. 그 아이가 집에 오면 같이 어울리면 되겠구나. 지금은 카모디에 있는 이모 집에 있다고 들었다. 하지만 얌전하게 행동하는 게 좋을 거야. 배리 부인은 까다롭거든. 다이애나가 언행이 올바르지 못한 아이와는 어울리지 못하게 할 거야."

앤이 사과꽃 사이로 마릴라를 쳐다보았다. 앤의 눈은 호기심으로 반짝거렸다.

"다이애나는 어떤 아이예요? 머리카락이 빨갛지는 않겠죠? 오, 제발 아니었으면 해요. 빨간 머리는 저만으로도 충분하니까요. 영혼의 단짝마저 빨간 머리라면 정말 견디기 어려울 것 같아요."

"다이애나는 아주 예쁘게 생긴 꼬마 숙녀란다. 검은 눈동자와 머리카락을 가졌지. 장밋빛 볼과 말이야. 착하고 영리해. 이건 예쁜 것보다 더 좋은 거야."

마릴라는 『이상한 나라의 앨리스』에 나오는 공작 부인만큼이나 교훈적인 것을 좋아했다. 그리고 한창 커야 할 어린아이에게는 말 끝마다 도덕적인 것을 덧붙여야 한다는 확고한 신념이 있었다.

하지만 앤은 교훈적인 것에는 나 몰라라 했고, 앞서 들은 단짝 친구가 생길지도 모른다는 데에만 관심이 있었다.

"오, 다이애나가 예쁘다니 정말 좋아요. 제가 예쁘다는 것 다음으로요. 사실 제가 예뻐진다는 건 불가능하잖아요. 미모의 단짝 친구가 생긴다는 건 정말 최고죠. 토머스 아주머니 댁에는 거실에 유리로 된 책장이 있었어요. 물론 책은 한 권도 없었지만요.

토머스 아주머니께서는 엄청 비싼 도자기와 잼을 넣어두곤 하셨어요. 문짝 하나는 떨어져 나갔답니다. 토머스 아저씨가 술에 취해서 부숴버렸거든요. 다행히 남은 한짝은 멀쩡해서 저는 유리에 비친 제 모습을 바라보며, 그 안에 살고 있는 아이가 다른 소녀라고 상상하곤 했어요. 케이트 모리스라고 이름도 지어주고 엄청 친하게 지냈답니다. 시간 가는 줄도 모르고 수다를 떨곤 했는데, 특히 일요일이 되면 별 얘기를 다 했어요. 제게는 큰 위안이었고, 마음의 평안이 되어준 친구지요. 책장이 마법에 걸려서 주문을 모르면 책장 문을 열 수 없다고 정해놓기도 했어요. 제가 주문을 풀면 문을 열고 케이트 모리스가 살고 있는 방으로 들어갈 수 있는 거죠. 토머스 아주머니의 도자기와 잼이 진열되어 있는 선반이 아니고요. 그러면 케이트 모리스는 제 손을 잡고 꽃과 햇살, 요정이 가능한 환상적인 곳으로 데려다줘요. 그곳에서 우리는 행복하게 살죠. 해먼드 아주머니 댁으로 갈 때는 케이트 모리스와 이별을 해야 해서 어찌나 슬프던지. 그 친구도 마음 아파했어요. 그걸 어떻게 알았냐고요? 제가 책장 문에 대고 작별 인사를 하면서 입맞춤을 했을 때 그 애가 울고 있었거든요. 해먼드 아주머니 댁에는 책장이 없었어요. 하지만 집에서 조금만 위로 올라가면 작은 개울이 있었죠. 거기에는 정말 사랑스러운 메아리가 살고 있었답니다. 제가 무슨 말만 하면 따라 하더라니까요. 큰소리도 말하지 않았을 때조차도요. 그 메아리 친구에게는 비올레타라고 이름 지어주었어요. 그리고 우리는 멋진 친구가 되었죠. 전 케이트 모리스만큼이나 비올레타를 좋아했어요. 거의 버금갈 수준으로요. 고아원으로 돌아가기 전날 밤 비올레타에게 작별 인사를 했어요. 그랬더니 그 친구가 너무 슬픈 목소리로 저에게 잘가라고 말해주지 뭐예요. 비올레타를 잊을 수가 없어서 고아원에서는 더 이상 상상 친구를 만들 엄두가 나지 않았어요. 그곳에서는 상상거리가 많았는데도 말이에요."

마릴라가 냉랭하게 말했다.

"상상하지 않은 게 더 다행이라고 생각되는데. 너의 그런 행동은 마음에 들지 않는구나. 넌 상상하는 것을 절반쯤은 현실인 양 믿고 있는 듯하구나. 머릿속에서 그런 말도 안 되는 생각들을 떨쳐내기 위해서라도 진짜 살아 있는 친구를 사귀는 것이 좋겠구나. 배리 부인 앞에서는 케이트 모리스나 비올레타에 관한 얘기는 입 밖에도 내지 말거라. 널 헛소리하는 애라고 생각하실 게 뻔하니까."

"에이, 걱정 마세요. 제가 아무한테나 막 이런 얘기 털어놓고 그러지는 않아요. 저에게는 소중한 기억이란 말이에요. 마릴라 아주머니니까 말씀드리고 싶었던 거예요. 어머! 이것 보세요. 왕벌 한 마리가 사과꽃 속에서 튀어나왔어요. 사과꽃에서 살다니, 너무 멋지지 않나요? 바람이 토닥여주는 사과꽃 속에서 잠이 든다고 상상해보세요. 저는요, 사람으로 태어나지 않았으면 꿀벌로 태어나서 꽃 속을 헤집으며 살았을 거예요."

마릴라가 코웃음을 쳤다.

"어제는 갈매기가 되고 싶다더니. 그새 또 마음이 변했구나. 차분히 기도문이나 외우라니까. 넌 옆에 들어주는 사람이 있으면 입을 다무는 법이 없구나. 네 방으로 가서 기도문을 외우렴."

"거의 다 외웠어요. 마지막 한 줄만 외우면 되요."

"그래도 시키는 대로 해. 방으로 가서 끝까지 다 암송하렴. 그리고 내가 차 마실 준비를 도와달라고 부를 때까지 방에 얌전히 있도록 해."

"사과꽃을 가지고 가도 돼요?"

앤이 간청했다.

"안 돼. 꽃들로 방을 어지럽힐 생각이니? 넌 애초에 나무에서 꽃을 꺾으면 안 되는 거였어."

앤은 말했다.

"저도 그 생각을 하기는 했어요. 제가 괜히 꺾어서 아름다운 꽃들의 생명을 단축시킨 거잖아요. 제가 사과꽃이었다면 꺾이기 싫었을 거예요. 하지만 도무지 참을 수가 없었어요. 마릴라 아주머니는 유혹을 도무지 참을 수 없을 때 어떻게 하시나요?"

"앤, 내가 방으로 들어가라는 말 못 들었니?"

앤은 한숨을 내쉬고는 동쪽 다락방으로 올라가 창문 옆 의자에 걸터앉았다.

"이 기도문은 다 외웠어. 다락방으로 올라오면서 마지막 문장까지 다 외웠거든. 지금부터는 이 방에 채워 넣을 것들을 상상해야지. 그럼 내가 상상한 대로 방이 꾸며질 거야. 물건들도 그대로 있고말고. 바닥에는 분홍빛 장미가 그려진 하얀 벨벳 카펫이 깔려 있어야 해. 창문엔 분홍색 실크 커튼이 드리워지고 말이야. 벽에는 금색과 은색으로 짠 태피스트리를 걸어둘 거야. 가구들은 마호가니야. 사실 마호가니를 본 적은 없지만 왠지 폼 나는 것 같잖아. 소파 위에는 분홍색, 파란색, 진홍색이나 황금색의 멋진 실크 방석들이 가득하지. 난 그 소파에 우아하게 기대어 있고, 벽에 걸린 커다랗고 근사한 거울 속으로 내 모습이 비쳐. 키도 크고 기품 있지. 난 흰 레이스가 바닥을 휘젓는 드레스를 입고 진주로 된 십자가 목걸이를 하고 있어. 머리에도 진주를 둘렀지. 내 머리는 밤하늘처럼 새까맣고, 내 피부는 아이보리 빛깔처럼 뽀얗지. 내 이름은 코델리아 피츠제럴드야. 아, 안 돼. 너무 진짜같이 상상할 순 없잖아."

앤은 작은 거울 앞으로 콩콩 뛰어가더니 가만히 그 속을 들여다보았다. 주근깨투성이에 모난 얼굴, 침울한 잿빛 눈동자가 비춰졌다. 소녀는 솔직하게 말했다.

"넌 그저 초록 지붕 집의 앤이라고. 내가 널 코델리아 아가씨라고 상상할 때마다 넌 지금의 이 모습을 내게 비춰대겠지. 그래도 집 없는 앤보다는 초록 지붕 집의 앤이 백만 배쯤은 낫잖아?"

앤은 몸을 숙여 거울 속 자신에게 사랑스러운 입맞춤을 했다. 그러고는 활짝 열린 창문 쪽으로 다가갔다.

"눈의 여왕, 안녕? 골짜기 아래 자작나무들도 안녕? 그리고 언덕 위 회색 집도 안녕? 다이애나가 내 단짝 친구가 되어줄까? 그래주었으면 좋겠는데. 난 그 앨 정말 사랑할 수 있는데. 그래도 케이트 모리스와 비올레타를 절대 잊지 않을 거야. 내가 잊으면 그 애들은 얼마나 속상하겠어. 난 그 누구에게도 상처 주고 싶지 않아. 작은 책장 속 소녀라고 해도, 작은 메아리 소녀라고 해도 말이야. 나는 그 친구들을 모두 기억해주고 매일 밤 입맞춤을 보내줄 거야."

앤은 손가락 두 개를 포개어 입으로 갖다대고는 벚꽃 너머로 입맞춤을 날렸다. 그러고는 양손으로 턱을 괸 채 공상의 바다를 유유적적하게 떠다니기 시작했다.

제9장
레이첼 린드 부인, 충격 받다

린드 부인이 앤을 살피러 왔을 때에는 앤이 초록 지붕 집에서 지낸 지 어느덧 2주가 지났을 무렵이었다. 일부러 늦게 찾아오려던 것은 아니었다. 지난번 초록 지붕 집에 들른 이후로 이 마음씨 고운 여인네는 때 아닌 독감에 걸려 집 밖으로 나올 수가 없었다. 린드 부인은 사실 병치레를 잘 하지 않는 부류여서, 골골대는 사람들을 보면 대놓고 무시하곤 했다. 하지만 린드 부인은 독감이란 하나님이 내리는 특별한 불행이라 예외라고 부득부득 우겨댔다. 의사가 이제부터 외출이 가능하다고 하자마자 그녀는 매슈와 마릴라가 데려온 고아를 보러 한걸음에 초록 지붕 집으로 달려갔다. 에이번리에는 벌써 소문과 추측이 난무하고 있었다.

그 2주 동안 앤은 깨어 있는 매 순간을 알차게 보냈다. 나무, 관목 수풀들과 친구가 되었고, 사과나무 과수원 아래로 난 오솔길이 숲으로 이어진다는 사실도 알아챘다. 앤은 개울과 다리와 전나무 숲, 아치 모양의 벚나무, 고사리 숲, 멀게는 단풍나무 가지가 뻗은 좁다란 길까지 탐색에 나섰다.

앤은 골짜기 아래의 샘물과도 친구가 되었다. 깊고도 맑은 물은 얼음처럼 차가웠다. 매끄럽고 붉은 사암과 손바닥처럼 생긴 물고사리들이 주위를 에워쌌고, 개울 위로는 통나무 다리가 놓여 있었다.

앤은 총총걸음으로 다리를 건너 숲이 우거진 언덕으로 내달렸다. 아름드리 전나무와 가문비나무에 가려져 늘상 밤처럼 어둑한 그 아래로는 흐드러지게 핀 준벨꽃 더미와 지난해에 시들어버린 꽃들의 영혼처럼 창백하고 영묘한 별꽃 몇 송이가 피어 있을 뿐이었다. 나무들 사이로는 거미줄이 은빛으로 반짝였고, 전나무 가지와 잎사귀들은 서로 속닥이는 듯 하늘거렸다.

나가서 놀아도 된다고 허락받은 30분 동안 앤은 바깥 구경을 하며 황홀한 모험을 했다. 그러고는 매슈와 마릴라의 귀가 따가워질 때까지 바깥에서 보고 느낀 것을 재잘댔다. 매슈는 그런 앤이 귀찮지 않은 모양이었다. 말없이 미소를 띤 채 그녀의 이야기에 귀를 기울였다. 마릴라는 앤의 이야기에 몰입되다가도 이내 입 좀 그만 다물라고 다그쳤다.

린드 부인이 방문했을 때 앤은 노을이 쏟아지는 과수원 풀밭에서 노닐고 있었다. 그 덕분에 이 마음씨 고운 여인은 몸져누웠던 근황에 대해 실컷 떠들 수 있었다. 어디가 어떻게 쑤시고 아팠는지 통증 부위와 맥박까지 다 짚어대며 읊어대는 바람에 마릴라는 독감을 앓는 것도 나쁘지만은 않겠다고 생각했다. 모든 얘기를 다 쏟아놓고 나서야 린드 부인은 왜 찾아왔는지 털어놓았다.

"마릴라와 매슈에 대해 놀라운 얘길 들었지 뭐예요."

"저보다 더 놀라셨으려고요. 하지만 이제는 좀 괜찮아졌어요."

마릴라가 대답했다.

"그런 착오가 있었다니 당황스러워요. 아이를 돌려보낼 수는 없었던 거예요?"

린드 부인이 안타깝다는 듯이 말했다.

"방법이 없던 건 아니었지만, 돌려보내지 않기로 했어요. 매슈 오라버니가 그 아이를 마음에 들어 했거든요. 그리고 저도 그 아이가 싫지 않았고요. 물론 흠이 없는 건 아니지만, 그 애가 온 뒤로 집안 분위기가 달라졌어요. 아이가 밝고 명랑해요."

마릴라는 애초에 하려던 말보다 더 많은 말을 해버리고 말았다. 린드 부인의 얼굴에서 못마땅하다는 표정을 읽었기 때문이다.

린드 부인은 근심 어린 눈초리로 말했다.

"너무 큰 짐을 떠맡은 게 아닌가 걱정이 되네요. 게다가 마릴라는 아이를 키워본 적도 없잖아요. 어떤 아이인지, 성격 같은 것도 잘 모르고요. 나중에 어떤 아이로 자라날지도 알 수 없는 상황이잖아요. 하지만 벌써부터 부담 주려는 건 아니에요, 마릴라."

"그렇지 않아요. 전 마음먹으면 어떻게든 하는 편이죠. 앤이 보고 싶으실 텐데, 제가 불러올게요."

마릴라가 무미건조하게 말했다.

과수원에서 뛰어놀다가 환한 얼굴로 집 안으로 뛰어 들어온 앤은 뜻밖의 손님을 보자 당황하여 문 앞에서 멈춰 서고 말았다. 앤의 꼴은 볼썽사나웠다. 고아원에서 받은 짧고 꽉 끼는 원시 원피스를 입고 있었고, 그 아래로는 앙상하고 길쭉한 다리가 그대로 드러났다. 주근깨는 평소보다 도드라져 보였다. 바람에 머리카락이 흩날려 엉망진창이 되어 그 어느 때보다도 붉게 빛나고 있었다.

"얼굴을 보고 데려온 건 아닌가 보네요. 그건 확실하군요, 마릴라. 어쩜 이리도 깡마르고 볼품없게 생겼을꼬. 아이야, 이리 좀 와볼래? 어디 좀 보자꾸나. 어머나 세상에, 무슨 주근깨가 이렇게 많니? 머리는 또 왜 이렇게 빨갛다니? 무슨 홍당무도 아니고. 꼬마야, 이리 와보라니까."

린드 부인은 논평하듯 말했다. 린드 부인은 속에 있는 이야기를 거리낌없이 하는 편이라, 그것 때문에 주위에서 털털하고 거침없는 사람으로 꼽혔다.

앤이 다가가기는 했지만 린드 부인이 기대했던 방식은 아니었다. 앤은 부엌을 한걸음에 가로질러 린드 부인 앞에 섰다. 소녀의 얼굴은 분노로 벌겋게 달아올랐고, 입술은 파르르 떨렸으며, 앙상한 몸은 머리부터 발끝까지 부들부들 떨고 있었다.

"아주머니 미워요! 미워요! 밉다고요!"

앤은 발을 구르며 울부짖었다. 밉다고 할 때마다 앤의 발은 더 세차게 바닥을 내리쳤다.

"어떻게 삐쩍 마르고 못생겼다고 하실 수가 있어요? 어떻게 제 주근깨와 빨간 머리를 그렇게 꼬집어서 말씀하실 수가 있냐고요! 아주머니는 예의도 없고 무례하고 감정도 없어요!"

"앤!"

마릴라가 당황하여 소리쳤지만 앤은 꿈쩍도 하지 않은 채 린드 부인 앞에서 고개를 빳빳이 들고는 눈을 부릅떴다. 주먹은 꽉 움 켜쥐었고 분노에 찬 숨은 거칠었다.

앤이 격하게 다시 대꾸했다.

"어떻게 그렇게 말씀하실 수 있냐고요! 아주머니라면 그런 말을 들으면 기분 좋으시겠어요? 뚱뚱하고 어수룩한 데다, 상상력 이라고는 눈곱만큼도 없는 여자라는 말을 들으면 기분 좋으시겠 냐고요! 제가 마음 상하게 해드렸다고 해도 별 수 없어요. 사실 아 주머니께서 기분 상하셨으면 좋겠어요. 토머스 아주머니 댁 술주 정뱅이 아저씨도 이렇게까지 모욕적이진 않으셨어요. 절대 아주 머니를 용서하지 않을 거예요! 절대로요!"

쿵! 쿵!

린드 부인이 황당한 얼굴로 소리쳤다.

"무슨 이런 버르장머리 없는 애가 다 있어요?"

마릴라는 간신히 힘을 내어 입을 열었다.

"앤, 네 방으로 가. 내가 올라갈 때까지 기다리고 있어라."

앤은 엉엉 울면서 현관문으로 달려갔다. 현관 벽 위의 함석판 이 들썩거릴 정도로 문을 세차게 닫고는 복도를 지나 계단까지 회오리바람처럼 달려가버렸다. 동쪽 다락방 문도 어지간히 세차 게 닫은 모양이었다. 위층에서 쾅 하는 소리가 요란하게 났다.

린드 부인은 말문이 막힌다는 듯 침울한 표정을 지으며 말했다.

"어머나, 저런 아이를 키우기로 했다니 부럽지가 않네요."

마릴라는 어떻게 사과하고 용서를 구해야 할지 모르겠다고 말 하려는 듯 입을 열었다. 하지만 정작 입 밖으로 내뱉은 말은 스스로가 생각하기에도 놀라운 것이었다.

"레이첼, 외모를 가지고 그렇게 말씀하시면 안 되죠."

린드 부인은 화가 나서 따지듯 말했다.

"마릴라 커스버트! 지금 이런 말도 안 되는 상황에서 그 아이 편을 들겠다는 거예요?"

마릴라가 차분하게 말했다.

"아니, 그 아이 편을 들겠다는 게 아니에요. 앤은 버릇없었고, 그건 제가 야단을 칠게요. 하지만 그 아이 입장도 생각해줘야죠. 그 아이는 제대로 교육을 받아본 적이 없어요. 그리고 부인이 좀 지나치셨어요."

마릴라는 마지막 말까지 기어이 하고 있다는 사실에 놀라고 말았다. 린드 부인은 자존심이 상했는지 자리에서 일어났다.

"그래요. 다음부터는 조심해야겠네요. 근본을 알 수 없는 고아의 기분을 먼저 배려해야 하니까요. 화난 거 아니니까 걱정 말아요. 그냥 마릴라가 안타까워서 제가 어디 화라도 낼 수 있겠어요. 앞으로 저 아이 때문에 고생깨나 하겠어요. 마릴라가 들을 것 같지도 않지만 충고 하나 할게요. 난 아이를 열 명이나 키우고, 또 둘은 잃어보기도 했으니까. 마릴라가 말한 대로 야단을 칠 계획이라면 꽤나 튼튼한 자작나무 회초리를 준비하는 게 좋을 거예요. 저런 애한테는 그게 가장 잘 먹히니까. 아이가 성질머리가 머리 색깔하고 똑같기는! 그럼 잘 있어요, 마릴라. 앞으로도 평소처럼 종종 우리 집에 들르고요. 하지만 앞으로도 이렇게 모욕을 준다면 난 여기에 당분간 못 올 것 같네요. 이런 경험은 처음이라서요."

린드 부인은 문을 휭하고 나가버렸다. 뚱뚱한 여인이 '휭하고' 나갈 수 있는지 의문이지만. 마릴라는 울적한 기분으로 동쪽 다락방으로 올라갔다.

계단을 오르며 마릴라는 이번 일을 어떻게 처리해야 할까 곰곰이 생각했다. 그녀도 조금 전에 벌어진 일로 곤욕스럽긴 매한가지였다. '앤은 정말 운도 없지, 그 많은 사람 중에 하필이면 레이첼 앞에서 그런 성질을 부릴 건 뭐람!' 그러던 마릴라는 문득 마음이 불편해졌다. 앤의 괴상한 성격 때문에 슬픈 것보다 자신이 더욱 부끄러움을 겪게 되었다는 것을 깨달았기 때문이다. 아이를 어떻게 벌주어야 할까? 린드 부인이 말한 자작나무 회초리는 린드 부인의 아이들에게나 먹힐 법한 훈육법이었다. 마릴라에게는 와닿지 않았다. 마릴라는 아이를 때릴 수 있을 것 같지가 않았다. 아니, 앤이 자신의 잘못을 제대로 깨우칠 수 있도록 무언가 다른 방법을 찾아야 했다.

앤은 깨끗한 침대보에 얼굴을 파묻은 채 엉엉 울고 있었다. 진흙투성이의 부츠는 벗지도 않은 채였다.

"앤."

마릴라는 부드럽게 말했다.

대답이 없었다.

"앤, 당장 침대에서 일어나서 내가 하는 이야기를 듣도록 해."

이번에는 조금 엄한 목소리로 불렀다.

앤은 부스럭대며 자리에서 일어나 침대 옆 의자에 꼿꼿이 앉았다. 얼굴은 퉁퉁 부었고 눈물 자국이 덕지덕지 붙어 있었다. 앤은 고집스럽게 바닥만 뚫어지게 쳐다보았다.

"일을 잘도 벌려놨구나, 앤. 부끄럽지도 않니?"

앤이 머뭇거리며 대꾸했다.

"그 아주머니는 제게 못생기고 머리가 빨갛다고 놀릴 권리가
없잖아요!"

"너도 린드 부인에게 그렇게 무례하게 성질을 부리면서 대들
권리는 없어. 내가 너 때문에 얼마나 부끄러웠는지 아니? 난 네가
린드 부인에게 예의 바른 아이로 보이길 바랐는데, 날 이렇게 망
신을 주면 어떡하니? 린드 부인이 너더러 빨간 머리에 좀 볼품없
이 생겼다고 말했다고 그렇게 성질을 부리면 어떡해! 네 스스로
도 내내 그렇게 말해왔었잖아."

앤이 울먹였다.

"제가 말하는 거랑 남들이 말하는 거랑은 다르잖아요. 사실이
그렇다고 해도 다른 사람들은 그렇게 생각하지 않았음 하는 게
사람 마음이라고요. 제가 성질이 고약하다고 생각하실지도 모르
지만 저도 어쩔 수 없었어요. 린드 아주머니께서 그렇게 말씀하
셨을 때 제 속에서 무언가가 확 치밀어 오르고 숨통을 조이는 기
분이었다고요. 저도 어쩔 수 없었다고요."

"어쨌든 넌 오늘 볼썽사나운 짓을 했어. 린드 부인에겐 동네방네
떠들 만한 좋은 이야깃거리가 생긴 거지. 오늘 일도 얼마나 소문을
내고 다니시겠니. 그렇게 성질을 부리는 것은 정말 나쁜 거야."

"바로 앞에서 말라깽이에 못생겼다고 말하면 기분 좋을 사람
이 어디 있어요?"

앤은 울부짖었다.

문득 마릴라는 오래전 일이 번뜩 떠올랐다. 그녀가 어린아이였을 시절, 이모가 자신에게 그렇게 말하는 걸 들은 적이 있다. "불쌍한 것. 까무잡잡하고 못생겼네." 마릴라가 그 상처를 지우는 데에는 50년의 세월이 필요했다.

그녀는 부드러운 목소리로 앤의 말을 인정했다.

"린드 부인이 잘했다는 게 아니야. 그분은 원래 말을 거르지 않고 하는 편이야. 그렇다고 해서 네가 한 행동에 대한 변명거리가 생기는 건 아니야. 너는 린드 부인을 처음 뵙는 자리였잖니. 그분은 너보다 나이도 많으시고, 게다가 우리 집에 오신 손님이었어. 이 세 가지만으로도 넌 예의를 갖춰야 하는 게 맞아. 하지만 너는 무례하고 버릇이 없었어. 그러니······."

순간 그럴듯한 벌이 마릴라의 뇌리를 스쳤다.

"린드 부인에게 가서 잘못했다고 말씀드리고 용서를 빌어라."

앤의 표정은 어둡고도 단호했다.

"싫어요. 절대 못해요. 다른 어떤 벌을 주셔도 좋아요. 뱀과 두꺼비가 사는 어둡고 축축한 지하실에 가두고 빵과 물만 주셔도 괜찮아요. 대신 린드 아주머니에게 사과하라는 말만은 하지 말아주세요."

마릴라는 냉정하게 말했다.

"난 어둡고 축축한 지하실에 사람을 가두고 그러지 않아. 그리고 에이번리에는 그런 곳이 있지도 않고. 너는 무조건 린드 부인에게 사과를 해야 해. 그렇게 할 때까지 이 방에서 꼼짝도 못할 줄 알아라."

앤이 슬프게 말했다.

"그럼 전 평생 여기에서 살아야겠네요. 린드 아주머니에게는 죽어도 잘못했다는 말을 못하겠어요. 어떻게 그렇게 할 수가 있어요? 저는 죄송하지 않단 말이에요. 아주머니를 곤란하게 해드린 건 정말 죄송해요. 하지만 린드 아주머니한테는 오히려 속이 시원해요. 하나도 죄송하지 않은데 사과를 하라니요? 어떻게 그렇게 해요? 상상도 할 수 없다고요!"

마릴라가 자리에서 일어나며 말했다.

"내일 아침이 되면 상상하기 쉬워질지도 모르겠구나. 오늘 밤에는 네가 무슨 잘못을 했는지 돌아보는 시간을 갖도록 해라. 초록 지붕 집에 살면 착한 아이가 되겠다고 네 입으로 약속했잖니. 오늘 저녁에는 그렇게 보이지 않는구나."

마릴라는 소용돌이치는 앤의 가슴에 비수를 꽂고는 부엌으로 내려갔다. 마릴라도 착잡한 심정이었다. 스스로에게도 화가 났다. 그러면서도 말문이 막혀 괴로워하던 린드 부인의 표정이 떠오를 때마다 마릴라의 입꼬리는 올라가더니 웃음이 터지려고 했다. 사실 통쾌하게 웃고 싶은 심정이었다.

제10장
앤, 용서를 빌다

그날 저녁 마릴라는 매슈에게 그 사건에 대해서 말하지 않았다. 하지만 앤이 다음날 아침까지도 고집을 부리고 식사를 하러 나타나지 않는 통에 무슨 일이 일어났었는지 말하지 않을 수 없었다. 마릴라는 매슈에게 앤이 얼마나 황당한 일을 하였는지 사건의 전말을 설명하였다.

"레이첼 린드가 한 방을 먹었다니 좋네. 그 여자는 참견하길 좋아하는 데다가 말이 많아서."

매슈가 위로한답시고 건넨 말이었다.

"매슈 오라버니, 뭐라고요? 앤이 황당한 일을 했다는 걸 알면서 그 아이 편을 드는 거예요? 이러다가 다음에는 아주 벌도 주지 말라고 하겠네요?"

"아니, 그런 말이 아니지. 벌은 좀 받아야지. 난 그냥 너무 심하게 하지는 말라는 거야. 그 애는 제대로 배워본 적이 없는 아이라고. 그걸 잊지 말라는 거지. 그런데 먹을 건 가져다줄 거지?"

매슈가 말을 더듬었다.

"제가 성격을 바로잡는다고 누굴 굶기고 그러는 거 봤어요? 삼시 세끼 꼬박꼬박 챙겨서 대령할 겁니다. 하지만 린드 부인에게 사과하겠다고 할 때까지 아래층에는 얼씬도 못하게 할 거예요. 오라버니는 그런 줄 아세요."

마릴라가 쏘아붙였다.

앤이 여전히 고집을 부리는 통에 아침, 점심, 저녁 식사는 매우 적막했다. 마릴라가 매 끼마다 잘 차려진 쟁반을 동쪽 다락방으로 손수 날랐다가 앤이 별로 입에 대지도 않은 것을 도로 가지고 내려왔다. 매슈는 앤이 뭘 좀 먹었나, 걱정스러운 눈초리로 마릴라가 가지고 내려오는 쟁반을 쳐다보곤 했다.

그날 저녁, 마구간 주변을 서성대며 동태를 살피던 매슈는 마릴라가 뒤편 초원에 풀어둔 젖소들을 데리러 나가자 도둑처럼 살금거리며 집으로 들어와 계단을 타고 2층으로 올라갔다. 부엌과 복도 끝 침실만 오가던 매슈가 아니었던가. 그는 어쩌다가 목사가 차를 마시러 들르면 응접실이나 거실에 얼굴이나 빼꼼히 비출 정도였다. 손님방 도배를 새로 하느라 봄에 마릴라와 함께 위층에 올라간 일을 제외하고는 제 집인데도 2층에 올라가 본 적이 없었다. 이 일도 벌써 4년 전이다.

그는 까치발을 하고 복도를 지나 동쪽 다락방 문 밖에서 한참을 서성였다. 그러더니 이윽고 용기를 내어 손가락으로 문을 살짝 두드려 빼꼼히 안을 들여다보았다.

앤은 창가에 있는 노란 의자에 앉아서 우울한 표정으로 정원을 내다보고 있었다. 꼬마의 조그맣고 슬픈 모습이 매슈의 눈에 안쓰러워 보였다. 그는 문을 조심스레 닫고는 살며시 앤에게 다가갔다.

"앤."

누가 엿듣기라도 하듯 매슈가 속삭였다.

"좀 괜찮니?"

앤이 힘없이 웃음을 지었다.

"그냥 그렇죠 뭐. 좋은 것들을 상상하고 있었어요. 그러면 시간이 잘 가거든요. 물론 좀 외롭지만. 그래도 곧 익숙해질 것 같아요."

앤은 다시 웃어 보였다. 길고 외로운 감금 생활을 꿋꿋이 감내하겠다는 듯.

매슈는 더 이상 시간을 지체하지 말고 말을 하는 것이 좋겠다고 생각했다.

"여기서 그만 끝내는 게 낫지 않겠니? 마릴라는 고집이 엄청 세거든. 네가 언젠가는 사과를 해야만 할 거라고. 그러니 더는 시간을 끌지 말고 빨리 해치우자는 거지."

"린드 아주머니께 용서를 빌라고요?"

"사과하라는 거야. 말하자면, 좋게 해결하자는 거지. 그게 내가 하고자 하는 말이야."

매슈가 간절하게 말했다.

앤이 고심 끝에 답했다.

"매슈 아저씨 말씀이라면 따를 수 있어요. 죄송하다고 진심으로 사과드릴 수도 있을 것 같아요. 어제는 사실 하나도 죄송하지 않았거든요. 완전 정신이 나갔었어요. 밤새 그랬죠. 자다가 세 번이나 깼었는데, 그때도 어찌나 화가 나던지. 그런데 오늘 아침이 되자 그런 기분이 사라졌어요. 더 이상 화가 나지 않더라고요. 완전히 지쳐버렸죠. 그리고 제 자신이 부끄러웠어요. 그런데도 린드 아주머니께 가서 용서를 빌어야겠다는 생각은 들지 않았어요. 부끄럽잖아요. 차라리 평생 방 안에서 갇혀 사는 게 낫겠다고 생각했어요. 하지만 매슈 아저씨께서 바라신다면, 그렇게 할게요. 매슈 아저씨를 위해서라면 전 뭐든 할 수 있어요.”

“그럼, 물론이지. 네가 없으니 아래층이 어찌나 쓸쓸하던지. 얼른 가서 일을 좋게 마무리 짓자꾸나. 그래야 좋은 아이인 거야.”

“네, 그렇게요. 마릴라 아주머니가 돌아오시는 대로 제가 반성 중이라고 말씀드릴게요.”

“그래, 그래. 하지만 마릴라에게는 내가 무슨 말을 했다고 말하지는 말거라. 난 상관하지 않겠다고 했거든. 마릴라는 내가 약속을 어겼다고 생각할 거야.”

앤이 맹세했다.

“하늘이 무너져도 비밀은 지킬게요. 그런데 어떻게 하늘이 무너질 수 있죠?”

매슈는 계획했던 바를 이루자 몸을 사리고는 잽싸게 밖으로 나갔다. 그러고는 목초지의 가장 외진 구석으로 허겁지겁 몸을 숨겼다. 마릴라에게 자신의 속셈을 들키고 싶지 않았기 때문이다. 정작 놀란 건 마릴라 본인이었다. 마릴라가 집으로 돌아오자마자 계단 난간에서 가녀린 목소리로 그녀를 불렀기 때문이다.

"왜 그러니?"

마릴라가 복도로 걸어가며 물었다.

"죄송해요. 성질을 부려서요. 린드 아주머니께 가서 용서를 빌게요."

마릴라는 안심하는 기색을 보이지 않고 덤덤했다. 하지만 앤이 계속 고집을 피워대면 어쩌나 고민하던 참이었다.

"그래, 좋아. 소젖을 짜고 나서 린드 부인 댁에 데려다주마."

소젖을 짠 뒤 마릴라와 앤은 오솔길을 따라 내려갔다. 앞에 선 마릴라는 등을 꼿꼿이 편 채 의기양양했고, 그 뒤를 따르는 앤은 고개를 푹 숙이고 기운 없어 보였다. 하지만 절반쯤 가자 앤은 마법에라도 걸린 듯 기죽은 모습이 사라져버렸다. 고개를 빳빳이 들더니 깡총깡총 뛰기 시작했다. 눈은 하늘을 향해 있었고 공기를 한껏 들이마시기까지 했다. 마릴라는 앤의 이런 모습이 못마땅했다. 누가 봐도 린드 부인에게 잘못을 빌러가는 고분고분한 아이의 모습이 아니었기 때문이다.

"또 무슨 생각을 하는 거니?"

마릴라가 톡 쏘아댔다.

"린드 아주머니께 무슨 말씀을 드릴지 상상하고 있었어요."

앤은 마치 꿈꾸듯 대답했다.

만족스러운 대답이었다. 물론 그래야 했다. 하지만 마릴라는 앤에게 벌을 주겠다는 계획이 어째 틀어지고 있다는 느낌을 지울 수가 없었다. 앤이 저렇게 집중하고 빛나는 얼굴이어서는 안 되는 것 아닌가.

명랑한 얼굴은 부엌 창가에 앉아 뜨개질을 하고 있던 린드 부인 앞에 갈 때까지 계속되었다. 그러나 순간 환하게 빛나던 얼굴은 어느덧 수심으로 가득 찼다. 앤은 깜짝 놀란 린드 부인 앞에 다가가 무릎을 꿇고 애원하는 듯 손을 내밀었다.

앤은 떨리는 목소리로 말했다.

"린드 아주머니, 정말 죄송해요. 제 슬픔은 말로 다 표현할 수 없을 정도예요. 사전을 전부 다 사용한다고 해도 표현할 수 없을 거예요. 그러니 아주머니의 상상에 맡길게요. 제가 너무 못되게 굴었지요? 아주머니의 친한 친구분인 매슈 아저씨와 마릴라 아주머니도 난처하게 해드렸고요. 이분들은 제가 남자아이가 아닌데도 저를 초록 지붕 집에 받아주신 분들인데 제가 은혜를 저버리고 말았어요. 전 정말 못됐어요. 어떤 벌이라도 달게 받을게요. 저는 훌륭한 분들과 같이 있을 존재가 못 되는가 봐요. 아주머니는 제게 사실을 말씀하셨을 뿐인데, 저는 화를 내고 성질을 부렸어요. 전 빨간 머리이고 주근깨투성이에 삐쩍 마르고 못생겼어요. 제가 아주머니께 한 말도 사실이긴 하지만, 그래도 그런 말을 해서는 안 되는 거였어요. 정말 죄송해요. 아주머니, 용서해주세요. 만약 제 사과를 받아주시지 않는다면 이 가여운 고아는 평생 슬퍼할 거예요. 제가 아무리 성질이 고약해도 말이죠. 저를 용서해주실 거죠? 그렇죠? 제발요, 린드 아주머니."

앤은 두 손을 모으고 고개를 숙였다. 그리고 린드 부인의 판결을 기다렸다. 진심이 가득했다. 마릴라와 린드 부인은 앤의 말에 거짓이 없다는 것을 느낄 수 있었다. 하지만 마릴라는, 앤이 사실은 스스로를 낮추면서 이 굴욕적인 상황을 즐기고 있다는 것을 꿰뚫어보았다. 마릴라가 훈육을 하려고 했던 애당초의 목적은 다 어디로 간 걸까? 앤은 벌을 놀이로 바꿔버렸다.

마음씨 고운 린드 부인은 통찰력이 깊지 않은 편이라 앤의 속 내를 알아차리지 못했다. 앤이 그저 진심 어린 사과를 한 것만으로도 모든 화를 풀어버렸다. 린드 부인은 원래 참견쟁이이지만 정은 많은 사람이었다.

린드 부인이 따뜻하게 말했다.

"아이고, 일어나렴. 당연히 용서하고말고. 나도 너한테 좀 심했지 뭐니. 내가 워낙 말을 쉽게 내뱉는 성격이라서 말이야. 너무 마음에 담아두지 말거라. 네 머리카락이 빨간 건 사실이지만. 예전에 나와 학교에 같이 다녔던 친구 중에 너처럼 머리가 빨간 아이가 있었어. 그런데 자라면서 멋진 적갈색으로 변하더구나. 네 머리가 그렇게 변한대도 놀라지 않을 것 같은걸?"

앤은 일어서며 긴 한숨을 내쉬었다.

"아, 린드 아주머니! 제게 희망을 주셔서 감사드려요. 평생 은인이라고 생각할게요. 전 이다음에 자라서 머리카락이 적갈색으로 변하기만 한다면 그 어떤 어려운 일도 다 견뎌낼 수 있을 것 같아요. 예쁜 적갈색 머리를 가진 사람이면 착해지기도 쉽지 않을까요? 두 분 말씀 나누시는 동안 정원 사과나무 아래 벤치에 앉아봐도 되요? 저기에 나가면 상상거리가 많을 것 같아서요."

"그럼, 물론이지. 가보렴, 원한다면 하얀 6월의 수선화를 한 다발 꺾어도 되고!"

앤이 문을 닫고 나가자마자 린드 부인은 램프의 불을 켜며 밝게 말했다.

"독특한 아이임에 틀림없군요. 마릴라, 여기에 앉아요. 여기가 더 편할 거예요. 거긴 일하는 애들 앉으라고 놔둔 의자거든요. 저 아이는 확실히 독특한 면이 있어요. 이제 보니 왜 마릴라와 매슈가 저 아이를 들이겠다고 했는지 이해가 될 것도 같네요. 아이가 딱해 보이는 타입도 아니에요. 곧게 잘 자랄 아이예요. 물론 아이가 표현하는 방식이 좀 남다르지만요. 억지스럽다고나 할까. 하지만 교양 있는 사람들과 어울리다 보면 차차 좋아질 거예요. 그리고 아이가 좀 발끈하는 기질이 있네요. 하지만 그런 애들이 또 금세 화를 풀기도 하죠. 교활하거나 남을 속이거나 하지도 않고. 난 교활한 아이는 질색이에요. 어쨌거나 마릴라, 난 저 애가 괜찮네요."

마릴라가 집으로 돌아가려고 나오자 앤은 손에 하얀 수선화를 한아름 들고 황혼녘의 과수원에서 나오고 있었다.

오솔길을 걸어 내려오면서 앤은 자랑스럽게 말했다.

"어땠어요? 사과 잘했죠? 어차피 해야 할 거라면 제대로 하고 싶었거든요."

"그래, 잘도 했더구나."

마릴라는 조금 전의 일이 떠올라 웃음이 나오려고 했다. 앤의 행동에 대해 야단쳐야 한다는 것도 내키지 않았다. 우스꽝스럽지 않은가. 호되게 타이르는 것으로 마릴라는 스스로의 양심과 타협하기로 마음먹었다.

"앞으로는 사과를 해야 할 일 자체를 만드는 일이 없었으면 좋겠구나. 그 성질도 좀 죽이고, 앤."

앤이 한숨을 쉬었다.

"사람들이 제 외모를 가지고 트집을 잡지만 않으면 해보겠는데. 다른 건 어떻게든 참아보겠는데 빨간 머리라고 놀림만 받으면 속이 부글부글 끓어올라요. 그런데 제가 이다음에 크면 정말 멋진 적갈색 머리카락을 갖게 될까요?"

"외모에 그렇게 신경 쓸 것 없단다, 앤. 허영심만 가득 차게 될까 두렵구나."

"제가 못생겼다는 걸 이미 아는데, 어떻게 허영심이 생기죠? 전 예쁜 것들이 좋아요. 거울 속에 못생긴 것들이 비치는 게 싫어요. 슬퍼진단 말이에요. 못생긴 것들을 볼 때마다 그래요. 예쁘지 않은 것들을 보면 안쓰러워요."

"아름다움은 행동에서 나오는 거야."

마릴라는 속담의 한 구절을 읊었다.

알쏭달쏭하다는 표정을 지으며 앤은 수선화에 코를 갖다 댔다.

"그런 속담을 들은 적은 있지만, 솔직히 믿기는 어려워요. 아! 이 꽃들 정말 향기로워요! 린드 아주머니께서 이렇게 좋은 걸 제게 주시다니, 너무 감사한 걸요. 이제 아주머니를 미워하는 마음이 싹 사라졌어요. 용서를 빌고, 용서를 받으니 마음이 한결 가뿐해졌어요. 오늘 밤은 별이 더욱 반짝이네요! 만약 별에서 살 수 있다면 마릴라 아주머니는 어느 별에서 살고 싶으세요? 전 저기 깜깜한 언덕 너머에 반짝이는 예쁜 별에서 살 거예요."

"입 좀 다물어줄래, 앤?"

마릴라는 어디로 튈지 알 수 없는 앤의 생각을 따라잡느라 진이 빠질 지경이었다.

앤은 집으로 들어서는 오솔길에 도착할 때까지 잠잠히 입을 다물었다. 어린 고사리 향이 알싸하게 느껴졌다. 작은 불빛이 초록 지붕 집 부엌에서 새어 나와 어둠을 밝혔다. 앤이 갑자기 마릴라에게 다가가더니 나이 든 여인의 거친 손을 살며시 잡았다.

"집이라는 곳이 있고, 돌아갈 곳이 있다는 건 참 행복한 일 같아요. 전 초록 지붕 집이 참 좋아요. 지금까지 어딘가를 이렇게 좋아해본 적이 없었어요. 집이라고 느낄 만한 곳이 없었거든요. 아, 마릴라 아주머니, 저 정말 행복해요. 지금 당장에라도 기도할 수 있을 것 같아요. 기도가 하나도 어렵지 않을 것만 같아요."

앤의 작고 앙상한 손이 마릴라의 마음을 따스하고 기분 좋게 녹였다. 지금껏 느껴보지 못한 모성애가 움트는 것 같았다. 이 낯설고도 달콤한 기분에 마릴라는 마음이 혼란스러웠다. 평소와 같은 이성을 되찾기 위해서 교훈거리를 바삐 둘러댔다.

"좋은 아이가 된다면 항상 행복할 거다. 그리고 기도하는 걸 어렵게 생각하면 안 된단다."

앤은 한참을 고민하더니 입을 열었다.

"기도문을 외우거랑 기도하는 거랑은 좀 다른 것 같아요. 하지만 지금 전 제가 저 나무 꼭대기에서 나부끼는 바람이라고 상상할래요. 저 위에서 놀다가 지루해지면 내려와서 고사리들 틈으로 내려앉으면 되죠. 린드 아주머니네 정원에도 날아가서 꽃들을 춤

추게 하고, 그다음에는 토끼풀 풀밭을 휙 쓸어주고요. 빛나는 호
수로 날아가서 잔물결도 일으킬 거예요. 바람만으로도 이렇게나
상상할 거리가 많다니까요. 그러니 이제 입을 꼭 다물고 있을게
요, 마릴라 아주머니."

"어이쿠, 그래. 고맙구나."

마릴라는 안도의 한숨을 길게 내쉬었다.

제11장
주일 학교에 대한 앤의 느낌

"마음에 드니?"

마릴라가 물었다.

앤은 다락방 침대 위에 펼쳐진 세 벌의 새 옷을 침울한 눈빛으로 바라보며 서 있었다. 하나는 우중충한 깅엄 재질로, 지난여름 마릴라가 옷감이 쓸 만하다는 장사꾼의 꼬임에 넘어가 산 걸로 만든 옷이었다. 또 하나는 지난겨울, 할인매장에서 산 흑백 체크 무늬 새틴 옷감, 마지막은 얼마 전 카모디에 있는 상점에서 산 것으로 볼품없는 파란색에다 재질도 뻣뻣하기 그지없는 것으로 만든 옷이었다.

마릴라는 세 벌의 옷을 모두 직접 만들었는데 모양이 엇비슷했다. 허리선까지 폭이 좁은 밋밋한 스커트가 단순하기 그지없는 상의와 연결되어 있었고, 소매 부분도 폭이 좁고 평범했다.

"마음에 든다고 상상하죠, 뭐."

앤은 솔직하게 말했다.

"상상하길 바라는 게 아니다. 새 옷이 마음에 안 드는가 보구나? 어떤 부분이 그렇다는 거니? 단정하고 깔끔하잖아!"

마릴라가 날카롭게 말했다.

"네."

"그런데 뭐가 문제인 거지?"

"그, 그게, 그러니까, 옷이 안 예뻐요."

앤이 마지못해 입을 열었다.

마릴라가 코웃음을 쳤다.

"예쁜 옷? 난 너에게 예쁜 옷을 만들어줄 생각은 전혀 없었다. 난 허영심 따위를 좋게 보지 않아. 이 옷들은 튼튼하고 실용적이라고. 프릴이나 요란스런 장식이 없지. 이번 여름은 이 세 벌로 지내도록 해라. 이 갈색 깅엄과 파란색 옷은 학교 다닐 때 입고. 새틴 옷은 교회와 주일 학교 갈 때 입거라. 늘 단정하고 깨끗한 차림새를 갖추도록 하고. 옷이 찢어지는 일은 없도록 해. 지금까지 입고 다녔던 원시 드레스에서 벗어나게 해줬으면 뭐든 감사해야 하는 것 아니니?"

앤이 손사래를 쳤다.

"아, 아니에요. 감사해요. 그렇지만 만약 이 중에 하나라도 소매가 봉긋한 퍼프였다면 더욱 감사했을 거예요. 요즘 퍼프소매가 유행이잖아요. 퍼프소매를 한 번만이라도 입어본다면 정말 짜릿할 것 같아요."

"네가 짜릿한 기분을 느낄 일 따위는 없을 것 같구나. 퍼프소매 만든답시고 옷감을 낭비할 생각은 전혀 없단다. 퍼프소매라니,

보기만 해도 우스꽝스럽지 않니? 난 단순하고 편한 옷차림이 좋더라."

하지만 앤은 침울한 표정으로 대꾸했다.

"하지만 저 혼자만 단순하고 편한 옷차림을 해야 하는 거라면, 차라리 남들처럼 우스꽝스러운 게 나을 것 같아요."

"말하는 것 하고는! 옷장에 잘 걸어두고 앉아서 주일 학교 공부를 하도록 해. 벨 장로님한테서 교리문답집을 얻어왔다. 내일은 주일 학교에 가야 하니까."

마릴라는 화가 나서 아래층으로 내려가버렸다.

앤은 두 손을 모은 채 옷들을 바라보았다.

"난 퍼프소매가 달린 하얀 드레스를 갖고 싶었는데. 한 벌만이라도 갖고 싶다고 기도를 하긴 했지만, 솔직히 크게 기대하지는 않았어. 하나님은 고아 따위를 신경 쓰실 여유가 없으실 테지. 그러니 마릴라 아주머니께 기대할 수밖에 없었던 거였는데. 그래도 이게 어디야. 이 옷들 중 하나는 사랑스러운 레이스 프릴에다 세 겹으로 된 퍼프소매가 달린, 눈처럼 하얀 모슬린 드레스라고 상상해야지."

앤이 쓸쓸하게 중얼거렸다.

다음 날 아침, 두통이 심한 나머지 마릴라는 앤을 주일 학교에 데려다줄 수가 없었다.

"가서 린드 부인에게 도움을 청하도록 해, 앤. 린드 부인이 어느 반으로 가면 되는지 알려주실 게다. 몸가짐 똑바로 하는 것 잊지 말고. 설교 시간이 되면 린드 부인께 어디에 앉으면 되는지 여쥐보고. 여기 1센트는 헌금하고. 괜히 사람들을 쳐다보거나 두리 번거리고 그러면 안 된다. 집에 와서는 설교 말씀에 대해서 나에게 알려줘야 한다는 것 잊지 말고."

앤은 빳빳한 흑색 새틴 옷을 반듯하게 입고 집을 나왔다. 길이도 알맞고 잘 맞았지만, 마치 일부러 궁리라도 한 듯 앤의 야윈 몸매의 구석구석이 도드라져 보였다. 납작하고 번들거리는 밀짚모자는 단순하기 그지없는 모양새라 꽃과 리본으로 장식된 모자를 기대했던 앤에겐 실망 그 자체였다. 하지만 앤이 큰길로 들어서자 황금빛 미나리아재비와 들장미들이 눈에 들어왔고, 앤은 재빨리 꽃을 꺾어서 화관을 만든 뒤 모자에 둘렀다. 다른 사람들이야 어떻게 생각하든 앤은 분홍과 노란 빛깔의 꽃들로 장식한 머리를 꼿꼿이 세운 채 가뿐한 마음으로 길을 따라 내려갔다.

린드 부인 집에 도착했을 때, 부인은 이미 나가고 난 뒤였다. 실망할 것도 없이, 앤은 혼자 교회로 갔다. 교회 현관에는 어린 소녀들이 하얗거나, 파랗거나 분홍빛의 예쁜 옷을 갖춰 입고 옹기종기 모여 있었다. 소녀들은 괴상한 머리 장식을 하고 나타난 낯선 앤을 호기심 어린 눈으로 흘끔흘끔 쳐다보았다. 에이번리의 소녀들은 앤에 관한 별난 소문에 대해서는 익히 들은 터였다.

"린드 아주머니 말로는 저 애가 성질이 고약하대. 초록 지붕 집에서 일하는 제리 부트가 그랬는데, 저 애는 혼잣말을 한다는 거 있지. 정신 나간 사람처럼 나무와 꽃하고도 얘기를 나눈다나?"

소녀들은 앤을 흘끔거리면서 교리문답집으로 입을 가린 채 자기들끼리 숙덕거렸다. 예배가 끝날 때까지 그 누구도 앤에게 친근하게 다가오지 않았고, 앤은 예배를 마치자 홀로 로저슨 선생 반을 찾아갔다.

로저슨 선생은 중년의 부인으로 주일 학교에서 20년 동안 가르친 경력이 있었다. 교리문답집에 나오는 문제에 대해 특정한 아이를 꼽아 질문을 던지고는 그 아이가 답을 할 때까지 쏘아보며 기다렸다. 선생은 앤을 매우 자주 쳐다보았는데 마릴라와 미리 예습을 해놓은 덕분에 곧바로 질문에 대답을 할 수 있었다. 하지만 답을 했다고 해서 질문과 답변에 대해 앤이 제대로 이해하였는지는 의문이다.

앤은 로저슨 선생이 마음에 들지 않았다. 게다가 같은 반 친구들은 전부 퍼프소매 옷을 입고 있었던 터라 앤은 스스로가 초라하다고 느꼈다. 퍼프소매가 없는 삶은 무의미하다고 느껴질 정도였다.

"주일 학교는 어땠니?"

앤이 집에 돌아오자, 마릴라가 물었다. 머리에 둘렀던 화관은 시들어서 오는 길에 버렸기 때문에 마릴라는 이에 대해서 당분간 알지 못할 터였다.

"별로였어요. 재미없었어요."

"앤 셜리!"

마릴라가 꾸짖듯 불렀다.

앤은 흔들의자에 앉아 한숨을 길게 내쉬며 보니의 잎사귀에 입을 맞추었다. 그리고 활짝 핀 푸크시아꽃에게 손을 흔들어주었다.

"제가 집을 비운 동안 이 친구들이 외로웠을 것 같아요. 주일 학교에 대해 말씀드리자면, 저는 얌전히 있었어요. 린드 아주머니는 먼저 출발하셔서서 저 혼자 교회에 갔어요. 다른 여자애들하고요. 저는 예배 때 창가 쪽 가장 구석진 자리에 앉았어요. 벨 장로님은 기도를 엄청 길게 하셨어요. 창가에 앉지 않았더라면 정말 너무 지루했을 거예요. 대신 전 빛나는 호수를 내다보며 상상을 펼쳤죠."

"그러면 못써. 벨 장로님 기도에 귀를 기울였어야지."

앤이 대꾸했다.

"하지만 벨 장로님이 제게 말씀하신 것도 아니잖아요. 그분은 하나님께 기도를 올린 거였고, 게다가 솔직히 기도를 별로 좋아하시는 것 같지도 않던데요. 하나님은 멀리 계신다고 느끼시는 것 같았어요. 그래도 저는 혼자서 작은 기도를 드렸어요. 호수 위로 하얀 자작나무가 길게 늘어섰고, 햇살이 물 깊숙이까지 내리비치고 있었어요. 꿈만 같더라니까요. 너무 짜릿해서 '하나님 감사합니다!'라고 두세 번쯤 외쳤어요."

"큰소리를 낸 건 아니었으면 하는데?"

마릴라가 걱정스럽게 물었다.

"당연하죠. 숨죽이고 소곤거렸어요. 벨 장로님의 기도가 끝나자 사람들이 저더러 로저슨 선생님 반으로 가라고 했어요. 그곳에는 여자애들이 아홉 명 정도 있었어요. 전부 퍼프소매 차림인 거 있죠. 전 제 옷도 퍼프소매라고 상상하려 했지만 쉽지 않았어요. 왜 그렇게 어렵던지. 동쪽 다락방에 혼자 있을 땐 쉽게 상상할 수 있었는데, 진짜 퍼프소매 옷을 입은 애들 사이에서는 너무 어렵더라고요."

"주일 학교에서 소매 생각이나 하다니, 원. 예배에 집중했어야지. 그 정도도 모르니?"

"알죠. 로저슨 선생님이 질문을 많이 하셨는데 저는 대답을 다한걸요. 그런데 질문을 선생님만 할 수 있다는 건 불공평한 것 같아요. 저도 궁금한 것들이 참 많았는데. 하지만 저와는 잘 맞는 분 같지가 않아서 결국 묻지 않았어요. 그러고는 반 친구들이 종교시를 암송했어요. 선생님께서 저보고 외울 줄 아는 종교시가 있냐고 물어보셔서 모른다고 하였는데, 그래도 굳이 듣고 싶으시다면 「주인의 무덤을 지키는 개(The dog at His Master's Grave)」는 외울 수 있다고 말씀드렸어요. 3학년 때 배운 시예요. 사실 정확하게 말하면 종교시라고 볼 수는 없지만 내용이 안타깝고 애잔하죠. 선생님께서는 됐다고 하시면서 다음 주까지 열아홉 번째 종교시를 외워오라고 하셨어요. 교회에서 읽어봤는데 특히 마지막 두 구절이 마음에 와닿았어요.

학살당한 기병대가 우수수 쓰러지듯
순식간에 찾아온 미디언 재앙의 날이여*

저는 기병대나 미디언이 뭔지 몰라요. 하지만 정말 비극적으로 들려요. 다음 주 일요일이 빨리 왔으면 좋겠어요. 이번 주 내내 연

---

* 목사이자 시인인 존 모리슨(John Morison)의 종교시 일부.

습할 거예요. 주일 학교가 끝난 후에 로저슨 선생님께 저희 가족 석이 어디인지 여쭤봤어요. 린드 아주머니는 너무 멀리 계셨거든 요. 저는 최대한 얌전히 있었어요. 말씀은 요한계시록 3장 2절과 3절이었는데 무진장 길었어요. 제가 목사님이었다면 짧고 멋진 구절을 골랐을 텐데. 설교도 어찌나 길던지. 설교도 말씀 길이에 맞춰야 한다고 생각하시나 봐요. 재미도 하나도 없었어요. 상상 거리가 하나도 없었다고나 할까요. 그래서 귀담아듣지 않았어요. 저는 다른 상상을 했죠. 그래서 혼자 신이 났어요."

마릴라는 난감해졌다. 앤을 혼내야 한다는 생각이 들었지만 앤 이 말한 것 중에는 부인할 수 없는 부분도 있었기 때문이다. 특히 목사의 설교와 벨 장로의 기도에 관해서는 마릴라도 차마 입 밖 으로는 담지 못했으나 지난 수년간 마음속으로 계속 품어왔던 불 만이었다. 비밀스레 묻혀왔던 비판적인 사고들이 이 주목받지 못 하는 어린아이의 입을 통해 갑자기 적나라하게 드러나는 느낌이 었다.

제12장
경건한 맹세와 약속

마릴라는 한 주 뒤 금요일이 되어서야 앤이 머리에 화관을 두르고 주일 학교에 갔다는 이야기를 들었다. 린드 부인 댁에서 돌아오자마자 마릴라는 앤을 붙잡고 어떻게 된 일인지 물었다.

"앤, 린드 부인에게 듣자 하니 지난주 일요일에 머리에 장미와 미나리아재비를 잔뜩 두르고 괴상한 꼴로 갔다면서? 도대체 무슨 생각이었던 거니? 참 보기 좋았겠구나!"

앤이 입을 열었다.

"저도 분홍색과 노란색이 저한테 안 어울린다는 건 알아요."

"또 말도 안 되는 소리를 하는구나! 넌 머리에 꽃을 둘렀어. 색이 어울리고 말고의 문제가 아니라고. 정말 말도 안 돼. 넌 정말 엉뚱하구나."

"옷에는 꽃을 달면서 모자에는 왜 달면 안 되는 거죠? 게다가 교회에 나온 다른 여자애들은 죄다 옷에 꽃을 달았던데요. 뭐가 달라요?"

마릴라는 모호하거나 추상적인 이야기로 빠지지 않도록 구체적으로 설명하려고 했다.

"앤, 그렇게 말을 받아치지 마. 그렇게 행동하는 건 어리석은 거야. 다시는 그런 식으로 나를 걸고넘어지지 않도록 해라. 린드 부인은 쥐구멍에 숨고 싶은 심정이었다고 하시더구나. 너한테 다가가 당장 꽃을 떼버리라고 말해주고 싶었는데 이미 늦었더래. 사람들이 그렇게들 쑥덕였단다. 보나마나 내가 널 그 꼴로 내보냈다고 생각들 하겠지."

앤의 눈에 눈물이 그렁그렁 맺혔다.

"아, 죄송해요. 싫어하실 거라고 생각 못했어요. 장미와 미나리아재비는 정말 향기롭고 예뻤어요. 저는 사람들이 제 모자를 보고 예쁘다고 할 줄 알았어요. 다른 여자애들은 옷에 가짜 꽃을 달잖아요. 제가 마릴라 아주머니께 골치 아픈 존재가 되는 것 같아서 걱정이 되어요. 저를 고아원으로 돌려보내는 편이 나으실지도 모르겠어요. 물론 그러면 저는 너무 끔찍해서 얼마나 견딜 수 있을지 모르겠지만요. 폐병에 걸릴지도 모르죠. 지금도 비쩍 말랐잖아요. 하지만 마릴라 아주머니께 폐가 되느니 차라리 병에 걸리는 게 나을 것 같아요."

마릴라가 우는 앤에게 난처한 목소리로 말했다.

"무슨 말도 안 되는 소리를 하고 그러니? 난 널 고아원으로 돌려보내지 않아. 그건 확실해. 내가 바라는 건, 네가 엉뚱한 짓 좀 그만하고, 다른 평범한 아이들처럼 행동하는 거란다. 자, 이제 눈물 그치렴. 네게 알려줄 소식이 있으니까. 다이애나 배리가 오늘 오후에 집으로 돌아왔다고 하는구나. 나는 배리 댁에 가서 스커트 패턴을 빌릴 생각인데 같이 가겠니? 겸사겸사 너도 다이애나와 인사도 나누고."

앤은 손을 꽉 움켜쥐고 자리에서 번쩍 일어났다. 눈물은 아직 그렁그렁 맺힌 상태였다. 그 바람에 바느질을 하던 행주가 바닥으로 떨어졌다.

"아, 마릴라 아주머니, 저 겁나요. 이제 눈앞에 닥치니까 막 무서워요. 그 애가 저를 싫어하면 어쩌죠? 그럼 제 인생에 가장 비극적이고 실망스러운 날이 될 거예요."

"유난 좀 그만 떨래? 그리고 그렇게 거창한 단어도 그만 쓰면 좋겠구나. 어린애가 그러니까 우습잖니? 다이애나는 분명 널 좋아할거다. 네가 신경 써야 할 사람은 그 애 어머니야. 배리 부인이 널 싫어하면 아무 소용이 없거든. 네가 린드 부인에게 성질 부린 것과 모자에 희한한 꽃을 두른 건 제발 모르셔야 할 텐데. 널 어떻게 생각하겠니. 그 집에 가면 예의 바르고 얌전하게 굴도록 해라. 쓸데없는 소리는 하지 말고. 어머나 세상에, 너 지금 떨고 있니?"

앤은 정말로 부들부들 떨고 있었다. 얼굴은 창백하고 굳어 있었다.

"마릴라 아주머니도 저처럼 영혼의 단짝을 만나러 가는 길이면 이렇게 떨리실 거예요. 게다가 그 아이의 어머니가 저를 싫어할지도 모르는 상황이라면 더더욱 그렇고요."

앤은 급히 모자를 가지러 가면서 말했다.

마릴라와 앤은 개울가를 지나 전나무 숲이 있는 언덕을 가로질러 비탈 과수원 집으로 갔다. 마릴라가 문을 두드리자 배리 부인이 부엌문을 열고 나왔다. 키가 크고 검은 눈동자와 검은 머리에 입매가 단호해 보였다. 아이들에게도 엄하기로 소문난 여인이기도 했다.

배리 부인이 다정하게 인사를 건넸다.

"마릴라, 그동안 잘 지내셨어요? 들어오세요. 이 아이가 데려왔다는 그 아이군요?"

"네, 앤 셜리예요."

마릴라가 소개하자 앤은 매우 떨렸지만 이 중요한 문제에 관해서는 어떠한 오해도 있어서는 안 되기에 굳은 의지를 갖고 덧붙였다.

"제 이름의 철자 끝은 e로 끝난답니다."

배리 부인은 못 들은 것인지, 이해를 못 한 것인지 그저 악수를 하고는 다정하게 말을 건넸다.

"안녕?"

"머릿속은 복잡하지만 몸은 건강합니다. 감사합니다, 배리 아주머니."

앤은 진지하게 대답했다. 그러고는 귓속말이라고 하기에는 너무 큰소리로 옆에 선 마릴라에게 중얼거렸다.

"저 괜찮았죠, 마릴라 아주머니?"

소파에 앉아 있던 다이애나는 인기척이 나자 읽던 책을 내려놓았다. 예쁘장하게 생긴 아이였다. 엄마의 검은 눈동자와 검은 머리카락, 발그레한 볼을 지녔고, 아빠의 밝은 표정이 묻어났다.

배리 부인이 입을 열었다.

"내 딸 다이애나란다. 앤을 데리고 정원에 나가서 꽃들을 좀 보여주렴. 책만 보고 있는 것보다 훨씬 재미있지 않겠니."

아이들이 나가자 배리 부인은 마릴라를 향해 말했다.

"저 애는 온종일 책만 읽거든요. 애 아빠가 다이애나 편을 드니 말릴 수가 없어요. 저렇게 책에 빠져서 살아요. 친구가 될 만한 아이가 생긴다고 생각하니 저도 좋네요. 좀 더 외향적으로 될 수 있을 테니까요."

정원 밖은 서쪽 전나무 너머로 황혼이 지고 있었다. 앤과 다이애나는 아름답게 핀 참나리꽃을 사이에 두고 수줍게 서로를 바라보았다.

배리 씨네 정원은 꽃으로 드리워진 들판 같았다. 앤의 마음은 한껏 부풀어올랐다. 이곳은 마치 운명처럼 느껴졌다. 크고 오래된 버드나무와 전나무가 정원을 에워쌌고, 그 아래로 그늘을 좋아하는 꽃들이 얼굴을 내밀고 있었다. 정원을 나누어놓은 듯한 직각 모양의 오솔길은 조개껍질로 가장자리를 둘러 마치 촉촉한 붉은 리본으로 정원을 나누어놓은 듯했다. 가는 곳곳마다 꽃들이 오순도순 피어 있었다. 장밋빛 금낭화와 화려한 작약, 향기로운 흰 수선화, 짙은 향을 내는 가시투성이의 스코틀랜드 장미, 분홍과 파랑과 흰색의 매발톱꽃, 옅은 자줏빛 비누풀꽃, 서던우드와 리본그래스와 민트덤불, 아담과 이브로 불리는 보랏빛 난초와 나팔수선화, 흰 깃털을 뿌려놓은 듯한 섬세하고 향기로운 하얀 스위트클로버, 단정하고 하얀 사향꽃을 향해 불타는 창을 겨누고 있는 수레동자꽃이 이글대고 있었다. 햇살은 좀처럼 발걸음이 떨어지지 않는지 머뭇거렸고, 벌들은 윙윙거렸으며, 바람조차 이곳이 좋은지 하늘대고 있었다.

앤이 손을 그러모으더니 이윽고 속삭이듯 입을 열었다.

"다이애나, 혹시 조금이라도 내가 마음에 드니? 내 말은, 영혼의 단짝으로서 말이야."

다이애나가 웃음보를 터트렸다. 다이애나는 말하기 전에 늘 소리 내어 웃곤 했다. 다이애나는 솔직하게 말했다.

"그런 것 같은걸? 네가 초록 지붕 집에 와서 너무 기뻐. 같이 놀 친구가 생겨서 정말 신나. 우리 집 근처에는 또래 친구가 없거든. 동생들은 어리고."

"그럼 평생 내 단짝이 되겠다고 맹세할 수 있어?"

앤이 심각하게 물었다.

그러자 다이애나는 화들짝 놀라며 앤을 나무랐다.

"저주?* 그건 아주 나쁜 거야."

"아냐, 그런 의미 말고. 그 말에는 두 가지 뜻이 있는걸."

"난 하나만 들어봤는걸."

다이애나가 미심쩍다는 듯 말했다.

"하나 더 있어. 그건 하나도 나쁜 게 아니야. 그냥 경건하게 약속하는 걸 말하는 거야."

마음이 놓인 다이애나가 동의했다.

---

* swear. 이 단어에는 '맹세'와 '저주'라는 두 가지 의미가 있다.

"흠, 그럼 좋아. 어떻게 하면 되는 건데?"

앤이 진지하게 말을 이어갔다.

"손을 이렇게 맞잡아야 해. 원래는 흐르는 물에서 하는 거지만. 일단 이 오솔길이 흐르는 물이라고 상상하도록 하자. 내가 먼저 서약을 할게. 나는 해와 달이 다할 때까지 나의 친구 다이애나 배리에게 충실할 것을 엄숙히 맹세합니다. 자, 이제 네 차례야. 네 이름을 넣어서 맹세하면 돼."

다이애나가 한바탕 웃더니 따라서 맹세를 했다. 그러고는 또 한바탕 웃음보를 터트렸다.

"넌 정말 별난 아이구나, 앤. 네가 남다르다는 이야기는 익히 들었어. 하지만 네가 정말 좋아질 것 같은걸."

마릴라와 앤이 집으로 돌아갈 때 다이애나는 통나무 다리까지 따라나섰다. 두 소녀는 서로 팔짱을 낀 채였다. 다음 날 오후에 다시 만나자는 약속을 수차례 하고서야 겨우 개울가에서 작별 인사를 했다.

초록 지붕 집에 들어서자 마릴라가 물었다.

"그래, 다이애나와는 영혼의 단짝이든?"

앤은 너무 들뜬 나머지 놀려대는 마릴라의 의중을 알아차리지 못하고 숨을 깊게 내쉬었다.

"물론이죠. 제가 프린스에드워드 섬에서 아마 제일 행복한 아이일 거예요. 오늘 밤에는 정말 기도가 잘 나올 것 같아요. 내일은 다이애나와 윌리엄 벨 씨네 자작나무 숲에 비밀의 집을 만들기로 했어요. 장작 더미에 있는 깨진 도자기를 가지고 가도 되나요? 다이애나는 2월에 태어났대요. 전 3월생이잖아요. 정말 우연의 일치 아닌가요? 다이애나가 책도 빌려준대요. 그 애 말로는 정말 엄청 멋지고 소름 돋고 재밌는 내용이라나요. 숲 뒤편에 야생 나리꽃이 있는데 그곳도 보여준다고 했어요. 다이애나는 눈이 참 맑은 것 같지 않아요? 저도 그렇게 맑은 눈을 가졌으면 좋겠는데. 아 참, 저에게 노래하는 법도 알려준다고 했어요. 제목이 〈개암나무 골짜기의 넬리(Nelly in the Hazel Dell)〉래요. 제 방에 걸어둘 그림도 준다고 했어요. 정말 완벽하게 아름다운 그림으로요. 연한 파란색 실크 드레스를 입고 있는 여인이 있는 그림인데요, 재봉틀 상점 점원이 선물로 준 거래요. 저도 다이애나에게 선물하고 싶은데. 저는 다이애나보다 1인치 정도 더 키가 커요. 하지만 다이애나가 저보다 더 살집이 많죠. 그 애는 살을 빼야 우아해 보인다고 하지만 그건 저 듣기 좋으라고 한 소리 같았어요. 이다음에 조개 주우러 바닷가에도 같이 가기로 했어요. 통나무 다리 아래에 있는 샘물은 '드루아스 샘'이라고 부르기로 했어요. 정말 완벽한 이름이지 않아요? 예전에 이런 이름을 가진 샘 이야기를 읽은 적이 있어요. 드루아스는 나무의 요정일 것 같아요."

마릴라가 얼른 말을 끊었다.

"일평생 다이애나 얘기만 해도 다 못하겠구나. 네가 계획을 짤 때 한 가지는 명심했으면 좋겠구나, 앤. 온종일 노는 건 안 돼. 너는 할 일이 있고, 그게 우선이야."

앤의 행복은 충만했는데, 매슈가 오자 그 잔이 넘쳐흘렀다. 매슈는 카모디의 상점에서 막 돌아오는 길이었는데, 마릴라의 눈치를 보며 주머니에서 작은 보따리를 꺼내더니 앤에게 건넸다.

"초콜릿 캔디를 좋아한다길래, 조금 사왔다."

마릴라가 콧방귀를 뀌었다.

"나 원 참. 치아만 상하고 배만 아플 것을 뭐하러 사왔대요! 그렇게 울상 지을 건 없다. 매슈 오라버니가 이왕 사오신 거니 먹어도 돼. 박하사탕이나 사오지 그랬어요? 그건 몸에 좋기라도 하지. 한꺼번에 다 먹고 탈나는 일은 없도록 해라!"

앤이 활기차게 답했다.

"네, 물론이죠. 명심할게요. 그런데 마릴라 아주머니, 이거 절반은 다이애나에게 선물해도 되나요? 나눠 먹으면 두 배로 맛있을 것 같은데. 그 친구에게 뭘 준다고 생각만 해도 기분이 좋거든요."

앤이 다락방으로 올라가자 마릴라가 입을 열었다.

"저 애는 말이죠, 인색하진 않아요. 제가 또 구두쇠 같은 애들은 질색이잖아요. 이제 고작 3주 지났는데 여기 한참 같이 살아온 아이 같아요. 이제 앤이 없는 집은 상상이 안 가네요. '그럴 줄 알았다니까'라는 표정 짓지 말아요, 오라버니. 여자가 그러는 것도 꼴불견인데 남자가 그런 표정 지으면 얼마나 별로인지 알기나 해요? 솔직히 말해서 앤을 데리고 있기로 한 건 잘한 선택인 것 같아요. 저 아이가 마음에 들어요. 그렇다고 저를 골려먹을 생각은 하지 마세요, 매슈 오라버니."

제13장
소망하는 행복

"앤이 바느질하러 들어올 때가 됐는데."

마릴라가 시계를 힐긋 본 후 밖을 내다보며 말했다. 8월의 오후는 열기에 모든 것이 지쳐서 늘어진 듯했다.

'약속 시간보다 30분이나 더 놀다 들어와놓고선 이제는 장작더미에 앉아 오라버니와 수다를 떨고 있잖아. 할 일이 있다는 걸 뻔히 알면서 말이야. 그리고 오라버니는 저 아이의 말을 좋다고 들어준단 말이지. 나 원 참, 얼빠져서 이야기를 듣는 오라버니의 꼴하고는. 저 아이가 이야기를 하면 할수록 오라버니는 더 좋아 죽는단 말이지.'

"앤 셜리! 당장 오거라! 내 말 안 들리니?"

마릴라가 서쪽 창문을 몇 차례 두드리자 앤이 뜰을 지나 재빨리 달려왔다. 뺨은 발그레했고 머리카락은 풀어 헤친 채 등 뒤에서 눈부시게 휘날렸다.

앤이 숨을 가쁘게 쉬면서 말했다.

"오, 마릴라 아주머니! 다음 주에 주일 학교에서 소풍을 간대요. 하면 앤드류 씨네 들판으로요. 빛나는 호수 근처래요. 벨 아주머니와 린드 아주머니가 함께 가주시는데 아이스크림도 만들어주신대요! 생각해보세요! 아이스크림이라니! 아 참, 마릴라 아주머니, 저 소풍 가도 되나요?"

"앤, 시계를 봐라. 내가 몇 시에 들어오랬지?"

"2시요. 하지만 소풍을 간다니 너무 멋지지 않아요? 가도 돼요? 저는 소풍을 가본 적이 없어요. 상상은 해봤지만, 실제로는 한 번도……."

"그래, 2시라고 했지. 그런데 지금 3시 15분 전이다. 넌 왜 내 말을 안 듣는 거니?"

"아, 그게 저도 그러려고 했어요. 그런데 그 뭐더라, 한적한 황야가 너무 멋있었어요. 도무지 참을 수가 없었어요. 매슈 아저씨에게 소풍 이야기도 해드려야 했고요. 매슈 아저씨는 제 이야기를 잘 들어주세요. 그나저나 저 소풍 가도 되나요?"

"넌 그 한적한 곳인가 하는 곳의 유혹도 참을 줄 알았어야지. 내가 언제까지 오라면 때맞춰 왔어야지, 30분이나 늦게 오는 건 아니야. 그리고 네 말을 잘 들어주는 사람이 있다고 거기에 들떠서 자리에 눌러앉아야 할 필요도 없다. 소풍은 물론 가도 된다. 너도 주일 학교에 다니고, 다른 아이들은 다 가는데 너만 안 갈 수는 없잖니."

앤이 머뭇거렸다.

"저, 그런데…… 다이애나가 그러는데, 각자 먹을 것을 한 바구니씩 챙겨가야 한대요. 아주머니도 아시지만 저는 요리를 할 줄 몰라요. 그래서 말인데…… 퍼프소매가 아닌 옷을 입고 소풍을 가는 건 괜찮은데, 바구니가 없으면 너무 부끄러울 것 같아요. 다이애나가 바구니 이야기를 한 다음부터 계속 마음에 걸렸어요."

"걱정거리도 많구나. 빵은 내가 구워주면 되잖니."

"아, 정말 감사드려요, 마릴라 아주머니! 저에게 이렇게 잘해주시니 몸둘 바를 모르겠어요."

앤은 너무 기쁜 나머지 감격의 탄성을 지르며 마릴라의 팔을 붙잡고는 그녀의 가녀린 뺨에 입을 맞추었다. 어린아이가 다가와 입맞춤을 하는 것은 마릴라에겐 처음 겪는 일이었다. 달콤한 감정이 속에서 올라왔다. 마릴라는 앤의 갑작스런 입맞춤에 기쁘고 놀랐지만 퉁명스럽게 말했다.

"됐다, 됐어. 입맞춤까지 할 건 없잖니. 내가 시키는 대로 얼마나 잘하는지 이제 똑똑히 지켜볼 거다. 요리는 조만간 가르쳐줄게. 하지만 넌 너무 덤벙대. 좀 차분해져야 할 필요가 있어. 요리는 정신을 가다듬어야지, 딴생각을 하면서 할 수 있는 게 아니란다. 자, 이제 가서 조각보를 가져오렴. 차를 마시기 전에 하나를 만들어 보자꾸나."

앤은 슬픈 얼굴로 바느질 꾸러미를 가져와 자리에 앉았다. 빨갛고 흰 다이아몬드 모양의 천 조각들이 가득했다.

"저는 조각보가 싫어요. 재미난 바느질도 있을 것 같은데, 조각보는 상상거리가 없어요. 그저 이것저것 이어 붙이는 거잖아요. 더 나아지는 게 없어요. 물론 놀기만 하면서 다른 곳에 살 바에야 조각보를 만들며 초록 지붕 집에서 사는 게 훨씬 낫긴 하지만요. 바느질을 할 때에도 다이애나와 놀 때처럼 시간이 금세 지나갔으면 좋겠어요. 다이애나와 놀면 정말 좋아요. 상상은 제 담당이에요. 제가 그건 잘하거든요. 다이애나는 다른 걸 다 잘해요. 저희 밭이랑 벨 아저씨네 밭 사이에 개울이 있고, 그 사이에 작은 땅이 있잖아요. 벨 아저씨네 땅 말이에요. 그곳 구석에 자작나무들이 옹기종기 모여 있는 낭만적인 곳이 있는데요, 그곳이 다이애나와 저만의 비밀의 집이에요. 저희는 그 집을 '한적한 황야'라고 지었어요. 시적이지 않나요? 이름을 짓는 데 시간이 꽤 걸렸어요. 이름 짓는 데 밤새 고민했다니까요. 그러다 막 긇아떨어지려던 순간 번뜩 이름이 생각난 거예요. 제가 이름을 들려주자 다이애나는 황홀해했어요. 저희는 비밀의 집을 예쁘게 꾸몄어요. 꼭 구경하러 오세요, 아셨죠? 이끼가 낀 커다란 돌은 의자이고요, 나무 사이로 널빤지를 대서 선반도 만들었어요. 그리고 그 위에 접시를 올려두었죠. 물론 다 부서진 거긴 하지만, 상상 속에선 전부 멀쩡한 것들이에요. 빨갛고 노란 담쟁이덩굴이 그려진 접시가 있는데, 제일 예뻐요. 그건 특별히 응접실에 놓고 요정의 유리 조각도 올려두었답니다. 요정의 유리 조각은 꿈처럼 아름다워요. 다이애나가 닭장 너머 숲속에서 찾아낸 거예요. 무지개 문양으로 되어 있는데요, 아직 다 자라지 않은 어린 무지개 같아요. 다이애나 어머니가 그러시는데 원래는 벽에 걸어두는 램프였는데, 그게 깨진 거래요. 하지만 무도회장에서 요정들이 잃어버린 거라고 상상하는 게 더 좋아요. 매슈 아저씨가 테이블을 만들어주신대요. 아, 그리고 배리 아저씨네 밭 너머에 있는 조그만 둥근 웅덩이를 '버드나무 연못'이라고 부르기로 했어요. 다이애나가 빌려준 책에서 따온 이름이에요. 정말 재밌는 책이었어요, 마릴라 아주머니. 여주인공은 글쎄 남자 친구가 다섯 명이나 되는 거 있죠. 저는 한 명만 있어도 충분할 것 같은데. 그 여자는 엄청 예쁜데, 어려운 일도 많이 겪어요. 획획 잘 쓰러지고요. 저도 획 쓰러져보고 싶은데, 마릴라 아주머니는 그런 생각 안 해보셨어요? 낭만적이잖아요. 하지만 전 이렇게 말랐는데도 건강해요. 물론 요즘 살집이 붙고 있는 것 같긴 하지만. 그죠? 아침마다 팔꿈치를 보면 살집이 붙어서 보조개가 생겼나 생각할 정도예요. 다이애나는 소매가 팔꿈치까지 내려오는 새 드레스를 입게 될 거래요. 소풍날 입고 오겠죠. 아, 다음 주 수요일이 화창한 날이어야 할 텐데. 무슨 일이라도 생겨서 소풍이 취소되기라도 하면 정말 실망스러울 것 같아요. 뭐, 죽기야 하겠느냐만은, 평생 슬프긴 할 것 같아요. 이다음에 소풍을 백 번을 간대도 아무 의미 없어요. 이번에 못 가면 아무 쓸모가 없는 거예요. 빛나는 호수에서는 배도 탈 수 있대요. 그리고 아까 말씀드렸듯 아이스크림도 먹고요. 전 아이스크림을 먹어본 적이 없어요. 다이애나가 무슨 맛인지 설명해주려고 애썼는데, 전 아무래도 그건 상상을 초월하는 맛이 아닌가 싶어요."

마릴라가 말했다.

"앤, 너 지금 10분 동안 계속 혼자 좋알댄 거 알고 있니? 같은 시간만큼 입을 다물고 있을 수 있는지도 어디 좀 보자꾸나."

앤은 시키는 대로 입을 다물었다. 하지만 그 주 내내 앤은 소풍

이야기를 하고, 소풍 생각을 하고, 소풍 가는 꿈을 꾸었다. 일요일에 비가 내리자 수요일에도 비가 오면 어쩌냐고 걱정을 하는 탓에 마릴라는 앤을 진정시키려고 조각보 바느질을 더 시키기도 했다.

일요일이 되어 교회에서 돌아오는 길에 앤은 마릴라에게 목사님이 설교 도중에 소풍 이야기를 꺼냈을 때 온몸이 짜릿했다고 말했다.

"등골을 타고 전율이 느껴졌어요. 진짜 소풍을 가게 될 때까진 실제로 와닿지 않았나 봐요. 상상으로 끝나면 어쩌나 걱정했거든요. 하지만 목사님께서 설교 시간에 말씀하시니까 믿어도 되는 거잖아요."

마릴라가 한숨을 내쉬었다.

"넌 너무 들떠 있어서 탈이구나. 그러면 앞으로 실망할 일도 많아져요."

앤이 소리쳤다.

"하지만 무언가를 기대한다는 것은 기쁨을 이미 절반쯤 누린 거잖아요. 설령 이루어지지 못한다고 해도 기대하는 동안 느끼는 기쁜 마음은 그 누구도 막지 못하는 법이죠. 린드 아주머니는 '아무것도 바라지 않는 자 복 있을 지어다, 그는 결코 실망하지 않을 테니'라고 말씀하셨지만, 저는 무언가를 바라다가 실망하는 것보다 애초에 아무것도 기대하지 않는 게 더 별로인 것 같아요."

마릴라는 여느 때와 마찬가지로 자수정 브로치를 달고 교회에 갔다. 교회에 갈 때마다 마릴라는 그 브로치를 하고 있었다. 브로치를 하지 않고 가는 건 헌금이나 성경책 없이 교회에 가는 것과 마찬가지로 불경스럽다고 생각하는 듯했다. 자수정 브로치는 마릴라가 가장 아끼는 물건이었다. 그건 선원이었던 삼촌이 그녀의 어머니에게 선물했던 것을 다시 마릴라가 물려받은 것이었다. 타원형으로 가장자리에는 정교한 자수정이 박혀 있었으며, 브로치 안에는 어머니의 머리카락 타래가 들어 있었다. 마릴라는 보석에 대해 잘 알지 못하여 그 값어치는 몰랐지만 매우 아름다운 보석이라고 생각했다. 밤색 새틴 드레스에 브로치를 달면 본인의 눈에는 보이지 않아도 분명 목덜미 주위에서 보랏빛을 내며 아름답게 빛나고 있을 것이란 생각에 기분이 즐거워지곤 했다.

앤은 그 브로치를 처음 보던 날 눈이 휘둥그레졌다.

"아, 마릴라 아주머니, 너무 우아한 브로치예요. 이렇게 아름다운 보석을 달고 어떻게 설교와 기도에 집중하실 수 있어요? 저는 못할 것 같아요. 자수정이 너무 예뻐요. 제가 예전에 다이아몬드라고 상상했던 것과 비슷한 것 같아요. 오래전, 다이아몬드를 본 적도 없었던 시절, 책에서 읽은 적이 있거든요. 그래서 그 보석은 어떤 모양일까 상상하곤 했어요. 영롱하게 빛나는 사랑스러운 돌이라고 생각했죠. 그러다가 어떤 부인이 낀 진짜 다이아몬드 반지를 보고선 너무 실망해서 울어버렸어요. 너무 예쁘긴 했는데 제가 상상했던 것과는 달랐거든요. 브로치를 잠깐 만져봐도 되나요? 자수정은 마음씨 고운 제비꽃들의 영혼이 아닐까요?"

제14장
앤의 고백

소풍을 가기 전 월요일 오후에 마릴라는 화가 난 얼굴로 자기 방에서 내려왔다.

"앤."

마릴라는 깨끗한 테이블 위에서 콩을 까고 있는 앤을 불렀다. 앤은 다이애나가 가르쳐준 대로 〈개암나무 골짜기의 넬리〉를 멋들어지게 흥얼거리고 있었다.

"혹시 내 자수정 브로치 못 봤니? 어젯밤 교회에서 돌아온 다음에 바늘꽂이에 꽂아둔 것 같은데 못 찾겠구나."

앤이 머뭇거렸다.

"아, 그게……. 아까 아주머니께서 봉사활동 가셨을 때 방문 앞을 지나치다가 바늘꽂이에 꽂혀 있길래 잠깐 보려고 들어갔어요."

마릴라가 낮은 목소리로 물었다.

"그래서 만졌니?"

"네…… 그냥 어떤지 한번 달아봤는데……."

앤이 솔직하게 털어놓았다.

"그건 잘못된 짓이야. 어린애가 남의 물건에 손을 대다니! 애초에 내 방에 들어간 것부터가 잘못이야. 그리고 네 물건도 아닌 것을 만지는 것도 안 되는 거였고. 그래, 브로치는 어디에 뒀니?"

"화장대 위에 도로 올려놨어요. 아주 잠깐 만져봤을 뿐이에요. 그리고 정말 손댈 생각은 없었어요. 아주머니 방에 들어가는 게 잘못된 일인 줄 몰랐어요. 이제 깨달았으니 두 번 다시 그러지 않을게요. 제가 한번 알아들으면 두 번은 실수하지 않거든요. 그게 제 장점이에요."

"하지만 넌 제자리에 두지 않았잖니. 브로치는 화장대에 없었어. 네가 가져갔거나 다른 곳에 놔둔 게야."

앤이 재빨리 답했다.

"제자리에 올려놨어요. 바늘꽂이에 꽂았는지, 도자기 접시에 올려놨는지는 가물가물하지만 화장대 위에 올려둔 건 확실해요."

다급하게 대답하는 앤의 말투가 마릴라에게는 건방지게 들렸다. 마릴라는 이번 일을 분명히 해둬야겠다고 생각했다.

"다시 가서 찾아보마. 네가 돌려놨으면 제자리에 있겠지. 만약 없다면 네가 거기에 두지 않았다는 거야. 알았니?"

마릴라는 방으로 돌아가 화장대뿐 아니라 혹여나 브로치가 있을 만한 다른 곳을 샅샅이 뒤졌다. 하지만 찾을 수 없었다. 마릴라는 부엌으로 돌아왔다.

"앤, 브로치는 없어. 그리고 네가 인정했듯, 그걸 마지막으로 만진 사람은 너야. 자, 사실대로 말해봐. 브로치를 어떻게 했지? 밖에 가지고 나가서 잃어버렸니?"

앤이 마릴라의 분노에 찬 눈을 바라보며 시무룩하게 대답했다.

"아니에요, 그렇지 않아요. 브로치를 밖에 가지고 나간 적은 없어요. 단두대가 뭔지는 잘 모르겠지만, 어쨌든 절 거기에 끌고 가신대도 그게 다예요. 정말이에요, 마릴라 아주머니."

앤은 자신의 의도를 강조하기 위해서 '그게 다예요'라고 말했을 뿐이었지만 마릴라에게는 반항하는 것처럼 들렸다. 마릴라가 날카롭게 말했다.

"거짓말하는 것처럼 들리는구나. 앤, 난 다 알아. 그러니 사실대로 말할 생각이 아니라면 아무 말도 하지 말거라. 사실대로 고백할 마음이 들 때까지 방에 꼼짝 말고 있어."

"콩을 가져갈까요?"

앤이 시무룩하게 말했다.

"필요 없다. 내가 마저 할 거야. 넌 내가 말한 대로 해."

앤이 올라가자 마릴라는 심난한 마음으로 집안일을 했다. 마릴라는 소중한 브로치가 걱정이었다. 앤이 잃어버렸으면 어쩌지? 그 아이가 한 일이 뻔한데, 안 했다고 시치미 떼는 것하고는! 그것도 아주 순진한 척을 하고는 말이야! 아주 못됐어!

마릴라는 불안하게 콩깍지를 까며 생각했다.

'이런 일이 일어나다니, 원. 물론 앤이 브로치를 훔치거나 할 생각은 없었을 거야. 그저 갖고 놀거나 상상 따위를 하려던 거였겠지. 하지만 앤이 가져간 것은 확실해. 앤이 방을 다녀간 다음에 그 누구도 얼씬거린 사람이 없었잖아. 그런데 브로치는 없어졌어. 그럼 확실한 거지. 내 생각엔 앤이 잃어버렸는데 혼날까봐 말을 못하는 거야. 하지만 거짓말을 하는 게 더 걱정이 돼. 난 거짓말을 하는 아이를 집에 둘 수는 없는데. 그건 성질이 고약한 것보다 더 나쁘잖아. 믿지 못할 아이를 집에 둔다니 정말 끔찍해. 오늘 앤은 교활하고 믿음직스럽지 못했어. 그게 브로치가 없어진 것보다 더 속상해. 솔직하게 말해줬으면 이렇게까지 마음 아프진 않았을 텐데.'

마릴라는 저녁 내내 짬이 날 때마다 방으로 들어가서 브로치를 찾아보았지만 보이지 않았다. 잠들기 전 동쪽 다락방에도 들렀지만 허사이긴 매한가지였다. 앤은 브로치에 대해서는 더는 모른다는 식이었고, 마릴라는 그럴수록 앤이 범인일 것이라고 더욱 확신했다.

다음날 아침 마릴라는 매슈에게 브로치 사건에 대해 털어놓았다. 매슈는 당황했고 어찌할 바를 모르는 눈치였다. 앤에 대한 믿음을 쉽게 저버리고 싶지 않았지만 상황이 앤에게 불리한 건 매슈도 인정할 수밖에 없었다.

"혹시 화장대 뒤로 떨어진 건 아니고?"

매슈는 더는 해줄 수 있는 말이 없었다.

마릴라가 대꾸했다.

"화장대를 들어내고 서랍 안도 샅샅이 뒤졌어요. 구석구석을 전부 다요. 하지만 없었다고요. 아이가 가져갔고 거짓말을 한 거예요. 이게 참혹하지만 진실이라고요, 매슈 오라버니. 현실을 받아들이세요."

"흠, 그래서 어떻게 할 셈이지?"

매슈는 이번 일을 처리해야 할 사람이 본인이 아닌 마릴라라는 사실이 다행이라고 생각하며 침통하게 물었다. 매슈는 참견하고 싶지 않았다.

"사실대로 말할 때까지 방에서 꼼짝도 못하게 할 거예요. 어디로 들고 갔는지 말해주면 찾을 수도 있겠죠. 하지만 어쨌든 이번에는 크게 혼 좀 나야 해요."

마릴라는 지난번에 이 훈육법이 효과가 있었던 것을 떠올리고는 쌀쌀맞게 말했다.

매슈가 모자를 집어 들고는 말했다.

"그래, 혼을 좀 내야겠지. 나는 빠지겠네. 나더러 참견하지 말라고 했으니까."

마릴라는 모두에게 버려진 기분이었다. 린드 부인의 조언을 구할 수도 없는 상황이었다. 그녀는 심각한 얼굴로 동쪽 다락방으로 올라갔다가 더 심각한 얼굴로 내려오고 말았다. 앤이 더는 고백할 게 없다며 고집을 부렸기 때문이다. 브로치를 가져간 적이 없다는 것이었다. 아이가 울고 있는 모습이 안쓰러워 보였지만 애써 마음을 가누었다. 밤이 되자 마릴라는 본인의 표현대로 '뻗어버렸다'.

"이실직고할 때까지 방에서 꼼짝 말고 있어야 할 거야. 어떻게 할지는 네가 판단해."

마릴라는 단호했다.

"하지만 내일 소풍이란 말이에요, 마릴라 아주머니. 소풍도 못 가게 하시려고요? 오후 한나절만 밖에 내보내주시면 안 돼요? 그러고는 있으라고 할 때까지 얼마든지 방에 꼼짝 않고 있을게요.
제발 소풍만 가게 해주세요."

"솔직히 말하기 전엔 소풍이고 뭐고 없다."

"아주머니⋯⋯."

앤은 애원했지만 마릴라는 문을 닫고 나가버렸다.

수요일 아침은 맑고도 밝아, 마치 소풍을 위해 특별히 마련된
날 같았다. 새들이 초록 지붕 집 주위에서 지저귀고, 뜰에 핀 흰나
리꽃의 향기가 바람을 타고 창문으로 살며시 들어와 복도와 방을
방방거리며 뛰어다녔다. 골짜기의 자작나무들은 여느 때처럼 동
쪽 다락방에서 아침 인사를 건넬 앤을 기다리는 듯 가지를 흔들
어댔다. 하지만 앤은 창가에 없었다. 마릴라가 아침 식사를 챙겨
다락방으로 왔을 때 앤은 창백하고 굳은 표정으로 침대에 앉아
있었다. 입은 꼭 다물고 있었지만 두 눈은 반짝였다.

"마릴라 아주머니, 사실대로 말할게요."

"응, 그래. 어디 들어보자꾸나."

마릴라가 식판을 내려놓으며 말했다. 또 한번 그녀의 훈육법이
통한 것이리라. 하지만 기분은 씁쓸했다.

앤이 공부한 내용을 읊어대는 학생처럼 줄줄이 외기 시작했다.

"제가 자수정 브로치를 가져갔어요. 말씀하신 대로예요. 방에
들어갔을 때 그럴 의도는 아니었어요. 하지만 브로치를 가슴에 달
자 참을 수가 없었어요. 한적한 황야에 가져가서 코델리아 피츠제
럴드 공주 놀이를 하면 재미있을 것 같았어요. 그리고 진짜 자수정
브로치를 하면 공주가 된다고 상상하는 게 훨씬 더 쉬워질 것만 같

왔거든요. 다이애나와 저는 로즈베리꽃으로 목걸이를 만든 적이 있지만 그건 자수정이랑 비교가 안 되잖아요. 그래서 브로치를 가져간 거예요. 마릴라 아주머니가 돌아오시기 전까지 제자리에 가져다 두면 문제없을 거라고 생각했어요. 좀 더 오래 갖고 있고 싶어서 길을 빙 둘러서 집에 돌아왔어요. 그리고 오는 길에 빛나는 호수 위의 다리를 건너다가 브로치를 한 번 더 보려고 꺼냈죠. 햇살에 비친 자수정은 눈부셨어요. 하지만 그때 브로치가 제 손가락에서 빠져나갔어요. 그리고 물속으로 가라앉아버렸어요. 빛나는 호수 아래로요. 이게 진실이에요, 마릴라 아주머니."

마릴라는 화가 치밀어 올랐다. 이 꼬마가 자신이 아끼는 보석을 훔쳐서 잃어버리고는 아무렇지도 않게 오목조목 자초지종을 잘도 설명하고 있지 않은가.

"기가 막혀서 말이 안 나오는구나, 앤! 무슨 이런 못된 애가 다 있니?"

마릴라는 정신을 가다듬으려 애썼다.

앤은 차분하게 말했다.

"네, 제 생각에도 그런 것 같아요. 벌을 받아 마땅해요. 그리고 아주머니가 벌을 주시는 게 옳아요. 그런데 벌을 주실 거면 지금 당장 주시면 안 될까요? 홀가분한 마음으로 소풍 가고 싶어서요."

"어머나 세상에, 소풍이라니! 너한테 오늘 소풍 따위는 없다, 앤 셜리. 그게 네 벌이야. 그리고 그건 네가 저지른 짓에 비하면 아무것도 아니란다."

앤이 자리에서 벌떡 일어나 마릴라의 손을 움켜쥐었다.

"소풍을 못 간다니요? 하지만 갈 수 있다고 약속하셨잖아요. 마릴라 아주머니, 저 정말 소풍 가야 해요. 제가 소풍 가려고 사실 대로 털어놓은 거란 말이에요. 다른 어떤 식으로든 벌을 주셔도 상관없지만, 제발요, 제발, 제발요. 소풍은 가게 해주세요. 아이스 크림은 어쩌라고요. 전 아이스크림을 한 번도 먹어본 적이 없단 말이에요."

마릴라는 애원하는 앤의 손을 뿌리치며 말했다.

"소용없다. 소풍은 안 돼. 그게 다야. 더 이상은 없다."

앤은 마릴라가 더 이상 꿈쩍도 하지 않을 것이라는 것을 알았다. 앤은 두 손을 모으고 날카롭게 비명을 지르더니 고개를 침대에 파묻었다. 그러고는 절망과 좌절로 몸부림을 치며 울부짖기 시작했다.

마릴라는 서둘러 방에서 빠져나왔다.

"어머나, 세상에! 정신 나간 아이가 아닌가 몰라. 제정신이라면 저렇게 행동할 리가 없잖아. 아니지, 제정신인데 저렇게 행동한 다면 그게 더 나쁜 거지. 아, 이를 어째! 린드 부인의 말을 들었어야 했나봐. 하지만 이미 엎질러진 물인걸. 돌이킬 수도 없어……."

절망적인 아침이었다. 마릴라는 신경질적으로 일에만 몰두했다. 현관을 쓸고, 시간이 남자 마구간을 청소했다. 선반과 현관은 굳이 닦을 필요가 없었는데도 그렇게 했다. 정원에 나가서는 낙엽도 그러모았다.

점심 식사를 차리고 나서 계단을 올라가 앤을 불렀다. 눈물이 그렁그렁 맺힌 얼굴로 앤은 고개를 내밀었다. 우울한 표정이었다.

"내려와서 식사해라, 앤."

"먹고 싶지 않아요, 아주머니."

앤이 훌쩍이며 말했다.

"아무것도 먹지 못할 것 같아요. 마음이 아파요. 언젠가는 아주머니도 양심의 가책을 느끼게 되실 거예요. 제 마음을 찢어놓으셨으니까요. 하지만 용서해드릴게요. 그때가 오거든, 제가 용서했다는 걸 기억해주세요. 그리고 저더러 뭘 먹으라고 하지는 말아주셨으면 해요. 특히 삶은 돼지고기와 채소라면 더더욱이요. 상처받은 사람한테 어울리는 음식은 아닌 것 같아요."

화가 머리끝까지 치밀어 오른 마릴라는 부엌으로 돌아와 매슈에게 무슨 일이 있었는지 쏟아내었다. 매슈는 앤이 벌을 받아 마땅하다는 이성과 아이가 안쓰럽다는 감성 사이에서 어찌할 바를 몰라 혼란스러웠다.

"아이가 브로치를 가져간 건 잘못이지, 거짓말을 한 것도 그렇고. 하지만 아직 어리잖아. 애가 그렇게 소풍을 가고 싶어하는데 그렇게까지 할 건 없잖아."

앤처럼 매슈도 이처럼 눈물을 자아내는 상황에선 돼지고기와 채소 요리는 어울리지 않는다고 생각하는 듯 눈앞에 차려진 접시를 침울하게 내려다보았다.

"매슈 오라버니, 정말 놀랍네요. 아이한테 너무 관대한 거 아니에요? 앤은 자신이 얼마나 못된 짓을 했는지 모르고 있어요. 그게 제일 걱정이라고요. 앤이 진심으로 반성했다면 일이 이 지경이 되었겠어요? 그런데 오빠도 상황 판단이 안 되는 건 매한가지인 것 같네요. 아이 편을 들고 있잖아요. 제 눈은 못 속여요."

매슈는 기어들어가는 목소리로 같은 말만 반복했다.

"애가 아직 어리잖아. 좀 봐주지 그래. 제대로 된 교육을 받은 적이 없는 아이라고."

"네, 그래서 지금 그렇게 하고 있잖아요!"

마릴라가 비꼬듯 말했다.

마릴라가 말을 되받아치자 매슈는 썩 내키지 않았지만 그냥 입을 다물어버렸다. 식사 분위기는 암울함 그 자체였다. 그나마 분위기를 밝게 해준 것은 일꾼인 제리 부트였는데, 혼자서 까불어대는 꼴이 마릴라 눈에는 성가시게 보이기만 했다.

설거지를 마치고 빵 반죽을 만든 다음 암탉에게 모이를 주고 나자 마릴라는 지난 월요일 봉사활동을 마치고 집에 돌아와서 벗어둔 검은색 레이스 숄에 구멍이 난 것이 생각났다. 그것을 수선하려고 방으로 올라갔다.

숄은 트렁크 상자 안에 있었다. 옷을 꺼내들자 무언가가 햇빛을 받아 보랏빛으로 반짝이며 매달려 있는 게 보였다. 마릴라는 숨을 죽이고 그 물건을 잡아챘다. 레이스 올에 매달려 있는 것은 자수정 브로치였다!

마릴라의 머릿속은 백지장이 되고 말았다.

"어머나 세상에! 이게 뭐지? 내 브로치가 여기 이렇게 멀쩡하게 있는데 배리 연못에 빠졌다고 했던 말은 다 뭐였지? 왜 앤은 이걸 가져가서 잃어버렸다고 한 거지? 초록 지붕 집에 귀신이라도 붙은 건가? 그러고 보니 월요일 오후에 숄을 화장대 위에 잠시 걸쳐두었던 것 같아. 그때 브로치가 여기에 걸렸던 거군. 이를 어째."

마릴라는 브로치를 들고 동쪽 다락방으로 갔다. 앤은 한참을 울었는지 시무룩한 얼굴로 창가에 앉아 있었다.

마릴라가 낮은 목소리로 말했다.

"앤 셜리, 방금 검은 레이스 숄에서 내 브로치를 찾았다. 이제 아침에 내게 했던 말에 대해서 얘기해주지 않겠니?"

앤은 힘없이 말했다.

"제가 이실직고할 때까지 방에 가둬둔다고 하셨잖아요. 전 소풍을 가고 싶었어요. 그래서 뭐라도 고백을 해야 했어요. 그래서 어제 밤새 침대에 누워서 이야기를 만들어냈어요. 가능한 재밌는 이야기를요. 그리고 까먹지 않으려고 연습도 많이 했어요. 그런데 결국 전 소풍을 못 가게 되었어요. 전부 헛수고였던 거죠."

마릴라는 자기도 모르게 웃음이 터져 나왔다. 하지만 마음 한 구석에는 양심의 가책이 느껴졌다.

"앤, 너도 참……. 하지만 내가 잘못했다. 이제 알았단다. 넌 날 속이지도 않았는데, 내가 널 의심부터 하고 말았구나. 물론 네가 하지도 않은 일을 거짓으로 고하는 건 옳지 않았어. 그건 나쁜 거야. 하지만 그것 역시 내가 원인을 제공했으니……. 네가 나를 용서해주면 나도 너를 용서할게. 우리 다시 잘 지내보자꾸나. 얼른 소풍 갈 준비해야지."

앤은 자리에서 폴짝 일어났다.

"아, 마릴라 아주머니! 그런데 늦은 거 아닌가요?"

"아니, 지금 겨우 2시야. 아직 사람들이 모이지도 않았을 거고,

차 마실 시간까지는 한 시간이나 남았다. 가서 세수하고 머리를 빗어라. 깅엄 옷도 입고. 네 소풍 바구니를 채워줄게. 집에 구워둔 과자가 많아. 그리고 제리더러 너를 소풍 장소까지 마차로 데려다주라고 할게."

앤이 세면대로 쏜살같이 달려가며 외쳤다.

"아, 마릴라 아주머니, 전 5분 전까지만 해도 기분이 너무 울적해서 차라리 태어나지 말았더라면 하고 생각하던 찰나였어요. 그런데 지금은 천사가 되게 해준대도 필요가 없어요!"

그날 저녁 앤은 완전히 지칠 대로 지친 상태였지만, 또 한편으로는 충분히 행복한 아이의 얼굴을 하고서는 초록 지붕 집으로 돌아왔다.

"마릴라 아주머니, 오늘 정말 '감칠맛 나는' 하루였어요. '감칠맛 나다'는 용어도 오늘 처음 배웠고요. 메리 앨리스 벨이 그렇게 말하더라고요. 멋지죠? 정말 모든 게 다 사랑스러웠어요. 차를 마셨는데 황홀했어요. 하면 앤드류 아저씨께서 빛나는 호수에서 배를 태워주셨어요. 여섯 명이 한 배에 탔어요. 제인 앤드류는 물에 거의 빠질 뻔했지 뭐예요. 수련을 꺾으려고 몸을 숙였거든요. 앤드류 아저씨가 잡아주지 않았다면 물에 빠져서 죽었을지도 몰라요. 차라리 그게 저였다면 더 나았을 텐데. 물에 빠져 죽을 뻔했다는 건 낭만적이기도 하잖아요. 가슴 콩닥이는 이야기 같고요. 아이스크림도 먹었어요. 말로 표현할 수 없는 맛이었어요. 고귀하다고나 할까요."

그날 밤 마릴라는 양말 꾸러미를 앞에 두고는 매슈에게 모든 이야기를 들려주었다.

그녀는 솔직하게 털어놓았다.

"제 잘못이에요. 하지만 저도 좋은 걸 배웠어요. 앤이 고백한 일만 생각하면 웃음이 나요. 웃을 일이 아닌데도 말이죠. 그다지 거짓말 같다는 생각이 안 들 정도였거든요. 어쨌든 이번 일은 제 잘못이에요. 그 아이는 이해하기 어려운 구석이 있어요. 하지만 분명 잘 자랄 거예요. 그리고 분명한 건 앤이 있는 한 우리 집에 조용할 날은 없을 것 같네요."

제15장
분통 터지는 학교생활

"정말 멋진 날이야!"

앤은 숨을 길게 들이마시며 말했다.

"이런 날에 살아 있다는 것 자체만으로도 기쁘지 않아? 나는 아직 태어나지 않은 사람들이 불쌍해. 이런 날을 누려보지 못하잖아. 그 사람들도 언젠가는 좋은 날을 맞겠지 물론. 하지만 오늘처럼 이렇게까지 눈부시진 않을 거야. 게다가 학교 가는 길마저 이렇게 사랑스러우니 황홀하지 않아?"

다이애나는 점심 바구니를 살짝 들여다보며 실속 있게 말했다.

"큰길로 돌아서 가는 것보다는 낫지. 큰길은 먼지도 많고 더우니까."

다이애나는 머릿속으로 말랑말랑하고 맛있는 라즈베리 타르트 세 개를 열 명이서 나눠 먹으려면 한 사람당 몇 입씩 먹으면 될까 계산하고 있었다.

에이번리 학교 소녀들은 점심을 한데 모여 같이 먹었다. 라즈베리 타르트 세 개를 혼자 다 먹어버리거나 가장 친한 친구하고만 먹어버리면 '꼴불견인 애'로 낙인 찍히고 말았다. 그렇다고 그걸 열 등분을 하자니 그것도 참 어려운 일이 아닐 수 없었다.

학교 가는 길은 무척 아름다웠다. 앤은 다이애나와 함께 학교를 다니는 일이 더할 나위 없이 즐거웠다. 큰길로 돌아가는 일은 낭만적이지 않았다. 하지만 연인의 오솔길과 버드나무 연못, 그리고 제비꽃 골짜기와 자작나무 길을 통해 가는 것은 황홀했다.

연인의 오솔길은 초록 지붕 집의 과수원 아래에서 시작해 커스버트 농장 가장자리에 위치한 숲까지 연결되어 있다. 그 길을 따라 소들이 뒤쪽 초원으로 가고, 겨울에는 집으로 땔감을 실어 날랐다. 앤은 초록 지붕 집에 온 지 한 달이 채 되지 않았을 무렵 그곳을 '연인의 오솔길'이라 이름 지어주었다.

앤이 마릴라에게 설명했다.

"연인들이 정말 그곳에서 산책을 한다는 건 아니에요. 그저 다이애나와 제가 어떤 훌륭한 책을 읽었는데, 그곳에 연인의 오솔길이라는 단어가 나와요. 그래서 그렇게 붙인 거예요. 예쁜 이름이라고 생각하지 않으세요? 낭만적이잖아요! 거길 걷고 있는 연인들이 상상되지 않으세요? 그곳에서는 상상하는 것들을 모조리 다 쏟아놓아도 그 누구도 미쳤다고 할 사람이 없어요. 그래서 그 오솔길이 좋아요."

앤은 아침이 되면 연인의 오솔길을 따라 개울까지 걸었다. 그곳에서 다이애나를 만나 두 소녀는 단풍나무가 무성한 오솔길을 따라 통나무 다리까지 함께 걷곤 했다.

앤이 시를 읊듯 말했다.

"단풍나무들은 참 다정해. 항상 바스락거리면서 나한테 속삭이 거든."

두 소녀는 오솔길을 벗어나 배리 씨네 뒷마당을 건너 버드나무 연못을 지났다. 버드나무 연못을 건너면 제비꽃 골짜기가 있었 다. 그곳은 앤드루 벨씨네 큰 숲 아래에 자리한 작은 풀밭이었다.

앤이 마릴라에게 말했다.

"하지만 지금 그곳엔 제비꽃이 없어요. 봄이 되면 물론 엄청나 게 필 거예요. 다이애나가 그랬으니까요. 아, 마릴라 아주머니, 상 상이 되세요? 전 숨이 막힐 지경이에요. 저는 그곳을 '제비꽃 골 짜기'라고 이름 지어주었어요. 다이애나가 제가 이름 하나는 기 막히게 잘 짓는다고 해주었어요. 한 가지라도 잘하는 일이 있다 는 건 좋은 것 같아요. '자작나무 길'은 다이애나가 지은 이름이에 요. 그렇게 부르고 싶대서 그러자고 했어요. 사실 그렇게 단순한 이름보다는 시적인 이름이었으면 했는데. 그런 이름은 누구나 생 각해낼 수 있잖아요. 하지만 자작나무 길은 세상에서 제일 예쁜 곳 중 하나예요."

옳은 말이었다. 앤이 아닌 다른 누군가가 그곳을 방문했다고 해도 그렇게 여겼을 것이다. 좁고 고불고불한 오솔길이 언덕을 따라 늘어서다가 벨 씨의 숲까지 다다른다. 햇살이 에메랄드 빛 깔로 나무들 사이로 스며들어와 마치 흠 없는 다이아몬드의 속살 을 내비치는 것 같았다. 길이 끝나는 곳까지 가늘고 어린 가지들, 흰 줄기와 부드러운 큰 가지들이 양 옆으로 우거져 있었다. 고사리와 별꽃, 나리꽃과 주홍빛 피전베리 덤불 역시 한아름 피어 있고, 늘 상쾌한 꽃향기와 새들이 지저귀는 소리가 끊이지 않았다. 바람결의 속닥임과 웃음소리도 나뭇가지를 타고 살포시 들렸다. 아주 조용히 걸어가면 길을 가로질러 뛰어가는 토끼도 볼 수 있다지만, 앤과 다이애나는 아주 가끔 보았다. 그 좁은 골짜기 아래로 내려가면 오솔길이 큰길과 연결되고, 그곳에 위치한 가문비나무 언덕을 조금만 올라가면 학교가 나왔다.

에이번리 학교는 하얀색 건물로 처마가 낮고 창문이 넓었다. 실내에는 편안하고도 내구성 있는 고풍스런 여닫이 책상이 있고, 책상 뚜껑에는 3대에 걸친 학생들의 이름 첫 글자와 알아볼 수 없는 낙서들이 가득 새겨져 있었다. 큰길에서 조금 떨어진 곳에 위치해 있는 학교 뒤에는 잿빛의 전나무 숲이 우거져 있는데, 아이들은 점심시간에 찬 우유를 마시려고 아침마다 우윳병을 냇물에 담가두었다.

9월의 첫날, 마릴라는 앤이 첫 등교하는 모습을 내심 불안한 듯 바라보았다. 앤은 별난 아이가 아니던가. 다른 아이들과 잘 지낼 수는 있을까? 수업 시간에 그 입을 다물 수 있긴 할는지.

하지만 마릴라가 걱정했던 것보다는 훨씬 나았다. 앤은 들뜬 심정으로 그날 저녁 집으로 돌아왔다.

"학교가 좋아질 것 같아요. 선생님은 별로지만요. 그분은 온종일 콧수염을 손가락으로 돌돌 말면서 프리시 앤드루스만 쳐다봐요. 프리시 언니는 나이가 많잖아요. 열여섯 살이고 퀸스 아카데미 입학 시험을 준비하고 있대요. 틸리 볼터한테 들었는데 선생님이 프리시 언니한테 홀라당 빠졌다네요. 프리시 언니는 예쁘게 생겼고, 밤색 곱슬머리에 항상 우아하게 단장하거든요. 그 언니는 뒤에 긴 의자에 앉는데 선생님도 거의 그곳에 앉으세요. 그분 말로는 프리시 언니에게 설명해줄 게 있다네요. 하지만 선생님이 프리시 언니의 석판에 뭐라고 쓰니까 언니의 얼굴이 새빨개져서 키득거리더래요. 분명 공부와는 상관없는 이야기였을 거예요."

마릴라가 날카롭게 말했다.

"앤 셜리! 선생님에 대해 그렇게 얘기하는 걸 듣고 싶지 않구나. 선생님 흉이나 보라고 학교에 보낸 게 아니야. 선생님은 가르치는 분이고 넌 배우는 학생이라고. 집에 와서 선생님 흉보는 건 못써. 학교에서는 얌전했으면 하는데."

앤이 자신 있게 말했다.

"물론이죠. 아주머니가 상상하시는 것만큼 그렇게 힘들지 않았어요. 다이애나 옆자리에 앉았어요. 우리 자리는 창가 쪽이어서 빛나는 호수가 바로 내다보였어요. 착한 애들도 많아요. 오후에 같이 놀 여자 친구들이 많아져서 너무 좋아요. 그래도 저는 다이애나가 제일 좋아요. 전 다이애나를 사모해요. 그런데 전 다른 애들보다 진도가 훨씬 늦어요. 다른 애들은 5학년 과정을 배우는데 저 혼자 4학년 교과서로 공부해요. 부끄러웠어요. 하지만 제가 우리 반에서 상상력만큼은 으뜸인 것 같더라고요. 오늘은 읽기와 지리, 캐나다 역사, 받아쓰기를 했어요. 필립스 선생님이 제가 철자가 엉망이라고 하시면서 제 석판을 모든 애들이 다 보게끔 치켜드는 바람에 너무 창피했어요. 선생님이면 새로 들어온 학생에게 좀 더 다정해야 하는 것 아닌가요? 루비 길리스는 저한테 사과를 줬고, 소피아 슬론은 '너희 집에 놀러 가도 될까?'라고 새겨진 귀여운 분홍빛 카드를 빌려줬어요. 내일 돌려줘야 해요. 틸리 볼터는 끼고 있던 구슬 반지를 오후 내내 저더러 끼고 있게 해줬어요. 다락방 낡은 바늘꽂이에 있는 진주 구슬 몇 개 빼서 반지를 만들어도 될까요? 아, 그리고 미니 맥퍼슨이 제인 앤드루스한테 그랬는데요, 프리스 앤드루스가 사라 길리스한테 제 코가 예쁘다고 말하는 걸 들었대요. 이런 칭찬은 난생 처음 들어봤어요. 그래서 어안이 벙벙했죠. 아주머니 생각에도 제 코가 예쁜가요? 사실대로 말해주세요."

"나쁘지 않지."

마릴라는 짧게 대답했다. 사실 앤의 코가 매우 예쁘다고 생각해왔지만 그렇다고 말해줄 생각은 없었다.

3주가 평안히 흘렀다. 그리고 어느 평온한 9월의 아침, 앤과 다이애나는 에이번리에서 가장 행복한 표정으로 자작나무 길을 사뿐히 걷고 있었다.

다이애나가 말했다.

"오늘 길버트 블라이스가 학교에 올 것 같아. 여름 내내 삼촌이 계시는 뉴브런즈윅에 머물렀거든. 토요일 밤이 돼서야 집에 돌아왔대. 길버트는 엄청 잘생겼어. 여자애들을 엄청 약 올리기도 하지. 아주 못살게 굴어."

다이애나의 말투에서는 길버트가 여자애들을 괴롭히는 것이 싫지 않다는 게 느껴졌다.

앤이 물었다.

"길버트 블라이스? 현관에 줄리아 벨하고 이름이 같이 쓰여 있는 사람? '얼레리 꼴레리'라고 쓰여 있던 곳 아래?"

다이애나가 고개를 끄덕이며 말했다.

"맞아, 하지만 그 애가 줄리아 벨을 그다지 좋아하는 것 같진 않아. 길버트가 줄리아 얼굴에 난 주근깨를 보면서 구구단을 외웠다고 소문내고 다녔거든."

앤이 간청했다.

"내 앞에서 주근깨 얘기는 하지 말아줘. 나도 주근깨투성이인데 그건 좀 아니잖아. 그런데 벽에 여자아이랑 남자아이 이름을 써놓다니, 정말 한심해. 누구든 나한테 그 따위 짓을 하면 가만두지 않을 거야."

앤이 급히 덧붙였다.

"물론 그럴 일도 없겠지만."

앤은 한숨을 푹 내쉬었다. 누군가가 자신의 이름을 벽에 써놓기를 바란 건 아니었다. 하지만 그럴 염려가 전혀 없다면, 그것도 조금은 부끄러울 일이다.

"아니야, 그렇지 않아."

다이애나가 고개를 저었다. 다이애나의 까만 눈동자와 빛나는 머리카락은 에이번리 남학생들의 마음을 뒤흔들었다. 다이애나의 이름은 현관 벽에 여섯 번이나 쓰였다.

"그저 장난인걸. 그리고 네 이름이라고 안 적힌다는다는 법도 없잖아. 찰리 슬론이 너한테 완전 푹 빠졌던데. 자기 엄마한테 가

서 그랬대잖아. 네가 우리 학교에서 제일 똑똑하다고. 그게 예쁜
거 보다 더 좋은 거야."

"아니야, 그렇지 않아."

앤도 여자였다.

"난 똑똑한 것보다 예쁜 게 좋은데. 그리고 난 찰리 슬론은 싫
어. 남자아이가 그렇게 멀뚱거리는 눈을 한 건 딱 질색이야. 누구
라도 나랑 그 애 이름을 써놓으면 가만 두지 않을 거야, 다이애나
배리. 하지만 반에서 1등 하는 건 좋아."

다이애나가 말했다.

"길버트는 너네 4학년 반에 들어갈 거야. 그 애는 늘 자기 반에
서 1등이었어. 나이는 거의 열네 살인데 4학년 반이지. 4년 전에
그 애 아버지가 편찮으셔서 앨버타에 가셔야 했는데, 그때 그 애
도 따라갔거든. 그래서 그곳에서 3년을 지냈는데, 그때 거의 공부
를 하지 못했나봐. 그 애가 돌아오면 너도 1등 유지하는 게 쉽지
는 않을 것 같은데."

앤이 재빨리 말했다.

"좋네. 아홉 살이나 열 살 먹은 애들 사이에서 1등 해봤자 자랑
스럽지도 않은걸. 어제 '비등점'이라는 단어가 시험에 나왔어. 조
시 파이가 제일 먼저 냈는데, 글쎄 그 애가 책을 슬쩍 보는 거 있
지. 필립스 선생님은 눈치채지 못하셨어. 그때 선생님은 프리시
앤드루스만 보고 계셨으니까. 하지만 난 똑똑히 봤어. 내가 한심
하다는 듯이 째려봤더니 얼굴이 벌게져서는 결국 틀리게 답을 냈
더라고."

다이애나는 큰길에 난 울타리를 넘으며 분노를 터트렸다.

"그 파이 집안 애들은 전부 다 잔머리 선수들이야. 어제 지니 파이는 자기 우윳병을 시냇물 내 자리에 놔뒀지 뭐야. 너라면 그러겠어? 난 요새 그 애랑 말도 안 하잖아."

필립스 선생이 교실 뒤쪽에서 프리시 앤드루스가 라틴어 읽는 것을 듣고 있을 때 다이애나가 앤에게 속닥였다.

"네 쪽에서 건너편 분단에 앉은 애가 길버트 블라이스야. 봐봐, 얼마나 잘생겼는지."

앤은 고개를 돌렸다. 은근슬쩍 길버트를 엿볼 수 있는 절호의 기회였는데, 길버트가 앞자리에 앉아 있는 루비 길리스의 길게 땋은 금발머리를 의자 등받이에 몰래 고정시키는 데 정신이 팔려 있었기 때문이다. 길버트는 키가 컸고, 곱슬머리와 담갈색 눈을 지닌 아이였다. 실실거리는 입가에는 장난기가 가득했다. 루비 길리스가 수학 답안지를 제출하려고 자리에서 일어났을 때 머리카락이 뿌리째 뽑히는 듯한 고통을 느끼며 도로 자리에 주저앉아 버렸다. 시선이 루비에게 쏠렸고, 필립스 선생이 무섭게 노려보자 루비는 울음을 터트렸다. 길버트는 핀을 재빨리 숨기고는 아무 일도 없었다는 듯 역사 공부를 하는 척했다. 분위기가 잠잠해지자 길버트는 앤을 바라보더니 황당하게도 윙크를 날렸다.

앤이 다이애나에게 털어놓았다.

"길버트가 잘생긴 건 맞아. 하지만 정말 어이없어. 처음 보는 여자애한테 윙크라니."

하지만 진짜 사건은 오후가 되어서야 터지고 말았다.

필립스 선생은 교실 뒤편에서 프리시의 수학 공부를 도와주고 있었고, 나머지 학생들은 초록 빛깔의 사과를 먹거나, 속닥이거나, 석판에 그림을 그리는 등 딴전을 피우고 있었다. 귀뚜라미를 실에 묶어서 교실 통로에 질질 끌고 다니는 학생도 있었다. 길버트 블라이스는 앤의 시선을 끌려고 애를 썼으나 허사였다. 앤은 그 순간 길버트뿐 아니라, 에이번리 학교의 학생들 그리고 학교라는 곳 자체를 까마득하게 잊고 있었다. 앤은 두 손으로 턱을 괸채 서쪽 창문 너머로 보이는 빛나는 호수의 파란 물결을 감상하고 있었다. 나 홀로 상상의 나래를 펼치느라 그 무엇도 앤의 시선을 끌지 못했다.

길버트 블라이스에게 있어서 여자아이의 시선을 끌지 못한다는 건 있을 수 없는 일이었다. 게다가 상대가 에이번리 학교의 다른 여자애들과는 딴판인 날카로운 턱과 큰 눈을 한 빨간 머리의 앤 셜리라면, 자신을 쳐다보아야 마땅한 노릇이지 않은가.

길버트는 팔을 뻗어 길게 땋아 내린 앤의 빨간 머리카락을 잡아당겼다. 그러고는 날카롭게 속닥였다.

"홍당무! 홍당무!"

앤은 순간 화가 치밀어 그를 쏘아보았다. 그저 쏘아보기만 한 것이 아니었다. 자리에서 벌떡 일어난 순간 아름다운 상상의 세계는 산산조각이 나버렸다. 머리끝까지 화가 난 앤은 눈물까지 글썽이며 길버트를 째려보았다.

"나빴어, 넌 나쁜 놈이야! 어딜 감히 그런 말을 해!"

앤이 화를 냈다.

그러고는 석판을 들어 길버트의 머리를 내리쳤다. 머리, 아니 석판이 두 동강이 났다.

에이번리 학교는 떠들썩한 사건을 즐겼다. 그리고 이번 사건은 특히나 볼 만했다. 모두 다 "와!" 하고 함성을 질렀다. 다이애나가 숨을 몰아쉬었다. 루비 길리스는 예민한 성격이라 울기 시작했고, 토미 슬론은 이 재미난 광경을 넋 놓고 바라보느라 애써 잡아 둔 귀뚜라미 떼들을 모조리 놓쳐버렸다.

필립스 선생이 앤에게 다가와 그녀의 어깨를 꽉 잡았다.

"앤 셜리! 이게 뭐하는 짓이지?"

그는 화가 난 목소리로 말했다. 앤은 아무 대답도 하지 않았다. 반 친구들 앞에서 "홍당무"라고 놀림을 받았다는 말을 공표할 자신이 없었다. 용기를 낸 건 길버트였다.

"제가 그랬어요, 선생님. 제가 앤을 놀렸어요."

필립스 선생님은 아랑곳하지 않았다. 그는 어린 마음에 조금이라도 악한 심령이 깃들면 뿌리째 뽑아줘야 한다고 믿는 듯 엄한 목소리로 말했다.

"이런 성질을 부리는 학생을 내 반에서 보게 되다니 유감이구나. 앤, 오후 내내 넌 칠판 앞에 서 있도록 해!"

이런 벌을 받으니 차라리 매를 맞는 편이 더 나을 것 같았다. 감수성이 예민한 앤은 채찍을 맞은 아이처럼 몸을 바르르 떨었다. 창백하게 굳어버린 얼굴로 앤은 시키는 대로 했다. 필립스 선생은 분필을 들고는 앤의 머리 위에 이렇게 적었다.

'앤 셜리는 성질이 고약합니다. 앤 셜리는 감정을 다스리는 법

을 배워야 합니다.'

그리고 글을 모르는 1학년 학생들도 알아들을 수 있도록 큰소리로 읽었다.

앤은 오후 내내 그 문구 아래에 서 있었다. 울거나 고개를 숙이지도 않았다. 너무 화가 나서 수치심 따위는 눈에 들어오지 않았다. 두 눈 가득 원망이 서렸고, 얼굴은 분노로 벌겋게 달아오른 채 앤은 자신을 애처롭게 바라보는 다이애나의 시선과 찰리 슬론의 화난 고갯짓, 조시 파이의 고소해하는 웃음을 모조리 견뎌야 했다. 하지만 길버트 블라이스는 거들떠보지도 않았다. 다시는 길버트 따위에게 눈길조차 주지 않을 것이다. 말 거는 일도 없을 것이다!

수업이 끝나자 앤은 빨간 머리를 꼿꼿이 들고 걸어 나왔다. 길버트 블라이스가 현관에서 앤을 가로막았다.

"정말 미안해, 앤. 네 머리를 갖고 놀려서."

길버트가 미안하다는 듯 속삭였다. 앤은 본척만척하며 그를 지나쳤다.

"어떻게 그럴 수 있어, 앤?"

큰길로 들어서자 다이애나는 질책하면서도 부러움이 섞인 투로 물었다. 다이애나였다면 길버트의 사과를 뿌리칠 수 없었을 것이다.

앤은 단호했다.

"길버트 블라이스를 용서하지 않을 테야! 절대로! 그리고 필립스 선생님은 내 이름에 e를 빼먹었어. 내 영혼에 갈고리를 채운 거나 마찬가지라고."

다이애나는 앤이 하는 말을 전혀 알아들을 수 없었지만 끔찍한 일이 일어났다는 것은 느낄 수 있었다.

"길버트가 네 머리를 갖고 놀려댄 건 신경 쓰지 마. 그 애는 원래 여자애들을 놀리고 다니는 애야. 내 머리가 까맣다고도 놀려대는걸. 나더러는 열 번도 넘게 까마귀라고 불렀어. 그런데도 나한테 사과 한 번을 안 하던걸."

다이애나가 앤을 달랬다.

"까마귀랑 홍당무랑 같니! 길버트 블라이스는 내 마음을 갈기갈기 찢어놨다고!"

앤이 정색을 하며 말했다.

일이 그렇게 마무리되었더라면 나았을지도 모른다. 하지만 일은 한번 터지기 시작하면 쉽게 멈추지 않는 법이다.

에이번리 학생들은 점심시간이 되면 언덕 너머 벨 씨네의 초원 건너편 가문비나무 숲에 송진을 모으러 가곤 했다. 숲에서는 필립스 선생이 머물고 있는 이븐 라이트 씨 댁이 보였다. 필립스 선생이 집 밖으로 나오면 아이들은 학교로 후다닥 돌아왔다. 하지만 아이들이 달려야 하는 거리가 선생이 라이트 씨 댁에서 오는 거리보다 3배는 더 멀어서 아이들은 숨을 헐떡이며 학교에 도착하곤 했다. 그중 몇몇은 3분 정도 늦게 도착하기도 했다.

다음 날 필립스 선생은 아이들의 버릇을 고쳐놓겠다는 생각이 불시에 떠올랐는지 점심을 먹으러 집으러 가기 전 아이들에게, 자신이 돌아올 때까지 그 누구도 자리에서 벗어나서는 안 된다고 엄포를 내렸다.

남자아이들과 몇몇의 여자아이들은 평소처럼 벨 씨네로 가서 '한 차례 씹을' 분량의 송진을 모아 오기로 했다. 하지만 가문비나무 숲은 여느 때와 마찬가지로 매혹적이었고, 노란 송진을 모으는 일은 너무 재미있어서 평소와 다름없이 지미 글로버가 제일 오래된 가문비나무 꼭대기에서 "선생님이다!"라고 소리를 지를 때가 되어서야 시간이 흘렀다는 것을 겨우 깨달았다.

나무 아래 있던 여자아이들이 먼저 뛰기 시작해 학교에 겨우 제시간에 도착했다. 허둥지둥 나무에서 기어 내려온 남자아이들은 늦고 말았다. 앤은 꼴찌였다. 송진 따위에는 애초에 관심도 없었던 앤은 허리까지 올라오는 고사리 덤불 속에서 자신이 마치 숲속의 여신이라도 되는 양 참나리꽃 화관을 머리에 두른 채 흥얼흥얼 노래를 부르며 행복하게 돌아다녔다. 하지만 앤은 사슴처럼 달릴 줄 아는 아이였다. 잽싸게 내달리던 남자아이들을 문 앞에서 따라잡았고, 필립스 선생이 모자를 벽에 거는 순간 남자아이들 틈에 섞여 교실로 쏠려 들어왔다.

필립스 선생이 추진하려던 개혁은 그렇게 짧게 끝이 났다. 열 명도 넘는 아이들을 일일이 혼내고 싶지도 않았다. 하지만 말을 꺼냈으니 뭐라도 해야 했다. 그래서 희생양을 찾아야 했고, 그것이 앤이었다. 숨 가쁘게 들어와 자리에 막 앉으려던 앤은 한쪽 귀에 비뚤게 걸린 화관을 벗는 것도 잊은 채 헝클어진 모습이었다.

"앤 셜리, 넌 남자아이들과 어울리는 걸 좋아하는 모양이구나. 그럼 오후 내내 네 소원대로 해주지. 머리에 달린 그 꽃들을 좀 치우고 길버트 블라이스 옆에 가서 앉아라."

선생은 빈정거리며 말했다.

남자아이들이 낄낄거렸다. 다이애나는 안쓰러움에 얼굴이 창백해졌고, 이내 앤의 머리에서 화관을 잡아당기고는 손을 꼭 잡아주었다. 앤은 돌처럼 굳은 채 필립스 선생을 빤히 쳐다보았다.

"내 말 안 들리니, 앤?"

필립스 선생이 재촉했다.

"들었습니다. 단지, 진심이셨는지 궁금했을 뿐이었어요."

앤이 천천히 말했다.

"진심이고말고. 당장 자리를 옮기도록!"

특유의 비꼬는 어조였고, 반 아이들은 물론이거니와 특히 앤이 극도로 싫어하는 말투였다. 불난 집에 부채질하는 격이었다.

잠깐 동안, 앤은 반항하려는 듯 보였다. 하지만 별다른 도리가 없다는 것을 이내 깨달은 듯 자리에서 일어나 길버트 블라이스 옆에 가서 앉았다. 그러고는 책상에 두 팔을 올리고 얼굴을 파묻었다. 앤을 곁눈질하던 루비 길리스는 집에 돌아오는 길에 "얼굴이 그렇게 창백하고 빨간 딱지가 가득한 아이는 처음 봤다"고 떠들어댔다.

앤에게는 이제 모든 게 끝장난 것 같았다. 열 명이 넘는 아이들 중에 혼자만 벌을 받은 것이나 남자아이와 짝이 된 것, 그리고 하필 그 짝이 길버트 블라이스라니. 상처에 모욕감이 더해져 참을 수 없는 지경에 이르렀다. 참으려고 해봐도 소용이 없었다. 수치심과 분노, 모욕감으로 온몸이 부들부들 떨렸다.

처음에 다른 학생들은 앤을 쳐다보기도 하고 몰래 속닥이기도

하고 키득대거나 쿡쿡 찔러보기도 했다. 하지만 앤은 고개를 들 생각을 하지 않았고, 길버트도 분수 공부에 열중하자 다들 제 할 일로 돌아가 앤에 대해서는 신경을 끄게 되었다. 필립스 선생이 역사 시간이라고 소리쳤을 때 앤은 자리에서 일어나야 했지만, 움직이지 않았다. 필립스 선생은 수업을 시작하기 전 「프리실라에게」라는 시를 쓰고 있던 터라 앤은 안중에도 없었다. 아무도 보지 않는 틈을 타 길버트는 책상 아래로 '넌 달콤해'라는 글귀가 적힌 사탕을 앤의 팔꿈치 아래로 밀어 넣었다. 그제야 앤은 고개를 들고서는 사탕을 집어 들어 바닥에 떨어뜨린 다음 발뒤꿈치로 사탕이 가루가 되도록 짓밟아버렸다. 그러고는 길버트에게는 눈길 한번 주지 않고 다시 얼굴을 팔 아래로 파묻었다.

수업이 다 끝나자 앤은 자신의 책상으로 돌아가 보란 듯이 사물함에서 책받침, 펜, 잉크, 성경, 수학책을 꺼내더니 부서진 석판 위에 올렸다.

"왜 전부 집에 가져가려는 거야, 앤?"

다이애나는 길가로 나오자마자 물었다. 그 전에는 물어볼 엄두가 나지 않았기 때문이다.

"난 이제 학교에 다시는 안 올 거야."

다이애나는 의아해서 앤을 빤히 쳐다보았다.

"마릴라 아주머니가 허락하실까?"

다이애나가 물었다.

"그러실 수밖에 없을 거야. 난 다시는 그 선생님이 있는 학교에 안 가."

166

"아, 앤. 너 정말 너무해! 난 그럼 어떡하라고! 필립스 선생님은 나더러 거티 파이와 짝이 되라고 하실 거야. 그 앤 혼자 앉으니까. 돌아와 줘, 앤……."

다이애나는 금방이라도 울음을 터트릴 얼굴이었다.

"난 널 위해서라면 뭐든 할 수 있어, 다이애나. 팔다리도 떼어 줄 수 있다고. 하지만 이건 못하겠어. 그러니 강요하지 말아줘. 제발 부탁이야."

앤이 슬픈 목소리로 말했다.

다이애나가 울먹였다.

"네가 놓치게 될 즐거운 일들이 있다는 것도 생각해봐. 우린 시냇가에 비밀의 집을 짓기로 했잖아. 다음 주엔 공놀이도 하기로 했고. 넌 공놀이를 해본 적이 없다면서. 얼마나 재밌는데! 새로운 노래도 배울 거야. 제인 앤드루스가 지금 연습하고 있어. 그 애가 다음 주에 새 책을 가져올 테고, 그럼 우린 시냇가에서 큰소리로 읽을 거야. 넌 큰소리로 읽는 것 좋아하잖아."

앤은 꿈쩍도 하지 않았다. 앤은 이미 마음을 굳혔다. 다시는 필립스 선생이 있는 학교에 가지 않을 작정이었다. 집에 돌아온 뒤로는 마릴라에게도 털어놓았다.

"무슨 말도 안 되는 소리니!"

마릴라가 말했다.

"그렇지 않아요. 이해 못하시겠어요? 전 모욕을 당했다고요!"

앤은 슬프지만 원망스러운 눈초리로 마릴라를 쳐다보면서 말했다.

"모욕은 무슨! 넌 내일도 평소처럼 학교에 가야 해."

앤은 고개를 저어댔다.

"가지 않을 거예요. 전 집에서 공부할 거예요. 그리고 얌전하고 착한 아이가 되도록 최선을 다할게요. 하지만 학교에는 절대 가지 않을 거예요. 그건 분명해요."

마릴라는 앤의 작은 얼굴에서 완강한 고집을 읽었다. 그 고집을 꺾기가 보통이 아니겠다는 생각이 들었다. 그래서 지금은 잠자코 있는 것이 나을 것이라는 생각이 들었다.

"나중에 레이첼에게 가서 얘기를 좀 들어봐야겠어. 지금은 앤과 신경전을 벌여봤자 아무 소용이 없을 테니. 앤은 지금 너무 예민한 상태이고, 보통 고집이 센 아이가 아니잖아. 하지만 앤의 얘기를 듣자 하니 필립스 선생이 좀 과하기도 했어. 그렇다고 앤에게 그렇게 말할 수도 없는 노릇이고. 레이첼과 의논해봐야지. 아이를 열 명이나 학교에 보내봤으니 뭔가 들어볼 말이 있을 거야. 그리고 이번 사건에 대해서도 지금쯤이면 분명 모르지 않을 테고."

마릴라가 린드 부인을 찾아갔을 때 그녀는 평소와 다름 없이 뜨개질을 하던 중이었다.

"제가 왜 들렀는지 아시죠?"

마릴라가 쑥스럽다는 듯 말했다. 린드 부인이 고개를 끄덕였다.

"앤이 학교에서 벌인 소동에 관한 일이죠? 틸리 볼터가 집에 가는 길에 알려주더라고요."

"앤을 어떻게 해야 할지 모르겠어요. 학교에 가지 않겠대요. 애가 그렇게 화가 잔뜩 난 건 처음 봤어요. 물론 학교에 가서 말썽을 피울 거라는 건 예상했어요. 한동안 일이 순조롭게 잘 풀린다 싶더니만. 앤은 지금 완전히 토라져 있어요. 조언 좀 부탁해요."

린드 부인은 상냥하게 말했다.

"흠, 내 조언이 필요하다니까 몇 마디 하죠. 나라면 일단 아이를 좀 달래겠어요. 필립스 선생이 좀 잘못했네요. 물론 아이에게 그렇게 말하면 안 돼요. 어제 앤이 길버트에게 성질을 부려서 혼이 났다면 그건 옳은 일이에요. 하지만 오늘은 다르죠. 늦게 온 다른 아이들도 똑같이 벌을 받았어야 했어요. 또 여자아이를 남자아이 옆에 앉히는 걸로 벌을 주는 것도 옳지 않아요. 적절하지 못했다고 봐요. 틸리 볼터도 화를 내더라니까요. 그 애도 앤 편을 들었어요. 다른 아이들도. 앤이 친구들 사이에서 인기가 참 많은가 보네요. 그렇게 잘 지내는 줄은 몰랐어요."

"그러면 앤을 학교에 보내지 말라는 말씀이신가요?"

마릴라는 화들짝 놀라서 물었다.

"네, 아이가 스스로 학교에 가겠다고 할 때까지 내버려두세요. 몇 주 지나면 풀릴 거예요. 그리고 스스로 학교에 가고 싶어할 거예요. 억지로 학교에 보내면 나중에 또 변덕을 부리거나 우울증에 빠지거나 다른 문제가 생길지도 모를 일이죠. 조금이라도 일을 조용하게 만드는 게 현명하다고 생각해요. 학교에 며칠 안 갔다고 해서 진도가 그렇게 많이 뒤처지는 것도 아닐 거고요. 필립스 선생의 교사 자격에 대해서도 논란이 많아요. 어린아이들은 안중에도 없고 퀸스 아카데미에 갈 만한 애들만 신경을 쏟으니까요. 필립스 선생의 삼촌이 학교 이사만 아니었다면 진작 해고감이었어요. 그 이

사라는 사람이 다른 두 이사를 제 손바닥 안에 두고 쥐락펴락 해대죠. 이 섬의 교육이 어떻게 돌아가는지 모르겠어요."

린드 부인은 자신이 이 섬의 교육을 이끌었다면 마치 더 잘했을 것이라는 듯 고개를 절레절레 흔들었다.

마릴라는 린드 부인의 조언을 받아들여 앤에게 학교에 가라는 말을 하지 않았다. 앤은 집에서 공부를 했고, 집안일을 거들었으며, 가을날 보랏빛 황혼녘에서 다이애나와 놀았다. 길을 가다가, 혹은 주일 학교에서 길버트 블라이스와 마주쳤지만 앤은 아랑곳하지 않고 차갑게 그를 무시하고 지나갔다. 다이애나는 두 사람을 화해시키려고 노력했지만 매번 허탕을 쳤다. 앤은 일평생 길버트 블라이스를 증오하기로 마음먹은 게 분명했다.

길버트를 싫어하는 것만큼이나 앤은 다이애나를 열정적으로 사랑했다. 어느 날 저녁 마릴라는 과수원에서 사과를 한 바구니 따서 돌아왔더니 앤이 어둑한 동쪽 창가에 혼자 앉아 울고 있었다.

마릴라가 물었다.

"앤, 왜 그러니?"

"다이애나 때문이에요. 전 다이애나가 너무 좋아요. 그 애 없이는 살 수 없을 것 같아요. 그런데 우리는 어른이 되면 다이애나는 결혼을 해서 저를 떠나 멀리 가버리겠죠? 아, 저는 그럼 어떡해요. 그 애 남편이 될 사람이 너무 싫어요. 상상만 해도 너무 싫어요. 그 아이의 결혼이고 뭐고 상상을 했더니 죄다 싫었어요. 다이애나는 눈처럼 하얀 드레스를 입고 베일을 둘렀어요. 여왕처럼 아름답고 당당한 모습이었죠. 저는 신부 들러리를 섰고, 저도 사랑스러운 드레스를 입었어요. 퍼프소매 옷이에요. 얼굴은 웃고 있지만 속마음은 찢어졌죠. 그리고 안녕이라고 다이애나에게 작별 인사를 하는 거예요."

그러더니 앤은 완전히 몸을 파묻고는 엉엉 울기 시작했다.

마릴라는 터져 나오는 웃음을 감추려고 몸을 돌렸다. 하지만 소용이 없었다. 바로 옆에 있던 의자에 주저앉아 웃음보를 터트리고 말았다. 지나가던 매슈는 그 소리에 깜짝 놀라 발걸음을 멈췄다. 마릴라가 마지막으로 저렇게 웃었던 적이 언제였더라.

마릴라는 겨우 입을 열었다.

"그래, 앤 셜리. 그렇게 할 일이 없으면 집안일이나 좀 도와줄래? 네 상상력은 정말 놀랍구나."

제16장
비극으로 끝나버린 다이애나와의 티 파티

초록 지붕 집의 10월은 아름다웠다. 골짜기의 자작나무들이 금빛 햇살처럼 빛나고, 과수원 뒤 단풍나무들은 화려한 진홍빛으로 물들었으며, 벚나무들은 오솔길을 따라 검붉은 청록색으로 그늘을 이루었다. 들판도 햇살을 받아 빛나고 있었다.

앤은 갖가지 색으로 빛나는 세상을 한껏 즐겼다. 어느 토요일 아침, 앤은 탐스러운 나뭇가지들을 잔뜩 품에 안고 춤을 주며 다가왔다.

"오, 마릴라 아주머니. 10월이 있는 세상에 살 수 있어서 너무 행복해요. 9월에서 11월로 건너뛴다면 너무 끔찍할 것 같아요. 이 단풍나무 가지들 좀 보세요. 멋지지 않나요? 제 방을 이것들로 꾸밀 거예요."

마릴라의 미적 감각은 예나 지금이나 별반 다를 게 없었다.

"지저분하기는! 바깥에서 주워온 것들로 방을 어지르겠다니? 침실은 잠을 자는 곳이야."

"네, 그리고 꿈도 꾸는 곳이잖아요. 예쁘게 꾸며놓은 침실에서는 꿈도 더 잘 꿀 수 있다고요. 저는 나뭇가지들을 오래된 파란 단지에다 꽂은 다음에 테이블 위에 올려둘 거예요."

"잎사귀들을 계단 여기저기에 흘리는 일은 없었으면 좋겠구나, 앤. 난 오후에 카모디에 자원봉사 모임이 있어서 나가봐야 해. 밤늦게나 돌아올 것 같으니 네가 매슈 오라버니와 제리의 저녁을 차려줘야겠구나. 지난번처럼 식탁에 앉기 전에 차를 내려두는 걸 잊지는 말고."

앤이 미안하다는 듯이 주절주절 늘어놓았다.

"전, 정말 잘 잊어버리는 게 병이에요. 하지만 그날 오후에는 제가 제비꽃 골짜기 이름을 생각해내는 데 정신이 팔려 있었어요. 매슈 아저씨는 정말 친절하세요. 저를 야단치지 않으세요. 직접 차를 내리시더니 조금 기다리라고 하셨어요. 그래서 제가 기다리는 동안 요정 이야기를 해드렸어요. 사실 결말 부분을 까먹어서 제가 지어내서 말했는데, 매슈 아저씨가 어디부터 지어낸 부분인지 감쪽같이 모르셨대요."

"오라버니야 네가 한밤중에 일어나서 밥을 차린다고 해도 뭐라 하지 않을 사람 아니니. 이번에는 정신을 똑바로 차리도록 해. 그리고 내가 이 상황에서 해도 되는 말인지는 모르겠지만, 다이애나를 오후에 집에 초대해서 차를 마셔도 좋아. 내가 널 더 산만하게 만드는 건 아니었으면 좋겠구나."

앤이 두 손을 맞잡았다.

"아, 마릴라 아주머니! 너무 완벽하게 아름다워요! 제가 그토록 완벽하게 바라던 일을 이루어주시다니요! 차를 마신다니 너무 멋지고 어른이 된 기분이에요. 손님이 있으니까 차를 내리는 일을 까먹지는 않을 거예요. 마릴라 아주머니, 혹시 장미꽃 찻잔을 써도 되나요?"

"그건 절대 안 된다. 장미꽃 찻잔이라니! 다음에는 뭘 더 바라려고! 그건 목사님이 오시거나 봉사 모임이 있을 때나 사용하는 거야. 하지만 낡은 갈색 찻잔은 사용해도 돼. 작은 노란색 항아리 안에 든 체리 잼을 먹어도 좋고. 지금쯤 맛이 들었을 거다. 과일 케이크도 잘라 먹고, 쿠키와 생강과자도 꺼내 먹으렴."

앤은 황홀한 듯 두 눈을 감았다.

"제가 테이블 상석에 앉아서 차를 따라주는 모습이 막 그려져요. 그리고 다이애나에게 설탕을 더 넣을 거냐고 물어보는 거죠. 다이애나가 설탕을 안 넣는 건 알지만 모르는 척하고 물어볼 거예요. 그리고 과일 케이크랑 잼을 더 권할 거고요. 아, 생각만 해도 정말 신나요! 다이애나가 오면 손님방으로 데리고 가서 모자를 벗어두라고 해도 되나요? 그런 다음에 응접실에 가도 되나요?"

"안 돼. 너와 네 친구는 거실까지만이야. 하지만 라즈베리 코디얼 주스가 반 병쯤 있어. 어젯밤 교회 손님들 대접하고 남은 게 있거든. 거실 찬장 두 번째 선반에 있으니 오후에 가져다가 쿠키랑 같이 먹으렴. 매슈 오라버니는 감자를 배에 싣느라 저녁에나 돼야 올 거야."

앤은 다이애나에게 차 마시러 오라는 얘기를 전하러 골짜기를 쏜살같이 지나 드루아스 샘을 지나 비탈 과수원 집으로 향하는 가문비나무 길을 올라갔다. 마릴라가 카모디로 떠나자마자 다이애나가 도착했다. 그녀는 티 파티에 도착한 사람답게 두 번째로 좋은 옷을 입고 왔다. 평소 같았으면 노크도 하지 않고 부엌문으로 들어왔겠지만 이번에는 현관에 서서 얌전하게 문을 두드렸다. 그러자 역시나 두 번째로 예쁜 옷을 차려입은 앤이 현관으로 나가서 문을 열어주었다. 두 소녀는 마치 처음 만나는 사이인 양 예의를 갖추며 악수를 했다. 다이애나가 동쪽 다락방에 모자를 벗어 두고 10여 분 동안 차분히 발을 모으고 앉아 있는 동안에도 이 낯선 분위기는 계속되었다.

"어머님은 잘 지내시나요?"

앤이 마치 오늘 아침 배리 부인이 아주 건강하고도 활기찬 모습으로 사과를 따고 있던 걸 기억하지 못하는 양 정중하게 안부를 물었다.

"아주 잘 지내세요. 감사해요. 커스버트 아저씨는 오후에 감자를 실으러 릴리샌즈로 가신다면서요?"

오늘 아침에 매슈의 마차를 타고 앤드루스 댁에 다녀왔으면서도 다이애나는 시치미를 뚝 떼고 물었다.

"네, 올해는 감자 농사가 아주 잘되었어요. 다이애나 아버님 농사도 풍년이었길 바래요."

"저희도 좋아요. 고마워요. 사과는 많이 땄나요?"

순간 요조숙녀 놀이는 까맣게 잊고 앤이 자리에서 폴짝 일어났다.

"그럼, 엄청 많이 땄지. 과수원에 가서 레드스위팅 사과를 따먹자. 마릴라 아주머니가 나무에 달려 있는 남은 사과들은 다 따먹어도 된댔어. 너무 좋은 분이지? 과일 케이크와 체리 잼도 차와 같이 먹으래. 하지만 우리가 마실 차에 대해서는 알려주지 않을 테야. 그건 예의가 아니니까. 하지만 R이랑 C로 시작하고, 색깔이 빨갛다는 것만 알려줄게. 난 밝은 빨간색 음료가 좋더라. 다른 색보다 두 배는 더 맛있는 것 같거든."

가지가 휘어질 정도로 과일이 주렁주렁 달린 나무들이 가득한 과수원은 너무나도 즐거운 놀이터여서 두 소녀는 오후 내내 시간 가는 줄 몰랐다. 가을 햇살은 아직 서리를 맞지 않은 초록빛 풀밭을 비추며 그 위에 앉은 두 아이를 포근하게 내리쬐었고, 앤과 다이애나는 사과를 먹으며 수다를 떨었다. 다이애나는 학교에서 일어난 일들을 앤에게 들려주었다. 다이애나는 거티 파이와 결국에는 짝이 되었다며 성질을 부렸다. 거티가 항상 연필로 책상을 찍찍 긋곤 하는데, 그 소리에 간담이 서늘할 지경이라고. 루비 길리스는 메리 조 할머니가 준 마법의 조약돌로 문지른 다음부터 사마귀가 없어졌다고 했다. 마법의 조약돌로 사마귀를 문지른 뒤 초승달이 뜰 무렵에 왼쪽 어깨 너머로 돌을 던지면 사마귀가 사라진다나. 찰리 슬론과 엠 화이트의 이름이 벽에 쓰이는 바람에 엠 화이트가 나자빠지는 일이 생겼다고도 했다. 샘 볼터는 필립스 선생에게 말대꾸를 했다가 회초리를 맞았는데, 그것 때문에 샘의 아버지가 학교로 찾아와 다시는 자기 아들에게 함부로 손대지 말라고 으름장을 놓았다고 했다. 그리고 매티 앤드루스는 빨간 모자에 술이 달린 파란 망토를 새로 사서 입고 왔는데, 어찌나 잘난 척을 해대는지 눈꼴사나워서 못 봐줄 지경이라고 했다. 또

마미 월슨의 언니가 리지 라이트의 언니의 남자 친구를 가로채는
바람에 리지 라이트도 마미 월슨과 이제 말을 하지 않는다고 했
다. 친구들 모두 앤을 보고 싶어한다는 말과 앤이 다시 학교에 나
오길 기다린다는 말도 전했다. 그리고 길버트 블라이스는…….

하지만 앤은 길버트 블라이스의 소식은 듣고 싶지 않았다. 그
래서 다이애나에게 라즈베리 코디얼 주스를 마시러 들어가자고
재촉했다.

앤은 거실 찬장 두 번째 선반을 샅샅이 살폈지만 라즈베리 코
디얼 주스는 없었다. 대신 맨 꼭대기 선반 안쪽에 병 하나가 눈에
띄었다. 앤은 쟁반에 담아 상을 차렸다.

"자, 많이 드세요, 다이애나."

앤이 정중하게 말했다.

"전 지금은 마시고 싶지 않네요. 사과를 너무 많이 먹었나 봐요."

다이애나는 큰 컵 한가득 코디얼 주스를 따랐다. 그러고는 붉
은 빛깔이 탐스럽다는 듯 바라보다가 우아하게 한모금 삼켰다.

"이건 정말 맛있는 라즈베리 코디얼이에요, 앤. 라즈베리 코디
얼이 이렇게 맛있는 줄은 몰랐어요."

다이애나가 말했다.

"입에 맞는다니 저도 좋네요. 마음껏 드세요. 저는 나가서 불을
좀 살피고 올게요. 집 안에 돌아볼 곳이 여간 많은 게 아니잖아요."

앤이 부엌에서 돌아왔을 때 다이애나는 코디얼을 두 잔째 마시
는 중이었다. 앤이 다시 권하자 다이애나는 사양하지 않고 세 번
째 잔을 들이켰다. 그렇게 많이 마시는 걸 보니 라즈베리 코디얼

주스가 정말 맛이 좋은 모양이었다.

다이애나가 말했다.

"내가 마셔본 것 중에 최고인 것 같아. 린드 아주머니가 자랑하시던 것보다 이게 훨씬 더 맛있어. 그 맛하고는 완전히 달라."

앤이 마릴라의 편을 들었다.

"나도 마릴라 아주머니의 라즈베리 코디얼이 린드 아주머니 것보다 훨씬 나을 거라고 생각해. 마릴라 아주머니의 요리 솜씨는 끝내주잖아! 나에게도 가르쳐주시겠다고 하시는데, 나는 너무 어려워서 못하겠더라고. 요리는 상상의 여지가 별로 없어. 하라는 대로 해야 하잖아. 지난번에는 케이크를 만들다가 글쎄 밀가루를 안 넣었지 뭐야. 너와 나에 대한 멋진 상상을 하고 있었거든. 넌 천연두에 걸려서 몹시 아팠고, 그래서 모두가 너를 저버렸어. 하지만 나는 용감하게 네 곁에 다가가서 너를 간호했지. 그리고 나 역시 천연두에 걸렸고, 죽어서 포플러 묘지에 묻혀. 넌 내 무덤가에 장미나무를 심고 네 눈물로 물을 주는 거지. 그리고 너는 너를 위해 목숨을 바친 어린 시절 친구를 평생 잊지 못하게 되고. 아! 정말 가슴 저미는 이야기 아니니? 케이크 반죽을 만드는 데 눈물이 막 줄줄 흐르는 거야. 그러다가 밀가루 넣는 걸 까먹어서 케이크를 망쳐버렸지. 케이크에 밀가루는 가장 기본인데 말이야. 마릴라 아주머니가 잔뜩 화가 나셨어. 물론 그럴 만도 하지. 내가 좀 골칫덩이니. 지난주에는 푸딩 소스 때문에 또 한바탕했어. 화요일 점심 때 우리는 자두 푸딩을 먹었고, 푸딩은 절반쯤 남았어. 소스도 한 주전자 정도 남았고. 마릴라 아주머니가 다음날 점심에도 먹을 수 있겠다며 나더러 뚜껑을 덮어서 찬장에 넣어두라고 하셨거든. 나도 그러려고 했지. 그런데 그걸 들고 가면서 내가 수녀라는 상상을 한 거야. 상처받는 가슴을 안고 베일을 쓴 채 수녀원에서 은둔하는 수녀 말이야. 물론 나는 기독교 신자이지만, 그 순간에는 가톨릭 신자라고 상상했어. 그러다가 그만 푸딩 소스의 뚜껑을 닫는 걸 깜박하고 말았지 뭐야. 다음 날 아침에야 번뜩 생각이 나서 찬장으로 막 뛰어갔어. 다이애나, 그런데, 내가 그 푸딩 소스 안에 쥐가 빠져 있는 걸 보고 얼마나 충격을 먹었는지 아니! 나는 쥐를 수저로 들어내고는 뜰에 내다버렸고, 수저를 무려 세 번이나 빡빡 문질러 씻었어. 마릴라 아주머니는 소젖을 짜러 나가 계셨고, 난 정말 아주머니가 들어오시면 푸딩 소스를 돼지들에게 줘도 되겠느냐고 여쭐 생각이었어. 하지만 아주머니가 돌아오셨을 때 난 또 서리의 요정이 된 상상을 했어. 숲을 돌아다니면서 나무들이 원하는 대로 빨갛고 노랗게 변신시켜주는 생각을 하고 있었거든. 그래서 푸딩 소스에 대해선 또 까먹고 말았어. 그리고 마릴라 아주머니는 사과를 따오라고 심부름을 시키셨지. 그런데 그날 스펜서베일에서 체스터 로스 부부가 오셨더라고. 그 멋쟁이 분들 말이야. 로스 아주머니는 정말 멋쟁이시지. 마릴라 아주머니가 불러서 가보니 점심이 차려져 있고, 모두 식탁에 둘러앉아 있었어. 난 되도록 얌전하고 의젓하게 행동하려 했어. 로스 아주머니 눈에 예뻐 보이지는 못할망정 예의 바른 아이로는 보이고 싶었으니까. 마릴라 아주머니가 자두 푸딩을 들고 또 다른 손에 푸딩 소스 주전자를 들고 나오기 전까지만 해도 모든 건 완벽

했어. 하지만 그다음부터는 끔찍했지. 난 그 쥐 사건이 번뜩 떠올라서 그 자리에서 일어나 비명을 지른 거야. '마릴라 아주머니 그 푸딩 소스는 안 돼요! 거기에 쥐가 빠졌었단 말이에요! 제가 말씀드리려고 했었는데 깜빡했어요!' 내가 백 살까지 산다고 해도 그 끔찍한 순간을 잊을 수는 없을 거야. 로스 아주머니가 나를 빤히 쳐다보는데 어찌나 창피하던지 마룻바닥 아래로 기어들어가고 싶은 심정이었어. 마릴라 아주머니도 얼굴이 벌겋게 달아올랐지만 아무 말씀을 하지 않으셨지. 그저 소스랑 푸딩을 도로 갖다 두고 딸기 잼을 가져오셨더라고. 나에게도 덜어주셨는데 난 한 입도 삼킬 수가 없었어. 머리 끝이 활활 타오르는 기분이었다니까. 나중에 로스 아주머니가 돌아가시고 난 다음에 엄청 꾸중을 들었지. 다이애나, 너 괜찮아? 왜 그래?"

다이애나는 비틀거리며 일어나더니 손으로 머리를 감싸며 도로 자리에 주저앉았다.

"너무 아파. 나 집에 가야겠어."

다이애나의 발음이 약간 꼬인 것 같았다.

"차를 마시지도 않았는데 집에 가겠다고? 지금 바로 가져올게."

"집에 가야겠어."

다이애나는 어눌하지만 완강하게 다시 말했다.

"과일 케이크와 체리 잼을 좀 줄게. 소파에 잠깐 앉아 있어. 금세 나을 거야. 어디 아픈 거니?"

"나 집에 가야 해."

다이애나는 이 말만 되풀이할 뿐이었다. 앤이 말려보아도 소용

없었다. 앤은 우울해졌다.

"초대받아서 차도 안 마시고 가는 애가 어디 있니? 다이애나, 너 혹시 정말 천연두에 걸린 게 아닐까? 만약 그런 거라면 내가 널 간호해줄게. 날 믿으라고. 난 절대 널 저버리지 않을 거야. 하지만 차는 마시고 갔으면 해. 어디가 안 좋은 거야?"

"너무 어지러워."

다이애나가 답했다.

실제로 다이애나는 비틀거리며 걷고 있었다. 앤은 실망한 듯 눈물을 글썽이며 다이애나의 모자를 챙겨주고 배리 씨 댁의 정원까지 바래다주었다. 그러고는 초록 지붕 집에 돌아와 훌쩍거렸다. 앤은 슬픈 얼굴로 남은 라즈베리 코디얼 주스를 찬장에 도로 가져다놓고 매슈와 제리에게 줄 차를 준비했다.

다음 날은 일요일이었고, 새벽부터 해질 무렵까지 비가 억수같이 쏟아졌다. 앤은 초록 지붕 집에 갇혀 있을 수밖에 없었다. 월요일 오후, 마릴라는 앤에게 린드 부인 댁에 갔다오라고 심부름을 시켰다. 얼마 지나지 않아 앤은 눈물을 펑펑 쏟으며 뛰어 들어왔다. 부엌에 들어온 앤은 소파에 엎드려 엉엉 울었다.

마릴라가 당황해서 물었다.

"또 뭐가 문제인 거니, 앤? 린드 부인에게 또 성질 부린 건 아니겠지?"

앤은 아무 말 없이 더욱 서럽게 울기 시작했다.

"앤, 묻는 말에 대답을 해야지. 당장 똑바로 일어나서 왜 우는지 말해봐."

몸을 곧게 세운 앤은 침통하기 이를 데 없는 얼굴이었다.

"린드 아주머니께서 오늘 배리 아주머니 댁에 가셨는데 배리 아주머니께서 잔뜩 화가 나셨더래요. 제가 토요일에 다이애나를 취하게 했다고 하셨어요. 그러고선 집에 말도 안 되는 꼬락서니로 돌려보냈다고. 제가 정말 못된 아이이니 앞으로 다시는 다이애나와 못 놀게 할 거라고 하셨대요. 전 정말 죽고 싶은 심정이에요……."

앤이 흐느꼈다. 마릴라는 멍하니 앤을 바라보다가 겨우 목소리를 가다듬고 말했다.

"다이애나를 취하게 했다고? 앤, 네가 이상한 거니 배리 부인이 정신이 나간 거니? 그 아이에게 뭘 줬길래 그러니?"

"라즈베리 코디얼 주스요. 아무리 세 잔 가득 마셨다고 해도 라즈베리 코디얼이 사람을 취하게 할 수 있는지 몰랐어요. 다이애나는 정말 토머스 아저씨 같긴 했어요. 하지만 전 다이애나를 취하게 하려던 게 아니었어요."

앤이 훌쩍였다.

"취하다니, 말도 안 돼."

마릴라는 거실 찬장으로 곧장 다가갔다. 선반 위에는 3년 전에 그녀가 집에서 직접 담근 포도주가 올려져 있었다. 에이번리 마을 사람들에게는 맛 좋기로 유명했지만, 물론 배리 부인같이 엄격한 부류의 사람들은 인정하지 않았다. 배리 부인은 포도주를 마시는 것에 대해 강한 거부감을 내비치곤 했었다. 순간 마릴라는 라즈베리 코디얼이 거실 찬장이 아니라 지하실에 있다는 것이 떠올랐다.

마릴라는 포도주 병을 들고 부엌으로 돌아왔다. 저도 모르게 피식 웃음이 나왔다.

"앤, 넌 정말 문제를 일으키는 데는 선수구나. 네가 다이애나에게 준 건 라즈베리 코디얼이 아니라 포도주였어. 코디얼 주스와는 맛이 다르지 않던?"

그러자 앤이 대답했다.

"전 마시지 않았어요. 그냥 코디얼일 거라고 생각했죠. 전 다이애나에게 잘 대접하고 싶었어요. 그런데 다이애나가 너무 아파서 집에 가야 한다는 거예요. 배리 아주머니가 린드 아주머니에게 그랬다는데, 다이애나는 완전히 취했더래요. 배리 아주머니가 질문을 해도 헤죽헤죽 웃기만 하고 몇 시간이고 잠만 자더래요. 술 냄새를 맡고서야 취한 줄 알았다고 하셨어요. 다이애나는 어제 하루 종일 두통에 시달렸고, 배리 아주머니는 잔뜩 화가 나셨대요. 믿어주실 것 같지 않지만 전 정말 일부러 그런 게 아니에요."

마릴라가 짧게 받아쳤다.

"나라면 다이애나를 혼낼 것 같은데. 뭐한다고 그걸 욕심을 내서 세 잔이나 마신대. 코디얼이었다고 해도 그렇게 큰 잔에 세 컵이나 마시면 배탈이 나는 게 당연해. 이번 사건은 내가 포도주를 담근다고 못마땅하게 여기던 사람들 입방아에 꽤 오르내리겠구나. 하지만 난 지난 3년 동안 포도주를 담그지 않았다고. 목사님이 안 좋게 여기셨거든. 몸이 안 좋을 때를 대비해서 한 병 담가뒀을 뿐이었는데. 자, 자, 그만 울어라. 앤, 넌 잘못한 게 없어. 이번 일이 결국 이렇게 된 건 안타깝지만 말이다."

"하지만 울어야 하는걸요. 가슴이 산산조각 난 것 같아요. 하늘의 별들은 다 저를 싫어하나 봐요. 다이애나와 저를 갈라놓잖아요. 영원히요. 마릴라 아주머니, 저희 두 사람은 영원한 우정을 맹세했을 때 이런 일이 일어날 거라고 꿈에도 상상을 못했어요."

"바보 같은 소리 하지 마라, 앤. 배리 부인도 네 잘못이 아니라는 걸 아시면 마음이 풀어지실 거야. 네가 못된 장난을 쳤다고 생각하시나 본데, 오늘 저녁에 찾아가서 말씀드리는 게 좋겠다."

앤이 한숨을 내쉬었다.

"배리 아주머니의 잔뜩 화난 얼굴을 볼 자신이 없어요. 아주머니가 가주시면 안 돼요? 아주머니는 저보다 훨씬 교양 있으시니 저보다 아주머니 얘기에 더 귀를 기울이실 거예요."

마릴라도 그 편이 낫겠다는 생각이 들었다.

"그래, 그렇게 하자꾸나. 그만 울고, 다 잘될 거다."

하지만 마릴라가 비탈 과수원 집에서 돌아올 무렵, 그 생각은 바뀌어 있었다. 앤은 마릴라가 돌아오는 모습을 보고는 현관으로 달려 나갔다.

"아, 마릴라 아주머니! 얼굴을 보니 알 것 같아요. 소용이 없었던 거군요. 배리 아주머니께서 용서하지 않으신 거죠?"

앤이 슬프게 말했다.

마릴라는 말을 받아쳤다.

"배리 부인도 참! 정말 그렇게 말 안 통하는 사람이 다 있다니. 이건 실수였고, 네 잘못은 아니라고 말씀드렸는데 통 믿지를 않으시잖니. 게다가 내 포도주까지 걸고넘어지는 거야. 포도주가 몸에 해롭다고 말하지 않았냐면서. 그래서 나도 받아쳤지. 누가 포도주를 한꺼번에 세 잔씩이나, 그것도 가득가득 마시느냐고 말이야. 만약 내 아이가 그렇게 먹는 데만 욕심을 부리면 난 매를 들어서라도 정신이 번쩍 들게 가르쳤을 거라고 말했지."

마릴라는 기분이 상했는지 어린 영혼만 현관에 남겨둔 채 부엌으로 휙 들어가 버렸다. 앤은 모자도 쓰지 않고 쌀쌀한 가을 황혼녘을 걷기 시작했다. 마음을 단단히 먹고 천천히 토끼풀 들판과 통나무 다리를 건너 가문비나무 숲을 지나는 동안 서쪽 숲에 걸린 창백하고 작은 달이 앤을 비춰주었다. 작은 노크 소리에 배리부인이 문을 열어주었다. 새하얀 입술에 간절한 눈망울을 한 앤이 문 앞에 서 있었다.

배리 부인의 얼굴은 굳어졌다. 배리 부인은 선입견이 심한 데다 호불호도 분명했다. 화가 나면 쌀쌀맞고 뚱해져서 여간해서는 잘 풀리지 않았다. 그녀는 앤이 정말로 악의를 갖고 일부러 다이애나를 취하게 했다고 믿고 있었다. 그리고 어린 딸이 그런 아이와 어울리다가 나쁜 물이 들까 걱정했다.

"왜 왔니?"

배리 부인이 쌀쌀맞게 물었다.

앤은 두 손을 그러모았다.

"배리 아주머니, 용서해주세요. 저는 다이애나를 취하게 할 생각이 전혀 없었어요. 제가 왜 그러겠어요. 저는 그저 가난한 고아이고, 좋은 분들을 만나 입양이 되었을 뿐이에요. 그리고 세상에 하나뿐인 단짝 친구를 만났고요. 그런데 어떻게 제가 그런 친구를 일부러 취하게 하겠어요. 저는 정말 라즈베리 코디얼인 줄 알았어요. 정말이에요. 제발 다이애나와 놀지 말라고 하지는 말아주세요. 그건 제 인생에 먹구름과도 같은 일이에요."

마음씨 고운 린드 부인의 마음도 녹였던 앤이었지만 배리 부인에게는 통하지 않았을 뿐 아니라 오히려 짜증만 돋웠다. 앤이 거창한 말, 과장된 몸짓을 사용하는 것이 영 수상했고, 오히려 이 꼬마애가 자신을 놀리고 있다는 생각마저 들었다. 그래서 그녀는 차갑고 잔인하게 말했다.

"넌 다이애나와 어울릴 만한 아이가 아닌 것 같구나. 집에 돌아가서 처신이나 똑바로 하고 다녀."

앤의 입술이 파르르 떨렸다.

"다이애나와 작별 인사를 해도 되나요?"

앤이 간청했다.

"다이애나는 아버지와 카모디에 갔다."

말을 끝마친 배리 부인은 문을 닫고 들어가 버렸다.

절망에 빠진 앤은 초록 지붕 집으로 돌아왔다.

앤은 마릴라에게 말했다.

"마지막 희망이 사라졌어요. 저는 배리 아주머니를 직접 찾아갔어요. 그리고 엄청난 모욕만 당하고 왔어요. 배리 아주머니는 좋은 교육을 받으신 분이 아닌 것 같아요. 이제는 기도 외에는 답이 없어요. 하지만 크게 기대하지는 않아요. 왜냐하면 배리 부인과 같은 고집불통이라면 하나님도 별 수 없으실 것 같아서요."

"앤, 그렇게 말하는 거 아니다."

마릴라는 바로 아이를 타일렀지만 터져 나오려는 웃음을 겨우 참아야 했다. 최근 들어 이런 불경한 웃음보가 자꾸 커져서 당황스러웠다. 그날 밤, 마릴라는 매슈에게 앤의 고충에 대해 들려주었고, 결국 웃음보를 터트리고 말았다.

마릴라가 잠들기 전 동쪽 다락방에 올라갔을 때, 울다 잠든 앤을 바라보는 그녀의 얼굴에는 낯선 부드러움이 감돌았다.

"불쌍한 것."

그녀는 중얼대며 눈물에 젖은 아이의 머리카락 한 올을 쓸어 올려주었다. 그러고는 베개로 몸을 숙여 아이의 발그레한 뺨에 입맞춤을 해주었다.

제17장
인생의 새로운 즐거움

다음 날 아침 부엌 창가에 앉아서 조각보를 꿰매고 있던 앤은 드루아스 샘에서 알 수 없는 손짓을 보내는 다이애나를 보게 되었다. 앤은 깜짝 놀라서 희망을 품고 집 밖으로 쏜살같이 뛰어나가 골짜기로 달려갔다. 하지만 다이애나의 침울한 표정을 보자 희망은 순식간에 사라졌다.

앤이 숨을 가쁘게 몰아쉬었다.

"어머니가 아직도 화가 많이 나셨니?"

다이애나가 슬픈 얼굴로 고개를 끄덕였다.

"응, 엄마가 다시는 너와 놀지 말래. 내가 울면서 절대 네 잘못이 아니라고 말씀드렸는데 소용이 없었어. 작별 인사를 하겠다고 떼를 써서 겨우 온 거야. 그것도 고작 10분뿐이야. 지금쯤 시간을 재고 계실걸."

"10분은 영원한 작별 인사를 나누기엔 턱없이 부족한 시간이 잖아. 다이애나, 날 절대 잊지 않겠다고 약속해줄 수 있어? 더 좋은 친구가 생긴대도?"

앤은 울먹이며 말했다. 다이애나도 훌쩍였다.

"물론이지. 나는 다른 단짝 친구는 만들지 않을 거야. 그 누구도 너만큼 사랑할 수는 없어."

앤은 두 손을 그러모은 채 말했다.

"오, 다이애나, 너 나 사랑해?"

"당연하지, 그걸 몰랐니?"

"응, 몰랐어. 나를 좋아한다는 건 알았지만 네가 나를 사랑하는 줄은 몰랐어. 나는 누군가에게 사랑받은 기억이 없어. 정말 멋진 기분이구나. 너랑 헤어지고 난 이후에도 흑암의 세상을 비춰줄 한 줄기 빛이 되어줄 거야. 다이애나, 한 번만 더 말해줄 수 있겠니?"

"앤, 나는 널 진심으로 사랑해. 그리고 앞으로도 항상 그럴 거야. 믿어도 돼."

다이애나가 손을 내밀며 엄숙하게 말했다.

"나도 그대를 영원히 사랑하리, 다이애나. 다가올 나날들에서, 우리가 함께한 기억들은 우리의 외로운 삶에 별처럼 빛날 거요. 우리가 함께 읽었던 소설처럼. 다이애나 영원히 간직할 수 있는 이별의 징표로 그대의 칠흑 같은 머리카락 한 줌을 내게 줄 수 있겠소?"

"머리를 자를 만한 걸 갖고 있니?"

눈물을 훔치며 다이애나가 물었다. 앤의 꾸며낸 말투 때문인지, 현실로 다시 돌아와 버린 듯했다.

"응, 앞치마 주머니에 운 좋게도 바느질 가위가 있지 뭐니."

앤은 경건하게 다이애나의 곱슬머리 한 줌을 잘랐다.

"잘 가시오, 내 사랑하는 벗. 앞으로 우리는 곁에 있더라도 남처럼 지내야만 하오. 하지만 내 마음은 항상 그대에게 충성하리."

앤은 다이애나가 보이지 않을 때까지 그 자리에 서서 비통한 눈빛으로 다이애나가 뒤를 돌아볼 때마다 손을 흔들어준 뒤 집으로 돌아왔다. 낭만적인 이별로 앤은 짧지만 깊은 위안을 받았다.

앤이 마릴라에게 말했다.

"다 끝났어요. 전 다른 친구는 안 사귈 거예요. 케이트 모리스와 비올레타도 없으니 기분이 이보다 더 최악일 수는 없어요. 설령 있다고 하더라도 예전 같진 않을 거예요. 진짜 친구를 사귀고 보니 상상 속 친구는 견줄 바가 못 되더라고요. 다이애나와 드루아스 샘에서 다정한 작별 인사를 나누었어요. 제 기억 속에 영원히 신성하게 남을 거예요. 전 가장 비통한 단어들을 떠올렸어요. '그대'라는 표현도 썼죠. '너'라고 부르는 것보다 '그대' '당신'이라고 부르는 것이 더 낭만적이잖아요. 다이애나는 제게 머리카락 한 줌을 줬어요. 저는 그걸 작은 주머니에 넣어서 평생 목에 걸고 다닐 거예요. 제가 죽으면 함께 묻어주세요. 전 오래 살지 못할 것 같으니까요. 배리 아주머니도 제가 관에 차갑게 누워 있는 걸 보면 애통해하시고 다이애나를 제 장례식에 보내주실 거예요."

"그렇게 수다를 떨 수 있는 걸 보니 슬퍼서 죽을 걱정은 안 해도 되겠구나, 앤."

마릴라가 매정하게 답했다.

월요일이 되자 앤은 책이 든 바구니를 팔에 끼고 입을 일자로 다문 채 다락방에서 내려와 마릴라를 깜짝 놀라게 했다. 앤이 선언했다.

"학교에 다시 갈래요. 이제 제게 남은 건 학교뿐이에요. 전 친구를 잔인하게 빼앗겼잖아요. 학교에 가면 다이애나를 볼 수 있고, 지난날들을 떠올려볼 수도 있으니까요."

상황이 유리한 방향으로 급전하여 마릴라는 기뻤지만 내색하지 않고 말했다.

"학교에 가서는 공부와 셈을 하는 것에 집중하는 편이 좋겠구나. 만약 학교에 가서 또 친구 머리를 석판으로 때리는 말썽을 벌이지는 않겠지? 행동 똑바로 하고 선생님 말씀 잘 듣도록 해."

앤이 쓸쓸하게 말했다.

"모범생이 되도록 노력할게요. 재미는 없을 것 같지만요. 필립스 선생님은 미니 앤드루스를 모범생이라고 하시지만 미니에게선 상상력이 조금도 보이지가 않아요. 아둔하고 굼뜬 데다가 별로 학교생활을 즐기는 것 같아 보이지도 않아요. 하지만 그런 것이 모범생이라면 이제는 저도 쉽게 그렇게 될 수 있을 것 같아요. 먼 길을 돌아서 가려고요. 자작나무 길을 혼자 걸을 수는 없을 것 같아요. 그러면 눈물이 터질 것만 같거든요."

친구들은 두 팔을 벌려 앤을 맞아주었다. 친구들은 그간 앤이 그리웠던 게다. 게임을 할 때는 앤의 상상력이, 노래를 부를 때는 앤의 목소리가, 그리고 점심시간에 소리 내어 책을 읽을 때 앤의 과장된 몸짓이 그리웠다. 루비 길리스는 성경 읽기 시간에 앤에게 푸른 자두 세 개를 슬그머니 건네었고, 엘라 메이 맥퍼슨은 에이번리 학교에서 책상 장식용으로 인기 만점인 꽃 카탈로그 표지에서 오려낸 커다란 노란 팬지를 선물했다. 소피아 슬론은 앞치마 끝자락에 어울릴 만한 니트 레이스 뜨개질하는 법을 새로 알려주겠다고 했다. 케이트 볼터는 향수병을 선물로 주었는데, 석판을 닦을 때 물을 담을 용도란다. 줄리아 벨은 가장자리를 물결 모양으로 오린 연분홍빛 종이에 정성스레 다음과 같이 시를 옮겨 적어주었다.

어둔 밤이 커튼을 드리우고
별 하나가 떠오를 때면
기억해
너에게 친구가 있음을
네가 저 멀리 어딘가를 헤매고 있을지라도

"인정받는 다는 건 정말 기분 좋은 일이에요!"
그날 밤 앤은 마릴라에게 기쁨의 환호성을 터뜨렸다.
앤을 '인정'해준 건 여자애들뿐만이 아니었다. 점심시간 이후 필립스 선생은 앤에게 모범생인 미니 앤드루스 옆에 가서 앉으라고 했다. 그리고 자리에 앉았을 때 책상 위에는 먹음직스러운 스트로베리 사과 하나가 올려져 있었다. 한 입 베어 먹으려던 순간 에이번리에서 스트로베리 사과를 재배하는 곳은 빛나는 호수 맞은편에 있는 길버트 블라이스네 과수원밖에 없다는 사실이 떠올랐다. 앤은 시뻘겋게 달아오른 석탄이라도 쥔 듯 얼른 사과를 내려놓고는 보란 듯이 손가락을 손수건에 문질러 닦았다. 사과는 다음날 아침까지 책상 위에 그대로 올려져 있었고, 학교 청소를 하고 난로에 불을 피우는 사환 티모시 앤드루스가 비상용 식량이라도 되는 양 날름 사과를 챙겨갔다.

찰리 슬론은 석판용 분필을 선물로 주었는데, 손잡이 부분이 빨갛고 노란 줄무늬 종이로 멋지게 감싸져 있었다. 보통 분필은 1센트인데, 이 분필은 값이 두 배여서 훨씬 더 기분 좋은 선물이었다. 분필을 감사히 받고서는 화답의 의미로 미소를 지어 보였더니 찰리 슬론은 그만 기분이 황홀해져서 받아쓰기를 망쳐버리고 말았다. 필립스 선생은 찰리에게 수업 끝나고 학교에 남아서 다시 시험을 치르게 했다.

화려한 시저의 날들은 브루투스의 공격에 무너져 내려앉고
로마는 오로지 로마 최고의 아들만을 기억하나니*

하지만 거티 파이와 짝이 된 다이애나는 어떠한 찬사나 인정도 전하지 않으니 앤이 전쟁에 승리한들 반쪽 승리에 불과했다.

"어쩌면 다이애나도 저를 한 번쯤은 쳐다보고 미소를 지었을지도 모르죠."

앤은 울적한 목소리로 마릴라에게 말했다.

하지만 다음날 아침 앤은 접고 또 접은 꼬깃꼬깃한 쪽지와 작은

---

* 영국 시인 바이런(Lord Byron)의 시 「차일드 해럴드의 순례」 중 한 구절.

상자를 전달받았다.

앤에게 (앞 사람에게 전달해)

엄마가 학교에서 너랑 말도 하지 말고 놀지도 말래. 하지만 내가 그러고 싶어서 그러는 건 아니니까 나에게 실망하지는 말아줬으면 해. 왜냐하면 난 정말 너를 사랑하거든. 네가 너무 보고 싶고, 모든 비밀을 털어놓고 싶어. 난 거티 파이가 정말 싫어. 너한테 주려고 빨간 종이로 책갈피를 만들었어. 요즘 엄청 유행인데, 학교에서 이걸 만들 줄 아는 애는 세 사람뿐이야. 이걸 볼 때마다 날 기억해야 돼!

너의 단짝
다이애나 배리

쪽지를 읽은 앤은 책갈피에 입을 맞추고 재빨리 답장을 써서 다이애나가 앉은 교실의 반대편으로 전달했다.

사랑하는 다이애나에게

물론 너한테 실망하지 않아. 왜냐하면 너는 엄마의 말씀에 순종해야 하니까. 그래도 우리의 영혼은 하나잖니. 네가 준 사랑스러운 선물은 영원히 간직할게. 미니 앤드루스는 상상력이라곤 눈곱만큼도 없어. 물론 착하긴 해. 그래도 너의 단짝이었던 내가 미니와 친구가 될 순 없지.

내 편지가 엉망이어도 이해해줘. 나아지긴 했는데 아직도 철자가 많이 엉망이라서.

> 죽음이 우리를 갈라놓을 때까지
> 너와 함께할
> 앤, 혹은 코델리아 셜리

추신 : 오늘 밤에 네 쪽지는 베개 밑에 넣어두고 잘 거야.

A. 혹은 C.S

마릴라는 앤이 다시 학교에 나가게 되자 또 말썽을 피우면 어쩌나 걱정이 되었지만 아무 일도 생기지 않았다. 모범생 미니 앤드루스의 기를 전수받기라도 한 걸까, 필립스 선생과도 잘 지냈다. 앤은 공부를 열심히 했고, 길버트 블라이스에게만은 절대 지지 않을 작정이었다. 두 사람의 경쟁은 도드라졌다. 길버트는 선의의 경쟁이었으나 앤은 그렇지 않았다. 분명 적의에 찬 경쟁이었다. 앤은 사랑만큼이나 증오도 강렬하여 길버트가 자신의 경쟁상대임을 받아들이려 하지 않았다. 그렇게 되면 자신이 무시하고 있는 길버트의 존재를 스스로 인정해버리는 셈이기 때문이었다. 하지만 두 사람 사이의 경쟁은 불가피해졌고 매번 1등 자리를 놓고 경쟁하였다. 길버트가 받아쓰기 시험에서 앤을 앞서면, 다음번 시험에서는 앤이 땋은 머리를 홱 젖히며 길버트를 눌러버렸다. 언젠가는 길버트가 수학 시험에서 만점을 받아 칠판에 이름이 올라가자, 다음날 앤은 밤새 머리를 싸매고 공부를 하더니 1등 자리를 가로챘다. 동점이 되어 두 사람의 이름이 나란히 칠판에 적히는 끔찍한 날도 있었다. 그건 친구들이 현관 벽에 '얼레리 꼴레리'와 함께 두 사람의 이름을 나란히 적어놓는 것만큼이나 불쾌한 일이었다. 길버트는 만족스러워했지만 앤은 수치스럽게 생각했다. 월말 필기 시험 때의 긴장감은 최고조에 이르렀다. 첫 달에는 길버트가 3점이 앞섰고, 두 번째 달에는 앤이 5점을 앞섰다. 하지만 길버트가 앤을 모든 학생들 앞에서 축하해주는 바람에 앤의 승리감은 찬물을 끼얹은 듯했다. 길버트가 자신의 패배에 마음 상해야 더 고소했을 텐데.

필립스 선생은 그리 훌륭한 교사는 아니었지만 앤처럼 배우고자 하는 의지가 강한 학생이라면 어떤 선생을 만나도 발전할 수밖에 없었다. 학기 말이 되었을 때 앤과 길버트는 모두 5학년이 되었고, 라틴어, 기하, 프랑스어와 대수 등 기본 교과를 배우게 되었다. 앤은 기하학에서 백기를 들고 말았다.

앤이 투덜댔다.

"기하학은 정말 끔찍해요, 마릴라 아주머니. 무슨 소리인지 하나도 못 알아듣겠다니까요. 상상의 여지가 전혀 없어요. 필립스 선생님은 제가 가르쳐본 학생 중에 가장 못한대요. 길버…… 아니 다른 애들은 잘하는데 말이죠. 얼마나 부끄러웠는지 몰라요. 심지어 다이애나도 저보다 잘해요. 물론 다이애나보다 못하는 건 개의치 않아요. 우린 친하게 지낼 수 없지만, 그래도 저에게 다이애나는 꺼지지 않는 사랑이거든요. 그 애만 생각하면 가슴이 미어져요. 하지만 이렇게 흥미진진한 세상에서 계속 슬퍼하면서 지낼 수만은 없겠죠, 마릴라 아주머니?"

제18장
앤, 생명을 구하다

거창한 사건도 대개는 사소한 일과 얽혀 있곤 한다. 얼핏 보면 캐나다 총리가 프린스에드워드 섬을 순방 일정에 포함시키기로 한 결정이 초록 지붕 집에 사는 앤 셜리의 운명과는 별다른 연관성이 없어 보인다. 과연 그랬을까.

　총리가 열렬한 지지자들과 그를 지지하지는 않더라도 대규모 집회에 참석하기로 마음먹은 사람들 앞에서 연설하기 위해 샬롯타운을 찾은 것은 1월이었다. 에이번리 마을 사람들은 대부분 총리의 지지자들이어서 남녀 할 것 없이 30마일이나 떨어진 샬롯타운으로 향했다. 레이첼 린드 부인도 다를 바 없었다. 린드 부인은 정치에 매우 관심이 많았기 때문에 설령 본인이 지지하는 정치인이 아니라고 할지라도 자신이 빠진 정치 집회는 있을 수 없다는 입장이었다. 그녀는 남편과 함께 샬롯타운으로 향했다. 남편을 대동한 것은 말을 돌볼 사람이 필요했기 때문이었다. 마릴라 커스버트도 함께 갔다. 마릴라는 정치에 관심이 많았기 때문에 이

번이 총리를 직접 볼 수 있는 좋은 기회라고 생각하여 매슈와 앤에게는 다음날 돌아오겠다고 한 뒤 서둘러 집을 나섰다.

마릴라와 린드 부인이 대규모 집회에서 시간을 보내는 동안 앤과 매슈는 초록 지붕 집의 부엌에서 그들만의 오붓한 시간을 보내고 있었다. 낡은 난로에서는 장작불이 타올랐고, 유리창에는 푸른 서리가 내려앉아 밝게 빛나고 있었다. 매슈는 『농민의 대변자(Farmer's Advocate)』라는 잡지를 펼친 채 소파에서 꾸벅꾸벅 졸았고, 앤은 마음을 굳게 먹고 책상에 앉아 공부를 하고 있었다. 선반에 놓인 제인 앤드루스가 빌려준 새 책이 자꾸 눈에 들어왔지만 애써 눈길을 주지 않았다. 그 책은 긴장감이 넘치는 데다 감동적인 단어들로 가득 차 있다고 제인이 잔뜩 자랑을 해놓은 터라 앤은 책을 집어 들고 싶어서 손가락이 움찔거렸다. 하지만 그랬다가는 다음날 길버트에게 1등 자리를 뺏기게 될 것이 뻔했다. 앤은 선반에서 고개를 돌린 뒤 애당초 그곳에는 아무것도 없었다고 상상하기로 했다.

"매슈 아저씨도 학교 다녔을 때 기하학 공부를 하셨나요?"

꾸벅꾸벅 졸던 매슈가 화들짝 놀라며 답했다.

"아니, 안 했단다."

앤이 한숨을 내쉬었다.

"하셨더라면 좋았을 텐데요. 그랬다면 제 심정을 이해하실 수 있으실 텐데 말이죠. 기하학 공부를 해본 적이 없으시다면 저를 절대 이해하실 수 없을 거예요. 제 인생에 먹구름과도 같은 존재거든요. 전 정말 돌머리인가 봐요, 매슈 아저씨."

매슈가 앤을 위로했다.

"글쎄다, 난 네가 아주 잘하고 있다고 생각하는데. 지난주에 필립스 선생을 카모디에 있는 블레어 상점에서 만났는데, 네가 가장 똑똑하다고 하시더구나. 게다가 일취월장한다고 말이야. '일취월장'이라고 하셨어. 테디 필립스가 교사 자질이 없다고 수군대는 사람들도 있지만, 내가 보기에는 괜찮은 사람 같더구나."

앤을 칭찬하기만 한다면야 누구든 좋다고 말할 매슈가 아니던가. 앤이 불평을 늘어놓았다.

"선생님이 기호를 자꾸 바꿔대지만 않으셔도 기하학을 잘할 수 있을 것 같아요. 수식 하나를 외우고 나면 선생님이 책에 나온 것과는 다른 기호를 칠판에 적으시거든요. 그러면 완전히 헷갈려요. 아무리 선생님이라지만 그렇게 마음대로 하면 안 된다고 생각해요. 요즘 저희는 농업에 대해서도 배우는데요, 에이번리의 길이 왜 빨갛게 보이는지 그 이유를 알게 되었어요.* 배우고 나니까 마음이 놓여요. 마릴라 아주머니와 린드 아주머니는 지금쯤 잘 계실까요? 린드 아주머니는 오타와에서 돌아가고 있는 걸 보면 캐나다가 아주 엉망이라고 하셨어요. 유권자들이 심각한 경고로 받아들여야 한다고 하셨고요. 여자들이 투표할 수 있게 된다면 세상이 좋아질 거라고도 하셨고요. 매슈 아저씨는 어느 당에 투표하실 거예요?"

"보수당."

* 프린스에드워드 섬의 토양에는 철이 많이 들어 있는데, 철이 산화되거나 녹이 슬어 붉은빛을 띠며, 이런 토양은 비옥하여 농사가 잘된다.

매슈는 한 치의 망설임 없이 답했다. 보수당에 투표하는 일은 매슈에게는 신앙을 지키는 일과도 같았다.

앤은 마음을 굳게 먹은 듯 말했다.

"그럼 저도 보수당을 지지할래요. 길버…… 아니 학교에 몇몇 남자아이들은 자유당을 지지하거든요. 필립스 선생님도 자유당일 거예요. 프리시 앤드루스의 아버지가 자유당이니까요. 루비 길리스가 그러는데요, 남자가 결혼을 하려면 여자 어머니 쪽 종교를 따르고 정치는 여자 아버지 쪽을 따라야 하는 거래요. 정말 그런가요, 매슈 아저씨?"

"글쎄다, 잘 모르겠는걸."

매슈가 답했다.

"아저씨도 여자분께 고백을 해본 적이 있으세요?"

"글쎄다, 없었던 것 같구나."

매슈는 평생에 단 한 번도 그런 생각을 해본 적이 없는 사람이었다.

앤은 두 손으로 턱을 괸 채 생각에 잠겼다.

"전 재미있을 것 같은데요. 그렇지 않아요, 매슈 아저씨? 루비 길리스는 어른이 되면 남자들을 줄줄이 매달고 다닐 거래요. 다들 자기한테 홀딱 반할 거라나 뭐라나. 하지만 전 그건 너무 정신없을 것 같아요. 전 제게 꼭 맞는 한 사람만 있으면 될 것 같아요. 루비 길리스는 언니들이 많아서 이런 건 모르는 게 없어요. 린드 아주머니가 그러시는데, 길리스 댁 딸들은 결혼도 다 잘했대요. 필립스 선생님은 거의 매일 밤 프리시 앤드루스를 만나러 가요.

프리시 언니의 공부를 도와주러 간다는 명목이지만 미란다 슬론도 퀸스 아카데미를 준비하기는 매한가지거든요. 게다가 제가 보기에 도움은 미란다 슬론이 훨씬 더 많이 필요해 보이고요. 미란다 언니가 훨씬 더 멍청한데도 절대 미란다 언니를 만나러 가진 않죠. 세상엔 정말 제가 이해할 수 없는 것투성이에요."

"흠, 나도 다 이해가 되는 건 아니구나."

매슈가 인정했다.

"하여튼 저는 공부를 마저 해야겠어요. 제인이 빌려준 책은 공부를 다 마칠 때까지 절대 쳐다보지 않을 거예요. 물론 엄청난 유혹이긴 해요. 책을 등지고 앉았는데도 막 눈앞에서 어른거리거든요. 제인은 책을 읽고 엉엉 울었대요. 저도 그런 눈물겹도록 감동적인 책이 좋아요. 하지만 저는 책을 거실 잼 보관함에 넣고 열쇠로 걸어 잠가둘 거예요. 열쇠는 아저씨께 드릴게요. 제가 공부를 다할 때까지 저한테 절대로 열쇠를 주시면 안 돼요. 제가 무릎을 꿇고 애원해도 말이죠. 제가 유혹을 이겨낼 수 있다면 제일 좋겠지만, 열쇠가 제 수중에 없으면 더 이겨내기 쉬울 것 같아요. 지하실에 가서 러셋 사과를 가져올까요, 아저씨? 좀 드실래요?"

"그래, 그래 볼까?"

사실 매슈는 러셋 사과를 먹지 않는 편이었지만 앤이 좋아한다는 것을 알고 있었다.

앤이 깡충깡충 지하실로 달려가 러셋 사과를 접시에 한아름 담아서 돌아왔을 무렵이었다. 부엌문이 벌컥 열리더니 다이애나 배리가 하얗게 질린 얼굴로 뛰어 들어왔다. 숨을 헐떡였고 숄을 머리에 아무렇게나 두른 상태였다. 앤은 깜짝 놀라서 손에 들고 있던 양초와 접시를 떨어뜨리고 말았다. 접시, 양초, 사과가 지하실 계단으로 굴러 떨어졌다. 다음날 마릴라는 지하실 바닥에서 굴어 떨어진 물건들이 진득하게 녹아 뒤엉켜 있는 것을 치우면서, 집에 불이 나지 않은 게 천만다행이라고 생각했다.

앤이 외쳤다.

"어쩐 일이야, 다이애나? 어머니가 드디어 마음을 푸신 거니?"

다이애나는 부들부들 떨면서 애원했다.

"앤, 나와 같이 가줘. 미니 메이가 많이 아파. 메리 조가 그러는데 후두염이래. 부모님은 샬롯타운에 가셔서 의사를 부르러 갈 사람이 없어. 미니 메이가 너무 아픈데 메리 조는 뭘 어떻게 해야 할지 모르겠대. 앤, 나 너무 무서워."

매슈는 말없이 모자와 코트를 집어 들고 다이애나를 지나치더니 어둑한 정원 밖으로 나섰다.

앤이 모자와 외투를 허둥지둥 집어 들며 말했다.

"매슈 아저씨는 마차를 타고 카모디에 의사를 모시러 가는 거야. 말씀이 없으셔도 알아. 매슈 아저씨와 나는 영혼이 닮았거든. 말 없이도 생각을 읽을 수 있어."

다이애나가 훌쩍였다.

"카모디에서 의사를 찾을 수 있을지 모르겠어. 블레어 선생님과 스펜서 선생님 모두 샬롯타운에 가셨단 말이야. 메리 조는 후두염에 걸린 아이를 본 적이 없대. 게다가 린드 아주머니도 안 계셔. 아, 앤!"

앤이 씩씩하게 말했다.

"울지 마, 난 후두염에 걸렸을 때 어떻게 해야 하는지 알아. 잊었니? 해먼드 부인 댁에 쌍둥이가 세 쌍이나 있었다고 했잖아. 쌍둥이를 세 쌍이나 돌보다 보면 많은 경험이 자연스레 쌓이게 된다고. 그 아이들도 후두염에 걸린 적이 있어. 토근즙을 가져올게. 여기서 기다려. 너희 집에는 없을 수도 있으니. 자, 이제 가자."

두 소녀는 손을 꼭 잡고 서둘러 연인의 오솔길을 지나 황량한 들판을 뛰었다. 눈이 너무 많이 쌓여서 지름길로 가로질러 갈 수가 없었다. 진심으로 미니 메이가 걱정되었지만, 또 한편으로는 이 상황이 매우 낭만적으로 느껴졌고, 이런 감정을 영혼이 닮은 단짝과 나눌 수 있어서 더욱 달콤했다.

그날은 꽁꽁 얼어붙은 맑은 겨울밤이었다. 어둑한 그림자가 드리워진 비탈진 눈길이 은빛으로 반짝였다. 커다란 별들이 고요한 들판을 비추었고, 여기저기 흰 눈이 소복이 쌓인 전나무 가지들 사이로 바람이 휘파람 소리를 내며 지나갔다. 앤은 이토록 신비롭고 사랑스러운 풍경을 오랫동안 꿈꿔왔던 단짝 친구와 함께 걸을 수 있어서 행복했다.

세 살 난 미니 메이는 상태가 매우 안 좋았다. 부엌 소파에 누워 있는 아기는 열이 펄펄 끓었고, 거친 숨소리가 온 집 안에 다 들렸다. 프랑스의 크리크 출신인 메리 조는 둥글넓적한 얼굴을 지녔는데, 배리 부인이 집을 비우는 동안 아이들을 돌보기 위해 고용된 사람이었다. 하지만 그녀는 당황했고, 행동이 민첩하지 못했으며, 무엇을 해야 할지 알지 못했다. 설령 알고 있었다고 할지라도 행동으로 옮길 수 있을 만한 사람은 못 되었다.

앤은 민첩하고도 능숙하게 움직였다.

"미니 메이는 후두염이 맞아. 상태가 안 좋은 건 맞지만 이보다 더 안 좋은 경우도 본 적 있어. 우선 더운 물이 많이 필요해, 다이애나! 주전자에 물이 한 컵 정도밖에 없다니! 이제 내가 가득 채웠으니까 메리 조는 난로에 장작을 더 넣어주세요. 제가 언짢게 해드릴 생각은 없는데, 이 정도는 미리 생각하셨어야지요. 난 미니 메이의 옷을 벗길 거야. 아이를 침대로 옮길 테니 넌 부드러운 플란넬 천을 가져다줄래? 일단 토근즙을 먹여야겠어."

미니 메이는 토근즙을 잘 받아먹지 못했다. 하지만 앤은 쌍둥이를 세 쌍이나 키워보지 않았던가. 이런 일쯤은 앤에게 식은 죽 먹기였다. 한 번이 아닌 여러 차례 토근즙을 아이에게 먹이며 길고도 불안한 밤 동안 두 소녀는 미니 메이를 정성껏 돌보았다. 메리 조도 진심으로 걱정스러운 듯 할 수 있는 모든 것을 도왔다. 불을 지폈고 후두염 환자 병동에서 다 쓰고도 남을 만큼의 물을 끓였다.

매슈가 의사와 함께 도착한 때는 새벽 3시였다. 의사를 찾으러 스펜서베일까지 가야 했기 때문이었다. 다행히도 위험한 고비는 넘겼다. 미니 메이는 한결 나아졌고 곤히 잠들었다.

앤이 설명했다.

"거의 절망하고 포기할 뻔했어요. 미니 메이의 상태가 갈수록 안 좋아져서 해먼드 아주머니 댁 막내 쌍둥이들보다 더 아팠지 뭐예요. 전 솔직히 미니 메이가 숨이 막혀 죽을 거라고 생각했어요. 토근즙을 마지막 한 방울까지 먹였어요. 물론 다이애나와 메리 조에게는 말할 수 없었어요. 제 감정을 추스르기 위해서라도 그렇게 해야만 했어요. '이건 정말 마지막 희망이야. 하지만 수포로 끝날까봐 너무 두려워' 이렇게 생각했죠. 그런데 3분쯤 지나고 아이가 가래를 뱉더니 곧장 나아지기 시작하는 거예요. 얼마나 마음이 놓이던지. 정말 말로 표현할 수 없을 정도였어요. 세상에는 말로 표현할 수 없는 일들이 있잖아요."

"그럼, 있고말고."

의사가 고개를 끄덕였다. 의사 역시 말로 표현할 수 없는 어떤 감정을 느끼고 있다는 듯 앤을 바라보았다. 그러고는 시간이 지나 배리 부부에게 털어놓았다.

"커스버트 댁 그 빨간 머리 아이 말입니다. 여간 영특한 게 아니더군요. 그 아이가 사람을 살렸어요. 제가 도착했을 무렵에는 이미 늦었을 때였거든요. 그런데 그 아이가 얼마나 능숙하고 침착하든지. 상황을 설명해주는데 그런 눈빛을 처음 보았습니다."

앤은 하얀 서리가 멋지게 내린 겨울 아침이 되어서야 무거운 눈꺼풀을 비비며 집에 돌아올 수 있었다. 잠을 자지 못해 피곤했지만 눈 덮인 하얀 벌판을 가로질러 연인의 오솔길을 따라 반짝이는 단풍나무 아치 아래를 걸으면서 앤은 매슈에게 끊임없이 종알거렸다.

"아, 매슈 아저씨, 정말 멋진 아침이지 않나요? 하나님이 혼자 즐기시려고 상상해서 만들어놓은 세상 같지 않나요? 저 나무들은 마치 후 하고 바람을 불면 날아가버릴 것만 같아요. 새하얀 서리가 앉은 세상에 살고 있어서 행복해요. 그리고 해먼드 아주머니가 쌍둥이를 세 쌍이나 낳은 것도 결국엔 유익한 일이었어요. 그러지 않으셨더라면 전 미니 메이를 어떻게 돌봐야 할지 알지 못했을 거예요. 해먼드 아주머니가 또 쌍둥이를 낳으셨다고 잔뜩 화를 냈던 게 너무 죄송한 거 있죠. 매슈 아저씨, 저 지금 너무 졸려요. 학교에는 못 갈 것 같아요. 눈도 제대로 뜰 수 없을 것 같고, 그저 멍하니 앉아만 있을 것 같아요. 하지만 집에 있는 건 싫어요. 길버…… 아니 다른 애들이 1등을 차지할 거고, 그러면 다시 따라잡기 힘들어지거든요. 물론 힘든 일을 결국 따라잡으면 그때의 만족감도 더 커지지만 말이죠."

매슈가 앤의 창백한 얼굴과 눈 밑에 진 그늘을 보며 말했다.

"넌 잘할 거야. 가서 푹 자려무나. 집안일은 내가 할게."

앤은 곧장 잠자리에 들었다. 한숨 잘 자고 일어났더니 새하얗고 붉게 빛나는 겨울 오후였다. 부엌으로 내려갔더니 마릴라는 그사이 집에 돌아와서 뜨개질을 하고 있었다.

앤이 소리쳤다.

"총리를 보셨나요? 어떻게 생겼어요?"

마릴라가 말했다.

"글쎄, 외모로만 봐서는 총리 같아 보이지는 않더구나. 코가 어찌나 이상한지. 그래도 연설은 잘했어. 난 보수당인 게 자랑스럽더라고. 물론 린드 부인은 자유당이라 못마땅한 것 같았지만. 네 점심은 오븐 안에 있다, 앤. 찬장에 가서 푸른 자두 절임을 꺼내 먹으렴. 배고프겠구나. 매슈 오라버니한테 어젯밤 얘기는 들었다. 네가 어떻게 대처해야 하는지 알고 있었다니 얼마나 다행인지.

내가 그 상황이었으면 막막했을 것 같거든. 난 후두염 걸린 아이를 본 적이 없으니까. 일단 점심부터 먹으려무나. 네 얼굴을 보아하니 할 말이 많은 것 같은데, 좀 참아보도록 하렴."

마릴라도 앤에게 해줄 말이 있었지만 애써 말하지 않았다. 지금 말해버리면 앤이 흥분해서 식욕이 날아가 버릴지도 모르기 때문이었다. 앤이 자두 절임을 다 먹고 나서야 마릴라가 말했다.

"배리 부인이 오후에 다녀가셨단다, 앤. 너를 보고 싶어하셨는데, 널 깨울 수가 없겠더구나. 네가 미니 메이의 목숨을 구했다면서 포도주 일은 미안했다고 사과하셨단다. 네가 일부러 다이애나를 취하게 하려던 게 아니었다는 걸 알게 되셨대. 그리고 네가 부디 자신을 용서하고, 다이애나와 다시 좋은 친구가 되어주었으면 좋겠다고 하시더구나. 다이애나는 어젯밤에 독감에 걸려서 밖에 나갈 수가 없다고 하니, 보고 싶으면 네가 저녁에 방문해보도록 하고. 앤 그렇게 날뛰지 좀 말고!"

마릴라는 주의를 줄 수밖에 없었다. 앤은 너무 들뜬 나머지 자리에서 벌떡 일어났다. 얼굴은 흥분해서 벌겋게 달아올랐다.

"아, 마릴라 아주머니, 저 지금 당장 가도 되나요? 설거지는 못 했지만요. 제가 돌아와서 씻을게요. 이 격정적인 순간에 전혀 낭만적이지 않은 설거지 같은 걸 하고 있을 수가 없잖아요."

"그래, 그래, 가보렴."

마릴라가 관대하게 말했다.

"앤, 너 지금 제정신이니? 당장 돌아와서 뭐라도 좀 입어! 차라리 허공에다 말을 하는 편이 낫겠네. 숄도 안 두르고 나가버리니,

원. 머리를 저렇게 풀어헤치고 엉엉 울면서 과수원 길을 뛰어가는 꼴하고는. 독감에나 걸리지 말아야 할텐데."

앤은 눈 덮인 들판이 보랏빛으로 물들었을 무렵이 되어서야 신이 나서 집에 돌아왔다. 남서쪽 하늘 저 멀리에서는 진주와도 같은 커다란 별이 희미한 금빛과 장밋빛으로 반짝였다. 눈이 쌓인 언덕을 가로지르며 들려오는 썰매의 방울 소리가 장난꾸러기 요정의 방울 소리처럼 들렸지만, 앤의 마음과 입술에서 새어 나오는 노랫소리보다 달콤하지는 못했다.

앤이 말했다.

"마릴라 아주머니, 전 지금 더할 나위 없이 행복해요. 완벽하게 행복하다고나 할까요. 비록 빨간 머리를 가졌지만 말이에요. 배리 아주머니께서 제게 입맞춤을 하시면서 우셨어요. 그리고 미안해하셨고, 어떻게 갚아야 할지 모르겠다고 하셨어요. 많이 당황했지만 전 최대한 예의를 갖춰서 '배리 아주머니, 전 개의치 않아요. 다이애나를 일부러 취하게 한 게 아니라는 것만 다시금 말씀드려요. 그리고 지난 일은 모두 망각의 망토로 덮어버릴게요'라고 말씀드렸어요. 이 정도면 꽤 교양 있죠? 배리 아주머니께 멋지게 한 방을 날린 기분이에요. 그리고 전 다이애나와 오후 내내 즐거운 시간을 보냈어요. 다이애나는 카모디에 사는 이모에게 배운 코바늘 뜨개질법을 알려주었어요. 에이번리에서는 저희 둘만 할 줄 알아요. 아무에게도 알려주지 말자고 약속했어요. 장미 화관이 그려진 예쁜 카드도 줬는데, 이런 글귀가 적혀 있어요.

내가 당신을 사랑하는 것만큼 당신도 나를 사랑한다면
우리를 갈라놓을 수 있는 건 오로지 죽음뿐

그리고 정말 그래요, 마릴라 아주머니. 학교에 가면 필립스 선생님께 다이애나와 다시 짝이 되고 싶다고 말씀드릴 거예요. 거티 파이는 미니 앤드루스와 앉으라고 하고요. 저희는 우아하게 차도 마셨어요. 배리 아주머니께서 가장 좋은 찻잔을 꺼내주셨죠. 전 정말 귀한 손님이 된 기분이었어요. 얼마나 짜릿했는지 몰라요. 전 살면서 비싼 찻잔에 대접을 받아본 적이 없어요. 과일 케이크와 파운드케이크, 도넛도 먹었어요. 과일 잼도 두 가지나 있었고요. 배리 아주머니는 제가 어떤 차를 마실 건지 물어보셨어요. 그러고는 '앤에게 비스킷 좀 가져다 줘요'라고 말했어요. 어른이 된다는 건 정말 행복한 일일 거예요. 어른 대접을 받는 것만으로도 이렇게나 좋으니 말이에요."

마릴라는 짧게 한숨을 내쉬며 말했다.

"그건 잘 모르겠구나."

앤이 단호하게 말했다.

"저는 어른이 되면요, 꼬마 소녀에게도 어른처럼 대해줄 거예요. 그리고 그 아이들이 거창한 말을 써도 웃지 않을 거고요. 전 그게 상처가 된다는 걸 경험상 알고 있거든요. 차를 마시고 난 다음에는 태피*를 만들었어요. 태피는 별로였어요. 다이애나와 제가

---

* 설탕이나 당밀을 고아 땅콩 등을 넣어 만든 사탕.

둘 다 처음 만들어본 거라 그런 것 같아요. 다이애나가 접시에 버
터를 바르는 동안 저더러 태피를 저으라고 했어요. 그런데 전 깜
빡하고 태피를 홀라당 태워먹었지 뭐예요. 그래서 태피를 식히려
고 받침대 위에 올려놨는데 고양이가 와서 밟아버린 거 있죠. 그
래서 할 수 없이 버렸어요. 그래도 태피를 만드는 건 재밌었어요.
집에 돌아올 때 배리 아주머니께서 앞으로 자주 놀러오라고 하셨
어요. 다이애나는 창가에서 제가 연인의 오솔길을 걷는 내내 입
맞춤을 날려주었죠. 마릴라 아주머니, 오늘 밤에는 기도를 잘할
수 있을 것 같아요. 오늘을 기념해서 특별한 기도문을 생각해봐
야겠어요."

제19장
공연, 재앙 그리고 고백

"마릴라 아주머니, 저 잠깐 다이애나 만나고 와도 되나요?"

2월의 어느 저녁, 동쪽 다락방에서 앤이 숨을 헐떡이며 내려와 마릴라에게 물었다.

"이렇게 어두운데 왜 나가겠다고 하는지 모르겠구나. 넌 다이애나와 하굣길에서도 붙어 있었고, 저 눈밭에서도 30분 넘게 떠들다 들어왔어. 그러고도 할 말이 더 남았니?"

마릴라가 짧게 대꾸했다.

"하지만 다이애나가 저를 찾고 있어요. 아주 긴히 할 말이 있나 봐요."

앤이 간청했다.

"그걸 네가 어떻게 아니?"

"창가에서 신호를 보내왔거든요. 저희는 촛불이랑 마분지로 신호를 주고받기로 했어요. 창문에 촛불을 세워둔 다음 마분지를 촛불 앞에서 왔다 갔다 하는 거예요. 깜박임이 많을수록 긴급한 사안이라는 거예요. 제가 생각해낸 거고요."

마릴라는 그럴 줄 알았다는 듯이 말했다.

"어련할까. 그렇게 말도 안 되는 신호 놀이 하다가 커튼을 홀라당 태워먹거나 하진 않겠지?"

"정말 조심히 하고 있어요, 마릴라 아주머니. 그리고 이건 너무 재미있어요. 깜박임 두 번은 '너 거기에 있니?'라는 뜻이고요, 세 번은 '응', 네 번은 '아니', 다섯 번은 '당장 와줘. 나 할 말 있어'라는 뜻이에요. 그리고 방금 다이애나가 불빛을 다섯 번 깜박였어요. 무슨 이유인지 도무지 궁금해서 참을 수가 없어요."

"그래, 더 참지 않아도 될 것 같구나. 가보렴. 하지만 10분 내로 돌아와야 해."

마릴라가 비꼬듯 말했다.

앤은 약속대로 제때에 돌아왔다. 비록 다이애나와의 중요한 대화를 10분 안에 끝내기가 절대 쉽지는 않았지만 앤은 기어이 해내었다.

"오, 마릴라 아주머니, 어떻게 생각하세요? 내일은 다이애나의 생일이에요. 배리 아주머니께서 내일 학교에서 돌아오면 곧장 다이애나 집에 와서 놀다가 자고 가라고 하셨어요. 그리고 다이애나 사촌들이 뉴브리지에서 오는데 엄청 큰 썰매를 가져온대요. 그리고 내일 밤에 열리는 토론 클럽 공연에 참가한대요. 저도 보내주실 거죠? 그럴 거죠, 마릴라 아주머니? 저 너무 흥분돼요."

"좀 차분해지지 그러니? 넌 안 된다. 잠은 네 침대에서 자야 해. 토론 클럽 공연이라니 말도 안 되는 소리구나. 아직 어린 여자애가 벌써부터 그런 곳에 다니고 그러면 못써."

앤이 간청했다.

"토론 클럽은 교양 있는 모임이잖아요."

"누가 아니라고 했니? 벌써부터 공연에 다니고 남의 집에서 밤을 보내는 게 안 된다는 거지. 어린아이에게 좋지 못해. 배리 부인이 다이애나를 보낸다고 한다는 게 놀랍구나."

앤은 울상이 되었다.

"하지만 정말 특별한 행사인걸요. 다이애나의 생일은 일 년에 딱 한 번뿐이잖아요. 그리고 생일이 흔한 일도 아니고요. 프리시 앤드루스가 「오늘 밤에는 종을 울리지 마세요(Curfew Must Not Righ Tonight)」를 암송한대요. 정말 교훈적인 작품이잖아요. 게다가 합창대는 찬송가만큼 아름답고 애잔한 노래를 네 곡이나 부른대요. 목사님도 오신대요. 그리고 연설도 하신대요. 목사님의 연설은 설교와 다를 바가 없잖아요. 제발요, 보내주시면 안 돼요?"

"내가 한 말 못 들었니? 부츠를 벗고 당장 침실로 올라가. 8시가 넘었다."

앤이 마지막 총알을 꺼내기라도 하는 양 말했다.

"하나 더 있어요, 마릴라 아주머니. 배리 아주머니께서 저희더러 손님방 침실에서 자도 된다고 하셨어요. 저 같은 애가 손님방이라니, 엄청난 영광이 아닐 수 없다고요."

"넌, 네 방에서 자는 게 영광이야. 침실로 가거라, 앤. 더 이상 얘기하지 말고."

앤은 눈물을 뚝뚝 흘리며 계단을 밟고 방으로 올라갔다. 두 사람이 이야기하는 동안 곤히 잠든 척하고 있던 매슈가 이내 눈을 뜨더니 단호하게 말했다.

"마릴라, 앤을 보내주는 게 어때?"

"그럴 수 없어요. 누가 아이를 키우고 있죠? 저예요, 오라버니예요?"

마릴라가 비꼬았다.

"그야 너지."

매슈가 인정했다.

"그럼 간섭하지 말아요."

"난 간섭하려는 게 아니야. 내 의견을 전하는 건 간섭이 아니지. 내 의견은 마릴라 네가 앤을 보내줘야 한다는 거야."

그러자 마릴라가 맞받아쳤다.

"앤이 달나라에 가겠다고 하면 거기에도 보내줘야겠네요. 보아하니, 그러고도 남겠는데요? 저도 배리 씨 댁에서 잠만 자고 오는 거라면 허락하죠. 하지만 공연은 안 돼요. 거기에 가서 감기에 걸릴지도 모를 일이고, 또 엉뚱한 생각과 흥분에 가득 차서 돌아올 거라고요. 그런 애를 진정시키려면 한 주가 걸려요. 아이의 성향은 제가 더 잘 알아요. 그 애에게 무엇이 올바른지도 오라버니보다 제가 더 잘 알고 있다고요."

"난 네가 앤을 보내줘야 한다고 생각해."

매슈가 단호하게 되풀이했다.

언쟁은 서툴지만 고집은 대단한 매슈가 아니던가. 마릴라는 포기한 듯 한숨을 내쉬며 입을 다물어버렸다.

다음날 아침, 앤이 부엌에서 설거지를 하고 있을 때 매슈는 마구간에 가다 말고 마릴라에게 다시 말했다.

　"마릴라, 앤을 보내주도록 해."

　마릴라는 기가 막혀서 말문이 막혔다. 하는 수 없이 항복하고는 거칠게 대꾸했다.

　"그래요! 보내주도록 하죠! 이제 속 시원해요?"

　앤은 물이 뚝뚝 떨어지는 행주를 들고 부엌에서 뛰어나왔다.

　"아, 마릴라 아주머니! 방금 하신 말씀 다시 해주실 수 있으신가요?"

　"한 번으로도 충분하다고 생각하는데. 이건 어디까지나 매슈 오라버니의 생각이고, 난 손 뗐다. 네가 한밤중에 북적대는 대강당에서 나오든, 낯선 데서 자다가 폐렴에 걸리든 난 모른다. 매슈 오라버니 책임이야. 앤 셜리, 넌 지금 기름 물을 바닥에 뚝뚝 떨어뜨리고 있어! 이렇게 조심성이 없어서야, 원."

　앤이 미안하다는 듯 말했다.

　"제가 아주머니께 정말 골칫덩이죠? 전 실수를 많이 하니까요. 하지만 실수를 할 법도 했는데 하지 않은 적도 있잖아요. 학교 가기 전에 모래를 가져다가 바닥을 닦을게요. 제 마음은 벌써 공연장에 가 있어요. 한 번도 공연장에 가본 적이 없어서 다른 애들이 학교에서 그 이야기를 할 때마다 소외당하는 기분이었거든요. 제가 그때 어떤 기분이었는지 모르실 거예요. 하지만 매슈 아저씨는 제 마음을 읽으신 거죠. 매슈 아저씨는 저를 이해하신다고요. 공감을 얻는 기분, 정말 멋져요, 마릴라 아주머니!"

앤은 너무 흥분한 나머지 아침 수업을 망쳐버리고 말았다. 길버트 블라이스에게 받아쓰기에서 졌고, 암산에서도 한참을 뒤처졌다. 하지만 공연과 손님방에서 잘 생각에 들떠서 평소에 비해 수치심이 덜했다. 앤과 다이애나는 하루 종일 종알댔는데, 필립스 선생님이 엄한 사람이었다면 호되게 야단을 맞았을 것이다.

공연에 못 가게 되느니, 앤은 차라리 이 세상에 안 태어나는 게 나았다고 생각했는지도 모른다. 학교에서는 하루 종일 온통 공연 이야기뿐이었다. 겨울 내내 2주에 한 번 꼴로 모이던 에이번리 토론 클럽이 무료로 운영되기도 했지만, 이번 공연은 도서관을 돕기 위한 큰 행사여서 입장료도 10센트를 내야 들어갈 수 있다. 에이번리의 젊은이들은 지난 몇 주 동안 준비를 해왔고, 어린 학생들은 자신들의 언니, 오빠들이 참가하기 때문에 덩달아 들떠 있었다. 캐리 슬론을 제외하고는 아홉 살이 넘는 학생들 전원이 참석할 예정이었다. 캐리 슬론의 아버지는 마릴라처럼 어린 소녀들이 밤에 열리는 공연에 가는 걸 꺼려하는 분이었다. 오후 내내 캐리 슬론은 엉엉 울면서 더는 살고 싶지 않다고 죽을 소리를 해댔다.

수업이 끝나자 앤은 완전히 들떴고, 흥분은 점점 심해져서 공연이 시작할 무렵에는 최고조에 이르렀다. 다이애나와 우아하게 차를 마신 뒤 위층에 있는 다이애나의 작은 방에 올라가 옷을 갈아입기 시작했다. 다이애나는 앤의 앞머리를 퐁파두르 스타일*처럼 볼록하게 만들어주었고, 앤은 다이애나의 리본을 예쁘게 묶어

---

* 루이 15세의 정부(情婦)였던 퐁파두르 부인의 헤어스타일을 가리키는 표현으로, 머리 전체를 빗어 올려 뒷머리에 느슨한 볼륨을 주는데, 앞머리를 부분적으로 볼록하게 만든 스타일이다.

주었다. 두 소녀는 적어도 여섯 번은 머리를 매만지면서 이렇게도 해보고 저렇게도 해보았다. 드디어 준비를 마치자 두 소녀의 뺨은 발그레해졌고 눈망울은 신이 나서 반짝였다.

솔직히 앤은 다이애나의 멋진 털모자와 깜찍한 코트에 비하면 자신의 테도 없는 동글납작한 검정 모자와 집에서 만든 소매가 좁고 볼품 없는 회색 코트가 초라해 보여 마음이 조금 아팠다. 하지만 앤에게는 상상력이 있지 않은가. 앤은 그걸 활용하기로 했다.

뉴브리지에서 다이애나의 사촌인 머레이 집안 아이들이 왔다. 밀짚이 깔려 있는 커다란 썰매에 담요를 사이에 두고 옹기종기 모여 앉았다. 앤은 강당까지 신나게 썰매를 타고 갔는데, 썰매가 바닥에 쌓인 눈을 헤치며 새틴같이 매끄럽게 내달렸다. 해는 아름답게 저물고 있었다. 세인트로렌스 만의 눈 덮인 언덕과 검푸른 바닷물은 진주와 사파이어로 만든 커다란 잔에 포도주와 불꽃을 가득 채워놓은 것처럼 보였다. 숲속 요정들의 유쾌한 수다인 듯 딸랑거리는 썰매의 종소리와 아련한 웃음소리가 사방에서 들려왔다.

앤은 뜨개질한 담요 아래 벙어리장갑을 낀 다이애나의 손을 맞잡으며 숨을 들이켰다.

"너무 아름다운 꿈만 같지 않니? 나 평소와 똑같아 보여? 난 너무 달라서 내 모습도 다르게 보일 것만 같아."

"넌 오늘 정말 멋져. 그 어느 때보다도 사랑스러운 모습인걸."

다이애나가 대답했다. 방금 사촌으로부터 칭찬을 들은 터라 자신도 누군가를 칭찬해야만 할 것 같았기 때문이다.

그날 밤 프로그램은 적어도 한 청중에게는 감동의 도가니였는데, 앤이 다이애나에게 장담했듯, 매 순서가 지날수록 감동은 더해갔다. 분홍색 새 실크 블라우스를 예쁘게 차려 입은 프리시 앤드루스는 진주 목걸이를 하고 머리에는 카네이션 생화를 꽂았다. 소문에 따르면 필립스 선생이 시내까지 가서 구해온 꽃이라고 했다. 프리시가 적막한 어둠 속 한줄기의 빛 가운데로 올라섰을 때 앤은 온몸에 전율이 흐르는 듯했다. 합창단이 〈저 평온한 데이지 꽃밭 너머(Far above the Gentle Daisies)〉를 부르자 앤은 천장에 천사들을 그린 프레스코화가 있기라도 한 듯 고개를 들어 올려다보았다. 샘 슬론이 '소커리는 어떻게 암탉에게 알을 품게 했을까'를 그림을 그려가며 설명할 땐 앤이 너무 웃어대서 옆에 앉은 사람들도 덩달아 웃음보가 터졌다. 에이번리 사람들은 이미 다 아는 이야기라 앤이 웃는 것을 보고 웃게 된 사람들이 더 많았다. 필립스 선생은 시저의 주검 앞에서 안토니우스가 했던 말을 읊었다. 매 문장을 낭송할 때마다 프리시 앤드루스를 쳐다보았다. 앤은 로마 시민 한 사람이라도 앞장서 주기만 한다면 당장이라도 일어나 반란을 일으킬 수 있을 것 같다고 생각했다.

앤의 관심을 끌지 못한 프로그램도 하나 있었다. 길버트 블라이스가 「라인 강의 빙겐」을 낭송하자 앤은 로다 머레이가 도서관에서 빌려온 책을 집어 들더니 길버트가 낭송을 끝낼 때까지 읽기 시작했다. 다이애나가 손바닥이 아플 때까지 박수를 칠 때에도 앤은 가만히 있었다.

두 사람은 11시가 되어서야 기진맥진하여 집에 돌아왔다. 하지만 밤새 수다 떨 궁리에 아직 흥분이 가시지 않은 채였다. 모두가 잠든 듯 집 안은 어둡고 고요했다. 앤과 다이애나는 응접실을 통해 손님방으로 향하는 길고 좁은 통로로 살금살금 걸어갔다. 벽난로에서 새어 나오는 희미한 불빛이 응접실을 따뜻하게 녹였다.

"우리 여기서 옷 갈아입자. 여기가 따뜻하고 좋거든."

"정말 멋진 시간이지 않았니? 무대에 올라가서 낭송한다는 건 정말 멋진 일인 것 같아. 우리에게도 그런 기회가 오겠지?"

"당연하지, 언젠가 분명히 올 거야. 고학년이 되면 낭송해주길 다들 바라시니까. 길버트 브라이스는 고작 우리보다 두 살 더 많을 뿐인데. 그런데 넌 어쩜 길버트가 낭송할 때는 듣는 척도 안 할 수가 있니? 그 애가 '누이가 아닌, 다른 사람이 있었다' 부분을 낭송할 때 널 똑바로 쳐다봤단 말이야."

앤이 정색을 하며 말했다.

"다이애나, 넌 내 단짝 친구지만, 그렇다고 하더라도 내 앞에서 그 애 이야기는 하지 말았으면 좋겠어. 침대로 갈 준비는 된 거야? 우리 달리기 시합할까? 누가 먼저 침대에 가는지 내기할래?"

다이애나는 수긍했다. 하얀 잠옷을 입은 두 소녀는 응접실을 날아가듯 가로질러 손님방에 도착했다. 그러고는 동시에 침대로 몸을 날렸다. 순간 그들 아래에 무언가가 꿈틀댔다. 외마디 비명 소리가 새어 나왔다.

"어머나, 이게 뭐야!"

앤과 다이애나는 당황한 나머지 어떻게 그곳을 빠져나왔는지 기억도 못 할 지경이었다. 한참을 지나 정신을 차리고 보니 발꿈치를 들고 2층으로 달아나고 있었다.

"누구였던 걸까? 무엇이었을까?"

앤이 속삭였다. 춥고 무서워서 이가 달달 떨렸다.

다이애나는 깔깔대며 웃었다.

"조세핀 할머니셔. 왜 그곳에 계셨던 걸까. 분명 화내실 거야. 정말 끔찍하다. 끔찍한데, 너무 웃겨. 그렇지 않니, 앤?"

"조세핀 할머니가 누군데?"

"아빠의 숙모인데 샬롯타운에 사셔. 매우 연세가 많으시지. 일흔쯤 되셨어. 할머니도 옛날에는 어린아이였다는 게 도대체 상상이 안 돼. 조세핀 할머니가 오신다는 말은 들었는데, 이렇게 빨리 오실 줄은 몰랐어. 무지 엄격하고 예의를 중시하는 분이어서 이번 일로 엄청 꾸중하실 거야. 우린 미니 메이랑 자자. 그런데 걔가 자면서 옆 사람을 발로 찬다는 건 미리 경고할게!"

조세핀 배리는 다음 날 아침 식사 자리에 나타나지 않았다. 배리 부인은 두 소녀에게 다정하게 웃어 보였다.

"잘 잤니? 너희들 올 때까지 깨어 있으려고 했었는데. 조세핀 할머니가 오셨으니 너희들은 2층에서 자야 한다는 말을 하려고 말이야. 그런데 너무 피곤해서 잠들어버렸지 뭐니. 너희들이 조세핀 할머니를 귀찮게 하지는 않았기를 바란다."

다이애나는 조심스레 입을 꾹 다물었다. 하지만 두 사람은 식탁 너머로 공범자들만의 은밀한 미소를 주고받았다. 아침을 먹고 난 뒤 앤은 서둘러 집으로 갔다. 그래서 오후 늦게 마릴라의 심부름으로 린드 부인 댁에 들르기 전까지 배리 씨 댁에서 일어난 소동에 대해서는 알지 못했다.

린드 부인은 눈을 반짝이며 물었다.

"그래서 너와 다이애나가 가여운 조세핀 할머니를 간 떨어질 만큼 놀라게 했다는 거지? 배리 부인이 카모디에 가는 길에 잠시 들렀거든. 걱정을 많이 하시더라고. 조세핀 할머니께서 잔뜩 화가 나서 일어나셨더래. 그분이 한 성격하시잖니. 내가 잘 알거든. 이제 다이애나에게는 말도 한 마디 안 한다고 하시더라."

앤은 속상한 듯 말했다.

"다이애나의 잘못이 아니에요. 제가 하자고 했어요. 침대까지 달리기를 하자고 제안한 건 저였어요."

"내 그럴 줄 알았다. 네 머리에서 나온 생각일 거라고 예상은 했어. 하지만 골치 아프게 된 건 사실이야. 조세핀 할머니는 여기에서 한 달간 머물 예정이었는데, 하루도 더 있기 싫다면서 당장 내일 돌아가신단다. 일요일이래도 상관없대. 오늘도 데려다줄 사람만 있었다면 벌써 떠나셨을걸. 조세핀 할머니가 다이애나의 몇 달치 음악 레슨비를 대주겠다고 약속하셨는데, 이제 그런 말괄량이에게는 어림도 없게 생겼구나. 오늘 아침에 한바탕했을 게 뻔해. 배리 씨 댁은 이제 끝났어. 조세핀 할머니가 좀 부자니. 다들 잘 보이려고 그렇게 애쓰는데. 물론 배리 부인이 나한테 내색은 안 하는데, 난 알아, 세상사가 다 그렇지 뭐."

"전 정말 운이 없나 봐요. 저 혼자 말썽을 피웠어야 했는데, 제 친구까지 곤란하게 만들었어요. 그 애는 제 피까지 나눠줄 수 있는 애라고요. 전 도대체 왜 이러는 걸까요, 린드 아주머니?"

"조심성이 없고 충동적이니까 그렇지. 머릿속에 떠오르는 게 있으면 생각하지 않고 말해버리거나 행동으로 저질러버리잖니."

앤이 대꾸했다.

"하지만 그게 가장 좋은 방법이잖아요. 머릿속에 뭔가 떠오르면 너무 흥분이 되고 그걸 토해내고 싶어진다고요. 시간을 두고 생각을 하게 되면 망쳐버린다고요. 그런 생각 안 해보셨어요?"

린드 부인은 그런 적이 없었다는 듯 점잖은 척하며 고개를 흔들었다.

"넌 좀 더 신중해져야 할 필요가 있어, 앤. 돌다리도 두드려보고 건너라는 말도 있잖니. 손님방 침대에서라면 더욱 그랬어야지."

린드 부인은 자신의 농담에 웃음을 터트렸지만 앤은 여전히 상심한 채였다. 이 상황에서는 웃을 만한 게 전혀 없어 보였다. 앤의 두 눈은 심각했다. 앤은 린드 부인의 집을 나와 꽁꽁 얼어붙은 들판을 가로질러 비탈 과수원 집으로 향했다. 다이애나는 부엌문으로 앤을 맞이했다.

앤이 속삭였다.

"조세핀 할머니가 화가 많이 나셨다면서?"

어깨 너머로 닫힌 거실문을 힐끗 쳐다보며 다이애나가 키득거렸다.

"응, 화가 잔뜩 나셔서 아주 펄쩍 뛰셨어. 그리고 호되게 야단을 치셨지. 나처럼 막무가내로 행동하는 애는 본 적이 없대. 우리 부모님께는 나를 이렇게 키운 걸 부끄럽게 여기라고 하셨어. 할머니께서 더는 머무르기 싫다고 하셨지. 사실 난 개의치 않는데 부모님은 신경 쓰시는 눈치더라고."

앤이 물었다.

"내가 벌인 일이라고 말씀드리지 그랬어?"

"넌 내가 그런 애로 보이니? 말도 안 되는 소리야, 앤 셜리. 그리고 어쨌든 내 잘못도 있는 거라고."

다이애나가 뚱하게 대답하자 앤이 결단했다는 듯 말했다.

"내가 직접 말씀드려야겠어."

"앤 셜리! 안 돼! 널 산 채로 잡아먹으실 거야."

"나 이미 무서운데 더 놀리지 좀 말아줄래?"

앤이 애원했다.

"차라리 대포의 총구로 걸어 들어가는 편이 낫겠어. 그런 심정이야. 하지만 해야겠어, 다이애나. 이건 내 잘못이고 사실대로 말씀드릴래. 사실대로 말씀드리는 일이라면 난 이미 충분히 연습이 되어 있다고."

다이애나가 말했다.

"할머니는 방에 계셔. 네가 원한다면 그렇게 해. 나라면 못할 것 같지만. 그리고 네가 그렇게 한다고 해서 상황이 나아질 것 같지도 않아."

그다지 격려도 받지 못한 채 앤은 사자의 소굴로 들어갔다. 마음을 굳게 먹고 거실문 앞에까지 갔지만 문을 두드릴 때가 되니 소심해졌다. '들어오라'는 날카로운 소리가 안에서 들려왔다.

조세핀 할머니는 마르고 고지식하며 무뚝뚝한 분으로, 난롯가에 앉아 뜨개질을 하고 있었다. 화가 전혀 풀리지 않은 듯했고, 금빛으로 테두리를 두른 안경이 번뜩였다. 그녀는 다이애나일 것으로 예상하고 몸을 돌렸지만 거기에는 필사적인 용기와 무서움에 달달 떨고 있는 새하얀 얼굴과 큰 눈의 소녀가 서 있었다.

"넌 누구지?"

조세핀 배리가 물었다. 다정함이라고는 없었다.

"저는 초록 지붕 집에 사는 앤 셜리라고 해요. 혹시 괜찮으시다면 제가 뭣 좀 말씀드릴 게 있는데요……."

이 꼬마 손님은 손을 그러모은 채 몸을 달달 떨면서 특유의 몸짓으로 답했다.

"무슨 말?"

"그게, 어젯밤 침대에서 뛰었던 건 다 제 잘못이에요. 제가 그러자고 했거든요. 다이애나는 그런 생각을 할 아이가 아니에요. 다이애나는 정말 요조숙녀 같거든요. 그러니 다이애나를 야단치시는 건 매우 부당하다는 걸 알아주셨으면 해요."

"부당하다고? 다이애나도 뛰었으면 잘못한 부분이 있다고 생각하는데? 교양 있는 집안에서 난장판이 벌어졌잖니!"

"저희는 그저 장난이었어요. 용서해주세요. 이렇게 빌고 있잖아요. 그리고 다이애나를 용서하시고 음악 레슨도 받게 해주세요. 다이애나는 음악 레슨을 무척 받고 싶어하거든요. 저는 하고 싶은 일이 있는데 그것을 하지 못할 때의 기분을 알아요. 누구에게든 화를 내서야 한다면 제게 하세요. 전 어릴 때부터 야단을 많이 맞아봐서 다이애나보다 잘 참을 수 있어요."

노인의 눈에는 어느덧 노여움이 사라지고, 그 자리에 어린 꼬마에 대한 관심이 들어섰다. 하지만 목소리는 여전히 쌀쌀맞았다.

"그저 장난이었다니, 그건 변명이 되지 않는구나. 내가 어렸을 때는 말이다, 그런 식으로 장난을 치지 않았어. 길고 힘든 여행길을 마치고 겨우 돌아와서 잠들었는데 덩치 큰 여자애가 둘씩이나 와서 위에 밟아 눌러 잠이 깬다고 생각해보렴. 그 기분이 어떤지 알기나 하니?"

앤이 간곡하게 말했다.

"알지는 못하지만, 상상할 수는 있어요. 정말 불쾌하셨을 거예요. 하지만 저희들의 입장도 생각해보셨으면 해요. 할머니도 상상력이 있으시잖아요. 저희 입장을 고려해주셨으면 해요. 저희는 침대에 누군가가 있을 거라고 예상하지 못했어요. 그러니 할머니께서도 저희를 깜짝 놀라게 하신 거죠. 저희도 화들짝 놀랐다고요. 그리고 저희는 약속 받은 대로 손님방에서 잘 수도 없었고요. 할머니는 손님방에서 주무신 적이 많으시겠지만, 한 번도 그런 영광을 누려보지 못한 어린 고아였다면 어떤 기분이었을지 상상해보세요."

이제 조세핀 배리의 노여운 눈빛은 완전히 사라졌다. 조세핀 배리는 웃고 있었다. 걱정스레 부엌에서 숨죽여 기다리던 다이애나는 그제야 마음이 놓였다.

"내 상상력이 좀 녹슨 것 같구나. 사용 안 한 지 꽤 됐거든. 동정을 구하는 네 호소력이 매우 강하구나. 모든 건 보기 나름이지. 자, 와서 앉거라. 네 얘기 좀 들어보자꾸나."

그러자 앤이 단호하게 말했다.

"죄송해요, 그럴 수 없어요. 저도 그렇게 하고 싶어요. 할머니

도 재미있는 분 같고 저와 영혼이 닮은 분 같아요. 물론 겉보기에
는 그렇지 않다고 할지라도요. 하지만 저는 지금 마릴라 커스버
트가 있는 집으로 돌아가야 해요. 마릴라 아주머니는 저를 올곧
게 키워주시는 좋은 분이세요. 그분은 최선을 다하시고 계신데,
분명 저를 키우는 일이 쉽지 않으실 거예요. 제가 침대에 뛰어들
었다고 해서 마릴라 아주머니를 흉보지는 말아주세요. 그리고 집
에 가기 전에 할머니께서 다이애나를 용서해주실 건지, 예정대로
에이번리에 오래 계실 생각이신지 의견을 듣고 싶어요."

조세핀 배리가 말했다.

"네가 종종 와서 내 이야기 동무가 되어준다면 그렇게 할 것 같
구나."

그날 밤 조세핀 배리는 다이애나에게 은팔찌를 주었고 여행 짐
을 풀었다고 했다. 그녀는 솔직하게 말했다.

"앤이라는 여자애랑 친해지고 싶어서 마음을 바꾼 거야. 날 재
밌게 해주더라고. 내 나이가 되면 말이지, 말동무를 찾기가 여간
어려운 게 아니거든."

이 말을 전해 들은 마릴라가 한마디했다.

"내가 뭐랬어요!"

매슈 들으라고 한 소리였다.

조세핀 배리는 한 달 넘게 머물렀다. 앤이 좋은 벗이 되어주었
기에 그녀는 까다롭지 않은 손님으로 머물렀고, 두 사람은 좋은
친구가 되었다.

조세핀 배리가 떠나면서 이렇게 말했다.

"앤, 꼭 기억하렴. 샬롯타운에 오거든 꼭 나에게 들러야 한다. 내가 가장 좋은 손님방을 내어줄 테니."

앤은 마릴라에게 이 사실을 털어놓았다.

"조세핀 할머니와 저는 결국 영혼이 닮은 사람이었던 거예요. 그분은 첫인상이 그렇지는 않아요. 매슈 아저씨도 그랬거든요. 하지만 시간이 지나면 알 수 있어요. 영혼이 닮은 사람이 그렇게 드문 건 아닌가 봐요. 세상에 나와 닮은 사람들이 많다는 게 너무 멋져요!"

제20장
멋진 상상은 어긋나고

초록 지붕 집에 다시금 봄이 찾아왔다. 아름답지만 변덕스럽고 올 듯 안 올 듯 하던 캐나다의 봄은 분홍빛 석양과 부활, 성장의 기적을 일으키며 달콤하면서도 상쾌하고 서늘하기도 한 4월과 5월 내내 이어졌다. 연인의 오솔길을 따라 단풍나무들은 꽃을 피웠고, 드루아스 샘 주변으로는 고사리들이 꼬물꼬물 자라 올라왔다. 저 멀리 사일러스 슬론 댁 텃밭 뒤쪽의 황무지에는 메이플라워가 피었는데, 갈색 이파리 아래로 분홍색과 흰색의 별모양을 한 꽃들이었다. 학교 아이들은 남녀 할 것 없이 꽃을 한아름 꺾어서 마치 전리품이라도 되는 양 그것들을 바구니에 담아 그러안은 채 오후의 금빛 노을을 받으며 집으로 돌아왔다.

앤이 말했다.

"메이플라워가 피지 않는 곳에 사는 사람들이 불쌍해요. 다이애나는 그곳에 더 좋은 것들이 있을지도 모른다고 이야기하지만, 메이플라워보다 더 좋은 것이 뭐가 있겠어요? 그렇죠, 마릴라 아주머니? 그리고 다이애나가 그러는데요, 메이플라워가 뭔지도 모르면 그립지도 않을 거래요. 제 생각엔 그건 정말 가장 슬픈 비극 같아요. 메이플라워가 뭔지 몰라서 그립지 않다는 것 자체가 비극이잖아요. 제가 메이플라워를 뭐라고 생각하는지 아세요? 전 그 꽃들이 지난여름에 진 꽃들의 영혼 같아요. 그리고 이곳은 그 죽은 꽃들의 천국이고요. 저희는 오늘 멋진 시간을 보냈어요. 이끼가 긴 오래된 우물가 옆에서 점심을 먹었거든요. 정말 낭만적인 곳이었어요. 찰리 슬론은 아티 길리스한테 거길 뛰어넘어 보라고 시비를 걸었어요. 아티는 성공했어요. 피하면 겁쟁이가 되니까요. 요즘 학교에서는 아무도 피하지 않아요. 시비를 거는 게 유행이에요. 필립스 선생님은 자기가 찾아낸 메이플라워를 전부 프리시 앤드루스한테 줬어요. 그리고 프리시한테 '아름다운 이에게 아름다운 꽃을'*이라고 말하는 걸 제가 들어버렸지 뭐예요. 어떤 책에서 나오는 글귀예요. 제가 알아요. 필립스 선생님도 그러고 보면 상상력이 좀 있기는 한가봐요. 저도 메이플라워를 좀 받기는 했어요. 그런데 매몰차게 거절했죠. 꽃을 준 사람이 누군지는 밝힐 수 없어요. 절대 이름을 말하지 않겠다고 맹세했거든요. 저희는 메이플라워로 화관을 만들어서 모자에 둘렀어요. 집에 갈 시간이 되어서는 둘씩 짝을 지어서 행진을 했죠. 〈언덕 위의 우리 집(My Home on the Hill)〉을 부르면서 말이에요. 얼마나 즐거웠는지 몰라요, 마릴라 아주머니. 사일러스 슬론네 가족이 모두 나와 우리를 쳐다보았

* 셰익스피어의 『햄릿』에 나오는 말이다.

고, 길에서 마주친 사람들마다 멈춰 서서 우리 쪽을 쳐다본 거 있죠. 정말 시선집중이었다니까요!"

"별로 놀랄 것도 없구나. 그런 어리석은 짓을 하다니!"

마릴라가 대답했다.

메이플라워가 지자 제비꽃이 피어올랐다. 제비꽃 골짜기가 보랏빛으로 물들었다. 앤은 경건한 발걸음과 숭고한 눈빛을 한 채 제비꽃 골짜기를 지나 학교로 갔다.

앤은 다이애나에게 말했다.

"왠지 말이야, 여기를 지나면 길버…… 아니 우리 반에서 누가 나보다 공부를 잘하든 말든 개의치 않게 되는 것 같아. 하지만 학교에 도착하면 난 완전 딴판이 되고 말지. 바로 예민해진단 말이야. 내 안에는 앤이 여러 명 있나봐. 그래서 내가 이렇게 말썽꾸러기인가 싶기도 하고. 만약 내 안에 내가 한 명이라면 참 편할 것 같은데, 그러면 재미도 절반으로 줄어들 것 같아."

과수원에 분홍빛 꽃들이 피어나고, 빛나는 호수의 상류 늪지에서는 개구리들이 은방울과 같은 소리로 울어대었다. 토끼풀 향기와 전나무 숲의 발삼 향기가 온 집 안에 가득하던 6월의 어느 저녁, 앤은 다락방 창가에 앉아 있었다. 공부를 하고 있었지만 책을 읽기에는 너무 어두웠다. 앤은 눈을 크게 뜨고 눈의 여왕 가지들이 다시금 꽃을 피운 모습을 상상했다.

사실 앤의 작은 다락방은 이전과 다를 바 없었다. 벽은 하얀색이었고, 바늘꽂이는 단단했으며, 의자는 뻣뻣하고 누런 색이었다. 하지만 방의 분위기는 전과 사뭇 달랐다. 활기가 넘쳤고, 개성이 곳곳에 스며들어 있었다. 여학생의 책, 옷과 리본 때문만은 아니었다. 테이블 위 금이 간 파란 단지에 담긴 사과꽃 때문만도 아니었다. 생기발랄한 이 방의 주인이 자고 일어나 있는 동안 꿈꾸는 모든 것들이 무형의 형태로 방 안 곳곳에 스며들어 무지개와 달빛으로 짠 아름답고 얇은 천처럼 이 휑한 방을 드리우고 있었다. 마릴라가 때마침 앤이 학교에서 두를, 금방 다린 듯한 앞치마를 들고 들어왔다. 그녀는 의자 위에 앞치마를 걸쳐두고는 짧게 한숨을 내쉬며 앉았다. 그날 오후 마릴라는 두통에 시달렸다. 오후가 되자 통증은 사라졌지만 기운은 없었고, 마릴라의 표현을 빌리자면 '녹초가 되어버렸다'. 앤은 안타까운 눈으로 마릴라를 바라보았다.

"제가 대신 아팠으면 좋겠어요. 마릴라 아주머니를 위해서라면 기쁜 마음으로 견딜 수 있는데."

마릴라가 말했다.

"넌 일도 하고 날 쉬게도 해줬잖니. 네 몫은 충분히 한 거야. 요즘 넌 잘하고 있단다. 예전보다 실수도 많이 줄었고. 물론 매슈 오라버니의 손수건에 풀을 먹일 필요는 없었지만 말이야. 그리고 식사용 파이를 오븐에 넣을 땐 따뜻하게 데우기만 하면 돼. 다 타서 퍼석해질 때까지 오븐에 놔두진 않는단다. 넌 확실히 사고방식이 좀 남달라."

두통이 오면 마릴라는 빈정거리곤 했다.

앤이 미안한 듯 말했다.

"죄송해요. 지금까지 파이를 오븐에 넣어두곤 까먹고 있었어요. 점심 식탁이 뭔가 허전하다는 느낌은 받았어요. 오늘 아침에 제게 일을 시키셨을 때 저는 절대 상상에 빠지지 않고 일에 집중하겠다고 단단히 마음먹었거든요. 그리고 파이를 오븐에 넣을 때까지만 해도 문제 없었어요. 그러다가 또 유혹에 넘어갔죠. 제가 외로운 성에 갇힌 공주란 상상에 빠져버리고 만 거예요. 잘생긴 왕자가 말을 타고 저를 구하러 오는 상상을 한 거죠. 그래서 파이를 홀라당 까먹고 만 거고요. 손수건에 풀을 먹인 건 저도 몰랐어요. 다림질을 하는 동안 다이애나와 시냇물에서 새로 발견한 섬이름을 짓고 있었거든요. 마릴라 아주머니, 그런데 그곳은 정말엄청나요. 단풍나무 두 그루도 있고, 시냇물이 그 주위를 에워싸고 있어요. '빅토리아 섬'이라고 부를까 봐요. 빅토리아 여왕 탄신일에 발견했으니까요. 다이애나와 저는 왕실에 충성심이 깊거든요. 파이와 손수건 일은 죄송해요. 오늘은 기념일이라서 정말 잘해내고 싶었거든요. 지난해 오늘, 무슨 일이 있었는지 아세요?"

"아니, 별로 특별히 기억나는 일은 없는데."

"제가 초록 지붕 집에 처음 온 날이잖아요. 전 절대 잊지 못할거예요. 제 인생의 전환점인 걸요. 물론 마릴라 아주머니께는 제가 느끼는 것만큼 중요한 날이 아닐 수도 있겠지만 말이죠. 여기서 일 년을 지냈어요. 그리고 너무 행복했고요. 물론 제가 말썽도 많이 일으켰지만, 그건 앞으로 발전할 여지가 있다는 거잖아요. 저를 데리고 온 게 후회가 되세요, 마릴라 아주머니?"

마릴라는 이따금씩, 앤이 오기 전에는 어떻게 살았나 싶을 때가 있었다.

"아니, 전혀 후회하지 않아. 숙제 다 했으면 배리 씨 댁에 가서 다이애나의 앞치마 패턴을 좀 빌려올래?"

앤이 소리쳤다.

"아, 하지만 밖이 너무 어두운 걸요."

"너무 어둡다고? 이제 겨우 노을이 졌는데 무슨 말이니. 한밤중에 잘도 돌아다니던 애가 무슨."

앤이 간곡히 부탁했다.

"내일 아침 일찍 다녀오면 안 될까요? 해가 뜨자마자 바로 갈게요, 마릴라 아주머니."

"또 무슨 수작이니, 앤 셜리? 오늘 저녁에 앞치마를 만들려면 당장 패턴이 있어야 한단 말이다. 지금 다녀오려무나."

"그럼 큰길로 다녀올게요."

앤이 마지못해 모자를 집어 들며 말했다.

"큰길로 다녀오겠다고? 30분이나 더 걸리는데도? 도대체 무슨 생각을 하는 거니?"

앤은 절망적으로 외쳤다.

"유령의 숲에는 갈 수 없잖아요, 마릴라 아주머니!"

마릴라가 앤을 지그시 바라보았다.

"유령의 숲이라니, 너 지금 제정신이니? 어디에 그런 곳이 있다는 거니?"

앤이 속삭이듯 말했다.

"시냇물 건너 가문비나무 숲이에요."

"허튼소리 하지 마라! 유령의 숲 같은 건 없어. 누가 그런 말을 했니?"

"아무도 하지 않았어요. 다이애나와 제가 그 숲에 유령이 있다고 상상한 거예요. 여기에 있는 곳들은 전부 뻔하잖아요. 그래서 재밌자고 만들어낸 거예요. 4월부터 그러자고 했죠. 유령의 숲은 정말 낭만적이에요. 가문비나무 숲을 고른 건 그곳이 정말 어두컴컴하기 때문이에요. 저희는 무시무시한 상상을 했어요. 흰 옷을 입은 귀신이 시냇물을 따라 걸어요. 손목을 비틀고 엉엉 울면서요. 가족들의 죽음에 대해 알려주려는 거죠. 한적한 황야 귀퉁이에는 어릴 적에 살해를 당한 어린아이의 영혼도 떠돌아 다녀요. 그 애가 쥐도 새도 모르게 나타나서는 차가운 손으로 우리의 손을 잡죠. 이런 식이에요. 아, 마릴라 아주머니, 생각만 해도 몸서리쳐요. 목이 잘려나간 남자가 길을 오르락내리락 하고요. 해골들이 나뭇가지 사이로 우리를 노려봐요. 전 무슨 일이 있어도 해가 지면 유령의 숲은 못 가겠어요. 흰 옷을 입은 귀신들이 나무 뒤에서 저를 낚아챌 것 같단 말이에요."

어이가 없어서 한동안 할 말을 잃었던 마릴라가 소리쳤다.

"도대체 무슨 뚱딴지같은 소리니? 지금 날더러 그런 말도 안 되는 소리를 믿으라는 거니?"

앤이 말을 더듬었다.

"꼭 그렇다는 건 아니지만, 적어도 전 낮에는 믿지 않아요. 하지만 해가 지면 다르죠. 유령들이 돌아다닐 시간이란 말이에요."

"앤, 세상에 유령 같은 건 없어."

앤은 절박했다.

"아니에요, 정말 있단 말이에요. 유령을 본 사람들이 많이 있어요. 다들 존경받는 분들이라고요. 찰리 슬론한테 들었는데, 걔네 할머니는 어느 날 밤에 할아버지가 소를 몰고 집으로 오는 걸 봤대요. 일 년 전에 돌아가신 분이 말이에요. 아시잖아요, 찰리 슬론의 할머니는 거짓말을 하실 분이 아니세요. 그리고 정말 신앙심이 깊으시고요. 토머스 아주머니의 아버지도 언젠가 양한테 쫓겨서 집에 돌아왔는데, 목이 잘리고 살점만 겨우 붙어 있는 데다 불에 타고 있던 양이었대요. 게다가 그 양이 형의 영혼이었다나. 토머스 아주머니의 아버지가 9일 내로 돌아가실 거라는 걸 미리 알려주려고 온 거였대요. 물론 그 후 9일 만에 정말 돌아가시지는 않았지만 2년 후에 돌아가셨으니 사실이긴 한 거잖아요. 그리고 루비 길리스가 그러는데요⋯⋯."

"앤 셜리."

마릴라가 단호하게 말을 끊었다.

"이런 이야기는 더는 듣고 싶지가 않구나. 네 상상력이 의문스러울 때가 종종 있는데, 이런 식이라면 그냥 넘어갈 수가 없어. 당장 배리 씨 댁으로 가도록 해. 그리고 가문비나무 숲으로 가려무나. 이건 너한테 주는 교훈이자 경고야. 너한테서 다시는 유령의 숲이니 뭐니 하는 소리는 듣고 싶지 않아."

앤은 울면서 빌고 싶었다. 그리고 너무 무서웠기에 실제로 그렇게 했다. 앤의 상상력은 무시무시한 가문비나무 숲으로 앤을 데려다놓았다. 하지만 마릴라는 꿈쩍도 하지 않았다. 마릴라는 유령을 목격하여 겁에 질린 아이를 샘터로 내려가게 했고, 곧장 다리를 건너 울부짖는 귀신과 머리가 잘린 유령이 들끓는 숲으로 들어가라고 명령했다.

앤이 울먹였다.

"마릴라 아주머니, 어쩜 이렇게 잔인하실 수가 있어요? 흰 옷을 입은 유령이 저를 데리고 사라지면 어떡하려고 그러세요?"

마릴라는 매몰찼다.

"그건 내가 감당하마. 난 내가 하는 말에 책임을 지는 사람이야. 내가 너의 괴상망측한 유령 상상을 고쳐놔야겠거든. 당장 가."

앤은 걷기 시작했다. 그리고 다리를 건너다가 발을 헛디뎌 넘어지면서 공포에 휩싸이고 말았다. 앤은 이 밤을 절대 잊지 못할 것이다. 앤은 자신의 상상력을 깊이 후회했다. 상상 속 유령들이 어둠 속에 숨죽이고 있다가 그들의 차디찬 살점 없는 손을 두려움에 떠는 이 작은 아이에게 갖다대었다. 골짜기에서 날아드는 하얀 자작나무 껍질이 갈색 수풀 바닥에 놓였고 앤은 심장이 멎는 기분이 들었다. 오래된 나뭇가지들이 부딪쳐 소리를 낼 때에는 이마에서 식은땀이 줄줄 흘렀다. 어둠 속에서 휘휘 날아가는 박쥐들이 괴물의 날갯짓인 것만 같았다. 윌리엄 벨 씨네 텃밭에 이르자 하얀 유령들에게 쫓기기라도 하듯 배리 씨 댁 부엌문으로 쏜살같이 달려갔다. 숨이 어찌나 차던지 앞치마 패턴을 빌려달라는 말도 겨우 꺼냈다. 다이애나가 없어서 더 머물다 갈 핑계거리도 없었다. 이제는 끔찍한 귀환길이 남아 있었다. 앤은 눈을 질끈 감고 걸었다. 하얀 유령들과 마주치느니 차라리 나뭇가지에 머리를 부딪치는 편이 나을 것 같았다. 통나무 다리를 건넜을 무렵, 앤은 이윽고 안도의 숨을 내쉬었다.

"어머, 아무도 널 안 잡아갔나 보지?"

마릴라가 무뚝뚝하게 말했다.

앤이 답했다.

"아, 저는 이…… 이…… 제부…… 터 평…… 범한 장소에 만족하며 살래요."

제21장

새로운 맛의 탄생

"린드 아주머니가 말씀하신 대로 이 세상에는 만남과 이별밖에 없는가 봐요."

6월의 마지막 날, 앤은 석판과 책을 부엌 테이블에 올려놓으며 서글프게 말했다. 그러고는 붉게 충혈된 눈을 축축한 손수건으로 닦았다.

"오늘 학교에 손수건 한 장을 더 챙겨간 건 정말 잘한 일 같아요. 마릴라 아주머니. 꼭 한 장이 더 필요할 것만 같았거든요."

마릴라가 말했다.

"필립스 선생이 가신다고 눈물 닦을 손수건이 두 장이나 필요하다니, 그분을 그렇게 좋아하는 줄은 몰랐구나?"

"그분을 좋아해서 운 건 아니에요. 다른 친구들이 다 우니까 저도 울게 되더라고요. 루비 길리스가 제일 먼저 울기 시작했어요. 루비 길리스는 항상 필립스 선생님이 싫다고 했었는데, 선생님이 작별 인사를 하려고 자리에서 일어서자마자 울음보를 터트리는 거 있죠. 그다음에는 여자애들이 전부 다 울기 시작했어요. 저는 꾹 참았어요. 필립스 선생님이 길버…… 아니 어떤 남자아이 옆 자리에 앉으라고 했던 일도 떠올려봤고요. 제 이름 철자 끝에 e를 빼고 칠판에 쓰셨던 일이랑 기하 시간에 저보고 바보 멍청이라고 하셨던 것도 생각해봤어요. 제 철자가 엉망이라고 말씀하기도 하셨죠. 항상 빈정거리는 말투셨어요. 그런데 제 뜻대로 되지 않더라고요, 마릴라 아주머니. 저도 울고 말았어요. 제인 앤드루스는 필립스 선생님이 가시게 돼서 너무 좋으니 절대 우는 일 없을 거라고 한 달 내내 호언장담을 했었는데요, 결국 우리 중에서 제일 많이 우는 바람에 자기 오빠 손수건까지 빌리더라니까요. 제인은 필요 없을 거라고 손수건도 안 챙겨왔거든요. 물론 남자아이들은 안 울었어요. 아, 마릴라 아주머니, 가슴이 미어지는 것 같아요. 필립스 선생님은 정말 아름다운 작별 인사를 하셨어요. '이제는 우리가 헤어져야 할 시간이에요'라고 말씀하셨죠. 정말 감동적이었어요. 그리고 선생님 눈에도 눈물이 그렁그렁 맺혔어요. 그동안 석판에 선생님의 얼굴을 그리고 프리시와 선생님의 관계를 놀려댔던 일들이 너무 죄송하고 후회되는 거 있죠. 저도 미니 앤드루스와 같은 모범생이었으면 좋았을걸, 하고 생각했어요. 그 아이는 양심의 가책을 느낄 일이 없을 테니까요. 여자애들은 하굣길에도 계속 울었어요. 기분이 좀 좋아지려고만 하면 캐리 슬론이 '이제는 우리가 헤어져야 할 시간이에요'라고 자꾸 읊어대는 바람에 우린 계속 울어버렸지 뭐예요. 정말 슬펐어요. 하지만 두 달간의 방학이 코앞으로 다가와 있는데 절망의 구렁텅이에 계속 빠져 지낼 수만은 없잖아요? 그리고 기차역에서 새로 부임하신 목사님 내외분을 봤어요. 필립스 선생님이 가신다고 해서 기분이 울적했는데, 새로운 목사님이 오시니까 관심이 갈 수밖에 없더라고요. 그럴 수도 있는 거겠죠? 그분 사모님은 정말 예쁘세요. 물론 여왕처럼 우아하게 아름다운 분은 아니지만요. 제가 생각하기에 목사님의 아내는 그렇게 아리따우면 안 될 일이라고 봐요. 안 좋은 본보기가 될 수 있으니까요. 린드 아주머니가 그러시는데요, 뉴브리지의 목사 사모님은 옷을 하도 거추장스럽게 입고 다녀서 좋은 본보기가 되지 못했대요. 새로 오신 목사 사모님은 사랑스런 퍼프소매가 달린 파란 모슬린 드레스를 입으셨어요. 장미꽃으로 장식된 모자를 쓰셨고요. 제인 앤드루스는 목사 사모님이 퍼프소매를 입는 건 너무 세속적이라고 말했는데, 전 그렇게 생각하지 않아요. 전 퍼프소매를 간절히 원하는 기분이 어떤지 잘 알거든요. 게다가 목사 사모님이 되신 지도 얼마 안 되었대요. 그러니 조금은 이해를 해줘야죠. 목사님의 사택이 마련될 때까지 린드 아주머니 댁에 머무르신대요."

그날 저녁 마릴라는 린드 부인 댁으로 갔다. 지난겨울에 빌린 퀼트 틀을 돌려주러 간다는 구실이었으나, 에이번리 사람이라면 으레 그러는 애정 어린 호기심 때문이었다. 린드 부인은 사람들에게 물건을 많이 빌려주었는데, 그날 밤따라 돌려 받을 것이라고 예상치 못했던 물건들을 돌려주겠다며 온 사람들이 많았다. 화젯거리라고는 없는 이 작고 고요한 마을에 새로 부임한 목사, 그것도 모자라서 아내를 대동한 목사는 어지간한 호기심의 대상이 될 수밖에 없었다.

나이 드신 벤틀리 목사는 상상력이 부족하다고 앤이 늘 투덜대던 분이었는데, 에이번리에서 지난 18년 동안 설교를 했다. 그는 처음 에이번리에 왔을 때에도 홀몸이었는데, 누군가와 결혼할 것이라는 소문만 무성한 채 끝내 그 누구와도 결혼하지 않았다. 지난 2월 그는 퇴임을 했고, 성도들의 아쉬움을 뒤로한 채 에이번리를 떠났다. 설교를 잘하는 편은 아니었지만 선량한 노목사에게 에이번리 사람들은 많은 애정을 갖고 있었다. 그후로 주일이 되면 이런저런 목사들이 시범으로 설교를 하러 왔기 때문에 에이번리 교회에는 볼거리가 많았다. 목사를 임용하는 건 교회 장로와 권사들이었지만 커스버트 남매와 가족석에 오래도록 함께 앉아온 빨간 머리의 꼬마 소녀에게도 나름의 발언권은 있어서 매슈와 이 문제에 대해 한참을 논의하기도 했다. 마릴라는 어떠한 형태로든 목사를 비판하는 것은 옳지 못하다고 생각하는 편이었다.

앤이 마지막으로 정리를 하며 말했다.

"제 생각에 스미스 목사님은 별로인 것 같아요. 매슈 아저씨와 린드 아주머니도 스미스 목사님의 설교가 별로라고 하셨어요. 하지만 전 그분의 가장 큰 문제점은 벤틀리 목사님처럼 상상력이 없는 것에 있다고 봐요. 테리 목사님은 완전 반대시죠. 상상력이 넘치세요. 제가 유령의 숲 일로 그랬던 것처럼 주체를 못할 정도세요. 게다가 린드 아주머니가 그러시는데요, 그분은 신앙심이 건전하지가 않대요. 그레섬 목사님은 정말 좋은 분이시고 믿음도 좋으신데, 농담을 너무 하셔서 사람들이 교회에서 너무 깔깔거리고 웃게 된대요. 경건한 느낌이 부족하시대요. 목사님이라면 좀 경건해야 하지 않을까요, 매슈 아저씨? 마셜 목사님은 정말 매력 있어요. 하지만 린드 아주머니는 그분이 미혼이라고 하셨어요. 심지어 약혼도 안 하셨대요. 린드 아주머니께서 특별히 뒷조사를 좀 하셨나 보더라고요. 에이번리에 미혼 목사님은 절대 안 된다나 뭐라나. 그렇게 되면 성도 중 한 명이랑 결혼을 할 수도 있어서 그럼 문제가 생길 수도 있대요. 린드 아주머니는 정말 멀리까지 내다볼 줄 아시는 것 같지 않아요? 전 앨런 목사님이 오셔서 정말 좋아요. 설교도 흥미진진하고요 기도하실 때에도 그저 습관처럼 하는 게 아니라 정말 진심을 담아서 하시는 것 같아요. 린드 아주머니는 앨런 목사님이 완벽하지는 않지만 750달러 연봉에 완벽한 목사님을 기대할 수는 없는 법이라고 하셨어요. 어쨌든 그분은 신앙심이 건전하시대요. 린드 아주머니께서 교리에 대해 이것저것 물어보셨나 보더라고요. 그리고 그분 사모님의 친척들과도 아는 사이인데, 교양 있는 분들이시고 살림도 잘하시나 봐요. 린드 아주머니가 그러는데 건전한 신앙심을 가진 남자와 살림을 잘하는 여자가 가장 훌륭한 목사 부부래요."

새로 부임한 목사 부부는 젊었고, 상냥했으며, 아직 신혼이었다. 그리고 자신들에게 주어진 사명에 열의가 넘쳤다. 에이번리 사람들은 이들에게 처음부터 마음을 열었다. 남녀노소 할 것 없이 이 솔직하고 밝은 목사의 고고한 이상과 밝은 성격 그리고 사모의 상냥함을 좋아했다. 앤 역시 앨런 사모에게 빠져들었다. 자신과 영혼이 닮은 누군가를 또 한 명 발견한 것이다.

어느 일요일 오후, 앤이 입을 열었다.

"앨런 사모님이 너무 사랑스러워요. 그분이 저희 반을 맡으셨는데요, 정말 훌륭해요. 그분은 한 사람이 모든 질문을 독차지하는 것은 공정하지 못하다고 하셨어요. 아시잖아요, 마릴라 아주머니. 그게 제가 늘 생각하던 바잖아요. 질문하고 싶은 게 있으면 언제든지 하라고 하셔서 제가 가장 많이 했어요. 제가 질문이라면 최고로 잘하잖아요!"

"어련하겠니."

마릴라가 응수했다.

"저 외에 질문한 사람은 루비 길리스밖에 없었어요. 그 앤 이번 여름에 주일 학교 소풍을 가는지 물었어요. 그런데 그건 적합한 질문이 아니었다고 생각해요. 왜냐면 수업과 아무런 상관이 없잖아요. 당시에 수업은 사자 소굴에 들어간 다니엘에 관한 것이었거든요. 그런데도 앨런 사모님은 웃으시면서 아마 그럴 거라고 말씀하셨어요. 앨런 사모님은 미소가 정말 아름다우세요. 양 볼에 보조개가 들어가는데 정말 최고예요. 저도 제 볼에 그런 보조개가 있었으면 좋겠어요, 마릴라 아주머니. 제가 여기에 온 뒤로는 살이 포동포동하게 올랐는데, 그럼에도 보조개는 안 생겨요. 만약 보조개가 있으면 사람들에게 더 선한 영향을 줄 수 있을 것만 같은데 말이죠. 앨런 사모님이 그러시는데, 우린 다른 사람들에게 선한 영향을 주려고 늘 애써야 한대요. 사모님은 좋은 말씀을 많이 해주세요. 저는 지금까지 종교가 이렇게 힘나는 것인 줄 몰랐어요. 좀 우울한 것이라고만 생각했거든요. 하지만 앨런 사모님은 그렇지가 않아요. 제가 사모님처럼만 된다면 저도 기독교인이 되고 싶어요. 벨 장로님 같은 분 말고요."

그러자 마릴라가 야단쳤다.

"장로님께 그게 무슨 말버릇이니! 벨 장로님은 훌륭한 분이셔."

앤도 동의했다.

"네, 좋은 분이시죠. 하지만 그렇다고 해서 그분이 신앙을 통해 위안을 얻는 것 같아 보이진 않아요. 전 좋은 사람이 될 수 있다면, 그 자체로 너무 행복해서 온종일 춤추고 노래할 것 같거든요. 앨런 사모님은 춤추고 노래하기엔 나이가 많으시지만요. 그리고 목사 사모님 체면에 어울리지 않기도 하고요. 하지만 사모님은 기독교인이라서 기뻐하고 있다는 게 느껴져요. 혹 기독교인이 아니어도 천국에 갈 거라고 믿어요."

마릴라는 문득 떠오른 생각이 있다는 듯 말했다.

"조만간 앨런 목사님 내외분을 모시고 식사를 대접해야겠다. 우리 집을 제외하고는 거의 다 심방을 다니신 것 같거든. 어디 보자, 다음 주 수요일이 좋겠구나. 매슈 오라버니에게는 아무 말도 하지 말도록 해. 목사님 내외분을 초대한다는 걸 알면 무슨 수를 써서라도 도망갈 궁리부터 할 테니까. 벤틀리 목사님이야 이전부터 알아온 분이니까 그렇다 쳐도, 이번에는 새로 부임한 분이셔서 친해지기는 힘들 거야. 거기에다 사모님까지 오신다고 하면 기절초풍할지도 모르겠다."

앤이 호언장담했다.

"무덤까지 비밀 지킬게요. 그런데 마릴라 아주머니, 제가 그날 케이크 만들어도 될까요? 앨런 사모님께 무언가를 해드리고 싶어서요. 이제 저도 케이크는 꽤 잘 만들 줄 알잖아요."

마릴라가 허락해주었다.

"그러렴, 잼을 층층마다 발라서 케이크를 만들어 보려무나."

월요일과 화요일 내내 초록 지붕 집은 손님 맞이 준비로 분주했다. 목사 내외분을 모신다는 것은 중요하고도 의미 있는 일이었다. 마릴라는 에이번리 마을의 그 어느 집보다 더 잘 대접하고 싶었다. 앤은 흥분과 기쁨에 넘쳐 있었다. 화요일이 되고 노을이 질 무렵 앤은 드루아스 샘 옆의 커다란 붉은 바위 위에 앉아서 전나무 진액이 묻은 작은 나뭇가지로 샘물 위에 무지개를 그리며 다이애나에게 이런저런 이야기를 했다.

"준비는 다 되었어, 다이애나. 내 케이크만 만들면 되는데, 그건 아침에 만들 거야. 베이킹파우더를 넣은 비스킷은 마릴라 아주머니가 티타임 직전에 굽는다고 하셨어. 정말이지 나와 마릴라 아주머니에게는 최고로 바쁜 이틀이었지 뭐니. 목사님 내외분을 초대하는 데 이렇게 할 일이 많다니. 나는 이런 일이 처음이거든. 네가 우리 집 부엌을 봤어야 해. 아주 가관이었어. 식사 때에는 젤리 소스를 곁들인 닭고기와 차가운 소 혓바닥 요리를 먹을 거야. 젤리는 두 종류인데, 빨간색과 노란색이 있어. 생크림이랑 레몬 파이, 체리 파이도 있지. 쿠키는 세 종류이고, 과일 케이크도 낼 거야. 마릴라 아주머니가 제일 잘 만드시는 노란 자두 잼은 목사님 내외분용으로 특별히 만든 거고. 파운드케이크랑 층을 낸 케이크, 아까 말한 비스킷 등이 있지. 그리고 새로 구운 빵과 묵은 빵을 같이 준비했어. 혹시나 소화불량이 오실 수도 있으니까. 린드 아주머니가 그러시는데, 목사님들은 소화불량에 많이 걸린대. 앨 랜 목사님은 목사가 되신 지 얼마 안 되셨으니까 그렇진 않을 것 같아. 층을 낸 케이크를 만들 생각을 하면 막 설레. 망치면 어쩌지, 다이애나. 난 어젯밤에 머리가 커다란 층층이 케이크로 된 끔찍 한 유령이 나를 쫓아오는 꿈을 꾼 거 있지.”

늘 안심시켜 주는 다이애나가 이번에도 앤을 진정시켜 주었다.

“잘될 거야, 모든 게 말이야. 2주 전에 네가 만들어 와서 한적한 황야에서 점심으로 먹었던 케이크 말이야, 그거 정말 맛있었거든.”

앤은 전나무 향이 짙게 밴 나뭇가지를 샘물에 띄우며 한숨을 내쉬었다.

“알아. 그런데 말이지, 케이크란 건 심술 맞아서 꼭 맛있어야 할 때에는 엉망으로 나오는 습성이 있거든. 어쩔 수 없어. 하늘에 맡길 수밖에. 밀가루 넣을 때에나 조심하지 뭐. 엇! 다이애나, 저 기 봐봐! 너무 예쁜 무지개잖아! 우리가 떠나고 난 다음에 드루아 스가 나타나서 목도리로 쓰려고 무지개를 가져가지 않을까?”

“세상에 드루아스 같은 건 없어.”

다이애나의 어머니는 유령의 숲의 이야기를 듣고 크게 화를 냈 다. 다이애나는 그 뒤로 더는 상상을 하지 않게 되었고, 해로울 것 이 없는 드루아스조차도 믿으려 하지 않게 되었다.

앤이 말했다.

“하지만 있다고 상상하는 건 아주 쉬워. 잠들기 전에 나는 창 밖을 내다보며 드루아스가 정말 여기에 앉아서 샘물을 거울처럼 들여다보며 머리를 빗고 있는지 찾아보곤 해. 가끔은 아침이슬에 드루아스의 발자국이 찍혀 있는지 찾아보기도 하고 말이야. 다이애나, 드루아스에 대한 믿음을 저버리지 말아줘."

수요일 아침이 되었다. 너무 흥분된 나머지 잠을 이룰 수 없었던 앤은 해가 뜨자마자 번쩍 눈을 떴다. 전날 저녁 샘물에서 물장구를 친 탓에 밤새 열이 났다. 하지만 폐렴이 아닌 이상 아침에 케이크를 만들고 말겠다는 의지를 굽히지 않았다. 아침 식사를 마치자마자 앤은 케이크를 만들기 시작했다. 오븐을 닫으며 앤은 길게 숨을 내쉬었다.

"이번에는 한 가지도 빼먹지 않았어요. 마릴라 아주머니, 빵 도우가 잘 부풀까요? 베이킹파우더의 질이 나쁘면 어쩌죠? 새로운 통을 사용하기는 했는데. 린드 아주머니가 그러셨어요. 요즘 베이킹파우더에는 하도 불순물이 많이 첨가되어 있어서 통 믿을 수가 없다고요. 린드 아주머니는 정부가 나서서 이 문제를 해결해야 한대요. 하지만 전 토리당*이 집권하고 있는 한 불가능할 것 같아요. 빵 도우가 부풀지 않으면 어쩌죠?"

"케이크 말고도 먹을 게 많은걸."

마릴라는 무관심한 듯 말했고, 늘 그런 식이었다.

어쨌든 케이크는 잘 부풀어 올랐고 황금 거품처럼 가벼운 날개같이 구워졌다. 앤은 기쁜 마음에 손뼉을 치며 케이크 층마다 잼을 발랐다. 케이크를 한 조각 맛본 앨런 사모님이 한 조각을 더 달

---

* 원래는 18세기 영국의 보수 정파를 일컫는 말로, 여기서는 보수당이라는 뜻으로 쓰고 있다.

라고 하는 모습을 상상하기도 했다.

앤이 물었다.

"가장 좋은 찻잔을 쓰실 거죠, 마릴라 아주머니? 고사리랑 들장미로 식탁을 꾸며도 될까요?"

마릴라가 코웃음을 쳤다.

"말도 안 되는 소리 마라. 식탁에서는 음식이 중요한 거지 장식이 중요한 게 아니라고 생각한다."

앤은 악의 없는 뱀의 지혜를 이용하기로 했다.

"배리 아주머니 댁 식탁은 정말 예쁘게 장식되어 있던데요. 그래서 목사님이 칭찬하셨어요. 입뿐만 아니라 눈까지 즐거운 만찬이었다고 하시면서 말이죠."

"그래? 그럼 원하는 대로 해보렴. 그래도 음식 차릴 자리는 충분히 마련해 두어야 한다."

마릴라가 말했다. 배리 부인에게든 다른 누군가에게든 지지 않겠다고 단단히 마음먹은 마릴라가 아니던가.

앤은 배리 부인이 따라올 수 없는 수준으로 테이블을 장식했다. 자신만의 예술적 감각을 살려 장미와 고사리로 아름답게 꾸몄는데, 이를 본 목사 내외는 자리에 앉자 입을 모아 칭찬했다.

"앤이 한 거예요."

마릴라가 무심한 듯 말했다. 앤은 앨런 사모의 얼굴에 미소가 번지는 것을 보니 세상에서 가장 행복한 사람이 된 기분이었다.

매슈도 겨우 구슬려서 함께할 수 있었는데, 이건 앤만이 할 수 있는 일이었다. 워낙 낯을 가리고 수줍음을 많이 타는 성격이라 마릴라는 일찌감치 포기했으나, 앤은 흰 깃을 세운 가장 좋은 슈트 차림을 하고 매슈를 테이블에 앉히는 데 성공했다. 그리고 매슈는 지금 목사와 그럭저럭 대화를 나누고 있었다. 물론 사모와는 단 한 마디도 나누지 않았는데, 그건 애초에 기대하지도 않았던 바였다.

앤이 만든 케이크가 나올 때까지 모든 것은 흥겹기만 했다. 이미 당혹스러울 정도로 다양한 음식을 맛본 터라 앨런 사모는 더이상 못 먹겠다고 정중히 사양하였으나 실망감에 휩싸인 앤의 얼굴을 본 마릴라가 미소를 지으며 말했다.

"한 조각이라도 드셔 보세요. 앤이 사모님을 위해서 직접 만든 거예요."

"그렇다면 먹어봐야겠네요."

앨런 사모가 웃었다. 그녀는 목사와 마릴라가 그러한 것처럼 두툼한 한 조각을 집었다.

앨런 사모는 케이크를 한 입 가득 베어 물었고 말로 형용할 수 없는 표정을 지었다. 하지만 그녀는 아무 말 없이 케이크를 다 먹었다. 마릴라는 그 표정을 읽고서는 서둘러 케이크를 맛보았다.

"앤 셜리! 케이크에 도대체 뭘 넣은 거니!"

마릴라가 소리쳤다.

"레시피대로 했을 뿐이에요. 뭐가 잘못되었나요?"

앤이 당황하여 울먹였다.

"어머나 세상에! 이건 끔찍하잖니. 앨런 사모님, 더는 드시지 마세요. 앤, 네가 직접 맛을 보려무나. 도대체 무슨 향을 쓴 거야?"

"바닐라요."

앤이 대답했다. 케이크를 맛본 앤의 얼굴은 부끄러움에 붉게 달아올랐다.

"바닐라만 넣었어요, 마릴라 아주머니. 분명 베이킹파우더가 잘못일 거예요."

"베이킹파우더 때문이라니, 말도 안 되는 소리를 하는구나. 가서 바닐라 병을 가져와봐."

앤은 부엌으로 달려가서 갈색 액체가 반쯤 담긴 작은 병을 가지고 돌아왔다. 노란 라벨이 붙은 병에는 '최고의 바닐라'라고 적혀 있었다.

마릴라가 받아 들고 코르크 마개를 열어 냄새를 맡았다.

"어머나 세상에! 네가 진통제를 넣었구나. 내가 지난주에 진통제 병을 깨트리는 바람에 빈 바닐라 병에 약을 넣었었어. 이건 절반은 나의 잘못이다. 내가 미리 알려줬어야 했는데. 하지만 넌 요리하면서 냄새도 안 맡아봤니?"

앤은 고개를 숙인 채 눈물을 떨어뜨렸다.

"그럴 수가 없었어요. 감기에 걸렸거든요."

앤은 말을 마치자마자 다락방으로 도망치듯 올라가 침대에 몸을 던졌다. 그러고는 엉엉 울어댔다.

그때 계단을 오르는 발소리가 들리고 누군가가 방으로 들어왔다. 앤은 쳐다보지도 않고 엉엉 울며 말했다.

"아, 마릴라 아주머니, 저는 정말 멍청인가 봐요. 이 세상에 도움이라고는 전혀 안 돼요. 이 마을에서 앞으로 어떻게 살아갈지 모르겠어요. 에이번리 사람들에게 소문이 다 퍼지겠죠? 다이애나도 케이크가 어땠냐고 물어볼 텐데, 그럼 전 사실대로 말해야만 해요. 전 케이크에 진통제를 넣은 아이로 손가락질 받으며 살게 될 거예요. 길버…… 아니 남자아이들도 놀려댈 거고요. 마릴라 아주머니, 기독교인들에게 동정심이 있다면 지금 저더러 설거지를 하라고는 하지 말아주세요. 목사님과 사모님이 돌아가시고 난 다음에 할게요. 제가 그분들을 뵐 면목이 없어요. 사모님은 제가 독이라도 타서 그분을 죽이려 했다고 생각하실 거예요. 린드 아주머니는 자기를 돌봐준 은인을 독살하려고 한 고아 아이를 아신댔어요. 그런데 진통제가 독은 아니겠죠? 사모님께 그렇게 말씀드려 주시면 안 돼요?"

"네가 일어나서 직접 말해주면 좋겠는걸?"

정감 가는 목소리였다.

앤은 자리에서 벌떡 일어나 침대 옆에서 웃고 있는 앨런 사모를 바라보았다.

"이 귀여운 꼬마야, 이렇게 울면 어쩌니. 우린 모두 살면서 재미난 실수를 하곤 하는걸."

"아니에요, 저만 실수투성이인걸요. 저는 정말 맛있는 케이크를 대접하고 싶었어요, 사모님."

"알아, 네가 마음 써줘서 잘 구워진 케이크를 아주 많이 먹은 기분인걸. 이제 그만 울고. 하지만 나와 같이 아래층으로 내려가서 꽃밭을 보여줄래? 미스 커스버트가 그러시는데 네가 작은 꽃밭을 가꾸어놓았다고 하더구나. 그걸 보고 싶어. 난 꽃에 관심이 많거든."

앤은 아래층으로 내려가면서 앨런 사모가 자신과 영혼이 닮은 사람이라는 사실에 큰 위안을 받았다. 진통제 케이크에 대해서는 더 이상 언급이 없었다. 손님들이 돌아가시고 난 다음 앤은 끔찍한 사고가 있기는 했지만, 그래도 예상했던 것보다 즐거운 시간이었다고 생각했다. 그럼에도 불구하고 한숨이 나왔다.

"마릴라 아주머니, 아직 실수를 저지르지 않은 내일이 있다는 건 좋은 일인 거죠?"

"넌 내일도 실수투성이일 텐데. 네가 언제 실수하지 않은 적이 있었니?"

앤이 침통한 마음으로 인정했다.

"네, 저도 잘 알아요. 하지만 그런 제게도 좋은 점이 있다는 거 발견하지 못하셨나요? 저는 같은 실수는 절대 두 번 저지르지 않는다고요."

"흠, 그렇지만 새로운 실수를 만들어내잖니."

"모르셨어요? 사람이 저지를 수 있는 실수에는 한계가 있대요. 제가 그 한계점에 도달하면 더 이상 실수는 없을 거라고요. 그 생각만 하면 위안이 된다니까요."

마릴라가 말했다.

"그래, 가서 케이크를 돼지에게나 주고 오지 그러니? 사람은 도저히 못 먹겠더구나. 제리 부트라도 말이야."

제22장
앤, 티 파티에 초대받다

"이번에는 또 무슨 일이길래 눈이 그렇게 튀어나오려고 하니?"

앤이 우체국에 갔다가 헐레벌떡 들어오자 마릴라가 물었다.

"영혼을 닮은 사람을 또 발견한 거니?"

앤은 흥분에 휩싸여 눈을 반짝였고, 온몸으로 활기를 내뿜었다. 8월의 어느 저녁, 앤은 오솔길을 사뿐히 달려오던 참이었다. 마치 개구쟁이 요정이 춤을 추는 듯한 모습이었다.

"아니에요, 마릴라 아주머니. 어떻게 생각하세요? 내일 오후 목사님 사택에서 열리는 티 파티에 제가 초대를 받았어요. 앨런 사모님이 제 앞으로 우체국에 편지를 남기셨더라고요. 이걸 보세요. '초록 지붕 집에 사는 앤 셜리 양에게'라고 적혀 있어요. 저는 셜리 양이라고 불려본 적이 없어요. 너무 짜릿해요. 이 편지를 제가 가장 아끼는 보물로 영원히 간직할 거예요."

마릴라는 곧 다가올 멋진 일에는 관심 없다는 듯 무심하게 말했다.

"앨런 사모님은 주일 학교 학생들을 번갈아가며 티 파티에 초대하실 거라고 하더구나. 그러니 그렇게 흥분하지 않아도 된다. 제발 좀 차분해지는 법을 배우렴."

앤에게 차분해지라는 것은 타고난 천성을 갈아엎으라는 것과 다를 바 없었다. 앤은 '영혼, 불꽃, 이슬'로 만들어진 아이가 아니던가. 그런 앤에게 인생의 기쁨과 고통은 다른 이들보다 세 배는 강하게 다가올 수밖에 없었다. 마릴라도 그 사실을 모르는 바가 아니기에 이 충동적인 영혼이 세상의 기쁨과 고통을 온전히 감내할 수 있기는 할까, 그리고 기쁨이 큰 만큼 치러야 하는 대가도 크다는 것을 깨우칠 수 있을까 막연한 걱정이 들곤 했다. 그래서 마릴라는 앤이 차분해질 수 있도록 교육하는 것이 자신의 의무라고 생각했지만, 그건 얕은 시냇물 위에서 하늘거리는 햇살을 동여매는 것만큼이나 부질없는 일이기도 했다. 마릴라는 별다른 성과를 거두지 못했고, 슬프게도 그 사실을 받아들일 수밖에 없었다. 간절히 소망하던 바나 계획이 이루어지지 않으면 앤은 절망의 구렁텅이에 빠지곤 했다. 그리고 소원이 이루어지면 뛸 듯이 기뻐했다. 이런 말괄량이를 교양 있는 요조숙녀로 만들겠다던 마릴라는 이제 본인이 절망의 구렁텅이에 빠질 지경이었다. 그렇다고 앤이 다른 모습으로 변한들 마릴라가 그 모습을 더 좋아하게 될 것 같지도 않았다.

그날 밤 앤은 북동풍이 부는 걸 보니 내일 비가 올지도 모르겠다고 한 매슈의 말 때문에 침울해져서 말없이 잠자리에 들었다. 초록 지붕 집 주변의 포플러 이파리들의 바스락거리는 소리가 빗

방울 소리와도 닮아서 앤은 조바심이 났다. 평소 같았으면 저 멀리 세인트로렌스 만에서 들려오는 파도 치는 소리가 신비하고도 낭랑한 음악 소리 같아서 그저 반가웠겠지만, 내일 날씨가 맑기만을 간절히 바라는 어린아이에겐 폭풍과 재난의 징조로 보일 뿐이었다. 차라리 아침이 오지 않았으면.

하지만 모든 일에는 끝이 있게 마련이다. 심지어 목사 사택 티파티에 초대받은 전날 밤이라고 해도 말이다. 매슈의 예상과는 달리 맑은 날이었고 앤은 뛸 듯이 기뻤다.

"아, 마릴라 아주머니, 오늘은 만나는 사람들 모두를 사랑할 수 있을 것 같아요."

앤을 아침 설거지를 하면서 말했다.

"제가 지금 얼마나 신이 나는지 모르실 거예요. 이런 기분이 영영 계속되면 얼마나 좋을까요! 티 파티에 매일같이 초대받는다면 모범생도 될 수 있을 것 같아요. 하지만 마릴라 아주머니, 티 파티는 엄숙한 자리이기도 하죠. 그래서 걱정이 되요. 제가 또 말썽을 피우면 어쩌죠? 아시잖아요, 제가 목사님 사택에 가보는 건 이번이 처음이잖아요. 초록 지붕 집에 온 이후로 『패밀리 헤럴드(Family Herald)』의 예의범절 코너를 항상 읽긴 하는데, 제가 그 예의범절을 얼마나 익혔는지는 의문이에요. 제가 또 엉뚱한 짓을 하거나 해야 할 일을 까먹고 안 할까봐 걱정이 되요. 더 먹고 싶은 게 있을 때 한 접시 더 달라고 하면 실례일까요?"

"앤, 넌 걱정을 너무 앞서서 하는구나. 그게 네 문제야. 그냥 앨런 사모님을 생각하면서 어떻게 하면 그분을 기쁘게 해드릴까,

만족시켜드릴 수 있을까만 생각하면 되는 거라고."

마릴라는 어쩌면 평생 처음으로 진심 어린 충고를 건넸다. 앤은 빠르게 깨우쳤다.

"맞아요, 마릴라 아주머니. 제 입장에서만 생각하지 않도록 노력할게요."

선홍빛과 장밋빛 구름이 기다랗게 장관을 이룬 해질녘에 앤이 행복한 얼굴로 집에 돌아왔다. 심각한 실수는 없었다는 뜻이었다. 앤은 부엌문 앞에 놓은 커다란 붉은색 사암 위에 걸터앉아 마릴라의 깅엄 치맛자락에 부스스한 곱슬머리를 기댄 채 이야기보따리를 풀어놓았다.

전나무로 가득한 서쪽 언덕에서 서늘한 바람이 수확을 앞둔 들판으로 불어와 포플러 잎 사이로 바람 소리를 냈다. 초롱초롱한 별 하나가 과수원 하늘 위로 떠 있었고, 연인의 오솔길에서는 반딧불이가 고사리와 나뭇가지 사이를 날아다녔다. 앤은 마릴라와 이야기를 나누면서 그 광경을 지켜보았다. 바람과 별, 반딧불이가 조화를 이룬 모습은 말로 형용할 수 없을 정도로 달콤하고 매혹적이었다.

"오, 마릴라 아주머니. 정말 황홀한 시간이었지 뭐예요. 저는 지금껏 헛되게 살아온 게 아닌 것 같아요. 앞으로 목사님 사택에 다시 초대받지 못하게 될지언정 오늘의 이 기분은 절대 잊지 않을 거예요. 사택에 도착하자 앨런 사모님이 현관까지 마중을 나오셨어요. 사모님은 예쁜 분홍빛과 노란빛의 드레스를 입고 계셨는데, 소매 부분에 프릴이 아주 많이 달려 있었어요. 정말 천사 같았어요. 저는 이다음에 목사의 아내가 되고 싶어요. 목사님은 제가 빨간 머리여도 개의치 않을 것 같아요. 세속적인 것을 따지지 않으실 테니까요. 하지만 목사의 아내가 되려면 천성적으로 마음이 고와야 하는데, 저는 그렇게 될 리가 없어요. 그래서 이런 생각을 하는 것 자체가 의미 없는 것 같아요. 세상에는 본성이 착한 사람도 있고, 그렇지 않은 사람도 있잖아요. 저는 착해지려고 아무리 노력해도 본성이 착한 사람처럼 되지는 못할 것 같아요. 제가 기하를 못하는 것과 마찬가지죠. 하지만 노력한다는 것 자체가 의미 있어야 하는 것 아닌가요? 앨런 사모님은 천성적으로 마음씨가 고우세요. 전 그분이 너무 좋아요. 매슈 아저씨나 앨런 사모님과 같은 분들은 아무 문제 없이 단번에 좋아질 수 있어요. 그리고 린드 아주머니와 같은 분은 좋아하려면 많은 노력을 해야 하죠. 그분들은 교회 봉사도 많이 하시니까 당연히 사랑해야 한다는 건 알지만 계속 머릿속에 주입을 해야 해요. 안 그럼 까먹고 말죠. 목사님 사택 티 파티에는 화이트샌즈 주일 학교에서 온 다른 여자애도 있었어요. 이름은 로레타 브린데 정말 착해요. 저희는 우아하게 차를 마셨고요, 전 예의를 갖추려고 노력했어요. 차를 마신 다음에는 앨런 사모님이 피아노를 치면서 노래를 하셨고, 로레타랑 저에게도 함께 부르자고 하셨어요. 사모님이 저보고 목소리가 좋다고 하셨어요. 그리고 주일 학교 성가대에 들어오라고 하셨어요. 성가대에 들어간다는 생각만으로도 얼마나 흥분되던지. 전 예전부터 다이애나처럼 성가대에서 노래하고 싶었지만 제가 넘볼 수 없는 곳이라고 생각했거든요. 로레타는 집에 일찍 갔어요. 오늘 밤에 화이트샌즈 호텔에서 큰 공연이 열리는데, 거기에 자기 언니가 출연한대요. 로레타가 그러는데 미국인들이 그 호텔에서 2주에 한 번 꼴로 공연을 열어서 샬롯타운 병원을 돕기 위한 후원 활동을 한대요. 로레타도 언젠가는 무대에 서게 될 거라고 했어요. 저는 그저 경이롭게 로레타를 바라볼 뿐이었죠. 로레타가 떠나고 난 다음 앨런 사모님과 깊은 대화를 나눴어요. 그리고 전 제 속내를 다 털어놓았죠. 토머스 부인과 쌍둥이들 이야기, 케이트 모리스와 비올레타, 초록 지붕 집에 어떻게 오게 되었는지와 기하 때문에 골치 아프다는 이야기도 했고요. 그런데 있죠, 앨런 사모님도 기하를 엄청 못하셨대요. 제가 그 말을 듣고 얼마나 위안을 받았는지! 제가 문 밖을 나서려는데 린드 아주머니께서 오셨어요. 그리고 무슨 일이 있었는지 아세요? 글쎄, 재단 이사회에서 새로운 선생님을 뽑았대요. 여자 선생님으로요. 성함은 뮤리얼 스테이시래요. 낭만적인 이름 아닌가요? 린드 아주머니 말씀으론 에이번리에 여자 선생님이 오시는 건 처음이라 무척 위험하고 혁신적인 일이래요. 하지만 여자 선생님이 오신다니까 황홀해요. 개학하려면 2주나 더 남았는데, 새로 오실 선생님이 벌써부터 너무 보고 싶어요!"

제23장

앤, 자존심을 지키려다 바닥으로 곤두박질치다

새로운 사건이 터질 때까지 무려 2주나 더 걸렸다. 진통제 케이크 사건이 일어난 지도 거의 한 달이 다 되었으니 앤이 새로운 말썽을 부릴 때가 되고도 남기는 했다. 물론 그간 이러저러한 작은 실수들은 더러 있었다. 탈지유 한 그릇을 돼지 여물통에 붓는 대신 부엌에 있는 털실 바구니에 부어버린 적이 있고, 통나무 다리를 걷던 중 엉뚱한 상상에 빠져 다리 밑으로 떨어진 적도 있었다. 이런 종류의 일들은 수도 없이 일어났다.

목사 사택에서 티 파티를 가진 지 일주일이 지났을 무렵 다이애나 배리가 파티를 열었다.

앤이 유난을 떨며 말했다.

"소수정예 멤버에 한해서라고요. 우리 반 여자애들뿐이에요."

아이들은 즐거운 시간을 보냈고, 차를 다 마실 때까지 모든 것은 문제없이 돌아갔다. 배리 씨네 정원으로 나간 아이들은 그동안 해왔던 놀이가 싫증이 나자 장난기가 발동했다. 그리고 이내

'맞대결' 게임을 하기 시작했다.

맞대결 게임은 에이번리 아이들 사이에서 유행 중인 놀이였다. 남자아이들이 먼저 시작하였는데 이내 여자애들 사이에서도 퍼져 나가면서 그해 여름 에이번리에서 맞대결을 펼치게 된 아이들이 벌인 엉뚱한 짓을 꼽으라면 책 한 권을 다 채우고도 남을 정도였다.

우선 캐리 슬론이 루비 길리스에게 앞뜰에 있는 커다랗고 오래된 버드나무의 어느 지점까지 올라가 보라고 부추겼다. 루비 길리스는 나무에 버글대는 뚱뚱한 녹색 애벌레들을 끔찍이도 싫어했고, 새 모슬린 드레스가 찢어지기라도 하면 엄마에게 혼날 것이 두려웠지만 맞대결을 거절하지 않고 캐리 슬론을 완패시켰다. 다음에는 조시 파이가 제인 앤드루스에게 왼발만 사용하여 정원을 한 바퀴 돌아오라고 부추겼다. 중간에 쉬어서도 안 되고, 오른발을 땅에 내려놓아서도 안 된다는 조건이었다. 제인 앤드루스는 열의에 불타서 맞섰지만 세 번째 모퉁이에서 지쳐버리는 바람에 패배를 인정하고 말았다.

조시가 놀이에서 이겼다고 어찌나 잘난 척을 해대던지, 앤은 심술이 나서 조시에게 정원 동쪽으로 둘러진 널빤지 울타리 위를 걸어보라고 부추겼다. 사실 널빤지 울타리를 건너는 것은 초보에게는 생각보다 많은 기술을 요하는 일로 머리와 발뒤꿈치의 균형감이 매우 중요했다. 하지만 조시 파이는 인기를 얻는 재주는 없어도 울타리 위를 걷는 것에서만큼은 타고난 소질이 있던 터였다. 조시는 배리 씨네 울타리를 건너는 일이 도전 과제도 아니라는 듯 대수롭지 않게 걸어 보였다. 아이들은 울타리 위를 걷는 것이 얼마나 어려운지 겪어본 터라 마음에 내키지는 않았지만 조시의 성공에 찬사를 보낼 수밖에 없었다. 조시는 이내 승리감에 도취되어 앤을 거만한 눈으로 바라보았다.

앤은 양 갈래로 땋은 빨간 머리를 뒤로 휙 젖혔다.

"그렇게 작고 낮은 널빤지 울타리를 누가 못 건너니? 그게 뭐 그리 대단한 일이라고! 메리스빌에 사는 어떤 여자애는 지붕 들보 위도 걸었대."

앤이 말했다.

"말도 안 되는 소리 하지 마. 지붕 들보를 어떻게 걷냐! 그런 건 너도 못하잖아!"

조시가 대꾸했다.

"내가 못할 것 같아?"

앤이 무모하게 소리쳤다.

"그럼 어디 해보시든지요. 저기로 올라가서 부엌 지붕 들보를 걸어봐."

조시가 시비를 걸었다. 앤은 얼굴이 창백해졌지만 별 수 없었다. 앤은 사다리가 걸쳐져 있는 부엌 지붕 쪽으로 걸어갔다. 5학년 여자애들은 흥분과 경악으로 "으악!" 소리를 질렀다.

다이애나가 말렸다.

"하지 마, 제발. 저기서 떨어지면 죽을 수도 있어. 조시 파이는 신경 쓰지 마. 그렇게 위험한 일을 하라고 부추기는 법이 어딨어?"

앤이 침통하게 말했다.

"난 할 거야. 내 자존심이 걸린 문제라고. 지붕 들보를 걸어야만 해, 다이애나. 그러다 죽는 한이 있더라도 말이야. 내가 혹시 죽거든 내 진주 반지는 네가 가지렴."

모두가 숨죽이며 지켜보는 가운데 앤은 사다리를 타고 들보에 올라 위태로워 보이는 발판 위에서 균형을 잡고 걷기 시작했다. 너무 높은 곳에 올라온 데다 지붕 들보 위를 걷는다는 것은 상상해본 적도 없는 일이어서 머리가 어질어질해졌다. 그럼에도 불구하고 앤은 재앙이 들이닥칠 때까지 한 걸음씩 나아갔다. 하지만 결국 미끄러지고 말았고, 균형을 잃고 휘청하더니 비틀대다가 그만 아래로 떨어졌다. 앤은 아메리카담쟁이덩굴이 얽혀 있는 곳으로 곤두박질치고 말았다. 지붕 아래에서 옹기종기 모여 앤을 지켜보던 아이들은 이내 겁에 질려 동시에 비명을 내질렀다.

앤이 사다리를 타고 올라갔던 쪽으로 떨어졌다면 다이애나는 진주 반지를 물려받게 되었을지도 모른다. 하지만 다행히도 반대 방향, 즉 현관으로 향하는 지붕에서 굴러 떨어진 덕에 땅에서 그리 높지 않아 충격이 조금 덜했다. 그럼에도 불구하고 다이애나와 다른 여자아이들이 집을 돌아 정신없이 달려왔을 때 앤은 새하얗게 질려 있었고 사지는 축 늘어져 있었다. 루비 길리스는 너무 놀라서 발이 땅에 붙어버렸는지 앤에게 달려오지도 못했다.

다이애나가 비명을 지르며 앤 옆에 무릎을 꿇었다.

"앤, 너 죽은 거야? 아, 앤! 죽은 게 아니라면 한마디라도 말 좀 해봐."

천만 다행스럽게도 앤은 비틀거리며 일어나더니 중얼거리기 시작했다. 상상력이 없기로 유명한 조시 파이도, 앤 셜리를 끔찍하게 요절시킨 당사자로 낙인 찍힐지도 모른다는 끔찍한 상상을 하던 찰나에 안도의 숨을 내쉴 수 있었던 건 말할 것도 없었다.

"나 안 죽었어, 다이애나. 그런데 감각이 없어."

캐리 슬론이 울기 시작했다.

"어디가? 어디가 아픈 거야, 앤?"

앤이 대답을 하기도 전에 배리 부인이 나타났다. 앤은 자리에서 일어나려고 했지만 날카롭고도 고통스러운 비명을 지르며 도로 주저앉았다.

배리 부인이 다그쳤다.

"무슨 일이니? 어딜 다친 거야?"

"발목이요. 다이애나, 너희 아버지께 부탁드려서 날 좀 집에 데려다달라고 해주면 안 되겠니? 집에까지 못 걸어갈 것 같아. 제인은 정원 한 바퀴도 못 돌았는데 내가 그 먼 곳까지 어떻게 한 발로 뛰겠어."

과수원에서 여름 사과를 한아름 따고 있던 마릴라는 통나무 다리를 건너 비탈길을 올라오는 배리 씨를 보았다. 배리 부인과 여자아이들도 한가득 그 뒤를 따라오고 있었다. 앤은 배리 씨의 부축을 받은 채 그의 팔에 힘겹게 머리를 기대고 있었다.

순간 마릴라는 깨달았다. 갑작스러운 두려움이 용솟음치더니 가슴팍을 찔러대었고, 앤이 자신에게 어떤 의미를 지녔는지 비로소 알게 되었다. 앤을 좋게 생각한다는 것, 아니 아주 좋아한다는 것은 이미 인정하던 바였다. 하지만 지금 정신없이 비탈길을 뛰어 내려가며 마릴라는 앤이 이 세상 그 누구보다 소중한 존재라는 것을 깨닫게 되었다.

"배리 씨, 앤이 왜 이런 거죠?"

마릴라가 숨을 고르며 물었다. 평소에는 자제력 있고 분별력 있는 마릴라였지 않던가. 오늘의 그녀는 파르르 떨며 새하얗게 질려 있었다.

앤이 고개를 들고 말했다.

"너무 걱정하지 마세요. 지붕 위를 걷다가 굴러 떨어졌어요. 아무래도 발목을 삔 것 같아요. 목이 부러질 뻔도 했으니, 좋게 생각하려고요."

그제야 한시름 놓은 마릴라는 날카롭게 꾸짖었다.

"네가 파티에 간다고 할 때부터 무슨 난동을 피울 줄 알았다. 배리 씨, 앤을 안쪽으로 들여주세요. 소파에 눕혀야겠어요. 어머나 세상에! 아이가 기절했어요!"

사실이었다. 통증을 견디지 못한 앤은 그간의 소원 하나를 또 이루게 되었다. 완전히 기절해버리고 만 것이다.

밭에서 수확 작물을 돌보던 매슈가 의사를 부르러 갔고, 이내 의사가 도착했다. 앤은 예상했던 것보다 심각했다. 발목이 부러져버렸다.

그날 밤 마릴라가 동쪽 다락방으로 올라갔을 때 앤은 창백한 얼굴을 하고 기어들어가는 목소리로 그녀를 반겼다.

"제가 가엾지 않으세요, 마릴라 아주머니?"

"네 잘못이잖니!"

마릴라는 커튼을 내리고 램프를 켰다.

앤이 말했다.

"그러니까 애처롭다는 거죠. 다 제 잘못이라 힘들어요. 다른 누군가를 탓할 수만 있다면 좀 나을 것 같은데 말이죠. 만약 누군가가 지붕 들보 위를 걸으라고 한다면 마릴라 아주머니는 어떻게 하실 거예요?"

"땅바닥에서 한 발자국도 떼지 않고 가만히 있었겠지. 누가 부추기든 말든 말이다. 넌 어쩜 그렇게 생각이 없니!"

마릴라의 대답에 앤은 한숨을 쉬었다.

"그건 아주머니가 마음이 강하시니까 가능한 거죠. 저는 그렇지 못해요. 조시 파이가 비웃는 걸 참을 수가 없을 것 같았다고요. 그 애는 아마 평생 제 앞에서 잘난 척을 해댔을 거예요. 지금 이렇게 충분히 벌을 받고 있으니 저에게 너무 노여워 마세요. 그런데 기절하는 기분은 끔찍했어요. 의사 선생님이 발목의 뼈를 맞출 때는 죽고 싶은 심정이었고요. 앞으로 6주나 7주 동안은 걷지 못할 거래요. 그럼 새로 오시는 선생님도 못 만나게 되는 거예요. 제가 학교에 나갈 때쯤이면 그분은 더 이상 새로운 선생님이 아니신 거잖아요. 그리고 길버…… 아니 다른 애들이 1등을 차지해버릴 거고요. 아! 너무 심난해요. 하지만 마릴라 아주머니가 야단치지만 않으신다면 이 모든 걸 다 참을 수 있을 것 같아요."

"그래, 그래. 야단치지 않을게. 넌 정말이지, 어쩜 이렇게 운도 없니. 정말 네 말대로 넌 이번 일로 고생깨나 하겠구나. 이제 저녁 먹자."

"그래도 저에겐 상상력이 있으니 얼마나 다행인가요? 이 상황을 이겨내는 데 많은 도움이 될 것 같아요. 상상력이 없는 사람들은 뼈가 부러지면 뭘 하려나요, 마릴라 아주머니?"

앤은 그후 지루하기 그지없는 7주 동안 자신의 상상력에 수십 번 감사하고, 또 감사해야 했다. 그렇다고 상상력에만 의존했던 것은 아니었다. 앤을 찾아오는 문병객들이 많이 있었다. 여자아이들은 매일 한두 명씩 꽃과 책을 들고 와서 에이번리 어린이들 세계에서 일어난 이런저런 일들에 대해 재잘댔다.

바닥을 절뚝거리며 처음으로 걷게 되던 어느 날 앤이 말했다.

"다들 너무 착하고 친절해요, 마릴라 아주머니! 몸져누워 있다는 건 좋은 게 아니잖아요. 하지만 좋은 면도 있어요. 친구가 얼마나 많은지 알 수 있거든요. 심지어 벨 장로님도 오셨잖아요. 장로님은 정말 좋은 분이신 것 같아요. 물론 저와 영혼이 닮은 건 아니지만 말이죠. 전 그분이 좋고, 그동안 그분의 기도를 흉봤던 것이 너무 죄송한 거 있죠. 이제야 장로님의 기도가 진심이었다는 걸 알게 되었어요. 그저 습관인 기도인 것처럼 보일 뿐이었던 거죠. 조금만 신경 쓰신다면 훨씬 더 멋진 기도를 하실 수 있으실 것 같아요. 제가 혼자서 기도를 재미있게 하려고 얼마나 애쓰는지에 대해서도 살짝 귀띔해드렸어요. 벨 장로님도 어렸을 때 발목이 부러진 적이 있으시대요. 벨 장로님께도 어린 시절이 있었다는 게 믿어지지가 않아요. 그건 정말이지 상상이 안 된다니까요. 벨 장로님의 어린 시절을 상상하려니까 회색 구레나룻에 안경을 쓴 작은 아이가 떠오르는 거 있죠. 주일 학교에서 보는 그 모습 그대로의 축소

판 말이에요. 앨런 사모님의 어린 시절을 상상하는 건 아주 쉬워요. 사모님은 열네 번이나 왔다 가셨죠. 하지만 이건 자랑할 만한 일은 아니겠죠, 마릴라 아주머니? 목사 사모라면 할 일이 얼마나 많겠어요. 사모님은 오실 때마다 상냥하세요. 게다가 잘못을 저질렀으니 이번 계기로 앞으로 착한 아이가 되어야 한다는 훈계도 안 하셨어요. 린드 아주머니는 항상 그렇게 말씀하시거든요. 제가 좀 더 착한 아이가 되길 바라긴 하지만 부질없는 희망이라는 듯 말씀하세요. 조시 파이도 왔어요. 전 최대한 예의를 갖춰서 맞이했죠. 왜냐면 저더러 지붕 들보 위로 올라가라고 부추긴 게 그 아이는 많이 미안할 테니까요. 제가 만약 죽기라도 했다면 평생 마음의 짐을 안고 살아야 했을 거예요. 다이애나는 언제나 든든해요. 매일같이 찾아와서 제가 외로울까봐 같이 있어줬어요. 하지만 빨리 학교에 가고 싶어요. 여자애들이 그러는데 새 선생님이 너무 좋대요. 다이애나는 선생님이 황금색 곱슬머리에다 예쁜 눈동자를 갖고 있다고 했어요. 옷도 예쁘게 입으셔서 퍼프소매가 에이번리에 있는 그 누구의 것보다 더 봉긋하다나요. 2주에 한 번 꼴로는 금요일마다 오후에 발표 수업을 하는데, 다 같이 시를 한 편씩 읊거나 연극을 해야 한대요. 생각만 해도 짜릿해요. 그런데 파이는 그런 수업이 싫대요. 상상력이 없어서 그런가 봐요. 다이애나와 루비 길리스, 제인 앤드루스는 다음 주에 할 〈아침의 방문(A Morning Visit)〉이라는 연극을 연습하고 있대요. 발표 수업이 없는 주 금요일에는 스테이시 선생님이 아이들을 숲으로 데리고 가서 고사리와 꽃, 새들에 대해서 배운대요. 매일 오전과 오후에는 체육 수업이 있고요. 린드 아주머니는 이런 생뚱맞은 수업 방식이 전부 여자 선생을 모셨기 때문이래요. 하지만 전 정말 멋진 거 같아요. 전 아무래도 스테이시 선생님과 영혼이 닮은 게 아닌가 싶어요."

"한 가지만은 확실하구나. 배리 씨네 지붕 들보에서 떨어져도 네 입은 하나도 다치지 않았다는 것 말이다."

제24장

스테이시 선생님과 학생들, 학예회를 열다

다시 10월이 되었을 무렵, 앤은 학교에 다닐 수 있을 정도로 건강을 회복했다. 모든 것들이 붉고 금빛으로 물든 찬란한 10월이 되자 마치 가을의 요정이 햇빛에 말리려고 쏟아부은 듯한 자줏빛, 진줏빛, 은빛, 장밋빛, 청록 빛깔의 안개들이 골짜기를 휘감았다. 뚝뚝 떨어질 것만 같은 이슬방울들이 은빛 천을 수놓은 듯 들판 위에서 반짝였고, 계곡 사이에 빼곡히 난 가지에서 떨어진 낙엽들이 바닥에 수북이 쌓여 바스락 소리를 냈다. 자작나무 길은 노란 장막을 드리운 듯했고, 그 길을 따라 난 고사리들은 흐느적거리며 갈색으로 변했다. 공기 중에 떠도는 알싸한 향기에 어린 소녀들은 달팽이걸음이 아닌 빠르고 경쾌하게 학교로 나아갔다. 다이애나 옆자리의 작은 갈색 책상으로 돌아간다는 건 정말 행복한 일이었다. 루비 길리스가 통로 맞은편에서 고개를 까딱이며 인사를 건넸고, 캐리 슬론은 쪽지를 전달했다. 뒷자리에 앉은 줄리아 벨은 껌을 주었다. 앤은 행복감에 깊이 숨을 내쉬고는 그림 카드를 책상 위에서 정돈하였다. 역시 살아볼 만한 인생이다.

새로 부임한 선생님도 진실하고 따뜻한 친구가 되어주었다. 스테이시 선생은 밝고 이해심이 풍부한 젊은 여성이었다. 아이들의 마음을 단번에 사로잡았고, 정신적으로나 도덕적으로 아이들의 잠재력을 이끌어낼 줄 아는 사람이었다. 앤은 이런 건전한 영향 속에서 꽃처럼 피어났고, 집에 돌아와서는 무슨 일이건 잘했다고 해주는 매슈와 냉랭하기만 한 마릴라에게 학교에서 있었던 일들과 앞으로의 계획에 대해서 재잘거렸다.

"전 온 마음을 다해 스테이시 선생님을 사랑해요, 마릴라 아주머니. 선생님은 정말 교양 있으세요. 목소리도 좋으시고요. 제 이름을 부를 때 철자 끝에 e를 붙여준다는 것도 단번에 알아차렸어요. 오늘 오후에는 발표 수업이 있었는데요, 제가 「메리, 스코틀랜드의 여왕(Mary, Queen of Scots)」을 낭송하는 걸 아주머니께서 들었어야 했는데. 저는 정말 진심을 다해 읊었거든요. 집에 오는 길에는요, 루비 길리스가 '내 아버지의 권력을 위해, 이제 나의 여성성과 작별하리라'라는 구절을 읊었는데 소름이 확 돋았던 거 있죠."

매슈가 말했다.

"나도 네가 마구간에서 낭송하는 걸 듣게 되면 좋겠구나."

앤이 한참을 생각하더니 입을 열었다.

"물론 해드리죠. 하지만 썩 잘하지는 못할 거예요. 반 친구들이 숨죽이고 귀를 쫑긋하는 앞에서 암송하는 때만큼 짜릿하지는 않을 테니까요. 등골이 오싹할 정도는 아닐 거라는 거죠."

마릴라가 말했다.

"린드 부인이 그러시는데, 그분도 등골이 오싹해졌다고 하더구나. 지난 금요일에 남자아이들이 까마귀 둥지를 가져가겠다고 벨 씨네 언덕에 있는 커다란 나무 꼭대기에 올라갔다잖니. 그것도 스테이시 선생이 하라고 한 건 아니지?"

앤이 설명했다.

"자연과학 시간에 까마귀 둥지가 필요하긴 했어요. 야외 수업이 오후에 있거든요. 야외 수업은 정말 재미있어요. 스테이시 선생님은 설명을 참 잘하세요. 야외 수업을 할 때에는 작문을 해야하는데 제가 제일 잘 써요."

"그런 말은 잘난 척이야. 선생님이 그렇게 말씀하셔야 의미가 있는 거지."

"선생님도 그렇게 말씀하셨는걸요. 정말로 저는 잘난 척하려는 게 아니에요. 제가 어떻게 그러겠어요. 기하학을 그렇게나 못하는데요. 하지만 요즘에는 조금 늘었어요. 스테이시 선생님이 설명을 명쾌하게 해주셨거든요. 그래도 기하학을 잘하게 되는 일은 없을 것 같아요. 이제 겸손한 것 맞죠? 하지만 작문은 좋아요. 선생님은 저희더러 쓰고 싶은 주제를 직접 고르라고 하세요. 다음 주에는 위인에 대해서 쓰라고 하셨어요. 위인이 너무 많아서 그중에서 고르는 게 쉽지는 않을 것 같아요. 훌륭한 삶을 살다가 죽어서 후대 사람들이 자신에 대해 글을 써준다면 정말 멋질 것 같지 않아요? 아, 저도 훌륭한 사람이 되고 싶어요. 저는 어른이 되면 간호사가 되거나 적십자를 통해 전쟁터에 가서 자선사업을 할 거예요. 해외 선교사가 안 된다면 말이죠. 선교사가 되는 건 정말 낭만적이지만 그 직업을 가지려면 정말 착해야 하잖아요. 그게 저에겐 장애물인 셈이죠. 저희는 체육 시간도 매일 있어요. 체육을 하면 몸매가 예뻐지고 소화도 잘된대요."

"말도 안 되는 소리!"

마릴라는 진심으로 믿지 못할 소리라고 생각하는 듯했다.

하지만 오후 야외 수업과 금요일의 발표 수업, 체육 수업 등은 스테이시 선생님이 11월에 제안한 한 계획 때문에 시들해져 버렸다. 에이번리 학생들이 학교에 달 국기 마련 기금을 모으려고 크리스마스 밤에 강당에서 학예회를 열기로 한 것이다. 학생들은 모두 이 계획에 찬성했고 당장 준비에 들어갔다. 무대에 서기로 한 아이들은 저마다 신이 났지만, 그중에서 가장 신난 것은 물론 앤 셜리였다. 앤은 몸과 마음을 바치는 심정으로 준비에 임했다. 물론 마릴라의 반대에 부딪치기도 했다. 마릴라는 이 모든 것이 그저 쓸모없는 일이라고 생각했다.

"쓸데없는 일에 정신을 쏟고 있잖니. 넌 지금 한창 공부에 매진해야 할 때라고. 난 아이들이 학예회를 열고 연습한답시고 이리저리 몰려다니는 게 영 마음에 들지 않는다. 이런 행사들이 아이들을 어리석고 나대기만 하는 아이로 만드는 거라고."

앤이 대꾸했다.

"하지만 의미 있는 일이잖아요. 국기는 애국심도 드높인다고요, 마릴라 아주머니."

"실없는 소릴 하는구나. 너희 중에 애국심을 생각하는 애가 몇이나 되겠니? 그저 재밌으니까 하는 게지."

"하지만 애국심과 재미를 한꺼번에 높일 수도 있는 거잖아
요. 그렇지 않아요? 학예회를 여는 건 참 좋은 일이에요. 저희는
합창을 여섯 곡 하기로 했고요, 다이애나는 독창을 해요. 전 연
극 두 편에 출연해요. 〈소문을 금지하는 사회(The Society for the
Suppression of Gossip)〉와 〈요정 여왕(The Fairy Queen)〉이에
요. 남자아이들도 연극을 해요. 그리고 전 낭송을 두 개 해요. 생
각만 해도 떨려요. 하지만 설렘이 가득한 그런 떨림이에요. 마지
막엔 〈믿음, 소망, 사랑(Faith, Hope and Charity)〉이라는 제목의
타블로*를 할 거예요. 거기에는 다이애나와 루비, 제가 출연하는
데요, 모두들 흰 옷을 입고 머리를 길게 풀어헤쳐요. 전 '소망' 담
당이에요. 두 손을 모은 채 높은 곳을 바라보는 역할이죠. 저는 다
락방에 가서 대본을 암송해야 해요. 신음소리가 나도 놀라지 마
세요. 아주 애통해하는 장면이 있는데 예술적으로 잘 표현하기가
어찌나 어려운지. 조시 파이는 연극에서 원하던 배역을 얻지 못
해서 잔뜩 삐쳤어요. 조시는 요정 여왕이 되고 싶었거든요. 하지
만 조시처럼 그렇게 뚱뚱한 여왕을 본 적 있으세요? 여왕은 날씬
해야 하는 법인데. 제인 앤드류스가 여왕을 맡았고요, 저는 옆에
서 보좌하는 시녀예요. 조시는 뚱뚱한 여왕이나 빨간 머리의 시
녀나 억지스럽기는 매한가지라고 했는데, 전 그 애가 하는 말에
신경 쓰지 않으려고요. 저는 머리에 하얀 장미 화관을 두를 거예

---

* 캔버스나 종이에 그린 그림을 뜻하는 프랑스어인데, 연극에서는 배우가 고정된 배경을 두
고 펼치는 정적인 연기를 말한다.

요. 슬리퍼가 없어서 루비 길리스에게 빌리기로 했고요. 요정에
게는 슬리퍼가 꼭 있어야 하거든요. 요정이 부츠를 신는다는 건
있을 수 없는 일이잖아요. 게다가 앞코에 구리를 댄 부츠는 말도
안 돼죠. 저희는 가문비나무와 전나무를 꺾어다가 강당을 꾸미기
로 했어요. 분홍색 종이로 장미도 만들 거고요. 관객들이 자리에
앉으면 엠마 화이트가 오르간 연주를 시작하는데, 그럼 저희는
두 줄을 지어 행진곡에 맞춰 강당으로 입장을 해요. 마릴라 아주
머니는 별로 관심없으실지 모르겠지만, 아주머니의 꼬마 앤이 강
당에서 눈에 띄면 좋지 않으시겠어요?"

"난 네가 얌전하게 행동해주기만 하면 좋겠는걸. 이 난리법석
을 좀 멈추고, 네가 좀 진정해야 내가 기뻐할 수 있을 것 같구나.
지금처럼 연극이니 신음소리니 연기니 하는 것들에 정신이 팔려
있는 건 너에게도 좋을 게 없어. 네 혀는 닳아 없어지지도 않는 대
리석 같구나."

앤은 한숨을 내쉬고는 뒤뜰로 나갔다. 푸르스름한 하늘에 초승
달이 떠올라 잎사귀가 없는 포플러나무 사이로 빛을 드리우고 있
었다. 매슈는 장작을 패던 중이었다.

"그래, 정말 멋진 학예회가 될 것 같구나. 넌 분명 네 역할을 잘
소화해낼 거야."

매슈는 앤의 열정적이고 발랄한 작은 얼굴을 내려다보며 미소
를 지었다. 앤도 미소를 지었다. 두 사람은 가장 친한 친구였다. 매
슈는 자신이 앤의 양육을 맡지 않아서 천만다행이라고 생각하고
또 생각했다. 앤의 양육은 전적으로 마릴라의 몫이었다. 매슈의

몫이었다면 진심과 의무 사이에서 꽤 갈등을 했을 것이다. 그러했기에, 마릴라가 매슈더러 앤의 '버릇을 잘못 들여놨다'고 투덜댈 만큼 앤은 자유롭게 클 수 있었다. 하지만 결국 이와 같은 양육 환경이 나쁜 것만은 아니었다. 때로는 칭찬이 양육에서 가장 중요한 요소가 되기도 하기 때문이다.

제25장
매슈, 퍼프소매를 고집하다

매슈는 끔찍한 10분을 보내던 중이었다. 부엌에 들어서자 춥고 으스스한 12월 저녁의 기운이 감돌았다. 앤이 친구들과 거실에서 〈요정 여왕〉 연극을 연습하고 있다는 사실을 알지 못한 채 묵직한 장화를 벗으려고 나무통의 한 귀퉁이에 걸터앉았다. 이내 아이들이 왁자지껄 떠들며 부엌으로 몰려 들어왔다. 아이들은 매슈를 보지 못했다. 소심한 매슈는 한 손에는 장화를 들고, 다른 손에는 구둣주걱을 든 채 나무통 뒤 어두컴컴한 곳으로 숨어버렸기 때문이다. 그래서 아이들이 모자와 재킷으로 단장한 채 대사를 외우고 학예회에 대해 떠드는 10분 동안 매슈는 그 광경을 몰래 지켜볼 수밖에 없었다. 앤은 무리 중의 한 명이었고, 초롱초롱한 눈빛과 밝은 몸짓으로 아이들 사이에 서 있었다. 하지만 매슈는 앤이 친구들과는 사뭇 다르다는 것을 직감했다. 그리고 존재해서는 안 될 그런 다름이 앤에게서 비춰진다는 사실이 걱정스러웠다. 앤은 밝은 얼굴과 커다랗고 반짝이는 눈망울, 섬세한 이목구비를 가진 아이였다. 소심하고 주변 상황에 별반 관심을 두지 않는 매슈도 알아차릴 정도였다. 하지만 매슈의 마음을 불편하게 하는 그 다름의 정체는 좀 남다른 것이었다. 도대체 무엇이었던 걸까?

아이들이 팔짱을 끼고 얼어붙은 기다란 오솔길을 따라 집으로 돌아가고 앤이 그후 독서에 여념이 없을 때까지 매슈는 이 질문에 사로잡혀 있었다. 마릴라에게 논의할 수는 없는 일이었다. 마릴라는 그 차이를 앤이 다른 아이들과는 달리 절대 입을 다무는 법이 없다고 빈정댈 것이 뻔했다. 이런 답변은 매슈가 기대했던 것이 아니었다.

그날 저녁 매슈는 파이프를 입에 문 채 고민을 거듭했고, 마릴라는 그 모습을 언짢은 눈초리로 바라봤다. 두 시간의 흡연과 깊은 연구 끝에 매슈는 답을 알아차렸다. 앤이 다른 아이들과 달랐던 점은 바로 옷차림이었다.

생각을 거듭할수록 확신이 들었다. 앤은 다른 여자아이들처럼 옷을 잘 입어본 적이 없었다. 초록 지붕 집에 온 이후에도 마릴라는 단조롭고도 칙칙한 옷들만 만들어주었고, 모양새도 밋밋하기 그지없었다. 유행이라는 것이 존재한다면, 그건 옷에서도 마찬가지일 것이다. 하지만 앤의 소매는 다른 여자아이들의 옷소매와는 완전히 달랐다. 그는 그날 저녁에 보았던 아이들을 다시 떠올려보았다. 저마다 붉거나 푸르거나 분홍빛 혹은 흰 소매의 옷을 입고 있었다. 마릴라는 왜 항상 앤에게 밋밋하고 단조로운 옷들만 입혔을까.

물론 앤의 옷차림에 문제가 있다는 건 아니다. 마릴라는 무엇이 앤을 위해 가장 좋은 것인지 알고 있었고, 앤의 양육을 전담하고 있었다. 분명 마릴라만의 현명한 뜻이 담겨 있을 것이다. 하지만 다이애나 배리가 항상 입고 다니는 것처럼 앤도 예쁜 옷 한 벌쯤 갖는 것이 나쁠 것도 없지 않은가. 매슈는 앤에게 옷 한 벌을 선물하기로 마음먹었다. 하지만 불필요한 반대에 직면하고 싶지는 않았다. 다행히 2주 후면 크리스마스이다. 매슈는 안도의 숨을 내쉬며 담뱃불을 끄고 잠자리에 들었다. 마릴라는 같은 시간 집의 문이란 문은 모조리 열고 환기를 시켰다.

바로 다음날 저녁, 매슈는 앤의 옷을 사러 카모디에 갔다. 힘든 일일수록 빨리 해치우는 편이 낫겠다고 생각했기 때문이다. 물론 쉽지 않을 것이라고 예상은 했다. 매슈가 사는 물건이야 매번 뻔했고 흥정을 잘하는 편도 아니었다. 그래도 여자아이의 옷을 사러 가면 점원이 도와주지 않을까 내심 기대했다.

한참을 고심한 끝에 매슈는 윌리엄 블레어 상점이 아닌 새뮤얼 로슨 상점으로 가기로 했다. 사실 커스버트네는 윌리엄 블레어 상점만을 줄곧 이용해왔다. 그건 장로교회에 나가고 보수당에 표를 던지는 것만큼이나 당연한 일이었다. 하지만 윌리엄 블레어의 두 딸이 손님을 맞는 경우가 많아서 매슈는 그 점이 끔찍이도 싫었다. 살 것이 분명하여 손가락으로 가리키기만 하면 되는 경우는 상관없지만, 이번에는 설명과 상담이 필요하지 않은가. 매슈는 남자 점원이 있는 곳으로 가야겠다고 생각했고, 그래서 새뮤얼이나 그의 아들이 있을 로슨 상점으로 가기로 마음먹었다.

아뿔싸! 최근에 새뮤얼 상점이 사업을 확장하느라 여자 점원을 고용했나 보다. 매슈는 이를 미처 알지 못했다. 새뮤얼 부인의 조카가 여자 점원이었는데, 매우 명랑한 아가씨로 머리를 볼록하고 커다랗게 부풀려 올린 모습을 하고 있었다. 커다란 갈색 눈을 굴리면서 당황스러울 정도로 매슈를 향해 활짝 웃어 보였다. 옷차림도 세련되었고 팔에는 팔찌가 주렁주렁 달려 있었는데, 그녀가 손목을 움직일 때마다 번쩍이며 소리를 냈다. 매슈는 그녀를 보자마자 당황했고 팔찌들이 그를 더욱 혼란에 빠트렸다.

"뭘 도와드릴까요, 커스버트 씨?"

루실라 해리스는 두 손으로 카운터를 두드리며 밝은 목소리로 물었다.

"그게, 저…… 혹시 정원용 갈퀴가 있습니까?"

매슈는 말을 더듬었다.

해리스는 조금 놀란 눈치였다. 그럴 수밖에. 12월 중순에 정원용 갈퀴가 웬 말인가.

"한두 개 정도 남아 있을 거예요. 그런데 2층 장비도구 창고에 있어요. 가서 찾아볼게요."

그녀가 자리를 비운 사이 매슈는 정신을 가다듬으려고 애썼다.

해리스는 갈퀴를 가져다주며 밝은 목소리로 다시 물었다.

"더 필요한 건 없으신가요?"

매슈는 용기 내어 답했다.

"음, 그리 말씀하시니 그…… 뭐냐…… 건초씨가 좀 필요합니다."

해리스도 매슈 커스버트가 유별나다는 말은 익히 들어왔다. 이제 그녀는 그가 제정신이 아니라는 결론에 도달했다.

"건초씨는 봄에만 팔아요. 지금은 없습니다."

그녀가 우아하게 말했다.

"아, 물론 그렇겠네요."

마음이 상한 매슈는 말을 더듬으며 갈퀴를 들고 문 밖으로 나섰다. 문 앞에 이르러서야 계산을 하지 않았다는 걸 깨닫고 처량하게 다시 돌아왔다. 해리스가 거스름돈을 세는 동안 매슈는 젖먹던 힘까지 다해 입을 열었다.

"저 혹시, 실례가 되지 않는다면…… 그게, 혹시 설탕 좀 있습니까?"

"흰 설탕으로 드릴까요, 흑설탕으로 드릴까요?"

해리스가 참을성 있게 물었다.

"흑…… 흑설탕이요."

매슈는 기진맥진하고 말았다.

"저기 한 통이 있어요. 지금은 한 종류만 있네요."

해리스가 팔찌를 흔들며 말했다.

"저…… 그럼 20파운드만 사겠습니다."

매슈의 이마에 땀방울이 맺혔다.

매슈는 집에 절반쯤 왔을 때가 되어서야 겨우 정신을 차렸다. 끔찍한 경험이었지만 평소에 안 다니던 상점에 가서 그렇게 된 것이라고 생각하기로 했다. 집에 도착해서는 장비 창고에 갈퀴를 숨겨두고 마릴라에게 설탕만 가져다주었다.

마릴라가 소리쳤다.

"흑설탕이라뇨! 그리고 왜 이렇게 많이 산 거예요? 일꾼들에게 줄 수프를 끓일 때나 검은 과일 케이크를 만들 때 말고는 흑설탕을 사용하지 않는다고요! 제리도 이제 가고 없고, 케이크도 안 만드는데 뭐하러 이렇게나 많이 샀어요? 게다가 거칠고 어두운 것 좀 봐. 윌리엄 블레어 상점에서는 이런 걸 취급하지 않을 텐데."

"그게, 언젠가 쓸모가 있을 수도 있잖아."

매슈는 이 상황을 빠져나갈 그럴듯한 변명을 둘러댔다.

매슈는 이런 문제라면 여성의 도움이 필요하다는 것을 깨닫게 되었다. 하지만 마릴라는 배제 대상이었다. 그녀라면 매슈의 계획에 찬물을 끼얹고도 남을 것이 뻔했다. 그러면 남은 건 린드 부인뿐이다. 에이번리에서 매슈가 부탁을 할 수 있는 여인이라고는 그녀뿐이 없지 않은가. 매슈는 곧장 린드 부인을 찾아갔고, 인심 좋은 그녀는 어쩔 줄 몰라 하는 매슈의 청을 흔쾌히 들어주었다.

"앤에게 줄 옷감을 골라달라는 말인 거죠? 당연히 해드려야죠. 제가 내일 카모디에 가서 골라볼게요. 특별히 생각해놓은 디자인이라도 있는 건가요? 없으면 제가 알아서 하고요. 제 생각엔 고급스러운 갈색이 잘 어울릴 것 같은데. 윌리엄 블레어 상점에 예쁜 글로리아 옷감*이 새로 들어왔거든요. 옷도 제가 만드는 것이 좋겠죠? 마릴라가 만들다가는 앤을 깜짝 놀래켜주기도 전에 아이가 눈치챌 게 뻔하니까요. 제가 하도록 할게요. 아뇨, 전혀 힘들 것 없어요. 전 바느질이 즐거운걸요. 제 조카인 제니 길리스에게 알맞도록 만들게요. 두 아이는 한 콩깍지에 든 콩들처럼 체구가 똑

___

* 실크에 모나 면을 섞어 짠 옷감.

같거든요."

매슈가 말했다.

"아, 진심으로 감사드립니다. 그런데…… 저…… 그게…… 요즘에는 소매가 예전하고는 조금 다르던데요. 제가 너무 번거롭게 해드리는 것이 아니라면, 요즘에 유행하는 것으로 만들어주셨으면 합니다."

린드 부인이 대답했다.

"소매가 봉긋한 퍼프 말씀이시죠? 네, 그럴게요. 그런 건 걱정하지 말아요, 매슈. 아주 최신 유행으로 만들어놓을 테니까."

매슈가 돌아간 후 린드 부인은 혼잣말로 중얼댔다.

"그 불쌍한 어린 것이 한 번이라도 제대로 된 옷을 입게 된다니 얼마나 다행인지 몰라. 솔직히 마릴라가 앤에게 옷을 입히는 걸 보면 정말 가관이지. 이 부분에 대해서는 열두 번이라도 충고해주고 싶었지만 입을 다물었지. 마릴라는 조언이라는 걸 탐탁지 않게 생각하니까. 노처녀가 나보다 아이를 더 잘 키운다고 생각하거든. 항상 그런 식이야. 하지만 애를 키워본 사람들은 알지. 아이들을 키우는 데 있어서 가장 강력하고도 빠른 길은 없다는 걸 말이야. 애를 키워보지 않은 사람들은 무슨 수학 공식처럼 단순할 거라고 생각하지. 숫자를 공식에 넣으면 마치 답이 저절로 나오는 것처럼 말이야. 하지만 아이들이란 수학 공식과는 다른 거라고. 마릴라 커스버트는 그걸 모르는 거지. 그런 식으로 옷을 입히면 아이가 소박해질 거라고 생각하나 본데 질투심과 불만만 조장하는 꼴이라고. 앤인들 모르겠어? 자신의 옷차림이 친구들과 다르다는 걸 말이야. 심지어 매슈도 알아봤는데. 그 양반은 60년 만에 드디어 잠에서 깨어난 거라고."

마릴라는 그후 2주 동안 매슈가 무슨 수작을 부리고 있다는 것을 눈치챘다. 하지만 크리스마스이브 날이 될 때까지 그것이 구체적으로 무엇인지에 대해서는 알지 못했다. 마릴라가 옷을 지으면 앤이 눈치를 챌까봐 걱정했기 때문에 본인이 직접 만들어왔다는 린드 부인의 해명도 믿기 어려웠다. 그럼에도 내색은 하지 않았다.

마릴라는 퉁명스럽지만 차분하게 말했다.

"이게 지난 2주 동안 매슈 오라버니를 꿍꿍이가 있는 듯한 얼굴로 만든 바로 그것이군요. 혼자 무슨 수작을 부리고 있다는 건 눈치챘어요. 전 앤에게 옷이 더 필요하다고 생각하지 않아요. 이미 가을에 세 벌이나 만들어줬다고요. 따뜻하고 튼튼하고 실용적인 옷들을 말이죠. 그 이상은 사치라고 생각해요. 그 소매에 달린 옷감만으로도 옷 한 벌은 더 지을 수 있겠네요. 앤의 허영심만 부추기는 꼴이라고요. 그렇잖아도 공작새처럼 잔뜩 들떠 있는 아이인데. 어쨌거나 앤이 좋아했으면 좋겠네요. 처음에 퍼프소매에 대해 말을 한 번 꺼낸 적이 있어요. 하지만 그후론 더는 얘기하지 않았지만요. 요즘 퍼프소매가 갈수록 부풀어나고 우스꽝스러워지는 것 같아요. 무슨 풍선도 아니고. 내년에 저걸 입는 사람들은 문을 지나갈 때 몸을 옆으로 돌려서 들어가야 할지도 모르겠네요."

크리스마스 아침은 흰 눈이 쌓여 눈부시게 아름다웠다. 그 해의 12월은 따뜻해서 사람들은 그린 크리스마스가 될 것이라고 예상했지만, 밤새 눈이 소복하게 내려 에이번리는 딴 세상이 되어버렸다. 앤은 행복에 가득한 눈망울로 꽁꽁 얼어붙은 다락방의 창문을 통해 밖을 살포시 내다보았다. 유령의 숲의 전나무들은 하얀 깃털로 뒤덮여 아름다운 자태를 뽐냈다. 자작나무와 벚나무들은 진주를 두른 것만 같았다. 갈아놓은 밭에는 하얀 잔물결이 일렁이는 듯했고 상쾌하고 짜릿한 공기가 고상함을 더했다. 계단을 내려오며 흥얼대는 앤의 노랫소리가 초록 지붕 집에 울려 퍼졌다.

"메리 크리스마스예요, 마릴라 아주머니! 메리 크리스마스, 매슈 아저씨! 정말 멋진 성탄절이지 않나요? 흰 눈이 내려서 정말 기뻐요. 눈이 내리지 않는 성탄절은 실감이 나지 않으니까요. 저는 그린 크리스마스가 싫어요. 사실 초록 빛깔도 전혀 아니잖아요. 그저 우중충한 갈색과 잿빛뿐인걸요. 사람들이 왜 그린 크리스마스라고 부르는 건가요? 엇, 매슈 아저씨, 이거 제 것인가요?"

매슈는 마릴라의 눈치를 살피며 종이 포장지를 살포시 벗겨 드레스를 펼쳤다. 마릴라 짐짓 모르는 척 찻주전자를 채우고 있었지만 이 흥미진진한 광경을 곁눈질로 살피고 있었다.

앤은 드레스를 꺼내더니 경이로운 눈빛으로 바라보았다.

"아! 이렇게나 아름답다니! 정말 사랑스럽고 부드러운 갈색 글로리아 옷감이에요. 비단결 같아요."

치마는 주름이 잡혔고 프릴이 달려 있었다. 목 주변에는 요즘 최신 유행인 하늘거리는 레이스 러플을 단 핀턱* 주름이 섬세하

---

* 핀처럼 가늘고 긴 정교한 장식 주름.

게 달려 있었다. 하지만 그보다도 가장 영광스러운 부분은 바로
소매였다. 팔꿈치까지 내려오는 긴 소매는 두 겹으로 부풀려져
있었고, 갈색 실크 리본으로 고정되어 있었다.

매슈가 수줍게 말했다.

"네 크리스마스 선물이란다, 앤. 왜…… 왜 그러니? 마음에 안
드니?"

앤의 눈에 눈물이 그렁그렁 맺혔다. 앤은 의자 위에 옷을 올려
두고는 손뼉을 쳤다.

"너무 완벽해요! 어떻게 감사드려야 할지 모르겠어요. 이 소매
를 보세요! 제가 꿈꾸는 것만 같아요."

마릴라가 앤의 말을 막아섰다.

"자, 됐으니 이제 아침 먹자. 분명히 말하지만 난 네가 옷이 필
요하다고 생각하지 않는다. 하지만 매슈 오라버니가 선물한 것이
니 잘 간직하도록 해. 린드 부인이 너 주라며 머리 리본도 두고 가
셨다. 갈색이니까 드레스와 잘 어울릴 거다. 자, 이제 와서 앉자."

앤은 어찌할 바를 몰랐다.

"아침을 먹을 수는 있을지 모르겠어요. 이렇게 흥분되는 순간에
아침 식사라니, 김이 새는 것 같아서요. 눈으로 드레스를 즐기는
편이 더 나을 것 같아요. 퍼프소매가 아직도 유행이라서 너무 다행
이에요. 퍼프소매를 입어보기도 전에 유행이 지나버리면 감당하
기 어려웠을 것 같아요. 이렇게 만족하지도 못했을 거고요. 리본까
지 챙겨주시니 린드 아주머니도 너무 좋아요. 전 앞으로 정말 착한
아이가 되어야 할 것 같아요. 이럴 때마다 제가 모범생이 아니라서

너무 속상해요. 하지만 항상 앞으로는 꼭 되어야지 마음먹죠. 물론 도저히 참을 수 없는 유혹이 오면 또 결심했던 걸 저버리기도 하지만. 그래도 앞으로는 정말 최선을 다해볼 거예요."

평범한 아침 식사를 마쳤을 때 다이애나가 보였다. 진홍색의 코트를 입고 새하얀 통나무 다리를 총총걸음으로 건너고 있었다. 앤은 다이애나를 만나러 쏜살같이 비탈길을 내려갔다.

"메리 크리스마스, 다이애나! 정말 멋진 크리스마스인 것 같아. 난 네게 보여줄 것이 있어. 매슈 아저씨가 정말 아름다운 드레스를 선물해주셨는데, 글쎄 소매가 어마어마한 거 있지. 난 그렇게 예쁜 건 처음 봤어."

다이애나가 숨을 가쁘게 고르며 말했다.

"나도 너한테 줄 거 있어. 여기, 이 상자. 조세핀 할머니가 큰 상자 안에 이것저것 엄청 많이 보내셨거든. 그런데 네 것도 있어. 원래는 어젯밤에 전해주려고 했는데, 이걸 받았을 무렵에는 이미 어두워졌거든. 해가 지면 유령의 숲을 지나는 게 꺼림칙해."

앤은 상자를 열고 안을 살며시 들여다보았다. 먼저 '꼬마소녀, 앤. 메리 크리스마스!'라고 적힌 카드가 보였다. 그런 다음 앞코에 구슬이 달리고 새틴 리본과 반짝이는 버클이 달린 슬리퍼 한 켤레가 나왔다.

"오, 다이애나, 이건 너무 과분해! 정말 꿈꾸는 기분이야."

다이애나가 말했다.

"난 운명이라고 생각하는데. 넌 이제 루비의 슬리퍼를 안 빌려도 돼. 얼마나 큰 축복이니. 그 애는 네 발보다 두 치수는 더 크잖

아. 요정이 슬리퍼를 질질 끌고 다닌다는 건 끔찍해. 조시 파이가 좋아할 거야. 그런데 있지, 롭 라이트가 어젯밤에 연습 끝나고 거티 파이랑 집에 같이 갔대. 너 그 얘기 들었어?"

그날 에이번리 학생들은 모두 열광의 도가니에 빠졌다. 강당은 예쁘게 장식되었고, 마지막 리허설도 마쳤다.

학예회는 그날 저녁에 있었는데, 대성공이었다. 작은 강당이 사람들로 가득 메워졌고, 출연자들은 모두 훌륭히 저마다의 배역을 소화했다. 하지만 돋보인 것은 당연히 앤이었다. 질투 많은 조시 파이마저도 이 사실만큼은 부정할 수 없었다.

학예회가 끝나고 다이애나와 함께 별이 반짝이는 밤길을 걸어 집으로 돌아오던 길에 앤이 한숨을 내쉬었다.

"정말 멋진 밤이지 않았니?"

다이애나는 현실주의자였다.

"응, 모든 게 순조로웠지. 적어도 우리가 10달러는 벌어들였을 거라고. 그런데 앨런 목사님이 샬롯타운 신문에 오늘 일을 기사로 써서 보내실 거래."

"와, 그럼 우리 이름이 신문에 실리는 거야? 생각만 해도 흥분돼. 너의 단독 공연은 최고로 멋졌어, 다이애나. 네가 앙코르를 받았을 땐 얼마나 자랑스러웠는지 몰라. '저렇게 훌륭한 사람이 바로 내 단짝 친구라니.' 이렇게 중얼거렸다니까."

"네가 읊은 대사야말로 최고였지. 특히 그 슬픈 구절은 정말 멋졌어."

"오, 내가 얼마나 떨렸던지 아니? 앨런 목사님이 내 이름을 호명했을 때 어떻게 무대에 올라갔는지 기억도 안 나. 수백만 개의 눈동자가 나를 바라보고 있는 것만 같아서 어찌나 무섭던지. 순간 어떻게 시작해야 하는지조차 모르겠더라니까. 그래서 난 퍼프소매를 생각하면서 용기를 냈지. 퍼프소매 때문에라도 꼭 잘해야 한다고 다짐했어. 그래서 시작했지. 내 목소리는 아주 먼 곳에서부터 들려오는 듯했어. 앵무새가 된 기분이랄까. 다락방에서 연습을 자주해둔 건 정말 다행이었다고 생각해. 안 그랬으면 이번 일을 제대로 해내지 못했을 거야. 내 신음소리는 괜찮았어?"

다이애나가 확신에 찬 듯 대답했다.

"물론이지! 너의 신음소리는 정말 사랑스러웠어."

"자리에 앉을 때 슬론 할머니가 눈물을 닦으시는 걸 봤어. 누군가의 가슴을 울렸다는 건 정말 멋진 일이야. 학예회에 참가하는 건 너무 좋지 않니? 잊지 못할 것 같아."

다이애나가 물었다.

"남자아이들도 잘하지 않았어? 길버트 블라이스는 정말 멋졌어. 난 네가 길버트에게 너무 못되게 대하는 게 아닌가 싶어. 내 얘기를 끝까지 들어봐. 네가 〈요정 여왕〉 공연을 끝내고 무대에서 내려올 때 네 화관에서 장미꽃이 하나 떨어졌었어. 그걸 길버트가 주워서 가슴 주머니에 꽂더라고. 정말이야. 넌 낭만적인 걸 좋아하니까 당연히 이건 기뻐해야 할 일이라고."

앤은 무관심한 듯 말했다.

"그 아이가 뭘 하든 내 알 바 아니야. 그 아이에 대해 생각하는 것만으로도 시간 낭비라고."

그날 밤 마릴라와 매슈는 20년 만에 처음으로 학예회에 다녀왔
다. 앤을 재운 뒤 두 사람은 한동안 부엌의 화롯가에 앉아 있었다.

"앤이 가장 잘한 것 같아."

매슈가 자랑스럽게 말했다. 마릴라가 인정했다.

"네, 괜찮게 하더라고요. 영리한 아이잖아요. 오늘 정말 예쁘기
도 했고요. 지금껏 공연이라면 늘 거부감이 있었는데, 꼭 그렇게
볼 일은 아닌 것 같아요. 어쨌든 저도 오늘 앤이 자랑스러웠어요.
물론 그런 말을 앤에게 해줄 생각은 없지만."

"난 앤이 2층으로 올라가기 전에 말해줬는데. 정말 자랑스러웠
다고 말이야. 마릴라, 앞으로 앤을 어떻게 하면 좋을지 생각해봐
야겠어. 에이번리 학교 수업만으로 부족하다는 생각이 들어."

"그 문제는 시간을 두고 고민해도 될 것 같아요. 3월이 되면 고
작 열세 살이 되는 아이예요. 물론 오늘 밤에 보니 이제 숙녀가 다
되었다는 생각도 들긴 했지만요. 린드 부인이 드레스를 길게 만
들어줘서 그랬는지 앤이 키도 커 보이더라고요. 아이가 빨리 배
우는 편이니 나중에 퀸스 아카데미에 보내는 게 가장 좋을 것 같
아요. 하지만 아직 일이 년 안에 그 이야기를 해줄 필요는 없을 것
같고요."

"그런 문제는 미리 생각해서 나쁠 것도 없지 않니. 생각을 많이
할수록 좋은 일이잖아."

제26장

이야기 클럽의 탄생

에이번리의 아이들은 단조로운 일상으로 되돌아오는 데 애를 먹었다. 특히나 지난 몇 주 동안 들떠 있었던 앤에게 모든 것은 끔찍하게 단조롭고 시시하고 무의미하게 다가왔다. 학예회가 있었던 이전의 나날들로 되돌아가 그 소소한 즐거움을 다시 누릴 수는 없는 것일까? 다이애나에게 말했듯, 처음에는 불가능해 보였다.

"물론 그래, 다이애나. 우리의 삶은 더는 이전과 같지 않을 거라고."

마치 50년은 족히 살아온 사람마냥 앤은 서글프게 말했다.

"조금 지나면 익숙해질 거야. 하지만 학예회가 사람들의 일상을 뒤흔들어놓은 게 아닌가 싶어. 그래서 마릴라 아주머니가 학예회를 싫어하셨나봐. 마릴라 아주머니는 정말 이성적이시거든. 이성적이란 건 좋은 거지. 하지만 나도 그런 사람이 되고 싶진 않아. 별로 낭만적이지 않거든. 린드 아주머니는 나더러 그런 염려 따위는 할 필요 없대. 하지만 아무도 모르는 법이라고. 이다음에

290

크면 나도 이성적인 사람이 되어 있을 수도 있잖아. 물론 내가 피곤해서 잠깐 그러는 건지도 몰라. 어젯밤에 잠을 자질 못했어. 밤새 학예회를 생각하고 또 생각했거든. 이렇게 다시 과거를 떠올릴 수 있다는 게 학예회 같은 행사가 주는 기쁨이 아닌가 싶어. 추억하는 것만으로도 멋지니까."

하지만 결국 에이번리 아이들은 일상으로 돌아왔고 소소한 재미거리를 되찾았다. 물론 학예회의 잔재가 없는 것은 아니었다. 루비 길리스와 엠마 화이트는 무대 위에서 서로 더 좋은 자리를 차지하겠다고 다투고 난 뒤부턴 더 이상 짝을 하지 않았고, 3년 동안의 우정도 깨져버렸다. 조시 파이와 베시 라이트는 석 달 동안 서로 말을 하지 않고 있는데, 조시 파이가 베시 라이트에게 했던 말을 베시가 줄리아에게 그대로 떠벌렸기 때문이었다. 슬론 집안과 벨 집안의 관계도 어그러졌다. 벨 집안 아이들은 슬론 집안 아이들이 너무 많은 배역을 맡았다며 불평을 했고, 슬론 집안 아이들은 벨 집안 아이들이 맡은 작은 배역조차 잘 소화해내지 못했다고 흉을 보았다. 마지막으로 찰리 슬론은 무디 스퍼전과 한 판 붙었다. 무디 스퍼전이 앤 셜리가 낭송을 한 다음부터 너무 잘난 척을 해댄다고 말했기 때문이었다. 무디 스퍼전은 엄청나게 두들겨 맞았고, 그 결과 무디 스퍼전의 동생인 엘라 메이는 남은 겨울 내내 앤 셜리와 말을 섞지 않았다. 이런 사소한 소동을 제외하고는 스테이시 선생의 작은 왕국은 규칙적이고도 순조롭게 돌아갔다.

어느덧 겨울도 끝자락이 되었다. 평소와는 달리 따뜻한 겨울

날이었고, 눈도 거의 내리지 않아 앤과 다이애나는 매일같이 자작나무 길을 따라 학교에 갔다. 앤의 생일날, 두 사람은 쉴 새 없이 종알대면서도 눈과 귀는 쫑긋 세운 채 자작나무 길을 사뿐히 걸어갔다. 스테이시 선생이 머지않아 '숲속에서의 겨울 산책'이라는 주제로 작문을 할 것이라고 일러두었기 때문에 두 사람은 숲을 눈여겨봐야 했다.

앤이 경의에 찬 목소리로 말했다.

"생각해봐, 다이애나. 난 오늘부터 열세 살이라고. 내가 십대 청소년이라는 게 믿어지지가 않아. 오늘 아침에 눈을 떴을 때 모든 것이 달라진 것 같았어. 넌 한 달 전에 열세 살이 되었으니 나처럼 신선한 느낌은 아니겠지만. 앞으로의 인생이 흥미진진할 것만 같아. 앞으로 2년만 더 있으면 나도 어른이 되잖아. 누군가의 놀림을 받지 않고 멋진 말들을 쓸 수 있다는 건 상상만 해도 뿌듯해."

다이애나가 말했다.

"루비 길리스는 열다섯 살이 되자마자 남자 친구를 사귈 거래."

그러자 앤은 경멸조로 말했다.

"루비 길리스는 남자 생각만 하는 아이 같아. 애들이 현관 벽에다 그 애 이름을 적어놓으면 화가 난 척을 하지. 속으로는 좋으면서 말이야. 하지만 내가 너무 매정한 건지도 모르겠어. 앨런 사모님은 험담을 하지 말라고 하셨는데, 나는 생각도 하기 전에 입에서 먼저 그런 말들이 튀어 나오는 거 있지. 넌 안 그래? 조시 파이는 정말 욕을 안 할 수가 없어. 그래서 내가 그 아이에 관해서라면 아예 입을 다물어버리잖아. 너도 눈치챘지? 난 앨런 사모님을 닦으려고 노력하고 있어. 그분은 정말 완벽해. 앨런 목사님도 그렇게 생각하시나봐. 린드 아주머니가 그러시는데, 목사님은 앨런 사모님이 밟은 땅까지도 숭고하게 여긴대. 린드 아주머니는 목사가 한낱 인간에 불과한 존재에게 그렇게 많은 애정을 쏟는 건 옳지 못하다고 생각하셔. 그런데 다이애나, 목사님들도 결국 인간이고, 그러니까 우리 모두처럼 죄에 빠질 거 아니야. 오늘 앨런 사모님과 사람들이 빠지기 쉬운 죄에 대해 이야기를 나눴는데 정말 흥미로웠어. 주일 학교에서 나누기 좋은 이야기들이 몇 가지 있었는데, 오늘 이야기가 그중에 하나였지. 내 경우는 상상을 너무 많이 하느라 해야 할 일을 깜박하고 만다는 게 가장 큰 죄인 것 같아. 고쳐보려고 노력을 많이 하고 있는데, 이제는 열세 살이 되었으니 더 나아지겠지?"

다이애나가 말했다.

"이제 4년만 지나면 우리는 올림머리도 할 수 있어. 엘리스 벨은 열여섯 살이면서 머리를 올리고 다니잖아. 난 그건 좀 아닌 것 같아. 난 열일곱 살이 될 때까지 기다릴 거야."

앤이 결심한 듯 말했다.

"내 코가 엘리스 벨처럼 비뚤어졌다면…… 아…… 안 돼! 험담은 하면 안 되는 거지. 게다가 내 코와 비교하는 건 자만심이야. 내 코가 예쁘다는 말을 들은 다음부터 코에 대해서 너무 생각을 많이 하나봐. 사실 나한테는 정말 큰 위안이거든. 오, 다이애나 저길 봐봐. 토끼가 있어. 숲에 대해 작문을 쓸 때 소재로 쓰면 될 것 같아. 숲은 여름만큼 겨울에도 참 아름다워. 하얗고 고요하잖아. 마치 예쁜 꿈을 꾸면서 잠든 것처럼."

다이애나는 한숨을 쉬었다.

"난 작문을 진짜 하게 될 때까지는 신경 안 쓸래. 숲에 관해서라면 그럭저럭 쓸 수 있을 것 같거든. 하지만 월요일에 제출해야하는 건 정말 끔찍해. 이야기를 직접 만들어오라니, 원."

앤이 말했다.

"그건 정말 쉬운데."

그러자 다이애나가 대꾸했다.

"너한테는 쉽겠지. 넌 상상력이 있으니까. 하지만 상상력을 타고나지 않는 사람들은 어쩌니? 넌 그 작문은 벌써 다 했겠지?"

앤은 잘난 척하는 것처럼 보이지 않으려고 최대한 노력을 하며고개를 끄덕였다. 물론 실패로 돌아갔지만 말이다.

"지난주 월요일에 끝냈어. '질투 많은 경쟁자' 혹은 '죽음도 갈라놓을 수 없는'이 제목이야. 마릴라 아주머니께 읽어드렸더니말도 안 되는 소리래. 그래서 매슈 아저씨께 읽어드렸지. 그랬더니 좋은 글이라고 하셨어. 난 매슈 아저씨와 같은 비평가가 좋아. 슬프기도 하지만 달콤하기도 한 이야기지. 이걸 쓰면서 어린아이처럼 막 울었을 정도야. 그건 코델리아 몽모랑시와 제럴딘 시모어라는 아름다운 두 아가씨에 관한 이야기야. 이 두 사람은 같은마을에 살고 서로를 끔찍하게 아끼지. 코델리아는 밤하늘을 머리에 두른 듯한 밤갈색 머리카락과 까맣고 초롱초롱한 눈을 가졌어. 제럴딘은 황금 실과 같은 금발머리이고, 눈동자는 벨벳색의자줏빛이야."

다이애나가 믿기 어렵다는 듯이 말했다.

"난 자주색 눈을 가진 사람을 본 적이 없어."

"나도 마찬가지야. 그냥 그렇다고 상상한 거지. 좀 남다른 걸로 하고 싶었으니까. 제럴딘의 이마는 석고 같아. 석고 같은 이마가 어떤 건지 알게 되었거든. 이게 다 열세 살이 되니까 알게 되더라니까. 열두 살 때는 몰랐던 것들에 대해 눈을 뜨게 돼."

두 여자의 운명이 궁금해진 다이애나가 물었다.

"그래서 코델리아와 제럴딘은 어떻게 돼?"

"둘은 아름답게 자라서 열여섯 살이 되지. 그리고 버트럼 드비어가 이들이 살고 있는 마을로 와서 매력적인 제럴딘이랑 사랑에 빠지지. 제럴딘이 탄 마차의 말이 난동을 부렸을 때 비트럼이 나타나서 제럴딘의 목숨을 구해줘. 그리고 그는 자신의 팔에 기대어 정신을 잃은 제럴딘을 태우고 3마일을 달려 그녀를 집에 데려다주지. 제럴딘의 마차는 완전히 망가졌거든. 그런데 프로포즈 장면은 상상하기 어렵더라. 경험이 없어서 그런가봐. 그래서 루비 길리스에게 프로포즈를 어떻게 하냐고 물어봤지. 루비한테는 결혼한 언니들이 많으니까 이런 건 잘 알 것 같았거든. 루비 말로는 말콤 앤드루스가 수잔 언니에게 프로포즈할 때 자신은 식료품 창고에 숨어 있어서 엿들었대. 말콤은 아버지의 농장을 자신의 이름으로 물려받게 되었다면서 '어떻게 생각해? 우리 이번 가을에 식을 올릴까?'라고 했대. 그래서 수잔 언니가 '응…… 아니. 잘 모르겠어. 생각을 좀 더 해볼게'라고 말했대. 그리고 곧장 약혼을 해버렸다고 하더라고. 난 그런 프로포즈는 낭만적이지 않은 것 같아. 그래서 결국 상상력을 총동원할 수밖에 없었지. 난 온갖 미사여구와 시적인 표현을 끌어다가 버트럼을 무릎 꿇게 만들었어. 루비 길리스는 요즘은 그렇게 안 한다고 하기는 했지만 말이야. 제럴딘이 그의 프로포즈를 받아들였는데, 그때 한 대사가 무려 한 페이지를 넘어가. 그 부분을 쓰느라고 다섯 번이나 수정한 거 있지. 그리고 걸작을 완성했지. 버트럼은 제럴딘에게 다이아몬드 반지와 루비 목걸이를 선물하면서 유럽으로 신혼여행을 가자고 했어. 버트럼은 엄청 부자거든. 그런데 그 두 사람의 앞날에 어둠이 물들기 시작하지. 사실 코델리아가 버트럼을 몰래 좋아하고 있었거든. 코델리아는 제럴딘이 약혼한다는 소식을 듣고 엄청 화를 내. 특히 목걸이와 다이아몬드 반지를 보고서는 완전히 분노에 휩싸이지. 제럴딘에 대한 우정이 증오로 변하였고, 버트럼과 절대 결혼을 못하게 하겠다고 마음먹게 돼. 그러면서도 평소 때처럼 제럴딘에게는 친구인 척 행세를 했지. 어느 날 저녁 코델리아와 제럴드가 강물이 세차게 흐르는 다리 위에 서 있는데, 코델리아가 제럴딘을 다리 끝에서 밀어버려. '하, 하, 하'라며 사악하게 웃으면서 말이야. 하지만 버트럼은 그 장면을 모두 보았고, 바로 세찬 강물로 뛰어들어. '내가 그대를 구하리. 나의 소중한 제럴딘!' 이렇게 외치면서 말이야. 하지만 문제는 버트럼이 수영을 못한다는 거야. 두 사람은 물 속 깊이 빠져들어 갔고 서로의 팔을 맞잡았어. 시간이 흐르고 물살에 두 사람의 시신이 뭍으로 떠밀려 왔지. 둘 사람은 함께 묻혔고 성대한 장례식이 거행되었어. 다이애나, 결혼식장보다 장례식장으로 끝맺음하는 것이 더 낭만적이지 않아? 그리고 코델리아는 죄책감에 시달리며 미쳐버리지. 그리고 정신병원에 입원하게 돼. 난 그게 코델리아가 시적으로 죄값을 치르게 할 수 있는 방법이라고 생각했어."

"정말 멋져! 그렇게 짜릿한 이야기를 떠올렸다니! 앤, 나도 너처럼 상상력이 풍부하면 얼마나 좋을까."

다이애나가 한숨을 내쉬었다. 비평에 관해서라면 다이애나도 매슈 학파인가 보다.

앤이 다이애나를 격려하며 말했다.

"너도 조금만 연습하면 되는걸. 다이애나, 좋은 계획이 떠올랐어. 너랑 나랑 이야기 클럽을 만들어서 글쓰기 연습을 해보는 거 어때? 너 스스로 좋은 글을 쓸 수 있을 때까지 내가 옆에서 도와줄게. 상상력을 먼저 키워야 할 거야. 스테이시 선생님도 그러셨고. 하지만 방향을 잘 잡아야 한대. 선생님께 유령의 숲에 대해 말씀드렸더니 그건 우리가 상상력을 잘못 활용한 거래."

이야기 클럽은 그렇게 탄생되었다. 처음에는 다이애나와 앤 둘이었지만, 이내 제인 앤드루스와 루비 길리스, 그리고 상상력을 키우고 싶어하는 다른 두 명의 아이들이 더 합류하게 되었다. 남자아이들은 가입할 수가 없었다. 루비 길리스는 남자아이들이 들어오면 더 재미있을 것이라고 했지만 말이다. 회원들은 일주일에 한 편씩 이야기를 썼다.

앤이 마릴라에게 말했다.

"정말 흥미진진해요. 우리는 돌아가면서 자신이 쓴 글을 큰소리로 읽어야 해요. 그런 다음 다 같이 토론을 해요. 저희의 이야기

모음집을 소중히 간직해서 후대에 물려줄 거예요. 저희는 모두 필명을 써요. 제 필명은 로자먼드 몽모랑시예요. 회원들 모두 다 잘해요. 루비 길리스는 좀 감상적이에요. 온통 사랑 이야기뿐이에요. 지나친 건 모자란 것보다 못한 법인데 말이죠. 제인은 그런 장면은 큰소리로 읽을 때 민망하다고 절대 이야기에 넣지 않아요. 제인의 이야기는 너무 이성적이에요. 다이애나는 온통 살인 이야기고요. 등장인물을 어떻게 처리해야 할지 모를 땐 그냥 죽여버리는 거 있죠. 제가 늘 주제를 정하는 편이에요. 하지만 아이디어가 넘쳐서 힘들진 않아요."

"이야기 클럽이라니, 엉뚱하기도 하구나."

마릴라가 빈정댔다.

"머릿속에 그렇게 말도 안 되는 생각을 넣고 다니면서 시간 낭비할 시간에 공부를 했어야지. 이야기를 읽는 것도 좋을 게 없다만, 그런 이야기들을 쓰고 있다는 건 더 이해하기 어렵구나."

앤이 설명했다.

"하지만 저희는 도덕적인 장면들을 넣으려고 노력하고 있어요. 제가 늘 강조하는 걸요. 모든 선한 사람들은 보상을 받고 나쁜 사람들은 벌을 받는다고요. 틀림없이 좋은 영향을 미칠 거예요. 도덕성은 참 좋은 것 같아요. 앨런 목사님이 그러셨어요. 제 이야기 한 편을 앨런 목사님 내외분께 들려드렸더니 두 분 다 교훈적이라고 좋아하셨어요. 오히려 엉뚱한 부분에서 웃음보가 터지긴 했지만요. 전 사람들이 제 이야기를 읽고 우는 것보다는 낫다고 봐요. 제인이랑 루브는 제가 안타까운 장면을 넣기만 하면 울음보를 터트

려요. 다이애나는 조세핀 할머니께 우리의 이야기 클럽에 대해 편
지를 썼더니 할머니가 우리 이야기를 보내달라고 답장을 주셨대
요. 그래서 저희는 가장 마음에 드는 네 편을 베껴 써서 보내드렸
어요. 조세핀 할머니께서 답장을 또 주셨는데, 그렇게 재미난 이야
기들은 본 적이 없대요. 그런데 저희는 좀 의아했어요. 그건 정말
마음 아픈 이야기고, 주인공들 대부분이 죽거든요. 그래도 조세핀
할머니가 좋아해주셔서 저도 기뻐요. 저희 이야기 클럽이 뭔가 세
상에 유익한 일을 하고 있다는 뜻이잖아요. 앨런 사모님이 그러시
는데, 무슨 일을 하든지 그 목표는 세상에 유익한 일을 하는 것이
어야 한대요. 저도 노력하고 있지만 재미난 일을 하고 있으면 자꾸
잊어버려요. 나중에 어른이 되면 앨런 사모님을 조금이라도 닮았
으면 좋겠어요. 가능할까요, 마릴라 아주머니?"

"가능성이 많다고는 할 수 없을 것 같구나. 앨런 사모는 어릴
때 너처럼 그렇게 말괄량이에 잘 잊어버리는 아이는 아니었을 것
같아서."

마릴라다운 격려의 말이었다.

앤이 진지하게 말했다.

"그렇겠죠. 하지만 앨런 사모님도 어릴 때 지금처럼 그렇게 늘
좋은 아이만은 아니셨대요. 사모님께 직접 들었는걸요. 사모님도
어렸을 때에는 말썽꾸러기였대요. 그 말을 듣고 얼마나 위안이
되는지. 어떤 사람이 예전에 나쁘거나 말썽꾸러기였다는 말을 듣
고서 제가 위로를 받았다면 제가 나쁜 아이인 거겠죠? 린드 아주
머니께서 그러셨어요. 린드 아주머니는 어린이라도 행실이 올바

르지 못하면 충격을 받으신대요. 한번은 어떤 목사님이 이모 댁 찬장에서 딸기 타르트를 몰래 꺼내 먹은 적이 있대요. 그 말을 듣고는 그 목사님을 다시는 존경할 수가 없었대요. 하지만 저는 그렇지 않을 것 같아요. 그런 고백을 할 수 있다는 것 자체가 고귀해 보여요. 요즘 난동을 피우고 후회하는 남자아이들이 자기들도 나중에 커서 목사가 될지도 모른다는 사실을 알면 정말 큰 위안이 될 것 같아요. 전 그렇게 생각해요, 마릴라 아주머니."

"내가 지금 생각하는 건, 넌 지금쯤이면 벌써 설거지를 끝냈어야 한다는 거야. 30분 넘게 재잘대고 있잖니. 해야 할 일을 먼저 하고 난 다음에 수다를 떠는 법을 익히도록 해라."

제27장
허영심과 번잡함

늦은 4월의 어느 저녁, 마릴라는 봉사활동 모임을 마치고 집으로 돌아오고 있었다. 이제 겨울은 지나가고 어르신이나 슬픈 사람들이나 젊고 명랑한 사람 그 누구에게도 가슴 설레는 봄이 찾아왔음을 느꼈다. 마릴라는 자신의 생각과 감정을 세세하게 분석하는 사람이 아니었다. 그녀는 자신이 그저 봉사 모임에 대해 생각하거나 선교 물품, 예배당에 깔 새 카펫에 대해 생각하고 있다고 여겼다. 하지만 이와 같은 생각들의 근저에는 석양 아래 붉은 들판에서 피어오르는 연분홍빛 안개, 길고도 뾰족한 그늘을 드리운 전나무, 거울과도 같은 숲속 연못가를 에워싼 붉은 단풍나무, 그리고 잿빛 풀밭 아래 잠들어 있던 생명체들이 겨울잠에서 깨어나 요동치는 소리까지 한데 어우러졌다. 들판 가득 봄기운이 스며들었고, 마릴라의 중년 여성 특유의 점잖은 걸음걸이도 깊고 원초적인 기쁨으로 인해 사뿐해지고 가벼워졌다.

마릴라는 나무들 사이로 살포시 보이는 초록 지붕 집을 애정 어린 눈으로 바라보았다. 햇살이 창문에 반사되어 반짝반짝 빛이 났다. 마릴라는 습기 찬 오솔길을 걸으며 앤이 초록 지붕 집에 오기 전처럼 봉사 모임을 마치고 스산한 집으로 돌아가는 것이 아니라, 이제는 화롯불에서 장작이 타고 테이블에 차가 준비되어 있는 집으로 돌아갈 수 있다는 사실이 만족스러웠다.

들떠 있었던 탓에, 마릴라는 불도 꺼져 있고 앤의 기척도 없는 부엌에 들어서자 깊은 실망감과 분노에 휩싸이게 되었다. 마릴라는 앤더러 5시까지 차를 준비해놓으라고 일러두었었다. 하지만 이제는 두 번째로 좋은 드레스를 황급히 갈아입고 매슈가 밭일을 마치고 돌아오기 전까지 본인이 서둘러 식사 준비를 해야 했다.

"앤이 돌아오면 혼 좀 내야겠어요!"

마릴라는 고기 칼로 불쏘시개용 장작 더미를 가르며 냉랭하게 말했다. 집에 돌아온 매슈는 자신의 구석진 자리에 앉아 차분하게 식탁이 차려지기를 기다렸다.

"다이애나와 이야기를 쓴다느니 연극 연습을 한다느니 하며 일을 벌이고 돌아다니니 정작 본인이 해야 할 일은 잊어버리는 거라고요. 앞으로 엉뚱한 일들은 못하게 해야겠어요. 앨런 사모가 앤이 똑똑하다느니 붙임성이 있다느니 말하긴 하지만 신경 쓰지 않을래요. 앤이 영리하고 정감가는 건 사실이죠. 하지만 머릿속에 온통 쓸데없는 것들을 잔뜩 넣어가지고 다니니 다음 번엔 또 무슨 일을 벌일지 통 알 수가 없을 지경이에요. 괴상한 버릇 하나를 고치고 나면 또 다른 사고를 치고, 이게 뭐하는 짓인지! 오늘 봉사 모임에서는 레이첼 린드 부인이 앤에 대해 이런 소리를 해대서 화가 났었는데 이제는 제가 똑같은 소리를 하고 있네요. 앨런 사모가 앤을 좋게 봐줘서 정말 다행이었어요. 앨런 사모가 아니었다면 사람들 앞에서 린드 부인에게 한마디 쏘아붙일 뻔했다니까요. 앤에게 흠이 많다는 건 저도 알아요. 저도 인정해요. 하지만 그 아이를 키우는 건 저지 린드 부인은 아니잖아요. 린드 부인은 가브리엘 천사가 에이번리에 살았어도 꼬투리 잡을 사람이라고요. 그래도 그렇지, 내가 집에서 오후에 할 일을 맡겼는데 이렇게 나 몰라라 하고 집을 비우다니! 이건 정말 아니라고 봐요. 이렇게 말 안 듣고 못 미더운 아이는 처음 봤어요. 앤의 그런 모습을 보니까 너무 속상해요."

참을성 있고 현명하며, 무엇보다도 배가 고팠던 매슈는 마릴라가 마음껏 말할 수 있도록 두는 것이 가장 훌륭한 대처라고 생각했다. 괜히 대꾸했다가 말이 길어질 때보다 이렇게 대처할 때 마릴라가 일을 훨씬 더 빨리 처리한다는 것을 매슈는 경험상 알고 있었다.

"아이에 대해 너무 성급하게 판단하지는 않았으면 좋겠어. 앤이 네 말을 확실히 듣지 않았다는 것을 알기 전에는 못 믿을 아이라느니, 하는 말은 삼갔으면 좋겠구나. 무슨 사정이 있을 수도 있잖아. 앤이 설명 하나는 기막히게 잘하기도 하고."

마릴라가 따지고 들었다.

"집에 있으라고 일러두었는데 아이가 없잖아요. 이번에는 둘러대기가 어려울 거예요. 물론 오라버니가 그 아이의 편을 들어주고 싶어한다는 건 알아요. 하지만 앤을 키우는 건 저고 오라버니가 아니라고요!"

날이 어두워졌고 저녁 식사가 차려졌지만 앤은 돌아올 기미가
보이지 않았다. 해야 할 일을 깜빡하고 말았다는 죄책감에 연인
의 오솔길을 따라 허둥지둥 통나무 다리를 건너 숨을 다급히 몰
아쉬며 달려오는 게 일반적인데 말이다. 마릴라는 화가 잔뜩 난
채로 설거지를 하고 접시를 치웠다. 그러고는 초를 가지러 지하
실로 내려가려다가 앤의 테이블에 올려두곤 하는 초를 가지러 동
쪽 다락방으로 올라갔다. 촛불을 밝히자 앤이 침대 위에 누워 있
는 것이 보였다. 얼굴을 베개에 파묻고 있었다.

"어머나, 세상에! 너 자고 있었던 거니?"

마릴라가 깜짝 놀라서 물었다.

앤이 말을 더듬거리며 대답했다.

"아니오."

"그럼 어디가 아픈 거야?"

마릴라가 걱정스러운 듯 침대로 다가가며 물었다.

앤은 사람들의 눈에서 영영 사라지고 싶은 듯 베개 밑으로 더
욱 깊게 파고들었다.

"아뇨, 하지만 부탁드려요, 마릴라 아주머니. 저를 보지 마시고
그냥 가주세요. 전 지금 절망의 구렁텅이에 빠져 있거든요. 이제
누가 반에서 1등을 하든, 작문을 제일 잘하든, 주일 학교에서 노
래를 더 잘하든 신경 안 쓸 거예요. 그렇게 사소한 일들은 더 이상
중요하지 않아요. 저는 이제 어디에도 갈 수가 없거든요. 막장 인
생이 되어버렸다고요. 그러니 마릴라 아주머니, 제발 저를 보지

마시고 나가주셨으면 해요."

아리송해진 마릴라가 물었다.

"그게 대체 무슨 말이야, 앤 셜리? 무슨 일이 일어났던 거니? 무슨 짓을 한 거야? 빨리 일어나서 얘기해봐. 어서!"

앤은 하는 수 없이 마릴라가 시키는 대로 고개를 들었다.

"제 머리를 보세요, 마릴라 아주머니."

앤이 속삭였다.

마릴라는 촛불을 가까이 가져와서 앤의 머리카락을 자세히 살폈다. 머리 꼴이 가관이었다. 희한하기 그지없었다.

"앤 셜리, 너 도대체 머리에 무슨 짓을 한 거니? 어머! 녹색이잖아!"

굳이 비슷한 색상을 고르자면 초록색이라고 불러야 할 것 같았다. 희한하고 칙칙한 구릿빛 초록색인데, 기존의 빨간 머리카락이 드문드문 섞여 있어서 귀신이 따로 없었다. 마릴라는 평생 앤의 이 머리카락처럼 괴상한 것을 본 적이 없었다.

앤이 서글픈 목소리로 말했다.

"네, 초록색이에요. 전 빨간 머리보다 나쁜 색은 세상에 없을 줄 알았어요. 그런데 초록색 머리가 되니 열 배는 더 나빠요. 아, 마릴라 아주머니, 저 정말로 너무 괴로워요."

"네가 어쩌다가 이 지경이 되었는지는 모르겠지만 이유는 들어봐야겠구나. 부엌으로 가자. 여긴 너무 추워. 그리고 무슨 짓을 벌였는지 말해. 네가 엉뚱한 짓을 벌인다는 건 익히 아는 바이지만, 지난 두 달 동안 어째 조용하다 했다. 네가 일을 벌일 때가 된 거지. 머리에 뭘 한 거지?"

"염색이요."

"염색? 네 머리에? 앤 셜리! 그게 얼마나 나쁜 짓인지 모르는 거니?"

앤이 수긍했다.

"나쁜 짓이라는 건 알아요. 하지만 빨간 머리를 없앨 수만 있다면 조금 나쁜 사람이 되는 것도 괜찮다고 생각했어요. 저도 이것 저것 따져봤다고요, 마릴라 아주머니. 게다가 이번 일에 대한 대가로 더욱 착한 아이가 되겠다고 마음먹었고요."

"그래, 만약 염색을 하는 게 그럴 만한 사유가 있었다고 판단했다면 적어도 좀 얌전한 색깔로 하지 그랬니? 나였다면 절대 초록색으로 물들이지는 않았을 거다."

마릴라가 빈정거렸다.

"저도 초록색으로 염색하려던 건 아니었어요. 제가 못난 아이가 되기로 마음먹었다면 그만한 목적이 있는 법이잖아요. 그 남자가 그랬단 말이에요. 윤기 나는 예쁜 검은 머리가 될 거라고요. 정말 그렇게 저에게 호언장담을 했어요. 그러니 제가 어떻게 의심을 하겠어요. 전 의심받는 기분이 어떤 건지 알아요. 앨런 사모님도 증거가 있지 않는 한 함부로 남을 의심하면 안 된다고 하셨어요. 그런데 증거가 이렇게 있잖아요. 이 초록색 머리는 누가 봐도 확실한 증거라고요. 하지만 그 당시에는 증거가 없어서 그 남자가 하는 말을 모조리 믿은 거예요."

"누굴 말하는 거니? 어떤 사람?"

"오후에 집에 왔던 잡상인이요. 그 사람한테서 염색약을 샀어요."

"앤 셜리, 내가 집에 이탈리아 사람을 들이지 말라고 여러 번 얘기하지 않았니? 그런 사람들은 주위에 얼씬거려서는 안 되는 법이라고."

"집 안에 들어오라고 하지 않았어요. 전 마릴라 아주머니께서 해주신 말씀을 잘 기억한단 말이에요. 그래서 제가 밖으로 나갔고, 문을 잘 걸어 잠갔고, 그 사람이 계단에 내려놓은 물건들을 구경했어요. 그 사람은 심지어 이탈리아인도 아니었어요. 독일계 유대인이래요. 그 사람이 가져온 상자는 엄청 컸는데, 그 안에 신기한 것들이 가득 들어 있었어요. 그 사람은 열심히 돈을 벌어서 독일에 있는 아내와 아이들을 데려올 거랬어요. 어찌나 절절하게 말하던지 뭐라도 사드려야겠다고 생각했어요. 그분을 도와드려야겠다고 생각했으니까요. 그때 제 눈에 염색약이 딱 들어온 거죠. 잡상인은 어떤 머리라도 칠흑같이 검게 될 거라고 장담했어요. 절대 염색물이 빠지지도 않을 거랬어요. 그 순간 저는 아름다운 검은 머리로 변한 제 모습을 상상했고, 도저히 유혹을 뿌리칠 수가 없었어요. 염색약은 75센트였는데 저에겐 50센트밖에 없었어요. 잡상인은 친절하게도 저한테만 50센트에 팔겠다고 했죠. 이 정도면 거저 주는 거나 다름없다고 하면서요. 그래서 산 거예요. 그 아저씨가 가자마자 저는 방으로 들어와서 낡은 빗으로 염색을 했어요. 설명서에 나온 대로 한 거예요. 한 병을 다 썼고요. 아, 그런데 마릴라 아주머니, 제 괴상한 머리를 좀 보세요. 나쁜 짓을 해서 얼마나 후회가 되던지. 지금까지 계속 후회하고 있는 중이에요."

마릴라는 가차 없었다.

"그래, 제대로 후회했으면 좋겠구나. 네 허영심이 결국 무슨 결과를 낳았는지 똑똑히 봐. 앤, 그나저나 이를 어쩌니. 우선 머리를 감아보자꾸나. 그러고 나서 한번 보자."

그래서 앤은 비누로 머리를 박박 문질러 감았다. 하지만 초록색 염색물은 빠지지 않았다. 빨간 머리를 감을 때와 다를 바 없었다. 염색물이 빠지지 않을 것이라고 잡상인이 호언장담했을 때, 이 부분만큼은 진실을 말했었나 보다.

앤은 눈물을 흘리며 말했다.

"아, 마릴라 아주머니, 저 이제 어쩌죠? 이 마을에서 더 이상 살 수 없을 것 같아요. 사람들이 제가 진통제 케이크를 만든 거나, 다이애나를 취하게 한 거나, 린드 아주머니께 화를 낸 건 잊어줄지 몰라도 이번 건 절대 안 잊을 거예요. 정말 교양 없는 아이라고 생각할 거라고요. 아, '한번 남을 속이려고 할 때 우리는 얼마나 복잡하게 엉킨 거미줄을 만드는 것일까'* 이런 시구가 있는데요, 정말 맞는 말 같아요. 아, 조시 파이가 얼마나 웃어댈까요? 정말 조시 파이 얼굴을 볼 자신이 없어요. 제가 프린스에드워드 섬에서 제일 불행한 아이라고요."

앤의 불행은 일주일 동안 계속되었다. 앤은 아무 데도 나가지

---

* 스코틀랜드 시인 월터 스콧(Walter Scott)의 서사시 「마미온」 중 한 구절.

않고 매일같이 머리만 감아댔다. 앤의 치명적인 비밀을 알고 있는 사람은 다이애나뿐이었다. 절대 아무에게도 말하지 않겠다고 엄숙하게 약속을 했고, 지금 여기서 잠깐 귀띔하자면 다이애나는 그 약속을 지켰다. 일주일이 지난 뒤 마릴라가 단호하게 말했다.

"소용없어, 앤. 이건 다른 것보다 오래가는 염색약이야. 머리를 잘라야 할 것 같구나. 다른 방법이 없어. 그 꼴로 밖에 나갈 수는 없지 않니."

앤의 입술이 파르르 떨렸다. 하지만 마릴라가 말한 마음 아픈 현실을 받아들이기로 했다. 앤은 한숨을 내쉬며 가위를 가지러 갔다.

"확 잘라주세요, 마릴라 아주머니. 한 번에 끝내버리게요. 아, 가슴이 찢어지는 것 같아요. 이건 정말 낭만적이지 않은 고통이에요. 책에서 보면 어린 소녀들이 열병을 앓아서 머리가 빠지거나, 좋은 데 쓸 목적으로 머리카락을 내다 팔잖아요. 저도 제 머리를 자르는 데 절반이라도 그런 종류의 이유가 있었으면 좋겠어요. 하지만 끔찍한 색깔로 염색을 하는 바람에 머리를 잘라야 한다는 건 전혀 위로가 되지 않아요, 그렇죠? 저는 머리를 자르면서 계속 흐느끼게 될 거예요. 그러니 방해하지 말아주세요. 이건 너무도 비극적이잖아요."

예상한 대로 앤은 울고 말았다. 그리고 위층으로 올라가서 유리창에 비친 자신의 모습을 보자 절망 속에서 맥이 빠져버렸다. 마릴라는 꼼꼼히, 가능한 짧게 머리카락을 잘라냈다. 하지만 아무리 좋게 말해준다고 해도 결코 어울린다고는 할 수 없었다. 앤은 거울을 벽 쪽으로 홱 돌려버렸다.

앤이 울분에 쌓인 듯 소리쳤다.

"머리가 다시 자랄 때까지 절대로 거울을 안 볼 거야!"

그러더니 갑자기 거울을 바로 잡았다.

"아냐, 볼 거야. 이런 식으로 속죄를 해야겠어. 방에 들어올 때마다 매일같이 거울을 보면서 내가 얼마나 못생겨졌는지 깨우칠 거야. 그리고 상상도 하지 않을래. 난 머리에 대해서만큼은 허영심이 없을 거라고 생각했는데, 아니었어. 빨갛다고 해도 숱 많은 곱슬머리였잖아. 이러다가 내 예쁜 코에도 안 좋은 일이 생길라."

월요일이 되자 앤의 짧게 자른 머리는 학교에서 엄청난 화젯거리가 되었다. 그럼에도 그 누구도 진짜 이유를 아는 사람은 없었다. 심지어 허수아비와 꼭 닮았다고 놀려댄 조시 파이조차도 진짜 이유는 알아차리지 못했다.

"조시 파이가 그런 말을 했는데도 저는 대꾸하지 않았어요."

앤은 저녁에 마릴라에게 털어놓았다. 마릴라는 두통이 또 도졌는지 소파에 누워 있었다.

"이것도 제가 받아야 할 벌이라고 생각해요. 그러니 참아보려고요. 허수아비라고 놀릴 때에는 너무 화가 나서 맞받아치려고 했지만 그러지 않았어요. 한번 비웃어주고는 용서해줬죠. 다른 사람을 용서하면 선한 사람이 된 것 같아요. 이제 예뻐지려는 생각은 접고, 착한 사람이 되기 위해 더 노력해야겠어요. 착한 사람이 되는 게 더 좋잖아요. 하지만 알고 있다고 해도 믿기 어려울 순간이 있기는 하죠. 그래도 전 정말 착해질 거예요, 마릴라 아주머니. 아주머니나 앨런 사모님, 스테이시 선생님처럼요. 마릴라 아주머니가 자랑스러워할 만한 사람이 될 거예요. 다이애나가 그러는데요, 머리가 좀 더 길면 나비 리본이 달린 검은 벨벳 머리띠를 하래요. 그렇게 하면 어울릴 것 같다고 했어요. 전 그걸 '스누드'* 라고 부를 거예요. 낭만적이지 않나요? 제가 말을 너무 많이 했나요? 마릴라 아주머니, 머리가 많이 아프세요?"

"이제 좀 괜찮아지는 것 같구나. 오후 내내 어찌나 지끈거리던지 원. 내 두통은 갈수록 심해지는 것 같아. 의사 선생님께 진찰을 받아봐야겠어. 네 수다는 이제 별로 개의치 않는단다. 적응이 되었거든."

그건 앤의 이야기를 즐겁게 잘 들었다는 마릴라만의 표현 방식이었다.

---

* 옛날 스코틀랜드나 북부 영국에서 결혼하지 않은 아가씨들이 머리에 두르던 리본 달린 머리띠.

제28장
불운한 백합 공주

다이애나가 말했다.

"당연히 네가 일레인을 해야지. 나는 저 아래까지 둥둥 떠내려갈 자신이 없어."

"나도 마찬가지야. 두세 명이 같이 배에 오르는 건 상관없어. 그건 재밌잖아. 하지만 누워서 죽은 척 하는 건 못해. 나는 못할 것 같아. 너무 무서워서 정말 죽어버릴지도 몰라."

루비 길리스가 몸을 바르르 떨며 말했다.

"물론 낭만적이기는 하지. 하지만 그래도 난 못하겠어. 내가 멀리 떠내려가는 게 아니라면, 내가 어디에 와 있는지 알아보려고 1분마다 자리에서 벌떡 일어나서 살펴볼 것 같아. 그럼 재미가 없어지잖아."

"하지만 빨간 머리를 한 일레인이라니, 너무 어처구니없잖아."

앤이 시무룩하게 말했다.

"난 둥둥 떠내려가는 건 상관없어. 난 일레인이 되어보고 싶어.

그럼에도 빨간 머리의 일레인은 너무 우습잖아. 루비가 얼굴도 하얗고 금발이니까 일레인을 해야 해. '일레인의 눈부신 금발이 물결쳤다'는 구절도 있잖아. 일레인은 백합 공주라고. 빨간 머리를 한 백합 공주가 세상에 어딨니."

"네 얼굴도 루비만큼 하얗잖아. 그리고 머리를 자른 후로는 네 머리색도 많이 어두워졌어."

다이애나는 진심이었다.

"정말 그렇게 생각해?"

앤은 기쁜 나머지 얼굴이 붉게 달아올랐다.

"사실 나도 그런 생각을 가끔 하곤 하는데, 차마 다른 사람들에게는 못 물어보겠더라고. 아니라고 할까봐. 그럼 이젠 적갈색이라고 불러도 될까, 다이애나?"

"응, 내 생각에는 정말 예뻐."

다이애나가 앤의 짧고도 보드라운 곱슬머리를 감탄하듯 바라보며 말했다. 앤의 머리에는 리본이 달린 검은색 벨벳 머리띠가 둘러 있었다.

아이들은 비탈 과수원 집 아래 연못가에 서 있었다. 자작나무로 둘러싸인 작은 기슭에는 낚시꾼들과 오리 사냥꾼들을 위해 작은 나무 선착장을 만들어 두었다. 루비와 제인은 다이애나와 함께 한여름의 오후를 보내고 있었고, 앤도 친구들과 놀기 위해 찾아온 것이었다.

앤과 다이애나는 그해 여름 대부분을 연못가에서 보냈다. 한적한 황야는 옛날 이야기가 되고 말았다. 벨 씨가 봄에 뒤쪽 초원에 있는 나무들을 몽땅 베어버렸기 때문이다. 앤은 나무 그루터기에 앉아 지난날을 생각하며 울었다. 그래도 곧 마음을 가다듬었다. 다이애나와도 이야기했지만, 이제는 열네 살이 되었으니 '비밀의 집'에서 소꿉놀이하는 것은 유치해 보였기 때문이다. 연못에 더 많은 놀 거리가 있기도 했다. 다리 위에서 송어잡이를 하는 것도 재미있었고, 두 소녀는 바닥이 평평한 나룻배에서 노를 젓는 법도 배웠다. 이 나룻배는 배리 씨가 오리 사냥을 나갈 때 사용하는 것이었다.

일레인의 이야기로 연극 놀이를 하자고 한 건 앤이었다. 지난 겨울 아이들은 학교에서 테니슨*의 시를 공부했다. 교육감이 프린스에드워드 섬의 모든 학교에서는 영어 교과서에 그 시를 싣도록 했기 때문이다. 시를 한 줄 한 줄 분석하고 조각내다 보니 나중에는 이 시에 남아 있는 의미가 더는 없을 것만 같았다. 그럼에도 아리따운 백합 공주와 랜슬롯 왕자, 귀네비어 왕비, 아서 왕은 마치 실제 인물처럼 아이들에게 다가왔다. 앤은 캐멀롯**에 태어나지 못한 것이 남몰래 한스러울 정도였다. 앤은 그 시절이 지금보다 더 낭만적이었다고 생각했다.

앤의 계획에 아이들은 열광했다. 여자아이들은 선착장에서 나룻배를 밀면 물살에 떠밀려 배가 다리 아래로 흘러가 연못이 굽어지는 쪽에서 툭 튀어나온 얕은 땅에 도착한다는 것을 알고 있었다. 그런 식으로 뱃놀이를 해본 적이 있던 터라 일레인 놀이를

* 19세기 영국 시인.
** 영국의 전설적인 왕인 아서 왕의 궁전이 있던 곳이다.

하기에 이보다 더 좋은 장소는 없었다.

"그럼, 내가 일레인이 될게."

앤은 마지못해 대답했다. 앤의 예술적 감각에 따르면 분명 더 적합한 사람이 일레인을 맡아야만 한다고 생각했고, 아무래도 자신은 아니라고 판단했지만, 주인공 역할을 한다는 것이 내심 기쁘기도 했다.

"루비, 너는 아서 왕을 맡고, 제인은 귀네비어 왕비를 해. 다이애나는 랜슬롯 왕자를 하고. 하지만 우선은 오빠들과 아버지 역할을 하도록 해. 늙은 벙어리 하인은 빼도록 하자. 배에는 한 사람밖에 누울 수 없으니까. 검은 천으로 배를 길게 덮어야 해. 너희 어머니의 오래된 검은 숄이 적당할 것 같아, 다이애나."

검은 숄이 준비되자 앤은 배의 바닥에 숄을 깔고는 눈을 감고 두 손을 가슴에 모은 채 바닥에 누웠다.

"앤은 정말 죽은 것 같아. 나 무서워. 우리 정말 이런 놀이 해도 되는 거야? 린드 아주머니는 연극 놀이는 다 사악한 거랬어."

가만히 누운 작고 하얀 얼굴 위로 자작나무 그림자가 드리워지자 루비 길리스가 불안한 목소리로 속삭였다.

앤이 단호하게 말했다.

"루비, 린드 아주머니 이야기하지 마. 분위기 망치잖아. 이건 린드 아주머니가 태어나기 몇 백 년 전의 일이라고. 제인, 네가 이걸 해줘. 죽은 일레인이 말을 할 수는 없잖아."

제인이 행동을 취했다. 황금빛 보자기는 없었지만 노란 일본산 크레이프 피아노 덮개로 대신할 수 있었다. 하얀 백합은 구할 수 없었지만, 길고 파란 붓꽃을 앤의 손 위에 가지런히 올려놓았더니 그럴듯했다.

제인이 말했다.

"이제 준비 완료! 우리는 일레인의 이마에 입맞춤을 해야 해. 다이애나 너는 '나의 누이여, 영원토록 안녕히'라고 말하는 거야. 루비 너는 '안녕, 나의 사랑스러운 누이'라고 말해야 하고. 둘 다 최대한 슬픈 표정을 짓도록 해. 앤, 너는 미소를 약간 지어봐. 시에서 일레인은 약간 미소를 띤 채로 누워 있었다고 나오거든. 그래, 이제 더 낫네. 배를 밀도록 하자."

낡은 말뚝에 거칠게 휩쓸리며 나룻배가 움직이기 시작했다. 다이애나와 제인, 루비는 나룻배가 물살을 따라 다리 쪽으로 떠밀려가는 것을 지켜보다가 숲을 지나고 길을 건너 하류의 곳으로 뛰어갔다. 그곳에서 랜슬롯 왕자와 귀네비어 왕비, 아서 왕이 되어 백합 공주를 맞이해야 한다.

한동안 앤은 천천히 물 위를 떠다니며 그 순간을 온전히 즐겼다. 그러다가 전혀 낭만적이지 않은 일이 터지고야 말았다. 나룻배에 물이 새기 시작한 것이다. 앤은 곧장 자리에서 일어나 황금빛 보자기를 집어 올리고는 물이 커다란 틈새를 타고 배 안으로 쏟아져 들어오는 광경을 멍하니 바라보았다. 선착장에서 날카로운 말뚝에 배의 바닥이 뜯긴 것이었다. 앤은 그 순간만 해도 이 사실을 알지 못했으나 적어도 자신이 굉장히 위험한 곤경에 처했다는 것은 깨달을 수 있었다. 이 상태라면 나룻배가 하류의 곳에 도달하기도 전에 물이 차올라 가라앉을 것이 뻔했다. 노는 어디에 있는 거지? 아! 선착장에 놔두고 왔구나!

앤은 온 힘을 다해 소리를 질렀지만 그 누구에게도 들리지 않는 듯했다. 입술이 새하얗게 질렸지만 앤은 침착했다. 한 번의 기회가 있다. 단 한 번.

앤은 이튿날 앨런 사모에게 말했다.

"정말 끔찍하고 무서웠어요. 배가 다리 아래로 떠내려가고 물은 계속 차오르는데, 정말 그 순간이 몇 년처럼 느껴졌다니까요. 전 진심을 다해 기도했어요. 하지만 눈을 감을 수는 없었어요. 하나님이 절 구해주실 수 있는 단 한 가지 방법은, 배가 다리 기둥에 가까이 닿아 제가 그 기둥을 붙잡고 매달리는 것뿐이었어요. 오래된 통나무 기둥이라 잔가지를 쳐낸 자국도 있고 노끈도 매여 있잖아요. 기도도 해야 했지만 배가 그 방향으로 떠내려가는지 지켜봐야 했어요. 전 이렇게 기도했죠. '하나님, 제발 나룻배가 다리 기둥에 닿을 수 있게 해주세요. 그럼 나머지는 제가 어떻게든 해볼게요'라고요. 그런 상황에서는 멋진 기도를 할 수가 없었어요. 어쨌든 기도대로 이루어졌어요. 배가 기둥에 정면으로 부딪힌 순간 저는 보자기와 숄을 걸치고 기둥에 필사적으로 매달렸죠. 더 올라갈 수도, 그렇다고 내려갈 수도 없었어요. 정말 낭만적이지 못한 자세였지만, 그때는 그런 생각을 할 수가 없었어요. 물에 빠져 죽을 뻔했는데 뭘 더 바라겠어요. 저는 온 힘을 다해서 기둥을 꼭 붙들었어요. 그렇지 않고선 그 누군가가 와서 저를 도와주지 않는 한 저는 뭍으로 갈 수 없는 상황이었으니까요."

다리 밑으로 떠내려가던 배는 연못 한가운데로 가라앉았다. 하류의 곳에 미리 도착해 앤을 기다리고 있던 루비, 제인, 다이애나는 눈앞에서 배가 가라앉는 것을 보고 말았다. 앤도 배와 함께 가라앉은 것이 분명했다. 잠시 동안 아이들은 멍하니 서 있었다. 얼굴은 창백해졌고, 몸은 두려움으로 바르르 떨렸다. 그러다가 괴성을 지르며 정신없이 숲을 내달렸다. 다리가 보이는 큰길을 건너면서도 아이들은 한 번도 멈추지 않았다. 필사적으로 기둥에 매달려 있던 앤은 아이들이 비명을 지르며 달려가는 것을 보았다. 곧 도움의 손길이 올 것이다. 하지만 그때까지는 이 불편한 자세로 계속 버텨야 한다.

몇 분이 흘렀을 뿐이었지만, 이 불행한 백합 공주에게는 한 시간은 족히 흐른 것 같았다. 왜 아무도 안 오는 거지? 친구들은 다어디로 간 걸까? 너무 놀라서 다 기절해버린 건 아닐까? 아무도 날 구하러 오지 않으면 어쩌지? 힘이 빠지고 지쳐서 더 이상 기둥을 붙들고 있지 못할 것 같으면 어쩌지? 앤은 눈 아래로 일렁이는 무시무시한 초록 빛깔 물을 내려다보며 몸을 부르르 떨었다. 온갖 무서운 상상들이 다 떠오르기 시작했다.

예상했던 대로 팔과 손목이 아파서 더는 견딜 수 없을 것 같았던 찰나, 길버트 블라이스가 하먼 앤드루스의 배를 타고 다리 밑으로 노를 저어 오고 있는 게 아닌가!

길버트는 놀란 얼굴로 위를 올려다보았다. 하얗게 질린 작은 얼굴이 그를 내려다보고 있었다. 공포에 질려 있는 얼굴이었지만 그 순간에도 도도함은 잊지 않았다.

"앤 셜리! 너 거기서 뭐해?"

길버트가 소리쳤다. 답을 듣기도 전에 그는 기둥 쪽으로 노를 저어 앤을 향해 손을 내밀었다. 다른 방도가 없었기에 앤은 길버트 블라이스의 손을 잡고 배로 기어 내려왔다. 물에 젖은 숄과 보자기를 부여잡고는 잔뜩 찌푸린 얼굴로 배의 가장자리에 앉았다. 이런 상황에서는 도무지 체면을 차릴 수가 없지 않은가!

"무슨 일이 있었던 거야, 앤?"

길버트가 노를 저으며 물었다. 앤은 생명의 은인을 쳐다보지도 않은 채 도도하게 말했다.

"다른 아이들과 일레인 연극 놀이를 하고 있었어. 배를 타고 캐멀롯으로 떠내려가는 장면이었어. 내 말은 나룻배가 말이야. 그런데 배에 물이 새기 시작한 거지. 그래서 기둥에 올라타서 붙들고 있었어. 친구들은 도움을 요청하러 갔고. 나를 뭍으로 좀 데려다줄래?"

길버트는 순순히 앤을 선착장에 데려다주었고, 앤은 길버트의 도움의 손길을 뿌리친 채 뭍으로 폴짝 뛰어내렸다.

"이번에는 정말 신세를 졌네."

앤이 몸을 돌리며 도도하게 말했다. 길버트도 배에서 뛰어내리더니 앤의 팔을 잡았다. 그가 허둥지둥 말했다.

"앤, 잠시만. 우리 친구가 되면 안 될까? 너의 머리카락을 갖고 놀린 건 정말 미안해. 그냥 장난이었지, 너를 화나게 할 생각은 없었어. 게다가 이미 오래전 일이잖아. 네 머리카락은 정말 예뻐. 진심이야. 그러니 우리 이제 친구로 지내면 안 되겠니?"

앤은 잠시 머뭇거렸다. 자존심이 곤두박질쳤는데도 처음 느껴보는 야릇한 기분이 들었다. 길버트의 담갈색 눈동자에는 한편으로는 수줍음과 다른 한편으로는 간절함이 서려 있었다. 가슴이 콩닥콩닥 뛰기 시작했다. 하지만 씁쓸한 과거의 기억이 떠올라 그녀의 흔들리는 마음을 돌려세웠다. 2년 전의 일이 마치 어제 일처럼 생생하게 되살아났다. 길버트는 모든 학생들이 보는 앞에서 앤을 홍당무라고 놀렸다. 다른 사람이나 어른들에게는 그저 웃어넘길 만한 일인지 모르겠지만 앤에게는 시간이 흘러도 분이 풀리지 않았다. 앤은 길버트 블라이스가 싫었다. 절대 용서하지 않으리!

앤이 차갑게 말했다.

"너랑 친구가 되는 일 따윈 없어, 길버트 블라이스. 그러고 싶지 않아."

길버트는 화가 나서 얼굴이 붉게 상기된 채로 배에 올라탔다.

"알겠어. 나도 다시는 너랑 친구하자고 안 할 거야, 앤 셜리. 나도 이젠 너 신경 안 써!"

길버트는 거칠게 노를 저어 가버렸다. 앤은 단풍나무 아래 고사리가 우거진 좁다란 경사로에 다다랐다. 고개를 꼿꼿이 들고 있었지만 이상하게도 후회가 되었다. 길버트에게 다르게 대하고 싶었는데. 물론 길버트는 한때 심한 모욕을 주었던 아이다. 그럼에도…… 앤은 주저앉아 펑펑 우는 편이 낫겠다 싶었다. 공포에 떨며 필사적으로 기둥에 매달렸던 탓에 앤은 기진맥진하고 말았다.

길을 반쯤 왔을 무렵이었다. 정신이 나가다시피 한 상태로 연못 쪽으로 뛰어오는 제인과 다이애나와 마주쳤다. 아이들은 비탈 과수원 집으로 갔지만 아무도 만날 수 없었고, 배리 씨와 그의 부인도 집에 없었다. 루비 길리스는 자리에 주저앉아버렸다. 그래서 제인과 다이애나는 루비 길리스를 그 자리에 놔두고 유령의 숲을 지나 시냇물을 건너 초록 지붕 집까지 뛰었다. 그곳에도 아무도 없었다. 마릴라는 카모디에 갔고, 매슈는 밭에서 건초를 만들고 있었기 때문이다.

다이애나가 앤의 목에 쓰러지다시피 하며 안도의 기쁨과 눈물을 쏟았다.

"우린 네가 물에 빠진 줄 알았어. 그래서 살인자가 된 기분이었다고. 왜냐면 우리가 너한테 일레인을 하라고 했으니까. 그리고 루비는 완전 넋을 잃었어. 그런데 앤, 넌 어떻게 빠져나온 거야?"

앤이 아무렇지도 않은 듯 설명했다.

"난 다리의 기둥 하나를 붙들고 있었지. 그리고 길버트 블라이스가 앤드루스의 배를 타고 와서 뭍에 내려주었어."

겨우 숨을 고른 제인이 말했다.

"앤, 너무 멋지다! 너무 낭만적이야! 그럼 이제 길버트랑 친구가 되는 거야?"

앤은 다시 예전의 감정이 떠올라 발끈했다.

"아니, 전혀 그럴 일 없어. 제인 앤드루스, 다시는 내 앞에서 낭만적이니 어쩌니 말하지 마. 너희들을 깜짝 놀라게 해서 너무 미안해. 다 내 잘못이야. 난 정말 불행한 별에서 태어났나봐. 내가 하는 일들은 나뿐만 아니라 내 친구들에게도 폐가 되니, 원. 그리고 네 아버지 나룻배도 잃어버렸잖아, 다이애나. 우리는 앞으로 연못에서 더 이상 못 놀게 될 거야."

앤의 예감은 철썩같이 들어맞았다. 그날 오후의 난동에 대해
들은 배리 가족과 커스버트 가족은 깜짝 놀라고 말았다.

"넌 도대체 언제 정신을 차릴래?"

마릴라가 혀를 찼다.

"철들 거예요. 물론이고말고요. 분별력 있는 사람이 될 가능성
이 높아진 거잖아요."

앤은 낙관적으로 말했다. 동쪽 다락방에 혼자 틀어박혀 울면서
마음을 추스른 앤은 다시 쾌활해졌다.

"무슨 배짱으로 그런 말을 하는지 모르겠구나."

마릴라가 물었다.

"전 오늘 새롭고 값진 교훈을 배운 거잖아요. 초록 지붕 집에
왔을 때부터 전 실수투성이었어요. 그리고 매번 실수를 할 때마
다 저는 단점을 고쳐 나갔고요. 자수정 브로치 사건으로 저는 남
의 물건에 손대지 않게 되었고, 유령의 숲 사건 이후로는 헛된 상
상을 하지 않게 되었어요. 진통제 케이크 사건 이후로는 요리할
때 더 이상 정신줄을 놓지 않게 되었고요. 염색약 사건은 제 허영
심을 바로잡아줬어요. 이제 머리나 코에 대해서 생각하지 않아
요. 물론 아주 가끔은 하지만요. 오늘의 실수가 낭만적인 것을 찾
아다니는 제 습관을 고쳐줄 거예요. 에이번리에서 낭만적인 걸
기대하는 건 무의미하다는 결론을 냈거든요. 몇 백 년 전 탑이 솟
은 캐멀롯에서라면 모를까, 오늘날에 낭만적인 건 아무도 알아주
지 않는다고요. 저는 계속 발전하고 있어요. 마릴라 아주머니도
곧 알아차리시게 될 거예요."

"그래, 그랬으면 좋겠구나."

마릴라가 믿기 어렵다는 반응으로 말했다.

하지만 마릴라가 나가자 구석진 자리에 말없이 앉아 있던 매슈가 앤에게 다가와 어깨를 감싸주었다.

"낭만을 전부 버리지는 않았으면 좋겠구나, 앤. 조금 있는 것도 나쁘지는 않거든. 아주 많은 건 아니고 약간 말이야. 조금은 간직하렴."

매슈가 수줍은 듯 속삭였다.

제29장

앤, 황홀한 경험을 하다

앤은 연인의 오솔길을 따라 뒤편 목초지에서 소를 몰고 돌아오는 길이었다. 9월의 어느 저녁이었고, 숲속의 빈터와 나뭇잎이 그림자를 드리우지 않은 곳에는 석양이 가득 내려앉아 있었다. 오솔길의 이곳저곳에도 붉은 빛이 드리웠지만 단풍나무 아래로는 벌써 그림자가 지기 시작했다. 전나무 밑은 포도주같이 선명한 보랏빛 땅거미가 스며 있었다. 이 저녁 전나무 꼭대기를 스치며 지나가는 바람 소리는 대지 위 그 어떤 선율보다 달콤했다.

소들이 오솔길을 따라 어슬렁거렸고, 앤은 마치 꿈을 꾸는 듯 그 뒤를 따라 걸으며 「마미온(Marmion)」*에 나오는 전쟁 서사시를 큰소리로 읊었다. 이 시도 지난겨울부터 영어 교과서에 필수로 실린 것으로, 스테이시 선생은 아이들에게 이 시를 외우도록 했다. 앤은 병사들이 떼를 지어 적군에게 향하고 창을 겨누는 장

---

* 스코틀랜드의 시인 월터 스콧(Walter Scott)이 1808년에 발표한 서사시.

면을 상상했다.

불굴의 창병들은 꿋꿋이 싸웠노라
함락되지 않은 그들의 검은 숲이여

이 시구에 이르자 앤은 황홀감에 지그시 눈을 감고서는 마치 자신이 그 영웅들의 대열에 선 듯 상상의 날개를 펼쳤다. 눈을 다시 떴을 때 다이애나가 배리 씨네 밭으로 통하는 현관문을 지나고 있었는데, 뭔가 중요한 일이 있는 듯 앤에게 뛰어오고 있었다. 앤은 무슨 일이 일어났다는 것을 직감했다. 하지만 태연한 척했다.

"오늘 저녁은 보랏빛 꿈속 같지 않아, 다이애나? 살아 있다는 게 정말 행복해. 아침이 되면 난 언제든 아침이 최고라고 생각하거든. 그런데 저녁이 되면 또 저녁이 그렇게 아름답게 보이는 거 있지."

다이애나가 말했다.

"응, 멋진 저녁이야. 그런데 너한테 해줄 말 있어. 뭔지 맞춰봐. 세 번의 기회를 줄게."

앤이 외쳤다.

"샬럿 길리스가 교회에서 결혼을 한다! 그리고 앨런 사모님이 우리더러 교회 장식을 하라고 하신다!"

"땡! 샬럿의 남자 친구가 반대할걸. 아직 교회에서 결혼식을 올린 사람이 없는 데다, 그렇게 하면 너무 장례식 분위기라고 생각할 테니까. 그리고 그런 건 너무 뻔하잖아. 내가 말하려는 건 굉장한 소식이라고! 다시 생각해봐."

"제인의 어머니가 생일 파티 열어주신대?"

다이애나는 고개를 가로저었다. 검은 두 눈이 춤추듯 반짝였다.

앤은 절망에 빠졌다.

"그럼 모르겠어. 무디 스퍼전 맥퍼슨이 어젯밤에 기도회를 마치고 너를 집에 데려다준 것? 이거야?"

다이애나가 화가 난 듯 소리쳤다.

"절대 아니야! 그 애가 바래다줬으면 떠벌리고 다닐 이유가 없다고. 네가 못 맞출 줄 알았어. 엄마가 조세핀 할머니께 편지를 받았는데, 조세핀 할머니께서 너와 나를 다음 주 화요일에 샬롯타운으로 초대해서 박람회를 구경시켜 주시겠대. 어때?"

순간 앤은 단풍나무에 몸을 기대야겠다고 생각하며 속삭였다.

"아, 다이애나, 정말이야? 그런데 마릴라 아주머니가 허락 안 하실까봐 걱정돼. 밖에 못 나가게 하실 것 같은데. 지난주에 제인이 2인용 마차를 타고 화이트샌즈 호텔에서 열리는 미국인 공연에 가자고 했었는데, 아주머니가 제인이나 나나 그런 곳에 가지 말고 집에서 공부나 하라고 하셨어. 난 사실 정말 가고 싶었거든. 엄청 실망했지 뭐야, 다이애나. 그때 너무 마음이 아파서 자기 전에 기도하는 것도 까먹었다니까. 후회가 되어서 한밤중에 일어나서 기도를 하긴 했지만 말이야."

다이애나가 말했다.

"그럼 이건 어때? 우리 엄마에게 부탁해서 마릴라 아주머니께 말씀드려 달라고 할게. 그럼 허락해주실지도 몰라. 그렇게 되면 우리는 일생 최고의 시간을 보내게 되는 거라고, 앤. 나는 박람회에 한 번도 가본 적이 없어. 다른 애들이 다녀왔다고 이야기할 때마다 얼마나 주눅 들었었는지. 제인과 루비는 두 번이나 다녀왔고, 올해 또 갈 거래."

앤이 단호하게 말했다.

"내가 갈 수 있는지 없는지 알게 될 때까지 박람회 생각은 안 할 테야. 괜히 기대했다가 못 가게 되면 너무 실망할 것 같아. 견디기 어려울 것 같거든. 하지만 가게 된다면 그 무렵에 새로운 코트가 완성될 거라 기뻐. 마릴라 아주머니는 내가 새 코트가 필요 없다고 하셨어. 내 낡은 코트로도 겨울을 충분히 날 수 있다면서 새 드레스로 만족하라고 하셨지. 물론 새 드레스는 정말 예뻐, 다이애나. 짙은 파란색이고 요즘 유행하는 스타일이지. 마릴라 아주머니는 요즘 유행하는 스타일로 옷을 만들어주셔. 매슈 아저씨가 린드 아주머니에게 또 옷을 만들어달라고 부탁할까봐 그러신대. 나는 좋지. 옷이 유행하는 스타일이면 좋은 사람이 되기도 쉽잖아. 적어도 내 경우는 그래. 원래 마음이 선한 사람들에게는 큰 차이가 없겠지만 말이야. 하지만 매슈 아저씨는 내가 꼭 새 코트가 필요하댔어. 그래서 마릴라 아주머니가 파란색 옷감을 사오셨어. 이번 옷은 카모디에 있는 재단사가 직접 만들 거래. 토요일 밤에 완성되고, 나는 일요일에 새 코트를 입고, 새 모자를 쓰고 교회의 복도를 걷는 내 모습을 상상하지 않으려고 애쓰는 중이야. 자꾸 그런 걸 상상하면 안 될 것만 같아서. 하지만 내 뜻대로 잘 안 돼. 내 모자는 정말 예뻐. 매슈 아저씨가 지난번 카모디에 같이 갔을 때 사주셨어. 요즘 유행하는 스타일인데, 금색 끈과 술이 달린 작은 파란색 벨벳 모자야. 네 것도 예뻐, 다이애나. 너한테 잘 어울려. 네가 지난주 일요일 교회 복도를 걸어오는 걸 보고 네가 내 단짝 친구인 게 어찌나 자랑스럽던지. 그런데 옷에 대해서 자꾸 신경 쓰면 나쁜 짓일까? 마릴라 아주머니는 이런 생각은 죄악이래. 하지만 난 재밌는걸. 그렇지 않아?"

마릴라는 앤이 샬롯타운에 가는 걸 허락했고, 배리 씨는 다음 주 화요일에 아이들을 데려다주기로 했다. 샬롯타운은 30마일 떨어진 곳에 위치했다. 배리 씨는 아이들을 데려다주고 당일치기로 돌아올 계획이었으므로 아침 일찍 출발해야 했다. 하지만 앤은 이런 것마저도 즐거웠다. 화요일 아침에는 해가 뜨기도 전에 일어났다. 창문으로 내다보니 화창한 날이 분명했다. 전나무 뒤편의 동쪽 하늘은 구름 한 점 없이 은빛으로 빛나고 있었다. 나무들 사이로 비탈 과수원 집의 서쪽 다락방 불빛이 보였다. 다이애나도 일어났다는 증거였다.

앤은 매슈가 화로에 불을 지필 때쯤 옷을 차려입고 아침 식사까지 다 준비했다. 문제는 앤이 너무 들떠서 아침을 잘 먹지 못했다는 것이다. 아침 식사를 대충 마친 앤은 새 모자와 코트를 꺼내 입고 개울을 건너 전나무 숲을 지나 허둥지둥 비탈 과수원 집으로 향했다. 배리 씨와 다이애나가 앤을 기다리고 있었고, 이들은 곧장 출발했다.

한참을 가야 했지만 앤과 다이애나는 매 순간이 즐겁기만 했다. 붉은 햇살이 수확을 마친 들판 위로 퍼져 나가는 이른 아침, 촉촉한 길을 따라 마차를 타고 내달리는 건 상쾌한 일이었다. 공기는 신선하고 상쾌했으며, 연기와 같은 아지랑이가 골짜기 너머 언덕 위로 피어올랐다. 길은 주황 빛깔로 물들기 시작한 단풍나무로 우거진 숲을 지나 한때 앤을 공포에 떨게 했던 다리로 이어졌고, 해변을 따라 굽이치며 낚시꾼들의 오두막을 지나치기도 했다. 그리고 또 다른 언덕이 나왔고, 안개가 자욱한 푸른 하늘이 보이기도 했다. 하지만 어디를 가든 흥미진진한 이야기로 넘쳤다. 정오가 되었을 무렵 샬롯타운에 도착하여 너도밤나무 집으로 가는 길로 접어들었다. 너도밤나무 집은 오래되었지만 튼튼한 저택이었다. 길에서는 한참이나 떨어진 곳에 있었고, 집 주위에는 초록색 느릅나무와 가지가 무성한 너도밤나무가 가득했다. 조세핀 배리는 날카로운 검은 눈을 반짝이며 현관에서 방문객을 맞이했다.

"우리 꼬마 숙녀 앤이 마침내 와주었구나. 어머! 키 큰 것 좀 봐. 이제는 나보다도 더 크겠는걸. 그리고 상당히 예뻐졌구나. 하지만 이런 이야기들은 많이 들었을 것 같구나."

앤의 얼굴에서 빛이 났다.

"아니요, 그렇지 않은걸요. 예전보다 주근깨가 많이 없어지긴 했어요. 그 부분은 정말 감사해요. 하지만 이것 말고는 딱히 더 좋아진 건 없는 것 같았는데, 할머니께서 그렇게 생각해주시니 너무 기뻐요."

조세핀 배리의 가구들은 나중에 앤이 마릴라에게 털어놓은 것에 따르면 '눈 돌아가는 수준'이었다. 저녁 준비를 살피러 조세핀 배리가 자리를 비우자 두 시골뜨기 소녀는 응접실의 멋들어진 자태에 압도되고 말았다.

다이애나가 속삭였다.

"궁전에 온 것 같지 않아? 난 조세핀 할머니 댁은 처음이야. 이렇게 웅장한지 몰랐어. 줄리아 벨도 같이 와서 구경했으면 좋았을 텐데. 걔는 항상 자기네 집 응접실을 자랑하잖아."

앤이 황홀한 듯 긴 한숨을 내쉬었다.

"벨벳 카펫! 실크 커튼! 꿈속에서 그리던 거야, 다이애나. 그런데 그거 알아? 이상하게 마음이 편하지가 않네. 이 방이 이렇게 휘황찬란한데, 그래서인지 더는 상상할 게 없네. 가난한 것이 위안이 될 때도 있구나. 상상할 여지가 많잖아."

샬롯타운에서 보낸 시간들은 세월이 흘러서도 앤과 다이애나의 추억에 고이 간직될 터였다. 처음 순간부터 떠나는 순간까지 두 사람은 기쁨에 휩싸여 있었다.

수요일에는 조세핀 배리가 두 아이를 데리고 박람회에 가서 하루 종일 그곳을 구경했다.

앤은 나중에 마릴라에게 이야기를 들려주었다.

"정말 굉장했어요! 그렇게 흥미진진한 것들은 처음 봤어요. 어떤 부스가 제일 좋았는지 기억이 안 날 정도예요. 전 말과 꽃, 장식품이 있는 곳이 제일 좋았어요. 조시 파이는 레이스 바느질 경진대회에서 1등을 했어요. 그래서 저도 기뻤어요. 그리고 조시 파이가 잘되서 저도 기뻐할 수 있다는 사실이 좋았어요. 제가 점점 발전하고 있는 것 같았거든요. 하먼 앤드루스 아저씨는 그라벤스타인 사과* 대회에서 2등을 했어요. 다이애나는 주일 학교 교장 선생님이 상품으로 돼지를 받는 건 우스꽝스럽다고 했어요. 하지만 저는 다이애나의 생각에 공감할 수 없었죠. 마릴라 아주머니도 그렇게 생각하세요? 다이애나는 장로님이 기도할 때마다 돼지 생각이 날 것 같대요. 클라라 루이스 맥퍼슨은 그림대회에서 상을 탔고요. 린드 아주머니는 버터와 치즈 만들기 대회에서 1등을 하셨어요. 에이번리 마을 사람들 정말 대단하지 않아요? 린드 아주머니를 낯선 사람들 틈에서 발견할 때까지, 제가 그동안 린드 아주머니를 좋아하고 있었다는 사실을 미처 깨닫지 못한 거 있죠. 그곳에는 수천 명의 사람들이 있어서 제 존재가 아주 미약하게 느껴졌어요. 조세핀 할머니께서는 저희에게 경마도 보여주려고 특별석으로 데리고 가셨어요. 린드 아주머니는 같이 안 가셨어요. 아주머니는 경마가 혐오스럽대요. 교회를 다니는 신도로서 그런 것들은 멀리하며 모범을 보이는 게 의무래요. 하지만 경마장에는 사람들이 너무 많아서 린드 아주머니가 오셨다고 한들 아무도 눈치채지 못했을 것 같아요. 경마장에는 자주 갈 것 같지 않아요. 그곳에는 물론 매혹적인 것들이 많았어요. 다이애나는 너무 흥분해서 빨간색 말이 이기는 쪽에 10센트를 걸자고 하는 거예요. 저는 빨간색 말이 우승할 것 같지 않았어요. 그리고 내기도 하지 않았고요. 왜냐면 저는 앨런 사모님께 모든 이야기를 다 해야 하는데 경마장 이야기만 쏙 빼놓을 수 없을 것 같았거든요. 사모님께도 말씀드리

---

* 덴마크 그라벤스타인 지역에서 처음 재배되기 시작한 커다랗고 노란 사과.

지 못할 일이면 옳지 않은 행동이라고 생각해요. 사모님이 친구라는 건 양심이 하나 더 생기는 거랑 마찬가지인 것 같아요. 저는 내기를 하지 않은 게 다행이라고 생각해요. 왜냐하면 빨간색 말이 정말 우승을 해버렸거든요. 내기를 했다면 10센트를 잃을 뻔한 거잖아요. 올바른 마음을 품어서 상을 받았나 봐요. 저희는 열기구를 타고 올라가는 사람도 봤어요. 저도 열기구를 타보고 싶어요, 마릴라 아주머니. 너무 재미있을 것 같았거든요. 그리고 점치는 남자도 봤어요. 조세핀 할머니가 저희에게 10센트씩 주시면서점을 한번 보라고 하셨어요. 저는 피부색이 완전히 까맣고 돈이 많은 사람이랑 살아야 섬에서 벗어날 수 있대요. 그래서 주위에 피부가 까무잡잡한 사람을 유심히 쳐다봤는데, 다 별로였어요. 하긴 남자를 찾는다는 것 자체가 제게는 너무 이른 일이죠. 아! 정말 잊지못할 날이었어요, 마릴라 아주머니. 너무 피곤해서 잠을 이룰 수없을 지경이었어요. 조세핀 할머니는 약속대로 저희를 손님방에서 잘 수 있게 해주셨어요. 정말 우아한 방이었어요, 마릴라 아주머니. 하지만 손님방에서 잔다는 게 제가 생각했던 것과는 다른 느낌이었어요. 어른이 되어가는 건 이래서 안 좋은 것 같아요. 꼬마였을 때 느꼈던 그 설렘이 절반으로 줄어드는 것 같아요."

목요일이 되자 두 소녀는 마차를 타고 공원에 다녀왔고, 저녁에는 음악학교 공연을 관람했다. 매우 유명한 프리마돈나의 공연이었다. 앤에게는 더없이 기쁘고 빛나는 밤이었다.

"오, 마릴라 아주머니, 정말 말로 다 할 수 없을 정도였어요. 너무 흥분해서 말을 할 수가 없었죠. 이 정도면 감이 오시죠? 저는 완전히 사로잡혀서 침묵 속에서 음악을 들었어요. 셀리츠키 부인은 정말 아름다웠는데, 하얀 새틴 드레스를 입고 다이아몬드 반지를 끼고 있었죠. 하지만 막상 노래를 시작하자 다른 생각은 전혀 할 수가 없었어요. 아, 말로 표현할 수 없는 느낌이었어요. 저는 이제 착한 아이가 되는 게 더 이상 어렵지 않을 것 같아요. 별을 보는 것과 비슷한 느낌이랄까. 눈에서는 눈물이 흘렀는데, 그건 행복한 눈물이었어요. 공연이 끝났을 때는 어쩌나 아쉽던지. 저는 조세핀 할머니께 다시 평범한 일상으로 어떻게 돌아가야 할지 모르겠다고 말씀드렸어요. 그랬더니 길 건너 식당에 가서 아이스크림을 먹으면 진정이 좀 될 거라고 하시는 거예요. 전 그 말이 정말 엉뚱하다고 생각했는데, 딱 들어맞는 거 있죠. 아이스크림은 꿀맛이었어요. 그리고 밤 11시에 식당에 앉아서 아이스크림을 먹는다는 게 흥미진진하기도 했고요. 다이애나는 자기가 도시 체질인 것 같대요. 조세핀 할머니가 저는 어떤 것 같냐고 물어보셨는데, 전 좀 더 진지하게 생각해봐야 할 것 같다고 했어요. 그래서 잠들기 전에 골똘히 생각해봤죠. 그때가 생각하기에는 최고로 좋은 시간이잖아요. 그리고 결론을 내렸어요. 전 도시 체질이 아니고, 그래서 기쁘다고 말씀드렸어요. 가끔씩은 밤 11시에 식당에서 아이스크림을 먹는 것도 멋진 일이지만, 대부분은 밤 11시에 동쪽 다락방에 누워서 제가 잠드는 순간에도 별들이 반짝이고, 전나무 숲에서 불어오는 바람이 시냇물을 아른거리게 한다고 생각하며 잠드는 게 더 좋으니까요. 다음날 아침 식사 때 조세핀 할머니께 말씀드렸더니 막 웃으셨어요. 할머니는 제가 무슨 말만 하면 웃으세요. 전 그게 좋은 건 아니라고 봐요. 전 웃기려고 한 말이 아니었거든요. 하지만 저희를 정말로 따뜻하게 맞아주셨고, 저희는 황송한 대접을 받았어요."

집으로 돌아가야 할 금요일에 되자 배리 씨가 소녀들을 데리러 왔다.

"좋은 시간 보냈겠지?"

조세핀 배리가 작별 인사를 하며 말했다.

"물론이죠."

다이애나가 대답했다.

"너는? 꼬마 소녀 앤?"

"저는 매 순간이 즐거웠는걸요."

앤은 갑자기 팔을 뻗어 늙은 여인의 목을 감싸 안고는 주름진 볼에 입을 맞췄다. 다이애나는 그런 행동을 취해본 적이 없었던 터라 앤의 행동에 놀라고 말았다. 하지만 조세핀 배리는 기뻐했고, 마차가 시야에서 사라질 때까지 베란다에 서서 한참을 바라보았다. 그러고는 커다란 집으로 들어가서 한숨을 내쉬었다. 어린아이들이 떠나버린 집은 적적했다. 조세핀 배리는 자기중심적인 노인이었다. 자신 이외에는 별다른 관심을 두지 않고 살아왔다. 그녀는 자신에게 도움을 주거나 즐겁게 해주는 사람들에게만 잘 대해주었다. 앤은 조세핀 배리를 기쁘게 했고, 그 결과 노인의 엄청난 축복을 받을 수 있었다. 하지만 조세핀 배리는 앤의 유별난 말솜씨보다는 그녀의 생기발랄함, 깨끗한 영혼, 귀여운 애교와 눈과 입에 어린 달콤함에 더욱 끌렸다.

"마릴라 커스버트가 고아원에서 여자아이를 입양했다고 했을 때, 노망이 난 게 분명하다고 생각했지. 하지만 그건 실수가 아니었어. 우리 집에도 앤과 같은 아이가 있었다면 난 더욱 다정하고 행복한 사람이 되었을 텐데."

앤과 다이애나는 집으로 돌아오는 길에도 들떠 있었다. 사실, 더 기뻐하고 있었다. 이 여정의 끝에 집으로 돌아갈 수 있기 때문이었다. 화이트샌즈를 지나 해변 길로 접어들 무렵, 해가 뉘엿뉘엿 지기 시작했다. 저 멀리 달이 수평선에서 떠올라 밝게 빛나고 있었다. 작은 곶들은 춤을 추는 듯한 형상을 하고 있었다. 파도는 부드럽게 일렁이고 있었고, 바다 내음이 강렬하지만 신선하게 느껴졌다.

앤은 크게 숨을 들이켰다.

"살아 있다는 것도 좋고, 집에 가는 것도 좋아."

앤이 개울 위 통나무 다리를 건널 때 초록 지붕 집의 부엌에서는 앤을 환영이라도 하듯 불빛이 새어 나왔고, 열린 문틈으로는 가을의 추위를 녹여줄 벽난로에서 장작이 타고 있었다. 앤은 언덕을 뛰어 저녁 식사가 차려진 부엌으로 들어갔다.

마릴라가 뜨개질감을 접으며 말했다.

"왔니?"

앤은 신이 나서 말했다.

"네, 집에 오니 너무 좋아요. 저는 모든 것에 입맞춤을 하고 싶어요. 심지어 시계에도요. 마릴라 아주머니, 저건 구운 치킨인가요? 혹시 저를 위해 요리하신 거예요?"

마릴라가 대답했다.

"그래, 널 위해서야. 먼 길 오느라 배고플 것 같아서 맛있는 걸 해줘야겠다고 생각했다. 빨리 옷 갈아입고 매슈 오라버니가 오는 대로 저녁 먹자꾸나. 네가 없는 동안 집 안이 어찌나 허전하던지. 지난 나흘이 너무나 길게 느껴지더구나."

저녁을 먹은 뒤 화롯가에 앉아 앤은 매슈와 마릴라에게 그간 있었던 일들을 재잘거리기 시작했다.

앤은 행복한 얼굴로 이야기를 마무리 지었다.

"제 인생의 황금기였다고나 할까요. 하지만 최고로 좋았던 건 집으로 돌아오는 일이었어요."

제30장
퀸스 입시반이 만들어지다

마릴라는 뜨개질감을 무릎 위에 올려놓고 의자에 등을 기댔다. 눈에 피로감이 돌았다. 요즘 들어 눈의 피로가 쉽게 쌓이는 것 같아서 다음 번 샬롯타운에 가면 안경을 새로 맞춰야겠다고 막연히 생각하고 있었다.

어둠이 몰려오고 별빛이 초록 지붕 집을 향해 반짝이는 11월의 어느 저녁, 붉게 넘실거리며 타오르는 난롯불만이 부엌을 밝히고 있었다.

앤은 양탄자 위로 몸을 둥글게 말고서는 단풍나무 장작에서 스며 나오는 수백 년 묵은 여름 햇살이 불꽃이 되어 이글대는 모습을 바라보고 있었다. 책을 읽던 중이었지만 책은 바닥에 내팽개친 채 입가에 살포시 미소를 띠고 상상의 날개를 펼치고 있었다. 번쩍이는 스페인의 성곽이 안개와 무지개에 포근히 안겨 있는 모습을 떠올렸고, 환상적이고도 매혹적인 모험이 구름이 자욱한 대지에서 펼쳐지고 있었다. 모험은 항상 승리로 끝이 났고, 현실에

서처럼 절대 앤을 곤란하게 하는 일은 없었다.

마릴라는 다정한 눈빛으로 앤을 바라보았다. 난롯불과 그림자가 시야를 흐려놓았기에 망정이지 지금보다도 좀 더 빛이 밝았더라면 결코 드러나지 않았을 표정이었다. 마릴라는 사랑을 말로 표현하거나 행동으로 보여주는 것을 배워본 적이 없었다. 하지만 마릴라는 이 깡마르고 잿빛 눈을 지닌 어린 소녀를 사랑하는 법을 배웠고, 그 애정은 너무나도 깊고 강렬해서 표현할 수 없을 정도였다. 앤에 대한 사랑이 지나치게 될까 염려가 되기도 했다. 한낱 인간에게 그런 강렬한 애정을 준다는 것이 죄악은 아닐까 불편한 마음이 들었다. 그래서일까, 마릴라는 앤이 자신에게 별 의미가 없는 존재인 양 아이를 엄하게 대했고 야단치곤 했다. 분명 앤은 마릴라가 저를 얼마나 사랑하고 있는지 알지 못하리라. 종종 앤은 마릴라를 기쁘게 하는 것이 너무 어렵다고 느꼈고, 그녀가 동정심과 이해심이 부족한 여인이라고 생각했다. 하지만 그럴 때마다 앤은 늘 마릴라의 은혜를 떠올리며 그런 생각을 하는 스스로를 나무라곤 했다.

문득 마릴라가 앤을 불렀다.

"앤, 네가 다이애나랑 밖에 나갔을 때 스테이시 선생님이 다녀가셨다."

앤은 상상의 세계에서 퍼뜩 현실로 돌아와 한숨을 내쉬었다.

"아, 그래요? 제가 그때 집을 비워서 아쉽네요. 저는 유령의 숲에 있었는데. 지금 그 숲은 정말 아름다워요. 고사리며 보드라운 잎사귀들, 크래커베리 같은 숲속 식물들이 곤히 잠들었어요. 봄이 올 때까지 잘 자라고 잎사귀로 이불을 덮어준 것 같아요. 아마 무지개 스카프를 두른 잿빛 요정이 어젯밤 달이 떴을 때 몰래 다녀가서는 그렇게 만들어놓은 것 같아요. 그런데 다이애나는 유령의 숲에 대해 상상한 이야기 때문에 엄마에게 잔뜩 혼이 났던 걸 잊지 못하는가 봐요. 다이애나의 상상력에 안 좋은 영향을 끼친 것 같아요. 상상력에 그림자를 드리워버렸으니까요. 린드 아주머니는 머틀 벨이 그림자처럼 어둡대요. 루비 길리스한테 왜 머틀이 그림자처럼 어두운 사람이냐고 물었더니 남자 친구한테서 배신을 당해서 그럴 거래요. 루비 길리스는 시도 때도 없이 남자 생각만 하는 것 같아요. 나이를 먹으면서 더 심해지는 것 같아요. 모든 일에 남자를 끌어들여 생각하는 건 안 좋지 않을까요? 다이애나와 저는 평생 결혼하지 않고 멋진 독신 여성으로 함께 살아보는 게 어떤지 진지하게 고민했어요. 다이애나는 아직 마음을 다잡지 못한 것 같아요. 거칠고 용맹스러운 나쁜 남자와 결혼해서 그 남자를 새로운 사람으로 바꾸어놓는 게 더 고결해 보인다나요. 다이애나와 저는 요즘 심각한 문제들에 대해서도 많은 이야기를 나눠요. 예전보다 많이 컸으니 더 이상 유치한 이야기는 안 어울리잖아요. 벌써 열네 살이라는 게 우울해요, 마릴라 아주머니. 스테이시 선생님은 지난 수요일에 십대가 된 여자아이들만 시냇가로 데리고 가셨어요. 그러고는 스무 살에 우리 인성이 형성될 무렵이 되면 십대 때 품은 습관과 이상들이 남은 생의 토대가 될 거라고 말씀하셨어요. 기초가 흔들리면 그 위에 정말 가치 있는 것을 세울 수가 없다고도 하셨어요. 다이애나와 저는 집으로 돌아오는 길에 이 문제에 대해서 한참을 더 이야기했죠. 저희는 정말 진지했어요, 마릴라 아주머니. 그리고 항상 조심하자고 다짐했죠. 좋은 습관을 형성할 수 있는 건 모두 배우고, 최대한 분별력 있는 사람이 되자고 약속했어요. 그러면 저희가 스무 살이 되었을 때 좋은 인성을 가진 사람이 될 수 있을 것 같아요. 그런데 스무 살이 된다는 건 상상만 해도 너무 오싹해요. 엄청 늙은 사람이 된 것 같고, 다 큰 것 같잖아요. 그런데 스테이시 선생님은 왜 오신 거예요?"

"그게 내가 말하려던 거였다, 앤. 네가 통 말할 틈을 안 주니, 원. 선생님이 너에 대해 말씀하시더구나."

앤은 지레 겁을 먹은 눈치였다.

"저에 대해서요? 아, 무슨 얘긴지 알 것 같아요, 마릴라 아주머니. 제가 먼저 솔직하게 말씀드리려고 했었는데 깜박하고 말았어요. 어제 오후 캐나다 역사 시간에 『벤허(Ben-Hur)』를 몰래 읽다가 스테이시 선생님께 딱 걸렸거든요. 제인 앤드루스가 빌려준 책이었는데요, 점심시간부터 읽기 시작했는데 전차 경주가 시작되려는 장면에서 마침 수업이 시작된 거예요. 그런데 뒷얘기가 너무 궁금해서 참을 수가 없었어요. 전 벤허가 이길 거라고 확신했어요. 벤허가 진다면 문학적 정의감이 잘 드러나지 않은 작품이 된다는 거잖아요. 그래서 책상 위에는 역사책을 펴놓고 책상이랑 무릎 사이에는 『벤허』를 숨겼죠. 제가 마치 역사책을 읽고 있는 것 같아 보이게요. 그런데 너무 재밌어서 스테이시 선생님이 통로를 통해 제 쪽으로 다가오고 있다는 것도 몰랐어요. 고개를 들자 선생님이 무서운 얼굴로 저를 내려다보고 계신 거예요. 얼마나 부끄러웠는지 몰라요, 마릴라 아주머니. 특히 조시 파이가 큭큭대고 웃을 때에는 더 그랬죠. 스테이시 선생님이 『벤허』 책을 가져가셨어요. 그런데 그때는 아무 말씀 안 하셨죠. 쉬는 시간이 되자 저를 부르시더니 제가 두 가지 큰 잘못을 저질렀다고 말씀해주셨어요. 한 가지는 공부에 매진해야 할 때에 시간을 낭비한 것이고, 다른 하나는 소설을 읽으면서 역사책을 읽는 척해 선생님을 속이려 했다는 것이었어요. 저는 그제야 제 잘못을 깨달았어요, 마릴라 아주머니. 전 충격을 받아서 엉엉 울었고, 선생님께 다시는 이런 짓을 하지 않겠으니 용서해달라고 했어요. 그리고 앞으로 일주일 동안 반성의 의미로『벤허』책을 쳐다도 보지 않겠다고 말씀드렸어요. 전차 경주가 어떻게 끝났는지 다음 이야기가 아무리 궁금해도 말이에요. 그런데 스테이시 선생님은 그럴 필요 없다고 하시면서 절 너그럽게 용서해주셨어요. 그래놓고는 여기까지 와서 아주머니께 다 일러바치다니 그건 좀 너무하신 것 같아요."

"스테이시 선생님은 그런 말씀은 전혀 없으셨다. 네가 죄책감을 느껴서 털어놓은 것 같은데, 학교에 소설책을 가져가는 건 옳지 않아. 그리고 넌 소설을 너무 많이 읽기도 하고. 내가 어렸을 땐 소설을 읽는다는 건 꿈도 못 꿨단다."

앤이 발끈했다.

"어떻게 『벤허』와 같은 종교 서적을 소설이라고 부르실 수가 있어요? 물론 주일 학교에서 읽기에는 너무 흥미진진한 내용이긴 하지만 전 주중에만 읽는단 말이에요. 그리고 전 이제까지 스테이시 선생님이나 앨런 사모님이 열세 살 반이 조금 넘은 아이에게 적합하다고 추천해주신 책만 읽었다고요. 저는 선생님과 약속했어요. 한번은 제가 『유령의 집에 얽힌 무서운 미스터리(The Lurid Mystery of Haunted Hall)』라는 미스터리 소설을 읽고 있었는데 그걸 선생님이 보신 거예요. 그 책은 루비 길리스가 빌려준 건데 정말 흥미진진하고 오싹했어요. 몸 안의 혈관이 다 얼어붙는 정도였다니까요. 하지만 스테이시 선생님은 그런 책은 어리석고 해롭다고 하셨어요. 비슷한 부류의 책들도 읽지 말라고 하셨고요. 그래서 그렇게 하겠다고 약속을 드린 것까지는 괜찮았는데, 결말이 어떻게 끝나는지 모른 채 책을 돌려주는 건 괴로웠어요. 하지만 전 스테이시 선생님을 사랑해요. 그래서 제 스스로를 시험해보기로 했어요. 누군가를 기쁘게 해주려고 뭔가를 한다는 건 참 멋진 일이에요.”

마릴라가 말했다.

“나는 램프에 불이나 밝히고 일을 해야겠구나. 보아 하니 너는 스테이시 선생님이 너에 대해 무슨 말씀을 하셨는지는 안중에도 없구나. 네 입을 종알대기에 바빠서 다른 건 관심도 없다고.”

앤이 미안한 듯 말했다.

“아, 아니에요. 전 정말 듣고 싶어요. 이제부터 한마디도 안 할게요. 저도 제가 말이 많다는 거 잘 알아요. 그리고 고쳐보려고 노력하고 있고요. 제가 실은 하고 싶은 말이 정말 많은데 입 다물고 말하지 않을 때도 있다는 걸 알아주셨으면 해요. 제발 알려주세요, 마릴라 아주머니.”

"좋아, 스테이시 선생님이 고학년 중에 퀸스에 입학 시험을 치를 학생들을 따로 모아 반을 만들 계획이시란다. 방과 후에 한 시간 정도 보충수업을 하실 건가 보더라. 그래서 너도 그 반에 들어가고 싶은지 나와 매슈에게 물어보려고 오신 거야. 네 생각은 어떠니? 퀸스 아카데미에 들어가서 교사가 되고 싶니?"

앤은 무릎을 꼿꼿이 펴고서는 두 손을 그러쥐었다.

"아, 마릴라 아주머니, 그건 제 평생의 소원이에요. 지난 6개월 동안, 정확히 말하면 루비와 제인이 입학 시험 이야기를 꺼내던 순간부터 제 꿈이었어요. 하지만 말씀을 드리지 못한 거예요. 왜냐하면 쓸모가 없을 수도 있으니까요. 저는 선생님이 되고 싶어요. 하지만 그러려면 돈이 엄청 많이 필요하지 않나요? 앤드루스 아저씨가 그러는데 프리스가 학교를 졸업할 때까지 150달러가 필요했대요. 프리스는 기하학에 젬병도 아니었단 말이에요."

"그 부분은 걱정하지 않아도 된다. 매슈 오라버니와 내가 너를 키우기로 마음먹었을 때부터 너에게 좋은 교육을 시켜주기로 생각하고 있었으니까. 나는 여자도 자기 생계는 스스로 챙길 줄 알아야 한다고 생각한다. 매슈 오라버니와 내가 여기 있는 한 여긴 항상 네 집이란다. 이 불안정한 세상에서 앞날은 예측하기 어렵단다. 늘 준비하고 있어야 해. 그러니 원하면 퀸스 아카데미에 들어가도록 해, 앤."

앤은 달려가 마릴라의 허리를 껴안고는 진심 어린 눈으로 그녀의 얼굴을 올려다보았다.

"아, 마릴라 아주머니, 정말 감사드려요. 전 아주머니와 매슈 아저씨께 어떻게 감사드려야 할지 모르겠어요. 전 정말 열심히 공부해서 은혜를 갚을 거예요. 하지만 기하학은 너무 기대하지 말아주셨으면 해요. 그 외의 것은 노력하면 잘할 수 있을 것 같아요."

"넌 잘 해낼 거다. 스테이시 선생님은 네가 밝고 성실한 아이라고 하셨어."

앤이 허영심에 가득 차게 될까 염려하여 마릴라는 스테이시 선생이 앤에 대해 했던 말을 모조리 알려주지는 않기로 했다.

"너무 책에 파묻힐 건 없어. 아직 서두를 것까지는 없거든. 입시를 치르기까지 일 년 반이나 남았잖니. 그래도 선생님은 제때에 시작해서 기초를 다지는 게 좋겠다고 하시더구나."

앤은 행복한 듯 말했다.

"앞으로 공부를 더 열심히 할게요. 왜냐하면 목표가 생겼으니까요. 앨런 사모님이 그러시는데, 우리 모두는 삶의 목적이 있어야 한대요. 그리고 그걸 신실하게 이루어 나가야 한대요. 스테이시 선생님과 같은 교사가 되는 건 가치 있는 목표겠지요, 마릴라 아주머니? 교사는 정말 고결한 직업인 것 같아요."

머지않아 퀸스 입시반이 만들어졌다. 길버트 블라이스, 앤 셜리, 루비 길리스, 제인 앤드루스, 조시 파이, 찰리 슬론 그리고 무디 스퍼전 맥퍼슨이 등록했다. 다이애나 배리는 수업을 듣지 않았는데, 부모가 다이애나를 퀸스 아카데미에 보낼 의사가 없어서였다. 이건 앤에게는 재앙과도 같았다. 미니 메이가 후두염을 앓았던 밤 이래로 다이애나와 앤은 떨어져본 적이 없었다. 그날 밤 퀸스 입시반 첫 수업을 들으려고 방과 후에 남아 있는데, 앤은 다

이애나가 다른 아이들과 함께 천천히 학교를 빠져나가는 모습을
보았다. 자작나무 길과 제비꽃 골짜기를 외로이 걸을 다이애나를
생각하니 자리를 박차고 일어나 따라가고 싶은 심정이었지만 꾹
참았다. 갑자기 목구멍에서 뭔가가 걸린 듯했다. 앤은 허둥지둥
라틴 문법책을 펼쳐 들고는 쏟아져 나오는 눈물을 감췄다. 길버
트 블라이스나 조시 파이에게 눈물을 보일 수는 없지 않은가.

그날 밤 앤은 침울하게 말했다.

"오, 마릴라 아주머니. 전 죽음의 쓴잔을 마신 것 같았어요. 앨
런 목사님이 지난주 일요일에 설교에서 하신 말씀처럼요. 다이애
나가 집에 혼자 가는 걸 보았어요. 다이애나도 같이 입시반에서
공부하면 얼마나 좋을까 생각했죠. 하지만 린드 아주머니 말씀처
럼 이 불완전한 세상에서 완벽한 걸 기대할 수는 없는가 봐요. 린
드 아주머니가 위로의 말을 건네는 일은 사실 별로 없는데 진실
을 많이 말씀하시는 건 맞아요. 그리고 퀸스 입시반은 정말 재미
있을 것 같아요. 제인과 루비는 교사가 될 거래요. 그게 장래희망
이라고 했어요. 루비는 2년 정도 교사 일을 하다가 결혼을 할 거
래요. 제인은 평생 교사 일을 할 거고 절대 결혼은 안 할 거래요.
선생님이 되면 월급을 받지만 남편은 생계에 도움도 안 되면서
생활비만 달라고 할 것 같대요. 제인은 아마 자신이 아픈 경험이
있어서 그러는 것 같아요. 린드 아주머니가 그러시는데, 제인의
아버지는 괴짜 노인이고 엄청난 구두쇠래요. 조시 파이는 대학에
가서 공부를 더 할 거래요. 생활비는 걱정하지 않아도 된대요. 남
의 돈을 동냥받아 공부하는 고아들은 공부를 빨리 마쳐야 하지

만 본인은 상황이 다르다나요. 무디 스퍼전은 목사가 되고 싶대요. 린드 아주머니는 무디가 이름값을 하려면 별수 없을 거래요.*
전 못되게 굴 생각은 없는데, 무디 스퍼전이 목사가 된다고 생각하면 웃겨요. 그 애는 통통하고 큰 얼굴에 작은 푸른 눈을 지닌 개구쟁이잖아요. 귀는 어쩜 날개처럼 축 늘어져서 얼굴에 붙어 있는지, 원. 하지만 어른이 되면 좀 더 지적인 모습으로 변할 수도 있겠죠. 찰리 슬론은 정치인이나 국회의원이 될 거래요. 하지만 린드 아주머니는 찰리 슬론은 절대 그 분야로 성공할 것 같지 않대요. 요즘 정치는 악당들이나 하는 것인데 찰리는 너무 솔직하다나요."

"길버트 블라이스는 뭐가 되고 싶다고 하든?"

앤이 『줄리어스 시저(Julius Caesar)』 책을 펼치는 것을 보며 마릴라가 물었다.

"그 애의 장래희망은 모르겠어요. 그런 게 있기나 하려나."

앤이 얕잡아보듯 말했다.

길버트와 앤은 서로 보란 듯이 경쟁을 하고 있었다. 이전에는 앤이 일방적으로 길버트를 이기려 들었다. 하지만 이제는 길버트도 작정하고 앤처럼 반에서 1등을 하고 싶어했다. 길버트는 앤에게 좋은 자극제가 되었다. 다른 친구들은 이 두 사람의 실력이 월등히 높은 것을 말 안 해도 알고 있었기 때문에 아예 경쟁을 하려

---

* 무디 스퍼전(Moody Spurgeon)은 19세기 미국의 유명 전도사인 드와이트 라이먼 무디(Dwight Lyman Moody)와 17세기 영국의 유명한 목사이자 설교가인 찰스 스퍼전(Charles Spurgeon)에서 각각의 성을 합친 것이다.

고 들지도 않았다.

경쟁의식 이외에도, 연못에서 사과를 거절당한 후로 길버트도 앤 셜리의 존재를 대놓고 무시했다. 다른 여자아이들하고는 이야기도 나누고 장난도 쳤다. 책을 빌리기도 하고 퍼즐을 같이 하기도 했다. 수업 내용이나 앞으로의 계획에 대해 이야기하거나 기도 모임 혹은 토론 클럽 후에는 집에 같이 가기도 했다. 하지만 앤 셜리에게만큼은 철저히 무관심했다. 앤은 길버트의 무관심이 달갑지 않았다. 신경 쓰지 않겠다고 되뇌었지만 말처럼 되지 않았다. 앤도 마음속 깊은 곳에서는 여자였고, 그가 신경이 쓰였으며, 빛나는 호수에서 다시금 기회가 주어진다면 그때는 길버트에게 다르게 대답했을 것 같았다. 어느 순간 길버트에게 느꼈던 오랜 분노는 말끔히 사라져버린 듯했고, 분노가 절정에 치달아도 모라랄 판에 그런 감정을 남몰래 느끼고 있다는 사실에 앤 본인도 당황했다. 예전의 사건과 감정들을 하나하나 떠올려보면서 이전의 분노감을 되찾아보려 했지만 허사였다. 연못가에서의 돌발적인 분노가 마지막이었다. 앤은 저 스스로도 모르는 사이에 이미 길버트를 용서해버린 것이다. 하지만 때는 이미 늦었다.

길버트는 물론이거니와 다이애나와 다른 그 누구도 앤이 오만하고 못된 자신의 모습을 후회하고 있다는 걸 알아차리지 못했다. 자신의 감정은 깊은 망각 속에 묻어두기로 결심했다. 지금 여기서 밝혀두자면 그 결심은 성공적이었다. 그래서 복수하려는 마음에 작정하고 앤에게 쌀쌀맞게 대한 길버트로서는 별다른 수확이 없었다. 그나마 위로가 된 것이 있다면 앤이 찰리 슬론을 엄청나게 매정하게 대하고 있다는 사실 정도였다.

그 외에는 순조로웠다. 저마다 각자의 할 일과 공부에 매진하며 그해 겨울을 보냈다. 앤에게 그해는 목걸이에 달린 황금 장식이 하루에 하나씩 빠져나가는 느낌이었다. 앤은 행복했고 열의에 불탔으며 매사에 열정이 넘쳤다. 하고 싶은 공부, 받고 싶은 상, 읽고 싶은 책, 주일 학교 성가대에서 부르고 싶은 새 곡들이 있었다. 토요일 오후가 되면 목사 사택을 방문하여 앨런 사모와 즐거운 시간을 보냈다. 그사이에 초록 지붕 집에는 어느덧 봄이 다시 찾아왔고, 만물은 다시 꽃을 피워냈다.

학업은 잠시 슬럼프에 빠졌다. 다른 친구들이 초록빛 길과 울창한 숲, 초원의 샛길로 하나둘씩 흩어질 때 학교에 남아 있던 퀸스 입시반 학생들은 물끄러미 창 너머로 친구들을 바라보며, 지난겨울 동안 라틴어 문법과 프랑스어 수업 시간에 느꼈던 흥분과 열정이 시들해졌다는 것을 느꼈다. 앤과 길버트마저도 학업에 느슨해졌고 경쟁이 무뎌졌다. 학기가 끝나고 방학이 다가오자 선생과 학생들은 다 같이 기뻐했다.

마지막 날 저녁, 스테이시 선생이 말했다.

"지난 한 해 동안 잘해줬어요. 휴식과 즐거움이 가득한 방학을 보내기 바라요. 밖에서 마음껏 뛰어놀기도 하면서 다음 학기를 위해 건강과 활기, 포부를 가득 키워오도록 해요. 입학 시험을 앞둔 마지막 해는 전쟁과도 다를 바 없을 테니까요."

조시 파이가 물었다.

"다음 학기에도 오실 건가요, 스테이시 선생님?"

조시 파이는 어떤 질문에도 주저함이 없었고, 이번 경우만큼
은 반 학생들이 모두 조시 파이에게 고마워했다. 그 누구도 감히
나서서 스테이시 선생에게 물어볼 엄두를 내지 못했기 때문이다.
스테이시 선생이 다시 돌아오지 않을 것이란 소문이 학교 전체에
파다했다. 고향에 있는 학교에서 교사 일을 하라고 제안을 받았
고, 그건 곧 스테이시 선생이 수락했을 것이라는 뜻이기도 했다.
퀸스 입시반은 가슴을 조리며 선생의 답변을 기다렸다.

스테이시 선생이 답했다.

"네, 그럴 것 같아요. 다른 학교로 갈까 생각도 했었어요. 하지
만 에이번리에서 계속 가르치기로 결정했어요. 사실, 이곳 학생
들과 너무 정이 들어서 떠날 자신이 없었어요. 그래서 여기 남아
서 여러분들과 함께하려고 해요."

"와아!"

무디 스퍼전이 외쳤다. 무디 스퍼전은 감정을 잘 드러내는 아
이가 아니었기에 그후 일주일 동안 그 일을 떠올릴 때마다 얼굴
을 붉히며 쑥스러워했다.

앤은 눈을 반짝이며 말했다.

"정말 기뻐요, 스테이시 선생님! 선생님이 안 돌아오신다고 생
각하니 너무 끔찍했어요. 다른 선생님이 오시면 제가 이 공부를
계속할 수 있을까 의문이거든요."

그날 밤 집에 돌아온 앤은 교과서를 낡은 가방에 몽땅 담아서
는 담요 상자에 던져 넣고 열쇠로 걸어 잠갔다.

앤이 마릴라에게 말했다.

"방학 동안 책은 거들떠도 안 볼 거예요. 이번 학기 동안 전 정말 최선을 다했어요. 심지어 기하학 공식을 모조리 다 외울 때까지 공부를 했다고요. 이젠 공식에서 작은 기호 하나만 바뀌어도 알아차릴 정도예요. 공부에 관련된 거라면 이젠 진절머리가 나요. 이번 여름에는 대신 상상의 날개를 마음껏 펼칠 거예요. 하지만 당황하진 마세요, 마릴라 아주머니. 정신 줄을 놓고 놀거나 하지는 않을 테니까요. 하지만 전 이번 여름은 정말 즐겁게 보내고 싶어요. 어린 소녀로 보내는 마지막 여름이 될지도 모르잖아요. 린드 아주머니가 그러시는데, 제가 내년에도 계속 키가 자라면 치맛단을 늘려야 할 거래요. 안 그러면 다리와 눈밖에 안 보이게 될 거라나요. 좀 더 긴 치마를 입게 되면 그에 걸맞게 행동해야겠지요. 좀 더 기품 있게 말이에요. 그러다가 요정도 안 믿게 되는 건 아닌가 겁나요. 그래서 이번 여름에는 온 마음을 다해서 요정들이 있다고 믿으려고요. 이번 방학은 정말 신날 거예요. 루비 길리스가 곧 생일 파티를 연대요. 그리고 다음 달에는 주일 학교 소풍과 교회 음악회도 있죠. 배리 아주머니는 화이트샌즈 호텔에서 다이애나와 저에게 저녁을 사줄 계획이시래요. 사람들은 거기서 저녁을 먹는다잖아요. 제인 엔드루스는 작년 여름에 그곳에 가봤대요. 온갖 불빛과 꽃, 화려한 드레스를 입은 여자 손님들 때문에 눈이 돌아갈 지경이었대요. 제인 말로는 상류사회를 처음 엿볼 기회였고, 죽을 때까지 잊지 못할 것 같대요."

린드 부인은 다음날 오후 마릴라가 왜 목요일 봉사활동 모임에 오지 않았는지 확인하려고 들렀다. 마릴라가 봉사활동 모임에 안 나타났다는 것은 초록 지붕 집에 무슨 일이 생겼다는 뜻이었다.

마릴라가 설명했다.

"목요일에 매슈 오라버니한테 심장 발작이 왔었어요. 그래서 오라버니를 두고 집을 비울 수가 없었어요. 아, 지금은 괜찮아요. 하지만 예전보다 발작을 일으키는 횟수가 늘어나는 것 같아 걱정이에요. 의사는 절대 안정을 취해야 한다고 그래요. 그거야 쉽죠. 오라버니가 어디 나가서 짜릿한 걸 즐길 사람도 아니고, 지금까지 그래 본 적도 없으니까요. 하지만 무리해서 일을 하면 안 될 것 같은데 오라버니에게 일을 하지 말라는 건 숨을 쉬지 말라는 것과 같은 소리니, 원. 들어와서 좀 앉았다 가세요. 차 좀 드릴까요?"

"그렇게 권하시니, 그럼 좀 앉았다 가죠."

그냥 돌아갈 생각이라곤 전혀 없었던 린드 부인이 말했다.

앤이 차를 준비하고 비스킷을 데우는 동안 린드 부인과 마릴라는 응접실에 편하게 앉아 있었다. 비스킷은 담백하고도 하얗게 잘 구워져서 까다로운 린드 부인의 입맛에도 맞았다.

오솔길 끝자락까지 배웅하던 마릴라에게 린드 부인이 말했다.

"앤은 정말 똑부러진 아이로 컸어요. 마릴라에게 많은 도움이 되겠어요."

마릴라가 답했다.

"네, 그래요. 이제는 정말 차분하고 믿을 만해요. 워낙 덤벙대는 아이였던 터라 그 버릇을 못 고치면 어쩌나 걱정을 했었어요. 하지만 앤은 이제 모든 걸 맡겨도 될 만큼 듬직해요."

린드 부인이 말했다.

"3년 전 그 아이를 처음 봤을 때는 앤이 이렇게 잘 자랄 거라고는 생각 못했어요. 그 성질머리를 제가 어찌 잊겠어요. 그날 밤 집에 돌아와서 토머스에게 그랬다니까요. '내 말 잘 들어둬. 마릴라 커스버트는 본인이 저지른 일로 엄청 후회하게 될 거야'라고요. 그런데 이제 보니 저의 착오였네요. 그리고 그렇게 되어서 정말 기뻐요. 난 실수를 하고도 인정하지 않은 그런 부류는 아니에요. 그건 절대 내 방식이 아니죠. 전 앤을 잘못 판단했어요. 하지만 놀라운 일도 아니죠. 그 아이는 엉뚱하고 딴 세계에서 온 아이 같았으니까요. 앤은 다른 아이들과 같은 잣대로 평가하면 안 돼요. 지난 3년 동안 앤이 변한 걸 보면 그저 놀라울 뿐이에요. 얼굴도 봐요, 이젠 정말 예쁘잖아요. 물론 저렇게 창백하고 눈이 큰 아이는 내 취향이 아니긴 하지만요. 내 눈에는 다이애나 배리나 루비 길리스처럼 생기 있고 혈색이 좋은 아이가 예뻐 보여요. 루비 길리스도 참 돋보이죠. 하지만 앤이 그 아이들이랑 같이 있으면 앤이 미모에서는 좀 처질지 모르겠는데, 왠지 다른 아이들은 평범하거나 너무 지나치게 꾸몄다는 인상을 받게 해요. 앤은 6월의 백합 같다고나 할까요? 본인이 수선화라고 불러대는 꽃 있잖아요. 그 꽃이 커다랗고 붉은 모란꽃 옆에 피어 있는 것 같다니까요."

제31장
시냇물과 강물이 만나는 곳

앤은 즐거운 여름을 보냈고 순간마다 진심으로 즐겼다. 앤과 다이애나는 거의 밖에서 살다시피 했는데 연인의 오솔길, 드루아스 샘, 버드나무 연못, 빅토리아 섬에서 즐겁게 뛰어다니며 놀았다. 마릴라는 앤이 매일같이 싸돌아다니는 걸 보고도 별다른 잔소리를 하지 않았다. 방학이 시작되고 얼마 지나지 않은 어느 오후, 미니 메이가 후두염으로 아팠던 날 왔던 스펜서베일의 의사가 한 환자의 집에서 앤과 우연히 마주쳤다. 앤을 꼼꼼히 살펴보던 의사는 입을 이죽이더니 머리를 가로저었다. 그러고는 사람을 통해 마릴라 커스버트에게 다음과 같은 메시지를 남겼다.

"댁의 빨간 머리 아이가 여름 동안 바깥 공기를 충분히 들이키게 하세요. 다음 단계로 활보할 기력을 회복할 때까지 책은 잠시 접어두는 게 좋습니다."

그 말을 들은 마릴라는 화들짝 놀라고 말았다. 마치 의사의 말을 따르지 않았다가는 앤이 폐결핵으로 죽을지도 모른다는 소리처럼 들렸기 때문이다. 그 결과 앤은 생애 최고의 여유로운 여름을 보낼 수 있었다. 앤은 산책도 하고 노를 젓기도 하고 딸기를 따기도 하면서 마음껏 꿈을 꾸었다. 9월이 되자 앤의 눈은 총기가 가득하고 명민해져서 스펜서베일의 의사 선생이 봐도 만족할 만한 수준이 되었다. 앤은 열정과 의지로 불타올랐다.

앤이 다락방에서 책들을 꺼내며 말했다.

"저는 이제 온 마음과 정성을 다해 공부에 매진할 거예요. 오랜친구들아! 너희들의 순진무구한 얼굴을 다시 보게 되어 기뻐. 기하학 너까지도 말이야. 마릴라 아주머니, 저는 정말 완벽하게 아름다운 여름을 보냈어요. 앨런 목사님이 지난 주일에 말씀하셨듯, 이제는 경주에 나가는 선수처럼 들떠 있다니까요. 앨런 목사님의 설교는 너무 훌륭하지 않나요? 린드 아주머니가 그러시는데, 목사님의 설교가 나날이 발전하고 있대요. 그래서 도시의 교회에서 목사님을 낚아채갈지도 몰라요. 그럼 우리는 또 새내기 목사님을 맞이할 수밖에 없는 거고요. 하지만 벌써부터 걱정할 일은 아니지 않을까요? 제 생각에는 앨런 목사님과 함께하는 이 시간을 온전히 즐기는 편이 낫다고 봐요. 제가 남자로 태어났다면 저는 목사가 되었을 것 같아요. 목사는 사람들에게 선한 영향을 주잖아요. 물론 그분들의 신앙이 건전하다면요. 훌륭한 설교로 사람들의 마음을 움직일 수 있다면 정말 짜릿할 것 같아요. 그런데 왜 여자는 목사가 될 수 없는 건가요, 마릴라 아주머니? 린드 아주머니께도 같은 질문을 드렸었는데 아주머니께서 충격을 받으시고는 그런 말은 절대 함부로 하면 안 된다고 하셨어요. 미국에는 여자 목사님이 있을 수도 있대요. 아마 있다고 생각하시는 것 같아요. 그런데 다행히도 캐나다는 아직 그 정도로 나쁜 물이 들지는 않았대요. 그리고 린드 아주머니는 여자 목사가 생기는 일 따위는 절대로 일어나지 않기를 바라신대요. 하지만 저는 잘 모르겠어요. 저는 여자가 목사가 되어도 참 좋을 것 같거든요. 사교 모임이나 티 파티, 후원회 같은 행사가 있으면 여자들이 앞장서서 이끌잖아요. 전 린드 아주머니도 벨 장로님 못지않게 기도를 잘하실 수 있을 것 같고, 조금만 연습하면 설교도 하실 수 있을 것 같은데 말이죠.”

마릴라가 무미건조하게 답했다.

“응, 내 생각에도 그럴 것 같구나. 지금도 비공식적으로는 설교를 많이 하고 계시잖니. 레이첼이 에이번리를 감시하고 다닌다면 이 동네에 사고뭉치는 아마 한 명도 안 생길 게야.”

앤이 불쑥 용기를 내어 말했다.

“저 여쭤보고 싶은 게 있어요. 마릴라 아주머니는 어떻게 생각하시는지 궁금해서요. 제가 이 문제로 요즘 계속 골머리를 앓고 있는 중이라서요. 일요일 오후가 되면 저는 착한 사람이 되고 싶어요. 그리고 아주머니나 앨런 사모님, 스테이시 선생님과 함께 있을 때는 더더욱 그래요. 저는 이분들을 기쁘게 해드리고 싶고 인정받고 싶어요. 하지만 린드 아주머니하고만 있으면 꼭 제가 엄청 못된 사람이 된 거 같고, 하지 말라고 한 것만 골라서 하고 싶어져요. 정말 그러고 싶은 생각이 막 든다니까요. 도대체 제가 왜 그러는 걸까요? 제가 정말 못된 말썽꾸러기라서 그럴까요?”

마릴라는 순간 아리송하다는 표정을 짓더니 이내 웃어댔다.

"네가 그렇다면 나도 그런 사람인 것 같구나. 나도 레이첼과 있으면 종종 그런 느낌을 받거든. 레이첼이 잔소리를 좀 줄이고 주변에 선한 영향력을 좀 더 끼쳤으면 좋겠다고 생각한단다. 잔소리를 하지 말라는 계명이 있었어야 했는데. 그래도 그런 말은 하는 게 아니야. 레이첼은 신실한 기독교인이시고 선량한 분이셔. 맡은 일은 또 얼마나 야무지게 하시는데."

"아주머니도 저와 같은 생각을 하셨다니 마음이 놓여요. 앞으로 이 문제에 대해서는 크게 고민하지 않을래요. 하지만 또 새로운 고민거리가 생기겠죠. 늘 그렇더라고요. 한 문제를 해결하고 나면 또 다른 문제가 생기죠. 자랄수록 고민거리가 늘어나고 결정해야 할 일들도 많아져요. 매번 어떤 것이 옳을까 생각하다가 하루를 다 보내죠. 어른이 된다는 건 참 쉽지 않은 것 같아요. 그렇죠, 마릴라 아주머니? 그래도 아주머니와 매슈 아저씨, 앨런 사모님, 스테이시 선생님 같은 분들이 주위에 계시니까 전 잘 자랄 것 같아요. 잘못되면 그건 제 잘못일 테죠. 인생을 여러 차례 살 수 있는 것이 아니니 책임감이 막중해지는 것 같아요. 제대로 잘 자라지 못했다고 해서 다시 과거로 돌아가 다시 자랄 수는 없는 거잖아요. 저는 이번 여름에 2인치나 컸어요. 길리스 아저씨가 루비의 생일 파티에서 제 키를 재주셨어요. 그리고 아주머니께서 제 드레스를 길게 만들어주셔서 얼마나 기쁜지 몰라요. 짙은 초록색은 정말 예뻐요. 그리고 치마에 주름을 잡아주신 것도 너무 감사해요. 이번 가을에는 주름치마가 유행이잖아요. 조시 파이는 치마들이 몽땅 주름 잡혀 있어요. 저도 이제는 주름치마가 있으니 공부도 더 잘될 것 같아요.

저도 갖고 있다고 생각하니까 마음이 편해지는 거 있죠."

"주름을 잡아줘서 다행이구나."

마릴라는 마음을 놓았다.

스테이시 선생은 에이번리 학교로 돌아왔고 아이들은 다시 학업에 매진했다. 특히 퀸스 입시반 여자아이들은 단단히 각오를 하고 있었다. 내년 학기 말에 있을 운명의 입학 시험은 이미 아이들의 앞길에 옅은 그림자를 드리웠고 '입학 시험'이라는 단어만 떠올려도 심장이 쿵 하고 내려앉는 기분을 자아냈다. 만약 시험에 불합격한다면! 그해 겨울 앤은 깨어 있는 내내 이런 악몽에 시달렸고, 심지어 일요일 오후조차도 도덕적이거나 신학적인 문제를 생각할 여유가 없었다. 길버트 블라이스의 이름이 1등에 오르고 자신의 이름은 아예 빠진 합격자 명단을 비참하게 바라보는 악몽에 시달리기도 했다. 하지만 그해 겨울은 즐겁고도 바쁜 가운데 훌쩍 지나가버렸다. 공부는 재미있었고 경쟁은 치열했다. 사고와 감정, 열의로 가득 찬 신선하고도 놀라운 미지의 세계가 앤의 눈앞에서 펼쳐지는 듯했다.

언덕 너머 언덕이 나타나고 알프스 위에 알프스가 솟아났으니*

모두 스테이시 선생 덕분이었다. 그녀의 능숙하고 섬세하며 관

---

* 영국 시인 알렉산더 포프(Alexander Pope)의 시 「알프스 위의 알프스」 중 마지막 구절.

대한 지도가 있었기에 가능한 일이었다. 그녀는 아이들이 스스로 생각하고 탐구하며 발전할 수 있도록 이끌었고, 낡은 사고방식에서 벗어나도록 격려해주었다. 기존의 관행과 비교했을 때 지나치게 혁신적이어서 고정관념이 심한 린드 부인과 학교 재단 이사들은 깜짝 놀라기도 했다.

공부 이외에도 앤은 사교의 폭도 넓어졌다. 스펜서베일의 의사가 해준 조언을 마음에 담아둔 마릴라는 앤이 이따금씩 외출을 한다고 해도 반대하지 않았다. 토론 클럽 활동이 왕성해져서 공연도 수차례 열었다. 어른들의 사교 모임과 별반 다를 바 없는 파티도 한두 번 열렸고, 썰매와 스케이트를 타면서 놀기도 했다.

그러는 동안 앤은 쑥쑥 커갔다. 어느 날 마릴라는 앤과 나란히 걷다가 앤이 이제는 자신보다 키가 더 크다는 사실을 알고 깜짝 놀랐다.

"너 정말 많이 컸구나, 앤."

마릴라는 믿을 수 없다는 듯 말했다. 그러고는 한숨을 내쉬었다. 마릴라는 앤이 자랐다는 사실이 이상하게도 섭섭했다. 마릴라에게 사랑이 무엇인지 알려주었던 꼬마 아이는 어느덧 사라지고, 이제 키가 훌쩍 크고 진중한 눈빛을 지닌 열다섯 살 소녀가 서 있지 않은가. 사려 깊은 눈매와 도도한 자태까지 갖추었다. 마릴라는 꼬꼬마 시절의 앤만큼이나 숙녀가 된 지금의 앤을 사랑했지만, 또 한편으로는 무언가를 잃어버린 듯 공허함을 느꼈다. 그날 밤 앤은 다이애나와 기도 모임에 갔고, 홀로 황량한 석양을 받으며 있던 마릴라는 감정이 벅차올라 눈물을 쏟고 말았다. 램프를 들고 오던 매슈가 그런 마릴라를 보고 깜짝 놀라서 빤히 쳐다보자 마릴라는 눈물을 쏟으면서도 웃음을 터트렸다.

"앤에 대해서 생각하고 있었어요. 이제 숙녀가 된 거 있죠. 내년 겨울이면 우리 곁을 떠나겠죠. 아이가 너무 보고 싶을 것 같아요."

"자주 올 텐데 뭘 그러니. 그때쯤이면 카모디에도 기차가 지나갈 거라고."

매슈가 위로했다. 매슈에게 앤은 예나 지금이나, 4년 전 6월의 어느 날 브라이트리버 역에서 데려왔던 작고 열의에 찬 꼬마이고 앞으로도 그럴 것이었다.

"그래도 집에서 함께 지내는 것과는 다르죠. 거봐요, 남자들은 모른다고요."

마릴라가 침울하게 말했다.

앤은 육체적으로만 변화한 것이 아니었다. 우선 말수가 줄었다. 물론 예전처럼 생각하고 공상하는 건 마찬가지였지만, 확실히 말수는 줄었다. 마릴라가 이를 눈치채고는 앤에게 물었다.

"예전에 비하면 말도 별로 없고, 이제는 거창한 단어도 잘 안 쓰는구나. 무슨 일 있니?"

읽던 책을 내려놓고 얼굴을 붉히며 앤은 조금 웃어댔다. 그리고 꿈을 꾸듯 창밖을 내다봤다. 담쟁이덩굴이 봄 햇살을 받으며 빨간 꽃봉오리를 피워내고 있었다. 앤은 생각에 잠긴 듯 집게손가락으로 턱을 살포시 누르며 말했다.

"잘 모르겠어요. 그저 예전만큼 떠들고 싶지 않아졌어요. 깊게 생각해낸 아름다운 것들은 마음속에 간직하는 게 더 좋은 것 같아요. 마치 보물처럼요. 제가 털어놓는 생각들이 웃음거리가 되거나 괴상한 취급을 받는 것도 싫고요. 거창한 단어들은 더 이상 사용하고 싶지 않아졌어요. 안타깝기도 해요. 이제는 그런 말들을 써도 될 만큼 컸는데. 어른이 된다는 건 재미나기도 하지만 제가 예상했던 것과는 좀 많이 다른 것 같기도 해요. 배울 것도, 할 것도, 생각할 것도 너무 많아서 거창한 단어를 쓸 시간도 없고요. 게다가 스테이시 선생님이 그러시는데 간결한 문장이 오히려 더 강력하고 효과적이래요. 작문을 할 때도 간결하게 쓰라고 하시거든요. 처음에는 어려웠어요. 거창한 단어들을 생각해내서 글에 잔뜩 쏟아내곤 했던 저였으니까요. 그런 단어들이 자꾸만 떠올랐죠. 하지만 이제는 익숙해져서 간결하게 쓰는 게 더 낫다는 말도 이해가 되요."

"이야기 클럽은 잘되고 있니? 한동안 근황을 못 들은 것 같구나."

"이야기 클럽은 없어졌어요. 시간이 없기도 하고, 이젠 지겨워졌고요. 사랑과 살인, 도피나 미스터리 이야기를 쓴다는 건 한심한 일이었어요. 스테이시 선생님이 작문 연습으로 이야기를 써보라고 하시는데요, 보통 에이번리 마을에서 일어날 법한 일들에 대해 쓰라고 하세요. 그리고 날카롭게 각자의 글을 비평하라고 하시죠. 제 글을 꼼꼼히 들여다보기 시작하면서 제 글이 이제껏 얼마나 실수투성이인지 알게 되었어요. 어찌나 부끄러운지 다 포기하고 싶을 정도였어요. 하지만 제가 날카롭게 비평하는 훈련을 할수록 글을 더 잘 쓰게 될 거라고 스테이시 선생님이 그러셨어요. 그래서 열심히 하고 있어요."

"입학 시험까지 이제 겨우 두 달 남았구나. 잘될 것 같니?"

그러자 앤이 온몸을 부르르 떨었다.

"잘 모르겠어요. 어떤 때는 괜찮다가도 또 어떤 때는 성적이 바
닥을 치죠. 열심히 공부했고, 스테이시 선생님도 꼼꼼히 지도해
주셨어요. 하지만 그래도 사람 일은 모르잖아요. 저마다 취약한
과목들이 있거든요. 제게는 당연히 기하고요. 조시는 산술, 무디
스퍼전은 영국 역사가 그렇게 어렵다고 하네요. 시험을 망칠 것
만 같다나. 스테이시 선생님은 6월에 입학 시험과 난이도가 비슷
한 문제들로 모의고사를 치르겠대요. 그리고 까다롭게 채점하실
거래요. 그러면 어느 정도 감이 잡히겠죠. 모든 게 빨리 끝났으면
좋겠어요. 만날 악몽을 꾸는 것 같단 말이에요. 어떤 날은 한밤중
에 일어나서 불합격하면 어쩌나 걱정을 하기도 한다니까요."

마릴라가 태연하게 말했다.

"그러면 내년에 다시 시험을 보면 되잖니."

"아, 그렇게는 할 자신이 없어요. 불합격은 너무 수치스러워요.
특히 길버⋯⋯ 아니 다른 아이들이 합격한 상황에서 저만 떨어진
다면요. 저는 시험 때 긴장하는 편이라 시험을 망칠까 걱정이 되
요. 제인 앤드루스처럼 담대했으면 좋으련만. 그 애는 무슨 일이
생겨도 끄떡없더라고요."

한숨을 쉰 앤은 산들바람과 파란 하늘 그리고 초록빛 새싹이
돋아나는 봄 정원에서부터 겨우 눈을 돌리고는 책에 집중했다.
봄은 또다시 올 테지만 이번 시험을 통과하지 못하면 절대 그 봄
을 만끽할 수 없을 것만 같았다.

제32장
합격자 명단이 발표되다

6월이 끝나자 학기도 마무리되었고, 스테이시 선생도 에이번리 학교를 떠날 때가 되었다. 앤과 다이애나는 그날 오후 침울한 얼굴로 집에 돌아왔다. 빨간 눈과 흠뻑 젖은 손수건을 보아 하니 스테이시 선생과의 작별이 3년 전 필립스 선생님과의 작별만큼이나 감동적이었나 보다. 다이애나는 가문비나무 언덕 아래에서 학교를 돌아보며 한숨을 깊이 내쉬었다.

"모든 게 끝나는 것 같았어. 그렇지 않니?"

다이애나가 쓸쓸하게 물었다.

"넌 나만큼 가슴이 아프지는 않을 거야. 넌 겨울 학기에 다시 학교로 돌아가지만, 난 정든 학교를 떠나야 한다고. 영원히. 물론 그것도 운이 좋아야 하겠지만."

앤은 손수건의 마른 부분을 찾아보았지만 소용없었다.

"그래도 예전 같지는 않을 거야. 스테이시 선생님도 안 계시고, 너와 제인, 루비도 없을 것 같고. 나는 혼자 앉게 되겠지. 너 말고 다른 짝꿍은 상상도 하기 싫어. 우린 그동안 정말 즐거웠는데. 그렇지 않니, 앤? 이 모든 게 끝나간다는 게 끔찍해."

다이애나의 콧등을 타고 눈물이 뚝뚝 떨어졌다.

앤이 애원하듯 말했다.

"네가 그만 울어야 나도 눈물을 멈추지. 내가 손수건을 내려놓기가 무섭게 네가 다시 울어버리면 나도 또 울게 되잖아. 린드 아주머니가 말씀하신 대로 쉽지 않겠지만, 우리는 모두 힘을 내야 한다고. 그리고 난 다음 학기에 돌아올지도 몰라. 왠지 시험에 불합격할 것 같은 느낌이 들어서. 요즘 자꾸 그런 생각이 들어."

"무슨 소리야. 넌 스테이시 선생님이 낸 시험도 잘 봤잖아."

"그랬지, 하지만 그 시험들은 긴장감이 덜했어. 진짜 시험을 생각하면 얼마나 무섭고 끔찍한지 몰라. 게다가 내 수험 번호는 13번인데, 조시 파이가 그건 매우 재수 없는 번호래. 난 미신도 안 믿고 그런 거 신경 안 쓰는 편이지만, 그래도 13번은 아니길 바랐는데."

"나도 같이 가면 좋을 텐데 아쉬워. 우리 둘이서 정말 멋진 시간을 보낼 수 있을 것 같지 않아? 오늘 저녁에도 넌 또 공부해야 하지?"

다이애나가 말했다.

"아니, 스테이시 선생님이 그러시는데 절대 다시 책을 펼쳐보지 말랬어. 오히려 진만 빠지고 헷갈리기만 할 거래. 차라리 나가서 산책을 하고, 시험에 대해서는 아예 생각도 하지 말고 일찍 자라고 하셨어. 좋은 조언이긴 한데 실천할 수 있을지 의문이야. 프리시 앤드루스 언니는 입학 시험을 치르는 그 주에 완전히 날밤을 새며 공부했대. 나도 그 언니만큼 열심히 해야 할 텐데. 조세핀 할머니께서 내가 샬롯타운에서 시험을 보는 동안 너도밤나무 집에 머물러도 된다고 하셨어. 얼마나 감사한지 몰라."

"거기 있는 동안 나한테 편지 쓰는 거 잊지 마!"

"화요일 저녁에 편지를 쓸게. 첫날 시험이 어땠는지 바로 알려줄게."

앤이 약속했다.

"수요일이 되면 난 우체국 유령이 되어 있을지도 몰라."

다이애나가 말했다.

앤은 다음 월요일에 샬롯타운으로 떠났고, 수요일이 되자 다이애나는 온종일 우체국에서 서성댔다. 그리고 약속대로 편지를 받았다.

사랑하는 다이애나에게

지금은 화요일 저녁이고 너도밤나무 집 서재에서 이 편지를 써. 어젯밤에는 혼자서 잤는데 얼마나 쓸쓸했는지 몰라. 너랑 같이 있었으면 얼마나 좋았을까 생각했어. 스테이시 선생님과 약속한 대로 시험 전에 밤샘 공부를 하지는 않았어. 역사책을 펼치고 싶었는데 그걸 참느라 힘들었어. 수업이 끝날 때까지 읽고 싶은 소설책을 못 읽어서 안달 났던 것과 같은 기분이랄까.

오늘 아침에는 스테이시 선생님이 데리러 오셨어. 그리고 제인, 루비, 조시와 같이 퀸스 아카데미로 갔지. 루비가 자기 손을 만져보래서 그렇게 했더니 얼음처럼 차가웠던 거 있지. 조시는 내가 한숨도 못 잔 사람의 몰골이래. 그래서 설령 내가 교사 임용 시험에 합격한다고 해도 수업을 다 따라갈 만한 체력이 될는지 의문이래. 조시 파이와 같은 애는 그렇게 오랫동안 알아왔는데도 도무지 친해질 수가 없다니까!

퀸스 아카데미에 도착했을 때 섬 이곳저곳에서 온 학생들이 엄청 많았어. 제일 먼저 만난 사람은 무디 스퍼전이었지. 계단에 쪼그리고 앉아서 뭔가를 중얼대고 있길래 제인이 도대체 뭘 하냐고 물었더니 너무 떨려서 구구단을 외우고 있었대. 그러더니 방해하지 말라는 거 있지. 잠깐이라도 중얼대는 걸 멈추면 너무 놀라서 지금까지 공부한 걸 다 까먹을 것 같다나. 그런데 구구단을 외워댄다고 기억들이 머릿속에 잘 붙어 있을지도 의문이더라고.

우리는 고사장을 배정받았고, 스테이시 선생님과도 이별해야 했지. 난 제인이랑 같이 앉았는데, 제인은 어쩌나 차분하던지 엄청 부러웠다니까. 제인은 정말 착하고 차분하고 이성적인 아이 같아. 난 쿵쾅거리는 내 심장 소리가 반 아이들한테 다 들리면 어쩌나 걱정이 되었어. 조금 지나자 어떤 남자분이 들어와서는 영어 시험지를 나눠주셨지. 내 심장은 그때부터 얼어붙기 시작했고 머리가 빙빙 도는 거야. 잠깐이었지만 정말 끔찍한 순간이었어, 다이애나. 4년 전 마릴라 아주머니에게 초록 지붕 집에 있어도 되는지 허락받기 직전의 딱 그 기분이었다니까. 그리고 머릿속이 완전 백지가 되어버렸지.

심장도 쿵쾅거리고. 아참, 내가 말 안 한 게 있는데, 그때까지
는 모든 게 멈춘 기분이었어. 그런데 어쨌든 시험지를 받아들
고는 내가 뭘 해야 할지 알게 되었지.

점심시간에는 집에 가서 밥을 먹고 오후에 역사 시험을 봤어.
역사는 꽤 어려웠고 연도가 너무 헷갈리는 거야. 그런데 꽤
잘 봤다는 생각이 들어. 아참, 다이애나, 내일은 기하 시험을
보는데, 그 생각만 하면 기하학 책을 펼쳐보고 싶어서 미칠
지경이야. 정말 구구단이 도움이 된다면 내일 아침까지 그거
라도 외우고 싶은 심정이라고.

저녁에는 다른 아이들을 만나러 갔어. 가는 길에 무디 스퍼전
을 만났는데 엄청 심난한 표정으로 뚜벅뚜벅 걸어가더라고.
역사 시험을 망친 것 같다면서 자긴 부모님을 실망시키려고
태어난 아이 같대. 아침 기차를 타고 집으로 돌아가겠다지 뭐
야. 아무래도 목사보다는 목수가 되는 게 더 쉬울 것 같다나.
나는 무디를 다독였고, 시험을 다 치를 때까지 잘해보자고 했
어. 그렇게 안 하면 스테이시 선생님께 너무 죄송하니까. 가끔
씩 나는 남자로 태어났으면 얼마나 좋았을까, 라고 생각했어.
하지만 오늘 무디 스퍼전을 보니까 여자인 것도 좋은 것 같고,
무디의 여동생이 아니어서 천만다행이라는 생각도 들었어.

루비가 머물고 있는 기숙사에 갔는데, 루비는 완전 제정신이
아닌 거야. 영어 시험에서 엄청난 실수를 했다지 뭐니. 루비가
정신이 겨우 들었을 때 시내에 가서 아이스크림을 사 먹었어.
너와 여기에 함께 있었으면 얼마나 좋았을까 생각했지.

아, 다이애나! 기하 시험만 끝난다면! 하지만 린드 아주머니는 또 그러시겠지. 내가 기하 시험을 망치든 말든 해는 다시 떠오르고 질 거라고. 맞는 말이긴 한데 그다지 위로가 되지는 않아. 시험에 불합격하면 차라리 세상이 멈춰버렸으면 좋겠어.

언제나 네 편인,

앤

기하 시험과 나머지 시험들이 제때 다 끝나고 앤은 금요일 저녁, 집으로 돌아왔다. 피곤한 기색이었지만 승리감도 엿보였다. 다이애나는 초록 지붕 집에서 앤을 기다리고 있었고, 앤이 도착하자 수년 동안 못 만났던 사람들마냥 서로를 반겼다.

"내 오랜 친구! 다시 만나서 너무 기뻐. 네가 샬롯타운으로 간 지 일 년은 된 것 같았어. 시험은 잘 본 거야?"

"괜찮았어. 기하학은 빼고 말이야. 그 과목은 정말 합격할 수 있을지 모르겠어. 왠지 불합격할 것만 같은 불길한 예감도 들고. 어쨌든 집에 오니까 너무 좋아. 초록 지붕 집이 이 세상에서 가장 멋지고 사랑스러운 곳인 것 같아."

"다른 아이들은 어땠대?"

"여자애들은 다 불합격할 것 같다고 말은 그렇게들 하는데, 내 생각에는 잘 본 것 같아. 조시는 기하학이 쉬웠대. 열 살짜리도 다 풀 수 있는 문제였다나? 무디 스퍼전은 역사 시험을 망쳤다고 내내 걱정이고. 찰리는 대수를 못 봤대. 하지만 합격자 명단이 나올 때까지는 모를 일이지. 2주 남았어. 이런 기분으로 2주를 보내야

하다니! 결과가 나올 때까지 잠들었다가 안 깨어났으면 좋겠다."

길버트 블라이스 소식은 물어보나 마나였다. 그래서 다이애나는 이렇게만 말했다.

"넌 꼭 붙을 거야. 걱정 마."

"간신히 붙을 바에는 차라리 불합격하는 편이 나을 것 같아."

앤이 스치듯 말했다. 그건 길버트 블라이스보다 성적이 낮으면 합격을 한다고 해도 불완전한 성공이며, 그녀를 괴롭게만 할 뿐이라는 뜻이었다. 다이애나도 앤이 무슨 말을 하는지 알아챘다.

바로 그 생각 때문에 앤은 시험 내내 긴장을 멈출 수가 없었다. 길버트도 마찬가지였다. 길에서 두 사람은 종종 마주쳤지만 한 번도 아는 척을 하지 않았다. 그때마다 앤은 고개를 더 꼿꼿이 세우면서 길버트가 사과를 할 때 친구가 되었더라면 하고 아쉬워했지만, 마음 한편에서는 시험에서 기필코 길버트보다는 좋은 성과를 내고야 말리라고 더욱 굳게 마음을 다졌다. '과연 누가 1등을 할까'는 모든 에이번리 학생들에게 최대의 관심사였다. 지미 글로버와 네드 라이트는 심지어 이걸 두고 내기까지 했다. 조시 파이는 1등은 당연히 길버트일 것이라고 했다. 그러니 떨어진다면 그 수치심은 이루 말할 수 없을 것이다.

하지만 시험을 잘 치르고 싶다는 또 한 가지 기특한 이유가 있었다. 앤은 매슈와 마릴라, 특히 매슈를 위해서라도 좋은 성적으로 입학하고 싶었다. 매슈는 섬 전체를 통틀어 앤이 1등을 할 것이라고 배짱 좋게 말해왔다. 앤은 부질없는 꿈이라고 생각했다. 앤은 최소 상위 10명 안에라도 들고 싶었다. 그래서 매슈의 갈색 눈동자가 자부심으로 가득 찼으면 하는 바람이었다. 그건 앤의 상상력과는 동떨어진 방정식이나 동사의 변화들을 그간 꾹 참으며 공부한 것에 대한 달콤한 보상이 될 터였다.

2주가 다 되어가자 앤은 우체국의 유령이라도 된 듯 그곳에 달려가 제인, 루비, 조시와 함께 샬롯타운 일간신문을 펼쳐보았다. 차가운 손이 바들바들 떨렸고 입학 시험을 치를 때처럼 끔찍한 기분이 몰려왔다. 찰리와 길버트도 마찬가지였지만 무디 스퍼전은 작정하고 우체국에 오지 않았다.

"난 그곳에 가서 멀쩡한 정신으로 신문을 펼쳐볼 자신이 없어. 그냥 누군가가 내게 와서 합격 여부를 알려줄 때까지 기다릴래."

3주가 지날 때까지 합격자 발표는 나지 않았고, 앤은 더 이상 참기 어렵게 되었다. 입맛이 없어졌고 에이번리에 일어나는 대소사에도 무심해졌다. 린드 아주머니는 교육감이 보수당인 토리파에서 선출되었으니 기대할 만한 게 없다고 했고, 매슈는 매일 오후 축 늘어지고 심드렁한 표정으로 우체국에서 돌아오는 앤을 보며 다음 선거 때부터는 자유당을 뽑아야 하나 심각하게 고민하기 시작했다.

그러던 어느 날 저녁, 소식이 날아왔다. 앤은 열린 창가에 앉아 시험의 중압감과 세상의 고충들을 잠시 잊고 정원의 꽃향기를 들이키며 포플러 잎사귀가 바스락대는 소리를 들으면서 여름을 만끽하고 있었다. 전나무 숲 너머 동쪽 하늘에서는 노을이 반사되어 희미한 분홍빛을 드리웠고, 앤은 색깔에도 영혼이 있다면 아마 저런 색일 것이라고 상상하고 있었다. 그때 다이애나가 전나무 사이를 가로질러 통나무 다리를 건너고 비탈길을 올라 앤에게 뛰어오는 모습이 보였다. 손에는 신문이 움켜져 있었다.

그 신문에 무슨 소식이 담겼는지 단번에 알아차린 앤은 쏜살같이 밖으로 나가려고 했다. 합격자 명단이 발표된 것이다! 하지만 머리가 아찔했고 심장은 쿵쾅대기 시작했다. 그래서 한 발자국도 움직일 수가 없었다. 다이애나가 복도를 뚫고 노크도 하지 않고 방 안으로 들어올 때까지의 짧은 순간이 한 시간처럼 느껴졌다.

다이애나가 외쳤다.

"앤, 너 합격했어! 그리고 1등이라고! 너와 길버트가 동점이야. 그런데 네 이름이 더 위에 있어. 난 네가 너무 자랑스러워!"

다이애나는 신문을 테이블에 내던지고는 앤의 침대 위에 드러누웠다. 숨이 차서 더 이상은 말을 못할 지경인 듯했다. 앤은 손이 떨리는 바람에 성냥갑을 떨어트렸고, 성냥을 여섯 번이나 그은 후에야 겨우 램프에 불을 밝힐 수 있었다. 그러고는 신문을 낚아챘다. 아, 합격이었다. 이백 명 중에 앤의 이름이 가장 위에 적혀 있었다. 살아온 나날들이 가치 있게 느껴지는 순간이었다.

"넌 정말 잘했어, 앤."

호흡을 가다듬은 다이애나가 자리에서 일어나 앉으며 말했다. 순간 멍해진 앤은 아무 말도 나오지 않았다.

"아빠가 브라이트리버 역에서 신문을 가져오신 지 10분도 안되었어. 오후 기차로 오셨으니 아마 내일 아침이나 되어야 우편으로 받아볼 수 있을 거야. 내가 합격자 명단을 보자마자 얼마나 쏜살같이 달려왔는지 아니. 너희들 모두 다 붙었어. 무디 스퍼전은 역사 시험을 다시 봐야 하지만 그래도 합격이고. 제인이랑 루비도 잘 봤어. 다 중간 이상이야. 찰리도 마찬가지고. 조시는 3점 차이로 간신히 붙었어. 그럼에도 1등이라도 한 것처럼 으스대고 다니겠지. 스테이시 선생님이 너무 기뻐하실 것 같아. 앤, 네 이름이 제일 위에 있는데 기분이 어때? 나였다면 너무 기뻐서 제정신이 아닐 것 같아. 지금도 거의 그런 기분이지만 말이야. 그런데 넌 어쩌면 그렇게 봄날 저녁처럼 차분하고 아무렇지 않아 보이니?"

앤이 대답했다.

"속으로는 어질어질한걸. 백 마디라도 더 하고 싶은데 도무지 말로 표현할 수 없다고나 할까. 이건 상상도 못했어. 물론 딱 한 번 생각한 적은 있어. 1등이면 어떤 기분일까, 하고 말이야. 그런데 내가 이 섬에서 1등을 한다는 건 너무 헛되고 주제 넘은 생각인 것 같았어. 나 잠깐만 자리 비울게, 다이애나. 들판에 나가서 매슈 아저씨께 이 소식을 전해야겠어. 그다음에 아이들에게도 합격 소식을 전해주자!"

두 사람은 마구간 아래 건초 밭에서 짚을 긁어모으고 있는 매슈에게 달려갔다. 린드 아주머니는 오솔길 울타리에서 마릴라와 이야기를 나누던 중이었다.

앤이 소리쳤다.

"매슈 아저씨! 저 붙었어요! 1등이에요, 아니 공동 1등이에요! 잘난 척하려는 게 아니고 너무 감사해서 말씀드리는 거예요."

"그것 봐라, 내가 그렇게 말해왔지 않니. 난 네가 쉽게 해낼 줄 알았다."

371

"잘했구나, 잘했어, 앤."

트집 잡기를 좋아하는 린드 부인의 눈치를 보느라 자랑스러운 마음을 애써 감추며 마릴라가 말했다. 하지만 마음씨 고운 린드 부인도 따뜻한 말을 건넸다.

"잘했구나. 이런 건 칭찬할 만해! 네 친구들에게도 좋은 본보기가 되겠구나. 앤, 정말 자랑스러워!"

그날 밤 앤은 앨런 사모와 진지한 이야기를 나누는 것으로 기쁜 저녁을 마무리했다. 열린 창문을 통해 달빛이 새어 들어왔고, 앤은 무릎을 꿇고 진심 어린 감사와 소망의 기도를 드렸다. 지나간 시간에 대한 감사와 앞날에 대한 경건한 소망이 담긴 기도였다. 그러고는 새하얀 베개에 머리를 대고 잠자리에 들었다. 그날 밤의 꿈은 소박하면서도 행복하고 아름다웠다.

제33장
호텔에서의 공연

"하얀 빛깔 오건디 드레스를 입고 가야 해! 무슨 일이 있더라도 말이야!"

다이애나가 단호하게 말했다.

두 사람은 동쪽 다락방에 함께 있었다. 밖에는 별이 빛나고 있었다. 사랑스러운 노랗고도 푸른 별들이 구름 한 점 없는 청명한 하늘 위에 떠 있었다. 커다란 보름달은 유령의 숲을 은은하게 비추고 있었다. 달콤한 여름의 소리가 공기 중에 가득했다. 졸린 새들의 지저귐, 변덕을 부리는 산들바람 그리고 저 멀리서 들려오는 사람들의 목소리와 웃음소리가 대지를 가득 메웠다. 하지만 앤의 방은 블라인드가 내려진 채 램프의 불빛에 의지하고 있었다. 소녀는 꽃단장이 한창이었다.

동쪽 다락방은 4년 전과는 매우 딴판이 되었다. 첫날에만 해도 삭막하고 휑하기만 했던 방이었으나 마릴라가 허락해준 덕분에 서서히 변모했고, 이제는 꼬마 숙녀가 꿈꾸는 달콤하고 화사한 보금자리가 되어 있었다.

어릴 때부터 꿈꿔왔던 분홍빛 장미가 그려진 벨벳 카펫과 실크 커튼은 실현되지 못했지만, 앤이 성장함에 따라 꿈도 같이 변했기 때문에 소녀는 크게 개의치 않았다. 바닥에는 예쁜 깔개가 깔렸고, 연녹색 모슬린 커튼은 높은 창문에서 하늘하늘 나풀거리고 있었다. 벽에는 금빛과 은빛으로 된 태피스트리는 없었지만 사과꽃 벽지가 발려 있었고, 앨런 사모에게 선물받은 그림 몇 점이 걸려 있었다. 앤은 스테이시 선생의 사진을 가장 눈에 띄는 자리에 걸어두었고, 사진 아래 선반은 생화로 장식해 멋스러움을 더했다. 오늘 밤에는 하얀 백합으로 장식하여 꿈결 같은 향내가 방 안 가득 퍼졌다. 마호가니 가구는 아니지만 흰 책장에는 책이 가득 꽂혀 있었고, 푹신한 버드나무 흔들의자와 하얀 모슬린으로 장식한 화장대, 나지막한 하얀 침대가 놓여 있었다. 전에는 손님방에 있었던, 윗부분이 아치형으로 되어 있고 포동포동한 분홍빛 큐피드와 자줏빛 포도송이가 그려져 있고 금테를 두른 타원형의 특이한 거울도 지금은 앤 방에 걸려 있었다.

앤은 화이트샌즈 호텔에서 열리는 공연에 참석하기 위해 단장을 하고 있었다. 샬롯타운 병원을 후원하기 위해 마련된 행사로, 인근 지역의 재능 있는 아마추어들이 자신의 기량을 선보일 수 있는 날이었다. 화이트샌즈 침례교회 성가대원인 버서 샘프슨과 펄 클레이는 듀엣곡을 부르기로 했고, 뉴브리지의 밀튼 클라크는 바이올린 독주를, 카모디의 위니 아델라 블레어는 스코틀랜드 민요를 부르기로 했다. 스펜서베일의 로라 스펜서와 앤 셜리는 시를 낭송하기로 했다.

지금이, 앤이 언젠가 말하곤 했던 '인생의 황금기'가 아닐 수 없었다. 앤은 흥분에 사로잡혀 있었고, 매슈는 앤에게 주어진 영광스러운 무대가 어찌나 자랑스러웠던지 천국을 오르내리는 기분이었다. 마릴라도 속으로는 같은 심정이었지만, 절대 내색하지는 않았고, 어린아이들이 보호자 없이 호텔에 몰려다니는 것이 보기 안 좋다며 투덜대기만 했다.

앤과 다이애나는 제인 앤드루스와 제인의 오빠 빌리와 함께 마차를 타고 가기로 했다. 에이번리의 다른 여자아이들과 남자아이들 몇 명도 역시 그곳에 갔다. 다른 마을에서 온 손님들을 위한 파티가 열리고 공연자를 위해서는 만찬이 따로 마련된다고 했다.

"오건디를 입는 게 정말 잘한 걸까?"

앤이 조바심을 내며 물었다.

"파란 꽃무늬 모슬린 드레스보다 못한 것 같아서. 별로 세련되어 보이지가 않아."

다이애나가 말했다.

"너한테 정말 잘 어울려. 그리고 보드랍고 프릴도 달렸잖아. 모슬린은 뻣뻣해. 너무 치장한 느낌이 든다고. 오건디가 너에게는 가장 자연스러워."

앤은 한숨을 쉬며 다이애나의 말에 수긍했다. 다이애나는 옷을 잘 고르기로 유명해서 그녀의 조언을 구하는 사람들이 많았다. 다이애나도 아름답게 치장을 했다. 그날 밤을 위해 특별히 사랑스러운 들장미 빛깔의 드레스를 입었다. 앤이라면 엄두도 내지 못했을 옷이었다. 하지만 무대에 오르는 것은 다이애나가 아니었기 때문에 본인의 옷차림은 크게 중요하지 않았다. 다이애나는 앤에게 온전히 신경 썼고, 앤이 에이번리를 대표하는 만큼 최대한 여왕처럼 돋보일 수 있도록 앤을 치장해주었다.

"프릴을 좀 더 당겨봐. 자, 여기 있어. 허리띠를 둘러줄게. 슬리퍼도 신고. 머리를 양 갈래로 땋은 다음 중간 즈음에 큰 흰색 리본을 달 거야. 아니, 앞머리는 한 올도 내리지 마. 자연스럽게 가르마를 낼 거야. 넌 너한테 잘 어울리는 머리 모양을 도무지 모르는 것 같아, 앤. 앨런 사모님은 네가 가르마를 내면 성모 마리아 같다고 하신다니까. 이 작은 흰 장미는 귀 뒤쪽에 꽂아줄게. 우리 집 덤불에 딱 한 송이 피어 있던 거였는데 너 주려고 가져왔어."

앤이 물었다.

"진주 목걸이 할까? 지난주에 매슈 아저씨가 시내에 갔다가 사오셨는데. 내가 하고 있는 걸 보면 매슈 아저씨가 좋아하실 것 같아서."

다이애나는 입을 약간 이죽이더니 검은 머리를 한쪽으로 쏠리게 하여 빙빙 꼬다가 그러라고 했다. 앤은 우유처럼 희고도 가는 목에 진주 목걸이를 둘렀다.

"넌 세련된 구석이 있어, 앤. 넌 고개를 치켜세우고 다니는데 내가 봤을 땐 그게 너만의 매력이야. 난 그저 만두 같잖아. 항상 살찔까봐 고민해왔는데 이젠 그러려니 해. 살 빼는 건 포기하는 게 나을 것 같아."

다이애나가 진심으로 경탄한 듯 말했다.

"너에겐 보조개가 있잖아. 사랑스러운 보조개 말이야. 크림을 살포시 묻혀놓은 것 같다고. 내가 그런 보조개를 갖게 되는 건 불가능해. 하지만 다른 꿈들이 많이 이루어졌으니 더는 불평하면 안 되겠지? 나 이제 준비된 것 같아?"

"응, 준비 완료!"

다이애나가 힘주어 말했다. 마릴라가 복도 쪽으로 들어왔다. 이전보다 머리는 더욱 희끗해졌고 몸도 많이 야위었지만, 인상은 더욱 부드러워졌다.

"들어오셔서 우리의 주인공을 좀 보세요, 마릴라 아주머니. 정말 예쁘죠?"

마릴라는 빈정대는 듯도 했고 코웃음을 치는 듯도 했다.

"깔끔하고 정갈해 보이는구나. 머리를 그렇게 해놓으니 마음에 들어. 하지만 그 드레스는 마차를 타고 가는 동안 먼지와 이슬방울에 엉망이 될 것 같구나. 오늘같이 습한 밤에는 너무 얇은 옷 아니니? 오건디는 정말 쓸모없다고 그렇게 말했는데도 오라버니는 듣지를 않으니, 원. 예전에는 내가 말하면 듣기라도 했는데, 요새는 앤의 것이라면 무조건 사온다니까. 카모디의 점원들도 이젠 매슈 오라버니의 지갑 주머니를 마음껏 털 정도라고. 예쁘고 세련되었다고 말만 하면 오라버니가 무조건 사들이니, 원. 치맛자락이 마차 바퀴에 닿지 않도록 조심하려무나. 위에 따뜻한 외투 꼭 걸치고."

그러고는 마릴라는 계단을 내려갔다. 앤의 아름다운 모습이 자랑스러워서 '이마부터 왕관까지 이어지는 한 줄기 달빛이여'라는 시구가 절로 떠올랐다. 마릴라는 앤의 시 낭송 공연에 참석할 수 없어서 못내 아쉬웠다.

앤이 걱정스럽게 물었다.

"오늘 이 옷을 입기에는 너무 습기 찬 날이 아닌가 몰라."

"전혀 그렇지 않아. 완벽한 밤이라고! 그리고 아직 이슬도 안 맺혔어. 밖에 달빛을 봐."

다이애나가 창문의 블라인드를 걷으며 말했다.

"내 방 창문이 동쪽으로 나 있다 보니 아침에 해 뜨는 걸 볼 수 있어서 참 좋아. 저 멀리 긴 언덕 위로 아침 해가 솟아오르다가 전 나무 꼭대기로 올라서는 모습이 얼마나 멋진지 아니? 매일 아침 이 새로워. 이른 아침 햇살에 내 영혼을 말끔히 씻어내는 기분이거든. 다이애나, 난 이 작은 방을 너무나도 사랑해. 다음 달에 샬롯 타운으로 떠나게 되면 너무 아쉬울 것 같아."

다이애나는 간곡히 부탁했다.

"오늘 밤에는 떠난다는 말 하지 말아줘. 생각도 하기 싫어. 끔찍한 기분이 든단 말이야. 그리고 난 오늘 밤에는 정말 멋진 시간을 보내고 싶어. 이따가 낭송하는 시는 제목이 뭐야? 떨리지는 않니?"

"아니, 전혀. 사람들 앞에서 낭송을 많이 해봐서인지 이제는 아무렇지도 않은걸. 난 「소녀의 맹세(The Maiden's Vow)」를 읊을 거야. 정말 안타까운 내용이지. 로라 스펜서는 웃기는 내용을 할 거래. 하지만 난 사람들을 웃기는 것보다 울리는 게 더 좋아."

"앙코르를 받으면?"

"그런 생각은 해본 적이 없는걸."

앤은 그럴 일 없다고 코웃음을 쳤지만, 이미 다음날 아침 식탁에서 매슈에게 앙코르를 받은 이야기를 조잘조잘 떠드는 모습을 그리는 중이었다.

"빌리와 제인이 왔나봐. 마차 소리가 들려. 가보자."

빌리 앤드루스가 앤에게 앞자리에 같이 앉자고 고집을 부리는 통에, 앤은 할 수 없이 앞자리에 올라탔다. 다른 여자아이들처럼 뒷자리에 앉아 같이 수다를 떨면서 웃으며 가고 싶었었는데. 빌리와는 함께 웃을 일도, 수다를 떨 일도 없지 않은가. 빌리는 스무 살의 덩치 크고 뚱뚱하며 몸이 둔한 청년이었고, 둥글넓적한 얼굴과 무표정한 낯빛을 지녔다. 말수가 없기로 유명하기도 했다. 하지만 그는 앤에게 푹 빠져 있었고, 이 몸매 좋고 고운 여성을 옆에 태우고 화이트샌즈까지 갈 수 있다는 걸 내심 뿌듯해했다.

앤은 어쨌든 오늘 밤 마차 여행을 즐기기로 했다. 어깨 너머로 여자아이들과 이야기를 나눴고, 예의상 빌리에게도 몇 마디를 건넸다. 빌리는 그때마다 씩 웃거나 껄껄거릴 뿐 앤의 질문에 제 때 대답하지 못했다. 기분 좋은 밤이었다. 같은 호텔로 향하는 마차들로 거리는 붐볐고, 여기저기에서 웃음소리가 메아리쳐 울렸다. 호텔에 도착하니 바닥부터 천장까지 눈이 부셨다. 공연 준비위원회의 담당 여성들이 이들을 맞이해주었고, 그중 한 명은 앤을 공연자 대기실로 안내했다. 그곳은 샬롯타운 심포니 클럽 단원들로 가득했는데, 순간 앤은 수줍어지고, 겁이 나고, 자신이 초라하게 느껴졌다. 동쪽 다락방에서 본 자신의 드레스는 기품 있고 아름다웠지만, 이곳에 오니 단조롭고 밋밋해 보이기만 했다. 번쩍이는 실크와 레이스 드레스 사이에서 보니 앤은 초라하기 그지없었다. 자신의 진주 목걸이를 옆에 선 키 크고 아름다운 여인의 다이아몬드와 비교할 수 있을까? 또한 저들이 머리에 두른 온실 꽃에 비하면 앤의 작은 흰 장미는 어찌나 소박한지! 앤은 모자와 외투를 벗어두고는 구석에 움츠리고 앉았다. 초록 지붕 집의 흰 방으로 돌아가고 싶은 마음이 간절했다.

호텔의 큰 공연장 무대에 올랐을 때는 더 심했다. 전기 조명이 그녀를 향해 내리쬐었고, 향수 냄새와 웅성거리는 소리가 앤의 혼을 빼놓았다. 다이애나와 제인과 함께 객석에 앉아 있었더라면 얼마나 좋았을까. 그 친구들은 저 뒤에서 멋진 시간을 보내고 있는 듯했다. 앤은 분홍색 드레스를 입은 몸집 큰 부인과 하얀 레이스 드레스를 입은 키 크고 인상이 강한 여자아이 사이에 섰다. 몸집 큰 부인이 안경 너머로 자신을 꿰뚫어보고 있는 듯해 가뜩이나 신경이 예민한 앤은 비명을 지르고 싶은 심정이었다. 하얀 레이스 드레스를 입은 소녀는 주위 사람들에게 '시골뜨기'니 '촌스런 미인'이니 하며, 시골에서 장기 자랑하러 온 사람이 우스꽝스럽다는 식으로 떠벌리고 다녔다. 앤은 하얀 레이스 드레스를 입은 아이를 평생 미워할 것 같았다.

불행히도 전문 낭송가가 그 호텔에 투숙하고 있었고, 이번 행사에서 낭송을 하기로 했다. 그녀는 검은 눈동자에 자태가 우아했고, 달빛으로 짠 듯 하늘거리는 회색 드레스를 차려 입고 목과 머리에 보석을 두르고 있었다. 그녀의 목소리는 유연했고 호소력이 짙었으며 관객들을 단숨에 사로잡았다. 앤도 그 순간만큼은 모든 걱정을 잊은 채 눈을 반짝이며 귀를 기울였다. 하지만 그녀의 낭송이 끝나자 앤은 갑자기 두 손으로 얼굴을 감쌌다. 그녀 다음 차례로 낭송을 할 자신이 없었다. 어떻게 낭송할 수가 있단 말인가. 아! 초록 지붕 집으로 돌아가고 싶어라!

바로 그 불운한 순간에 앤의 이름이 불렸다. 앤은 당시에 하얀 레이스 소녀가 흠칫 놀라는 모습을 보지 못했다. 보았다고 해도 그 안에 담긴 미묘한 부러움까지는 읽어내지 못했을 것이다. 앤은 휘청거리며 무대로 올라갔다. 앤은 너무도 창백했기에 다이애나와 제인은 객석에 앉아서 초조한 마음으로 두 손을 그러쥐었다.

무대에 서자 앤은 저항할 수 없이 압도하는 공포감을 느꼈다. 대중 앞에서 낭송을 곧잘 해본 경험이 있는 앤이었지만 이렇게 많은 시선을 받으며 해보기는 처음이었고, 객석을 바라보기만 해도 모든 기운이 빠져나가는 것만 같았다. 이브닝드레스를 갖춰 입고서 줄지어 앉아 있는 여인들, 비판적인 얼굴, 부유하고 세련된 그 모든 분위기가 앤에게는 너무 낯설고 휘황찬란했으며 당혹스러울 뿐이었다. 투박한 벤치에 앉은 소박한 친구들과 이웃집 관객들 앞에 섰을 때와는 딴판이었다. 앤의 눈에 이 사람들은 무자비한 비평가 같아 보였다. 아마도 하얀 레이스 소녀처럼 이들 역시 그녀의 '촌티' 나는 모습을 즐기고 있는지도 몰랐다. 앤은 절망에 빠져 걷잡을 수 없이 부끄럽고 비참하기만 했다. 무릎이 부들부들 떨렸고 심장은 쿵쾅거렸으며, 당장이라도 기절해버릴 것만 같았다. 입 밖으로는 한 마디도 낼 수가 없었다. 부끄러움을 무릅쓰고라도 당장 무대를 떠나고 싶은 심정이었다. 물론 그랬다간 이 사건이 앤의 일평생 꼬리표로 남게 되겠지만 말이다.

그런데 겁에 질린 눈으로 객석을 바라보던 앤은 저 멀리 뒤쪽에서 미소를 띤 채 몸을 숙이고 있는 길버트 블라이스를 보았다. 앤에게는 그 미소가 통쾌함과 비웃음처럼 보였다. 길버트의 본심은 절대 그렇지 않았어도 말이다. 길버트는 그저 공연을 즐기고 있었고, 특히 야자나무를 배경으로 한 채 흰 드레스를 입고 무대에 선 앤의 고운 자태가 좋아 보였을 뿐이었다. 길버트의 옆자리에 앉아 마차를 같이 타고 온 조시 파이야말로 으스대는 표정이었다. 하지만 앤은 조시에게는 관심이 없었다. 조시가 어떤 표정을 짓던 앤은 신경 쓰지 않았을 것이다. 앤은 길게 숨을 들이쉬고는 도도하게 고개를 들어올렸다. 대담함과 의지가 마치 전기충격이라도 받은 듯 솟아났다. 길버트 블라이스 앞에서 무너지는 일 따위는 없지! 길버트가 날 보고 비웃는 건 말도 안 돼! 앤의 두려움과 긴장감이 사라졌다. 그리고 낭송을 하기 시작했다. 앤의 맑고도 달콤한 목소리가 객석을 가득 채웠는데, 그 목소리에는 떨림과 막힘이 없었다. 앤은 안정을 되찾았고, 잠시 동안 무기력했던 자신의 모습을 만회하려는 듯 그 어느 때보다도 멋진 공연을 펼쳤다. 낭송을 끝내자 여기저기서 박수갈채가 터져 나왔다. 앤은 자기 자리로 돌아와 부끄러움과 기쁨으로 낯을 붉혔다. 그녀 뒤에 서 있던 분홍빛 드레스를 입은 몸집 큰 부인이 앤의 손을 잡더니 흔들기 시작했다.

"어쩜! 너무 멋졌어! 난 애처럼 울었지 뭐니. 얘, 다들 앙코르를 외치잖아. 다시 무대에 오르라고 하잖니!"

그녀가 앤을 칭찬했다.

"아, 다시 못 올라가겠어요. 하지만 그러면 매슈 아저씨가 실망하시겠죠? 아저씨는 사람들이 앙코르를 외칠 거라고 했거든요."

분홍빛 드레스의 부인이 웃었다.

"그럼 그 매슈라는 분을 실망시키면 안 되지 않겠니?"

볼이 발그레해진 앤은 미소를 지으며 맑은 눈동자로 무대에 다시 올랐다. 재치 있고 재미난 짧은 시를 한 소절 낭독하였고, 관객은 모두 황홀해했다. 그날 밤의 승리자는 앤이었다.

공연이 끝나자 몸집 크고 분홍빛 드레스를 입은 부인이 앤을 데리고 다니며 사람들에게 소개시켜주었다. 그녀는 백만장자 미국인의 아내였다. 전문 낭송가라던 에번스 부인도 다가와 앤의 목소리가 매력적이었으며, 시를 아름답게 해석하였다고 격려해주었다. 하얀 레이스 드레스를 입은 여자아이마저도 시큰둥하게 칭찬을 건넸다. 만찬장은 크고 아름답게 장식되어 있었다. 다이애나와 제인도 초대를 받았는데 빌리는 보이지 않았다. 빌리는 만찬이 부담스러웠던 것이다. 하지만 그는 소녀들이 만찬을 마치고 고요하고 하얀 달빛을 받으며 걸어나올 때까지 밖에서 소녀들을 기다렸다. 앤은 숨을 깊게 들이마시며 전나무 숲의 가지 사이로 언뜻 비치는 청량한 하늘을 올려다보았다.

아, 고요하고도 순결한 밤이구나. 다시 이렇게 나올 수 있어서 얼마나 좋은지 몰라. 오늘은 모든 것이 멋지고 훌륭했어. 파도의 속삭임과 마법에 걸린 해안을 지키는 거인처럼 생긴 어둑한 절벽까지도 말이야.

제인이 마차 안에서 탄성을 내지르며 말했다.

"정말 멋지지 않았니? 나도 갑부 미국인이 되어서 여름 내내 호텔에서 생활하고 보석으로 치장했으면 좋겠다. 깊이 파인 드레스를 입고, 아이스크림과 치킨 샐러드도 매일 먹으면서 말이야. 선생님이 되는 것보다 훨씬 더 재미있을 것 같은데. 앤, 네 시 낭송은 굉장했어. 난 처음에 네가 시작도 못하는 거 아닌가 하고 얼마나 걱정했는지 아니? 내 눈에는 네가 에번스 부인보다 더 낫더라."

앤이 재빨리 대답했다.

"말도 안 되는 소리야, 제인. 그럴 리가 있니. 난 에번스 부인보다 절대 잘할 수가 없다고. 그분은 전문가잖아. 나는 그저 학생일 뿐이라고. 사람들이 내 낭송을 좋아해줬다는 사실만으로도 대만족이야."

다이애나가 말했다.

"사람들이 널 칭찬하는 걸 들었는걸. 어조로 봐선 분명 칭찬이었어. 어느 정도는 말이야. 제인이랑 내 뒤에 어떤 미국인이 앉아 있었는데, 정말 낭만적이게 생긴 남자분이었어. 까만 머리와 눈동자를 지니셨지. 조시 파이는 그분이 분명 유명한 예술가일 거래. 보스턴에 사는 조시 엄마의 사촌이 그분의 학교 동창이라나 뭐라나. 어쨌든 난 들었어. 그렇지 제인? '지금 저 무대에서 멋진 티치아노 머리를 한 아이는 누구지? 내가 한번 그려보고 싶은 얼굴이야'라고. 정말이야, 앤. 그런데 티치아노 머리가 뭘까?"

앤이 웃었다.

"그건 그냥 빨간 머리라는 뜻일 거야. 티치아노는 빨간 머리 여자들을 자주 그린 유명한 화가거든."

제인이 한숨을 내쉬었다.

"그 여자들이 하고 있던 다이아몬드 봤니? 눈 돌아갈 지경이었어. 너희들은 그런 부자가 되고 싶지 않아?"

앤은 단호하게 말했다.

"우리 이미 부자야. 우린 15년을 넘게 살았고, 여왕처럼 행복하잖아. 상상력도 있고. 많든 적든 말이야. 저 바다를 봐. 은빛과 그림자 그리고 눈에는 보이지 않는 것들로 가득 차 있잖아. 우리에게 백만 달러가 있고 다이아몬드를 칭칭 감고 다닌대도 이 이상의 아름다움을 즐길 수는 없어. 할 수 있다고 해도 그 여자들처럼 되고 싶진 않아. 하얀 레이스 여자애처럼 못된 얼굴을 한 채로 살고 싶니? 아니면 좋은 분인 거 같긴 하지만 분홍빛 드레스의 몸집 큰 부인처럼 뚱뚱하고 작달막하게 살고 싶니? 에번스 부인도 그래. 두 눈에 슬픔이 서려 있어. 매우 불행한 일을 겪었다는 증거지. 넌 그런 삶을 원하는 게 아니잖아, 제인 앤드루스!"

"잘 모르겠어. 사실 나는 다이아몬드가 충분한 위안이 될 수 있을 것 같거든."

제인이 자신 없이 말을 받았다.

"난 그 누구도 아닌, 나 자신이 될 거야. 다이아몬드로 위로받지 못한다고 해도 말이야. 난 진주 목걸이를 한 초록 지붕 집의 앤으로 충분히 만족해. 매슈 아저씨가 사랑을 담아 나에게 이걸 주셨어. 이건 분홍빛 드레스를 입은 부인이 두른 보석보다 더 귀한 거라고."

제34장
퀸스의 여학생

그후 3주 동안 초록 지붕 집은 앤의 퀸스 입학 준비로 분주했다. 바느질거리며, 의논할 일들, 정리할 것들이 산더미였다. 앤의 옷들은 예뻤고 종류도 다양했는데, 매슈가 무얼 사오고 어떤 제안을 하든지 마릴라가 반대하지 않았기 때문이다. 심지어 어느 날 저녁에는 마릴라가 연녹색 옷감을 한아름 안고 동쪽 다락방으로 올라왔다.

"앤, 네가 입을 만한 가볍고 예쁜 드레스 몇 벌을 만들어볼까 한다. 넌 옷이 많아서 더 필요할 것 같진 않지만 말이다. 그래도 저녁에 시내로 초대받아 외출할 일이 있거나, 파티에 간다면 드레시한 옷이 있어야 할 것 같거든. 듣자 하니 제인, 루비, 조시는 '이브닝드레스'인가 뭔가 하는 옷들을 갖고 있다 하더라고. 너만 빠질 수는 없잖니. 지난주에 앨런 사모에게 부탁해서 좀 골라달라고 했단다. 만드는 건 에밀리 길리스가 해주기로 했고. 에밀리가 눈썰미가 보통이 아니잖니. 솜씨도 야무지고 말이야."

앤이 말했다.

"마릴라 아주머니, 너무 멋져요. 정말 감사드려요. 제게 이렇게 까지 잘해주시지 않으셔도 되는데요. 자꾸 이러시니까 제가 발걸음이 떨어지지가 않잖아요."

에밀리는 솜씨를 최대한 발휘하여 핀턱 주름과 프릴, 셔링이 잔뜩 들어간 옷을 앤에게 만들어주었다. 어느 날 저녁, 앤은 새 드레스를 입고는 매슈와 마릴라를 위해 부엌에서 「소녀의 맹세」를 낭송했다. 앤의 밝고도 명랑한 얼굴, 우아한 몸짓을 보며 마릴라는 앤이 초록 지붕 집에 처음 도착한 날을 떠올렸다. 누리끼리한 윈스 원피스를 입고 눈물을 글썽이며 간절한 눈빛으로 자신을 바라보던 꼬마가 생생히 떠올랐다. 기억 때문일까, 어느새 마릴라의 눈가에 눈물이 고였다.

"제 낭송이 마릴라 아주머니를 울렸나 봐요. 이건 성공이라는 뜻이겠죠?"

앤은 마릴라가 앉아 있는 의자로 명랑하게 다가가 마릴라의 볼에 입맞춤을 했다.

"네 시 때문에 운 건 아니다."

마릴라는 시 따위에 마음이 약해지는 걸 매우 경멸하는 사람이었다.

"너의 어릴 적 모습이 떠올랐을 뿐이야. 그때의 그 어린 소녀로 계속 우리 곁에 있어주면 얼마나 좋을까 생각했다. 너의 그 엉뚱한 면까지도 말이야. 그런데 너는 지금 이렇게 컸고 우리 곁을 떠나잖니. 새 드레스를 입으니 키도 크고 맵시 있는 숙녀가 다 되었

구나. 마치 에이번리 사람이 아닌 듯 낯설게 느껴지고. 이런 생각
들을 하니 좀 쓸쓸해지네."

앤은 마릴라의 무릎에 앉아 그녀의 주름진 얼굴을 두 손으로
감싼 채 그윽하고도 다정한 눈빛으로 마릴라를 바라보았다.

"마릴라 아주머니, 저는 변하지 않았어요. 정말이에요. 그저 잔
가지를 정돈하고 새 가지를 뻗는 것뿐인걸요. 제 내면은 달라지
지 않아요. 그대로예요. 제가 어디로 가든, 겉모습이 얼마나 다르
게 변하든 말이에요. 마음속 깊이, 저는 언제까지나 아주머니의
꼬마 앤인 걸요. 날이 갈수록 초록 지붕 집을 더욱 사랑하는 앤 말
이에요."

앤은 자신의 젊고 풋풋한 뺨을 마릴라의 수척해진 볼에 갖다
댔다. 그리고 한 손으로는 매슈의 어깨를 다독였다. 마릴라가 앤
처럼 속마음을 밖으로 잘 드러내는 사람이었다면 그 순간 더 많
은 속내를 털어놓았겠지만 타고난 성격과 습관 탓에 마릴라는 그
저 두 팔로 앤을 부드럽게 안으며 이 아이가 떠나지 않았으면 좋
겠다고 속으로 바랄 뿐이었다.

매슈는 눈가가 촉촉해지자, 이내 자리에서 일어나 밖으로 나갔
다. 별이 반짝이고 녹음이 짙은 여름의 어느 저녁, 매슈는 뜰을 지
나 포플러나무 아래 대문까지 들뜬 마음으로 걸어 내려갔다.

매슈는 자랑스러운 듯 혼자 중얼거렸다.

"아이가 올곧게 잘 컸어. 내가 가끔 간섭한 것도 결국엔 헛되지
않았고 말이야. 앤은 똑부러지고 예뻐. 사랑스럽기까지 하지. 앤
은 우리 가정에 축복이야. 스펜서 부인의 착오가 실은 행운이었

던 거지. 행운이라는 게 존재한다면 말이야. 이건 하늘의 뜻이야. 하나님이 보시기에 우리 가정에 이 아이가 필요했던 거라고. 난 그렇게 생각해.”

마침내 앤이 샬롯타운으로 떠나는 날이 되었다. 9월의 어느 맑은 날, 앤은 매슈와 함께 마차에 올랐다. 다이애나와는 눈물의 작별 인사를 하고, 마릴라와는 눈물 없는 깔끔한 인사를 나누었다. 적어도 마릴라의 입장에서는 그러했다. 하지만 앤이 떠나자 다이애나는 눈물을 닦고 카모디에서 온 사촌들과 화이트샌즈로 소풍을 떠나 그곳에서 마음을 달랬지만, 마릴라는 굳이 안 해도 되는 집안일까지 해대며 가슴앓이를 했다. 속이 타고 갉아먹힌 듯한 고통은 눈물로도 잠재울 수 없을 것만 같았다. 그날 밤 침실로 들어간 마릴라는, 이제 복도 끝 동쪽 다락방에 명랑한 소녀도, 그 아이의 부드러운 숨소리도 찾아볼 수 없음을 깨닫고는 베개에 얼굴을 파묻고 한참을 울었다. 죄 많은 한 인간 때문에 이렇게 이성을 잃는 것이 얼마나 사악한 일인가를 깨달을 만큼 진정이 되었을 때 마릴라는 그런 자신이 스스로도 당황스러웠다.

앤과 나머지 에이번리 학생들은 제때에 샬롯타운에 도착한 뒤 서둘러 퀸스 아카데미로 향했다. 개강 첫날은 새로운 친구들을 만나고 교수님들을 눈으로 익히며 반을 나누느라 분주했지만 기쁘고 흥미진진한 하루였다. 앤은 스테이시 선생의 조언에 따라 곧장 2학년 수업을 듣기로 했다. 길버트 블라이스도 마찬가지였다. 이는 곧, 한편으로는 잘만 해낸다면 1급 교사 자격증을 2년이 아닌 일 년 만에 취득할 수 있다는 것이고, 또 한편으로는 더욱 고단한 학업 과정이 될 것이라는 뜻이기도 했다. 서두를 것이 없는 제인, 루비, 조시, 찰리와 무디 스퍼전은 2년 과정인 2급 교사 자격증 반에 들어갔다. 오십여 명의 같은 반 학생들 중에 아는 얼굴 하나 없다는 것을 깨닫자, 앤은 문득 외로워졌다. 물론 교실 반대편에는 키가 크고 갈색 머리를 한 아는 얼굴의 소년이 한 명 있기는 했다. 하지만 그간의 경험에 비춰볼 때 그는 별반 도움이 될 것 같지 않았다. 그럼에도 길버트 블라이스와 같은 반이 되어서 다행이라는 생각이 들었다. 오랜 경쟁은 지속될 것이고, 그것마저 없었더라면 앤은 무엇을 해야 할지 감각을 상실해버렸을지도 모른다.

앤은 생각했다.

'길버트와의 경쟁이 없었다면 더 힘들었을 거야. 쟤는 지금 완전 작정한 것 같잖아. 메달을 따기로 마음을 굳게 먹은 게지. 길버트의 턱이 저렇게 멋있었다니! 예전에는 왜 못 알아봤나 몰라. 제인과 루비도 나와 같이 1급 교사 자격증 반에 들어오면 좋으련만. 그래도 반 아이들과 친해지면 도둑고양이 같은 기분은 사라지겠지. 이중에서 누가 나의 단짝이 될까? 생각만 해도 흥미진진해. 물론 다이애나에게는 퀸스 여학생 중에 친한 친구가 생긴대도 절대 다이애나만큼 좋아하지는 않을 거라고 약속했지만 말이야. 그래도 두 번째로 친한 친구들은 많이 사귈 수 있는 거잖아. 저기 갈색 눈에 붉은색 웃옷을 입은 아이가 괜찮아 보여. 생기발랄해 보이고 볼도 발그레하잖아. 창문 밖을 내다보고 있는 저 새하얀 얼굴의 아이도 괜찮은 것 같아. 머리카락도 아름답고, 왠지 상상도 할 것 같은걸. 두 사람하고 다 친해지고 싶어. 팔짱을 끼고 서로 별명을 부를 수 있을 정도로 말이야. 하지만 지금으로서는 난 저 아이들에 대해 아는 게 없고, 저들도 나를 몰라. 어쩌면 나에 대해 딱히 알고 싶어하지 않을지도 모르지. 아, 외로워!'

그날 저녁, 별빛을 받으며 하숙집에 홀로 남겨진 앤은 더욱 외로워졌다. 다른 친구들은 샬롯타운에 친척들이 있어서 앤과 같이 지낼 수 없었다. 조세핀 배리가 앤을 돌봐주고 싶어했지만 너도밤나무 집은 학교와 너무 멀어서 그렇게 할 수가 없었다. 그래서 조세핀 배리는 앤이 지낼 만한 하숙집을 구해주었고, 매슈와 마릴라에게는 앤이 지내기에 안성맞춤이라고 강조하였다.

"그 집의 안주인은 점잖은 분이에요. 요즘 살림이 좀 어려워지긴 했지만 말이죠. 남편이 영국 장교 출신이고, 하숙생도 신중하게 고르는 편이에요. 그 집에서 지내는 한 험한 일을 당하진 않을 거예요. 음식도 괜찮고 앤의 학교와도 가깝죠. 조용한 동네예요."

조세핀 배리의 말은 모두 옳았다. 그럼에도 처음으로 느껴보는 향수병까지 달래기에는 역부족이었다. 앤은 자그마한 자신의 방을 둘러보았다. 밋밋한 벽지에는 그림 한 점 걸려 있지 않았고, 작은 철제 침대와 텅 빈 책장만이 놓여 있었다. 초록 지붕 집에서 머물렀던 하얀 다락방을 떠올려보았다. 창문 밖으로 펼쳐진 녹음, 정원에서 자라나는 콩들, 과수원에 쏟아지는 달빛, 비탈진 언덕 아래로 흐르는 개울, 가문비나무를 흔드는 바람, 별이 빛나는 하늘, 창문으로 새어 나온 불빛이 반짝이는 풍경을 생각하니 목이 메어왔다. 이곳에는 아무것도 없지 않은가. 창문 밖으론 딱딱한 도로와 서로 엉킨 전화선이 하늘을 가로막았고, 낯선 이들의 발걸음과 이들을 비추는 수많은 불빛만이 있을 뿐이었다. 앤은 솟구칠 것만 같은 눈물을 애써 삼켰다.

"울지 않을 거야. 그건 바보 같고 유약한 짓이야. 세 번째 눈물방울이 콧등을 타고 흐르네. 더 많은 눈물방울이 흘러내릴 것만 같아. 재미난 다른 걸 생각해야겠어. 하지만 재미있는 것들은 온통 에이번리와 관련된 것뿐이잖아. 그러니 더 울적해질 수밖에. 네 번째 방울, 다섯 번째 방울……. 금요일이면 집에 갈 수 있어. 하지만 그날까지 백 년은 남은 것 같아. 매슈 아저씨는 지금쯤이면 집에 거의 다 가셨겠지. 마릴라 아주머니는 문 앞에서 길을 내다보며 아저씨를 기다리고 계실 거야. 여섯 번째 방울, 일곱 번째 방울, 여덟 번째 방울. 아, 이제는 숫자 세는 것도 의미 없어. 눈물이 마구 쏟아지잖아. 어떻게 기운을 낼지 모르겠어. 사실 기운을 내고 싶지도 않아. 이렇게 비참하게 있는 게 더 나을 것 같거든."

때마침 조시 파이가 나타나지 않았더라면 눈물이 왈칵 쏟아졌을지도 모른다. 낯익은 얼굴을 보자 너무 반가웠던 나머지 앤은 조시와 그다지 친한 사이가 아니었다는 사실을 잊고 말았다. 에이번리 사람이라면 파이 집안 식구들마저도 반가웠던 것이다.

앤이 진심을 다해 말했다.

"네가 와줘서 기뻐."

조시가 약 올리듯 동정조로 말했다.

"너 울고 있었구나? 향수병에 걸렸나 보지? 그런 쪽으로 자기의 감정을 잘 조절하지 못하는 사람들이 좀 있긴 하지. 난 향수병 따위는 걸리지 않아. 왜 그런지 알려줄까? 샬롯타운은 촌구석에

이번 리와는 비교가 안 될 정도로 흥미진진하거든. 그런 촌구석에서 그렇게 오래 살았다니 믿어지지가 않아. 그러니 울 일이 아니라고, 앤. 네 코랑 눈까지 새빨개지면 넌 온통 빨개질 텐데. 오늘 학교에서는 얼마나 재밌었는지 몰라. 프랑스어 교수님은 완전 귀여우셔. 그분의 콧수염을 보면 넌 웃겨서 나자빠질 거야. 뭐 좀 먹을 거 없니? 배고파 죽을 것 같아. 마릴라 아주머니가 케이크를 싸주셨겠지? 그럴 줄 알고 온 거야. 안 그랬으면 프랭크 스토클리랑 밴드 공연을 보러 공원에 갔겠지. 그 애는 나랑 같은 집에서 하숙하는데, 괜찮은 애야. 오늘 그 애가 너를 보고서는 빨간 머리 여자아이가 누구냐고 나한테 묻더라고. 그래서 원래 고아인데 커스버트 댁에서 입양되었다고 말해줬어. 그 전에는 뭘 하고 살았는지 아무도 모른다고 했고."

앤이 조시 파이와 같이 있느니 차라리 고독함 속에서 눈물을 쏟는 편이 낫다고 생각할 무렵 제인과 루비가 찾아왔다. 둘 다 코트에 퀸스 아카데미를 상징하는 보라색과 자주색의 리본을 자랑스럽게 달고 있었다. 조시와 제인은 서로 말도 안 하는 사이라, 조시는 그제야 입을 다물고 잠잠히 있었다.

제인이 한숨을 쉬며 말했다.

"아침부터 지금까지 몇 달은 산 기분이야. 난 집에 돌아가서 베르길리우스*를 공부해야 해. 연세 많으신 그 끔찍한 교수님이 우리더러 내일까지 스무 줄을 공부해오라는 거 있지. 앤, 네 얼굴에

---

* 고대 로마의 최고 시인. 로마의 건국과 사명을 노래한 민족 서사시 「아에네이스」를 썼다.

눈물자국이 남아 있어. 울고 있었던 거라면 그렇다고 말해줘. 그래야 나도 자존감을 회복할 수 있을 것 같거든. 루비가 오기 전까지 나도 엉엉 울고 있었단 말이야. 다른 누군가도 나처럼 바보짓을 한다면 마음이 좀 놓일 것 같거든. 케이크? 아주 조금만 줘. 고마워. 에이번리의 맛이 배어 있구나."

루비는 테이블 위에 놓인 퀸스 학사 일정표를 보고는 앤이 금메달에 도전할 것인지 물었다.

앤은 얼굴을 붉히며 그렇다고 답했다.

조시가 말했다.

"저걸 보니 갑자기 생각났어. 퀸스에서도 에이브리 장학생을 한명 뽑으려고 한대. 오늘 나온 공지야. 프랭크 스토클리가 알려줬어. 그 애 삼촌이 이사회에 있잖아. 내일 학교 전체를 대상으로 공지가날 거래."

에이브리 장학금이라니! 앤의 심장은 쿵쾅거리기 시작했다. 마법에라도 걸린 듯 앤의 목표도 드넓어졌다. 조시가 이 소식을 알려주기 전까지 앤에게 최고의 인생 목표는 1급 교사 자격증을 일 년내로 취득하는 것이었다. 어쩌면 메달까지! 하지만 조시가 한 말의 여운이 사라지기도 전에, 앤은 에이브리 장학금을 받은 뒤 레드먼드 대학에서 인문학 과정을 이수하고 학사모를 쓰고 졸업하는자신의 모습을 눈앞에 그려보았다. 에이브리 장학금은 영어성적우수자에게 주어지는 것이어서 앤으로서는 도전해볼 만했다.

장학금은 뉴브런즈윅에 살던 부유한 자산가가 사망하면서 자신의 재산 일부를 기부한 것이었다. 그의 관대한 기부금은 각 주의 기준에 따라 프린스에드워드 섬, 노바스코샤, 뉴브런즈윅에 위치한 다양한 고등학교와 전문학교 등에 고루 배분될 예정이었다. 장학금 수혜 학교 중에 퀸스도 포함될지에 대한 의견이 그동안 분분했는데 마침내 결정이 났고, 학기 말에 영어와 영문학에서 가장 높은 학점을 받은 학생이 이 장학금을 받게 되었다. 장학금은 레드먼드 대학에서 공부하는 4년 동안 일 년에 250달러씩 지급된다고 했다. 그러니 앤의 입장에서는 그날 밤 뜬눈으로 지새울 수밖에 없지 않은가.

앤은 다짐했다.

"나는 열심히 공부해서 장학금을 꼭 타고 말 거야. 내가 학사학위를 받으면 매슈 아저씨가 얼마나 기뻐하실까. 목표가 생긴다는 건 정말 기쁜 일이야. 그리고 목표가 많다는 건 더 기쁜 일이지. 가장 좋은 건 목표에는 한계가 없다는 거지. 하나를 이루면 또 다른 목표가 저 높은 곳에서 반짝이고 있거든. 그래서 인생이 흥미진진한 거라고."

제35장
퀸스에서의 겨울

주말마다 집에 다녀오면서 앤의 향수병은 점차 가라앉았다. 날씨가 문제되지 않는 한, 에이번리 학생들은 금요일 저녁이 되면 새로 생긴 기찻길을 따라 카모디에 갔다. 다이애나와 다른 에이번리 친구들이 으레 마중을 나왔고, 소녀들은 재잘거리며 에이번리로 함께 갔다. 금요일 저녁, 저 멀리 에이번리에서 새어 나오는 불빛을 향해 상쾌한 공기를 들이마쉬며 가을 언덕을 활보하는 건 앤에게 일주일 중 가장 행복하고 소중한 시간이었다.

길버트 블라이스는 거의 매번 루비 길리스와 함께 걸으며 그녀의 가방을 들어주었다. 루비는 아름다운 숙녀였고, 스스로도 어른이 다 되었다고 생각하고 있었다. 루비의 어머니가 허락하는 한, 긴 치마를 입었고 샬롯타운에서는 올림머리도 했다. 물론 집에 와서는 길게 늘어뜨렸지만 말이다. 커다란 푸른 눈을 지닌 루비는 뽀얀 얼굴과 보기 좋게 살집 있는 몸매를 지녔다. 잘 웃고 쾌활했으며 성격도 좋은 데다 인생을 솔직하게 즐길 줄도 알았다.

"그래도 난 루비는 길버트가 좋아할 만한 타입은 아닌 것 같아."

제인이 앤에게 속삭였다. 앤도 같은 생각이었지만 에이브리 장학금을 준다고 해도 그런 말을 입 밖으로 낼 생각은 없었다. 그럼에도, 길버트 같은 친구와 함께 책, 공부, 목표에 대해서 이야기할 수 있다면 좋을 것이란 생각이 들었다. 앤은 길버트가 야심 있는 아이라는 걸 알아봤다. 그리고 루비 길리스는 길버트와 그런 대화를 주고받을 만한 상대는 아니었다.

앤은 길버트에게 유치한 애정 따위는 느껴본 적이 없었다. 앤은 남자에 대해 관심을 잘 갖지 않을 뿐 아니라, 좋은 동료 이상으로 생각해본 적도 없었다. 길버트와 친구였다고 해도 그 애가 다른 여자아이들과 길을 걷든 친구가 몇이든 신경 쓰지 않았을 것이다. 사교성이 뛰어난 앤은 여자 친구들이 많았지만, 남자 친구란 판단과 비교의 폭을 넓혀주고 원만한 인간관계를 갖는 데 도움이 될 것이라는 막연한 생각만 가지고 있을 뿐이었다. 이 막연함을 명쾌히 정의 내려야겠다는 생각도 가져본 적이 없었다. 하지만 만약 길버트와 함께 기차에서 내려 집까지 함께 걷는다면, 그 아이와 상쾌한 들판과 고사리가 핀 오솔길을 따라 새로운 세계와 그 안에 담긴 희망과 열정에 대해 즐겁게 이야기를 나눌 수 있을 것만 같았다. 길버트는 명민한 청년이었고, 자신만의 관점이 뚜렷했으며, 최고의 성과를 내기 위해 최선을 다해 매진할 줄도 알았다. 루비 길리스는 제인 앤드루스에게 길버트 블라이스가 하는 말은 절반도 못 알아듣겠다고 말했다. 길버트의 말투는 앤이 생각에 푹 잠겨 있을 때 하는 말버릇과 비슷한 구석이 있었고,

서적이나 그 외 굳이 다루지 않아도 되는 고루한 주제에 대해서 이야기하니 따분하다는 것이었다. 프랭크 스토클리는 용감하고 사내다운 면이 있었지만 길버트만큼 잘생기지 않았기에 루비는 누구를 더 좋아해야 할까 도무지 결정을 내릴 수 없었다.

학교에서 앤은 친한 친구들이 생기기 시작했다. 자신처럼 생각이 많고 상상력이 풍부하며 목표가 뚜렷한 학생들이었다. 장밋빛 발그레한 볼을 지닌 스텔라 메이너드와 '꿈꾸는 소녀'인 프리실라 그랜트와도 친해졌다. 프리실라는 뽀얀 얼굴과 고상한 인상을 지녔지만 발랄하고 솔직하며 재미있는 아이였다. 생기발랄하고 검은 눈동자를 지닌 스텔라는 앤만큼이나 밝고, 무지개와 같은 다양한 상상과 공상을 좋아하는 소녀였다. 마음씨도 고왔다.

크리스마스 연휴가 지나자 에이번리 학생들은 금요일이 되어도 집에 가지 않고 공부에 매진했다. 그 무렵 퀸스 학생들은 성적 순으로 반이 나뉘었고, 한번 정해진 성적 순위는 좀처럼 바뀌지 않았다. 학생들은 몇 가지 사실을 은연 중에 받아들였다. 메달 후보자가 길버트 블라이스, 앤 셜리 그리고 루이스 윌슨 이 세 사람으로 좁혀졌다는 것이었다. 에이브리 장학금을 누가 받게 될 것인지는 아직 불투명했지만, 후보자는 여섯 명 정도로 추려졌다. 동메달은 수학 성적이 가장 높은 학생에게 주어지는데, 뚱뚱하고 농담을 잘하며 땅딸막한 시골 소년이 받을 것 같다고 수군거렸다. 이마가 울퉁불퉁하고 바느질 자국이 선명한 코트를 입고 다니는 아이였다.

루비 길리스는 퀸스에서 가장 예쁜 여자아이로 인정을 받았고,

2학년 수업을 듣는 1급 과정에서는 스텔라 메이너드의 미모가 가장 돋보였다. 앤 셜리를 꼽는 아이들도 더러 있었다. 에셀 마르는 머리를 잘 꾸미기로 유명했고, 차분하고 성실하며 사려 깊은 제인 앤드루스는 가정학 수업에서 돋보였다. 심지어 조시 파이도 입만 열면 얄미운 아이로 퀸스에서 이름을 떨쳤다. 이처럼 스테이시 선생의 옛 제자들은 상급학교에 가서도 저마다의 분야에서 두각을 나타내고 있었다.

앤은 성실히 공부에 매진했다. 길버트 블라이스와의 경쟁은 에이번리에서 그랬던 것처럼 여전히 치열했다. 하지만 두 사람의 경쟁이 오래되었다는 걸 주변에서는 눈치채지 못했다. 미운 마음은 사라진 지 오래였다. 앤은 더 이상 길버트를 짓누르기 위한 경쟁은 하지 않았고, 훌륭한 라이벌을 만나 승리를 거머쥐었다는 사실이 자랑스러울 뿐이었다. 경쟁에서 이기는 것도 값어치 있지만, 설령 진다고 하더라도 분통해하지 않았다.

학생들은 공부에 매진하면서도 틈틈이 여유를 즐겼다. 앤은 짬이 나면 너도밤나무 집에서 가서 저녁을 먹거나 조세핀 배리와 교회에 갔다. 조세핀 배리는 연세가 많았지만 검은 눈동자는 여전히 날카로웠고, 독설도 여전했다. 하지만 앤에게 톡 쏘는 말을 하는 일은 없었는데, 이 까다로운 노인에게 앤은 여전히 소중한 존재였기 때문이다.

조세핀 배리가 말했다.

"앤은 나날이 발전하는 것 같아. 다른 소녀들은 싫증이 나지. 다들 하나같이 똑같거든. 하지만 앤은 무지개 같은 면이 있어. 그리고 저마다의 색깔이 참 곱지. 앤이 어렸을 때처럼 재롱을 부리거나 하지는 않지만, 여전히 사랑스러운 아이야. 그리고 난 사랑받을 만한 사람들을 좋아하지. 굳이 애쓰지 않아도 절로 마음이 간다니까."

그 누구도 눈치채지 못한 사이에 봄이 슬그머니 찾아왔다. 눈이 아직 덜 녹아 황량한 에이번리에서는 메이플라워들이 분홍빛깔로 꽃을 피웠고, 푸르른 새싹들은 숲과 시냇물 사이로 솟아올랐다. 하지만 샬롯타운에는 온통 시험 생각과 시험에 관한 이야기뿐인 퀸스 학생들이 북적댈 뿐이었다.

앤이 말했다.

"이번 학기가 거의 끝나간다는 게 믿어지지가 않아. 지난가을에는 그저 막연하기만 했는데, 이번 겨울은 공부며 수업이며 정신없이 보내버린 거 있지. 그리고 바로 다음 주에 시험이잖아. 얘들아 난 이따금씩 말이야, 시험이 인생 전부인 것 같다가도 밤나무에 커다란 봉오리가 피어오르는 걸 보거나 길 끝자락에 안개처럼 푸른 공기가 감도는 걸 보면 과연 시험이 전부일까, 하는 생각도 들어."

앤을 찾아온 제인, 루비 그리고 조시는 생각이 달랐다. 이들에게는 다가오는 시험이 무엇보다도 중요했고, 밤나무의 꽃봉오리나 5월의 아지랑이와는 견줄 바가 못 되었다. 낙제할 걱정이 없는 앤이니 시험 따위를 얕잡아봐도 되겠지만, 시험이 인생 전체를 좌지우지한다고 믿는 다른 여자아이들에게는 그렇게 감상적인 여유를 부릴 수가 없었다.

제인이 한숨을 쉬었다.

"난 지난 2주 동안 7파운드나 빠진 거 있지. 걱정하지 말라는 말도 소용없어. 난 걱정하게 될 테니까. 사실 이런 감정이 도움이 될 때도 있어. 적어도 내가 뭔가를 하고 있다는 느낌이 들거든. 겨울 내내 퀸스에 다니면서 그렇게 많은 돈을 쏟아부었는데, 그럼에도 교사 자격증을 따지 못하면 정말 끔찍할 것 같아."

조시 파이가 말했다.

"난 별로 신경 쓰지 않아. 올해에 못 붙으면 내년에 다시 보면 되지 뭐. 아버지가 그 정도 돈은 대주실 수 있으니까. 앤, 트레메인 교수님이 그러시는데 길버트 블라이스가 메달을 받을 게 확실하대. 에이브리 장학금은 에밀리 클레이가 받을 것 같고."

앤이 웃었다.

"그럼 난 내일이 되면 정말 기분이 우울해질 것 같은걸. 하지만 지금은 초록 지붕 집 아래 골짜기에서 보랏빛 제비꽃들이 피어오르고 앙증맞은 고사리들이 연인의 오솔길에서 싹을 틔우는 생각을 하니까 내가 에이브리 장학금을 받든 못 받든 별로 큰 차이를 못 느끼겠어. 난 최선을 다했고 '매진하는 즐거움'이 뭔지도 깨닫게 되었거든. 노력해서 성취하는 것도 좋지만, 설령 실패했다고 해도 그 자체로 의미 있다고 생각해. 애들아, 시험 얘기는 그만하자. 저 집들 너머로 펼쳐진 연녹색 하늘을 좀 봐. 그리고 에이번리의 보랏빛 너도밤나무 위의 하늘은 어떨지 상상해보렴."

루비는 현실적이었다.

"졸업식 때 뭐 입을 거야, 제인?"

제인과 조시는 단번에 대답을 했고 화제는 옷으로 넘어갔다. 하지만 창틀에 팔꿈치를 댄 앤은 자신의 보드라운 턱을 그러모은 두 손 위에 괴어둔 채, 눈앞에 펼쳐진 광경을 만끽하고 있었다. 도시의 지붕과 첨탑 너머로 저녁노을이 드리웠고, 앤은 젊은이들만이 누릴 수 있는 낙천적인 생각들을 황금 실에 꿰어 미래를 꿈꾸고 있었다. 앞으로의 나날에서 펼쳐질 모든 가능성들은 장밋빛일 터였다. 해를 달리할수록 약속의 장미가 한 송이씩 영원히 시들지 않은 화관으로 엮어질 테니.

제36장
영광과 꿈

시험 결과가 퀸스의 게시판에 공지되는 날 아침, 앤과 제인은 함께 걷고 있었다. 제인은 행복한 미소를 지었다. 시험은 끝났고 적어도 합격선을 넘을 것이라고 확신했기 때문이었다. 제인은 더이상 고민할 바가 없었다. 더 이루고자 하는 목표가 없었기에 불안감도 뒤따르지 않았다. 이 세상에서 무언가를 얻거나 이루려면 반드시 대가를 치러야 하게 마련이다. 야심을 품는 것이 가치 있는 일이라고는 해도, 그것을 성취하는 과정은 결코 쉽지 않다. 노력과 절제, 불안과 좌절 없이는 불가능하다. 앤은 얼굴이 하얗게 질렸고 말이 없었다. 10분 후면 누가 메달을 탔고 에이브리 장학금을 받게 되는지 알게 될 터였다. 그 10분이라는 시간이 이 세상의 전부를 지배하는 듯했다.

교수들이 의외의 결정을 내릴 만큼 불공정할 수도 있다는 사실을 이해하지 못하는 제인이 말했다.

"둘 중 하나는 네가 받겠지, 앤."

"에이브리 장학금은 기대 안 해. 다들 에밀리 클레이가 받을 거라고 하던걸. 아이들이 다 보는 앞에서 게시판을 보러가지 않을 거야. 그럴 자신이 없어. 나는 여자 탈의실로 곧장 갈게. 네가 게시판을 보고 나한테 알려줘, 제인. 최대한 빨리 가서 확인해줘. 우리의 오랜 우정을 걸고 부탁할게. 만약 내가 못 받았다면 머뭇거리지 말고 바로 알려줘야 해. 날 동정하려고 하지도 말고. 꼭 그렇게 해줘, 제인."

제인이 진지한 얼굴로 약속했다. 하지만 그런 약속은 불필요한 것이 되어버렸다. 제인과 앤이 학교 현관 계단에 도착할 때 복도를 가득 메운 남자아이들이 길버트 블라이스를 어깨에 태우고 함성을 지르고 있었다.

"블라이스! 메달 획득! 만세!"

순간 앤은 패배감과 좌절감으로 가슴이 아려왔다. 이렇게 앤은 지고 길버트가 승리하는구나. 매슈에게 미안한 마음이 들었다. 앤이 메달감이라고 그렇게 확신하던 매슈가 아니었던가.

바로 그때였다. 누군가가 소리쳤다.

"앤 셜리 축하해! 에이브리 장학생!"

두 사람이 여자 탈의실로 뛰어 들어갔을 때 제인이 숨을 헐떡이며 말했다.

"앤, 네가 너무 자랑스러워! 정말 멋지다!"

여학생들이 앤 주변으로 우르르 몰려와 웃으며 축하해주었다. 친구들은 앤의 어깨를 토닥였고 힘찬 악수를 건네기도 했다. 여기저기서 앤을 끌어안고 손을 잡아주었다. 그 와중에도 앤은 제인에게 속삭였다.

"매슈 아저씨와 마릴라 아주머니께서 너무 기뻐하실 거야. 당장 편지를 써야겠어!"

그다음으로 중요한 행사는 졸업식이었다. 졸업식은 대강당에서 열렸다. 연설과 고별사, 축송, 학위 수여식이 있었다.

매슈와 마릴라도 그 자리에 있었다. 두 눈과 귀는 오로지 단상에 오른 한 아이에게만 향해 있었다. 초록색 드레스를 입은 키 큰 소녀는 발그레한 두 뺨과 총기 어린 눈을 갖고 있었다. 이 소녀는 가장 멋진 고별사를 낭송했고, 사람들은 저 아이가 에이브리 장학생이라고 숙덕였다.

"저 아이를 키우길 잘했지, 마릴라?"

앤이 고별사 낭송을 마치자, 매슈가 대강당으로 들어온 후로 처음으로 입을 열고는 마릴라에게 속삭였다.

"지난번에도 그렇게 말하더니! 네, 그래요, 잘했다고요. 오라버니는 사람을 약 올리는 구석이 있어요."

마릴라가 대꾸했다.

두 사람 뒤에 앉아 있던 조세핀 배리는 몸을 앞쪽으로 기울이며 마릴라의 등을 양산으로 콕콕 찔렀다.

"앤이 자랑스럽죠? 나도 그래요."

그날 저녁 앤은 매슈, 마릴라와 함께 에이번리로 돌아왔다. 4월 이후로는 집에 들른 적이 없었기에 앤은 집이 너무나도 그리웠다. 사과꽃이 피어났고 세상은 상쾌하고도 명랑했다. 다이애나는 초록 지붕 집에서 앤을 기다리고 있었다. 하얀색 벽지가 발린 앤의 방에는 마릴라가 창틀에 놔둔 장미 한 송이가 놓여 있었다. 앤은 하얀 방을 둘러보며 행복한 한숨을 길게 내쉬었다.

"아, 다이애나, 집에 오니까 너무 좋은 거 있지. 저 분홍빛 하늘을 향해 솟아오른 전나무를 보는 것도 너무 좋아. 하얀색 과수원과 오랜 친구인 눈의 여왕까지도 말이야. 민트 향이 감미롭지 않니? 저 월계꽃은 음악과 희망, 기도가 한데 어우러진 것 같아. 무엇보다도 다이애나 너를 다시 만나서 너무 기뻐!"

다이애나가 삐친 듯 말했다.

"난 네가 스텔라 메이너드를 더 좋아하는 줄 알았는데. 조시 파이한테 들었어. 조시 파이가 그러는데 너랑 그 애랑 완전 친하다던걸!"

앤이 웃으며 시든 '6월 백합' 꽃다발을 다이애나에게 던졌다.

"스텔라 메이너드는 이 세상에 딱 한 사람만 빼고 그다음으로 좋아하는 친구지. 그 딱 한 사람은 바로 너야, 다이애나. 난 예전보다 널 더 사랑해. 그리고 너한테 쏟아낼 이야기 보따리도 한가득이라고! 하지만 지금 이 순간은 여기에 앉아서 너를 보기만 해도 좋구나. 피곤해. 공부하고 꿈을 이루는 일에 지쳤나봐. 난 내일 과수원 잔디밭에서 2시간은 뒹굴고 있을 거야. 아무런 생각도 안 하고 말이야."

"정말 수고했어, 앤. 이제 에이브리 장학금을 탔으니 교단에 서는 일은 없겠구나?"

"응, 없어. 난 9월에 레드먼드 대학에 갈 거야. 멋지지 않니? 그때쯤이면 또 다른 목표들이 생겨나겠지. 제인이랑 루비는 교사가 될 거래. 우리 모두가 졸업했다는 게 근사하지 않니? 무디 스퍼전과 조시 파이까지도 말이야."

다이애나가 말했다.

"제인은 뉴브리지 학교 이사회에서 벌써 연락이 왔대. 길버트 블라이스도 교사가 된다고 하더라고. 물론 그래야겠지. 그 애 아버지가 내년에 대학에 보내줄 만한 여유가 없으실 테니까. 자기 스스로 벌어서 갈 모양이야. 에미스 선생님이 관두시면 아마 길버트가 여기 와서 가르치지 않을까 싶어."

앤은 당황스럽고도 아리송한 기분이 들었다. 앤은 처음 듣는 소식이었다. 길버트도 레드먼드에 같이 가서 공부할 것이라고만 생각해왔었다. 영감을 주고 경쟁할 만한 상대가 없다니! 진짜 학사 학위를 받을 수 있는 남녀 공학이라고 해도 친구이자 적수인 길버트가 없는 곳이라면 감흥이 없지 않을까?

다음날 아침 식사를 하면서 앤은 매슈가 병약해졌다는 것을 알았다. 지난해보다 흰머리도 부쩍 늘었다.

매슈가 자리를 비운 사이 앤이 머뭇거리며 물었다.

"마릴라 아주머니, 매슈 아저씨는 건강이 어때요?"

근심스러운 목소리로 마릴라가 답했다.

"안 좋아. 이번 봄에만 심장 발작이 여러 차례 있었다. 그런데 통 쉬려고 하질 않는단다. 요즘 오라버니가 많이 걱정돼. 최근 들어 조금 좋아지긴 했다만. 일꾼도 새로 구했거든. 오라버니가 휴식을 취하면서 몸이 나아지길 바라야지. 이제 너도 왔으니, 네가 오라버니에게 많은 힘이 될 것 같구나."

앤은 식탁 쪽으로 몸을 기울여 마릴라의 얼굴을 자신의 두 손으로 보듬었다.

"마릴라 아주머니도 이전 같지 않으세요. 피곤해 보이세요. 아주머니도 일을 너무 많이 하시는 게 아닌가 싶어요. 이제 제가 왔으니 좀 쉬세요. 오늘 하루만 밖에 나가서 정든 곳들을 둘러보고 꿈꾸는 시간을 가질게요. 그런 다음에는 집안일은 제가 할게요."

마릴라는 앤을 보며 다정스레 미소를 지었다.

"일 때문이 아니다. 두통 때문이지. 요즘 들어 통증이 더 심해지는 것 같거든. 눈 뒤쪽 부위에서 말이야. 스펜서 선생은 안경 때문이라고 호들갑을 떠는데, 별로 차도가 없구나. 6월 말쯤에 유명한 안과 의사가 온다고 하니 그분께 진료를 받아볼까 한다. 그래야 할 것 같아. 이제는 편히 글을 읽거나 바느질을 할 수가 없거든. 앤, 이 말은 꼭 해주고 싶었는데, 넌 퀸스에서 정말 잘 해냈다. 일 년 만에 교사 자격증을 따내고 에이브리 장학금까지 받다니! 린드 부인은 '교만한 자가 실족한다'고 떠들어대고 여자한테 고등교육이 무슨 소용이 있냐고 하지. 여자에게 어울리는 일이 아니라는 거야. 하지만 난 그렇게 생각하지 않는다. 레이첼 얘기가 나와서 말인데, 요즘 에비 은행에 대해서 뭐 들은 거 없니?"

앤이 대답했다.

"은행이 휘청거린다는 소문은 들었어요. 왜요?"

"레이첼도 그 얘기를 하더라고. 지난주에 여기에 와서는 그런 소문이 돈다고 했어. 매슈 오라버니가 걱정이 이만저만이 아니야. 우리는 모든 돈을 전부 그 은행에 예치해뒀거든. 한 푼도 남기

지 않고 전부 말이야. 난 오라버니에게 세이빙 은행에 예치해두
자고 말했는데, 에비 씨의 아버지와 우리 아버지가 친한 친구셨
어. 그래서 늘 그분이랑 거래를 해왔거든. 에비 씨가 있는 은행이
라면 끄떡없다고 그랬지."

"그분은 몇 년 전부터는 그저 명목상으로만 사장인 것 같던데
요. 그분은 연세가 많으세요. 그분의 조카가 실제로 은행을 운영
하고 계시죠."

"레이첼이 그 말을 하니까 난 오라버니에게 은행에 가서 돈을
빼오자고 했거든. 그랬더니 생각해보겠다고 하는 거야. 하지만
러셀 씨가 어제 오라버니에게 은행이 끄떡없다고 그랬던 모양이
더라고."

앤은 바깥 세계의 친구들과 멋진 시간을 보냈다. 그날은 절대
잊을 수 없을 것이다. 황금빛의 밝고 맑은 날, 구름 한 점 없었고
꽃은 흐드러지게 피어 있었다. 앤은 과수원에서 황홀한 시간을
보냈다. 드루아스 샘과 버드나무 연못 그리고 제비꽃 골짜기에도
가보았다. 목사 사택에 들러 앨런 사모와도 이야기를 나누었다.
마지막으로 저녁 무렵이 되어서는 매슈와 함께 연인의 오솔길을
따라 목초지로 나가서 소를 몰고 왔다. 노을이 드리워진 숲은 아
름다웠고, 따뜻하고 찬란한 빛줄기가 서쪽 골짜기 사이로 스며들
었다. 매슈는 머리를 숙인 채 천천히 걸었고, 그 옆에는 키가 크고
허리를 꼿꼿이 편 소녀가 나란히 걷고 있었다.

앤이 투정부리듯 말했다.

"매슈 아저씨, 오늘 일을 너무 많이 하셨어요. 좀 쉬엄쉬엄 하

시지 그러세요!"

대문을 열어 소를 안으로 들여 넣으며 매슈가 입을 열었다.

"마음처럼 되지가 않는구나. 그저 나이가 들었을 뿐인데, 그 사실을 자꾸 잊어버리게 되는 것 같아. 난 늘 일을 해왔잖니. 그래서 차라리 이게 더 편해."

앤이 속상한 듯 말했다.

"제가 아저씨가 원했던 남자아이였으면 좋았을 텐데요. 그랬으면 지금쯤 제가 많이 도와드렸을 테고, 아저씨의 부담도 많이 덜어드렸을 텐데. 그랬더라면 얼마나 좋았을까 늘 생각해요."

매슈는 앤의 손을 다독였다.

"사내녀석 열둘을 가져다준대도 난 너를 택할 것 같구나, 앤. 남자아이 열둘보다 네가 더 낫다는 걸 기억해두거라. 에이브리 장학금을 탄 것도 남자아이가 아니잖니. 여자애라고. 그것도 나의 꼬마 앤이 받았지. 난 네가 무척 자랑스럽단다."

매슈는 정원으로 들어서며 수줍게 미소를 지었다. 그날 밤 앤은 방에 올라간 뒤 창문을 열고 한참을 앉아 지난날을 떠올려보고 다가올 미래를 꿈꾸었다. 눈의 여왕이 달빛을 받아 하얗게 빛났고, 비탈 과수원 집 너머에 있는 늪에서는 개구리들이 울어댔다. 앤은 은빛 찬란하고 평화로운 그날 저녁의 아름다움과 향기를 오래도록 기억할 것이다. 앤의 인생에 슬픔이 들이닥치기 하루 전이기도 했다. 차갑고 신성한 슬픔의 손길이 스쳐간 이후, 앤의 삶은 더는 이전과 같지 않았다.

제37장
죽음의 사신

"매슈 오라버니…… 오라버니…… 괜찮아요? 어디 아픈 거예요?"

당황한 마릴라는 말을 제대로 잇지 못했다. 앤이 하얀 수선화를 한아름 안고 복도로 들어오던 무렵 매슈는 구겨진 서류를 손에 움켜쥔 채 현관 문턱에 서 있었다. 매슈의 낯빛이 어두웠고 묘하게 일그러져 있었다. 앤은 꽃을 내던지고 부엌을 지나 매슈에게 달려갔고 마릴라도 곧장 달려왔다. 하지만 두 사람 모두 한발 늦었다. 매슈에게 다가가기도 전에 그는 문 앞에서 쓰러져버렸다. 그날 이후로 앤은 오랫동안 하얀 수선화의 향과 멋을 즐길 수 없었다.

마릴라가 숨을 헐떡였다.

"쓰러졌어! 앤, 가서 마틴을 불러와, 당장! 지금 마구간에 있어."

우체국에서 막 돌아온 일꾼 마틴은 서둘러 의사를 부르러 갔다. 그리고 가는 길에 비탈 과수원 집에 들러 배리 씨 부부에게 이 소식을 알렸다. 그곳에 잠깐 들른 린드 부인도 달려왔다. 앤과 마릴라는 정신을 잃은 매슈를 깨어나게 하려고 안간힘을 쓰고 있었다.

린드 부인은 앤과 마릴라를 침착하게 밀어두고는 그의 맥박을 짚었다. 그러고는 귀를 그의 심장에 갖다대었다. 린드 부인은 슬픔과 근심에 찬 얼굴로 눈물을 글썽이는 두 여인을 측은하게 바라보았다.

"마릴라, 아무래도 더는 할 수 있는 게 없을 것 같아요."

"린드 아주머니, 지금 설마…… 설마……."

앤은 그 끔찍한 단어를 입 밖으로 낼 수가 없었다. 앤의 낯빛이 파리해졌다.

"얘야, 아무래도 그런 것 같구나. 매슈의 얼굴을 보렴. 나는 이런 안색을 많이 봐왔어. 이게 뭘 의미하는지 알아."

앤은 매슈의 고요한 얼굴을 바라보았다. 위대한 생명이 봉인되는 참이었다.

의사는 매슈의 죽음이 갑작스럽게 찾아온 것이라 아마 고통 없이 저 세상으로 갔을 것이라고 말했다. 갑작스러운 충격이 원인이었을 것이라고 진단했다. 충격의 비밀은 매슈가 손에 쥐고 있던 서류에 있었다. 그 서류는 마틴이 그날 오전 우체국에서 가져다준 것이었는데, 에비 은행의 파산에 관한 것이었다.

매슈의 사망 소식은 에이번리에 순식간에 퍼져 나갔다. 하루 종일 친구들과 이웃들이 초록 지붕 집에 들렀고, 고인과 유가족을 조문하려는 사람들이 다녀갔다. 내성적이고 조용하기만 했던 매슈 커스버트가 처음으로 사람들의 관심을 한 몸에 받게 된 것이었다. 창백한 죽음의 왕좌가 그에게 다가와 왕관을 씌운 듯했다.

고요한 밤이 초록 지붕 집에 찾아들었고, 이 오래된 집은 적막에 빠져들었다. 매슈의 시신은 관에 담겨 응접실의 한편을 차지했다. 긴 잿빛 머리카락이 그의 파리한 얼굴을 둘렀고, 마치 즐거운 꿈을 꾸는 듯 매슈는 살포시 미소를 짓고 있었다. 꽃들이 그를 둘러쌌는데, 그의 어머니가 신혼 시절 정원에 심어둔 오래된 꽃들은 매슈가 늘 말없이 몰래 사랑하던 것들이었다. 앤은 그 꽃들을 꺾어다 매슈의 품에 안겼다. 앤이 매슈를 위해 할 수 있는 마지막이었다. 앤의 새하얀 얼굴은 눈물이 말랐고 침울함이 가득했다.

배리 부부와 린드 부인이 그날 밤 초록 지붕 집에 함께 있어 주었다. 다이애나는 동쪽 다락방으로 올라와 창가에 앉아 있는 앤에게 살포시 말을 걸었다.

"앤, 오늘 밤에 나 여기서 잘까?"

앤은 친구의 얼굴을 애잔하게 바라보았다.

"고마워, 다이애나. 하지만 혼자 있고 싶어. 부디 오해하지는 말아줬으면 해. 난 괜찮아. 매슈 아저씨가 돌아가시고 난 뒤로 한 순간도 혼자 있지 못했어. 그래서 혼자 있고 싶어. 침묵 속에서 곰곰이 생각해보려고. 아직 실감이 안 나거든. 매슈 아저씨가 돌아가셨다는 게 믿기지 않다가도, 또 한편으로는 이미 오래전에 돌아가셔서 그후로 줄곧 내가 고통받아온 사람 같기도 해."

다이애나는 앤이 하는 말을 온전히 헤아릴 수 없었다. 지금껏 지녀온 습관과 타고난 근성을 송두리째 저버리고 목 놓아 탄식하는 마릴라의 모습이 앤의 메마른 고통보다 더 이해하기 쉬웠다. 그럼에도 다이애나는 앤이 슬픔의 첫날밤을 홀로 보낼 수 있도록 기꺼이 자리를 비워주었다.

앤은 홀로 있으면 눈물이 터질 줄 알았다. 앤이 너무도 사랑하고 그녀에게 그토록 다정하게 대해주었던 매슈인데, 그의 죽음 앞에서 눈물이 흐르지 않는다는 것은 끔찍한 일이었다. 매슈는 바로 전날 석양 아래로 그녀와 함께 걷지 않았던가. 그런데 지금은 아래층 어두운 방에서 오싹하리만큼 평온한 얼굴로 잠들어 있었다. 그럼에도 눈물이 나지 않았다. 어두운 창가에 기대어 언덕 너머로 밝게 빛나는 별을 바라보며 무릎을 꿇고 앉을 때에도 눈물샘은 말라 있었다. 그녀가 고통과 격정에 지쳐 잠들 때까지 끔찍한 고통이 이어질 뿐이었다.

한밤중에 잠이 깼다. 주변을 돌아보니 여전히 고요하고 어두웠다. 하루 동안의 기억이 슬픈 파도처럼 앤을 덮쳐왔다. 매슈가 그녀를 향해 웃고 있는 모습이 떠올랐다. 전날 밤 대문 앞에서 헤어지며 '나의 꼬마, 앤! 나는 네가 정말 자랑스럽구나'라고 말하던 그의 목소리가 귓가에서 맴돌았다. 그제야 눈물이 흐르더니 이내 주체할 수 없는 정도로 쏟아졌다. 앤의 울음소리를 들은 마릴라가 앤을 위로하러 방으로 들어왔다.

"저런, 저런. 울지 마라, 앤. 그렇다고 매슈 오라버니가 돌아오는 것도 아니잖니. 울어도 소용없어. 물론 그 사실을 알면서도 나도 별 수 없었지만 말이야. 나에게는 늘 자상하고 착한 오라버니였는데. 하지만 이것도 하늘의 뜻이겠지."

"그냥 울게 해주세요, 마릴라 아주머니. 통증을 느끼는 것보다는 우는 게 덜 아프니까요. 절 안아주시면 안 될까요? 이렇게요.

다이애나에게 같이 있어달라는 말을 못했어요. 그 애는 착하고 다정하고 좋은 아이죠. 하지만 이건 다이애나의 슬픔이 아니에요. 그 슬픔의 밖에 있다고요. 절대로 지금의 제 심정을 온전히 이해할 수 없어요. 이건 우리들의 슬픔이에요. 마릴라 아주머니와 저의 슬픔이죠. 아, 마릴라 아주머니. 매슈 아저씨가 안 계시는데 우리는 어쩌면 좋아요?"

"우리에겐 서로가 있잖니, 앤. 네가 없었으면, 네가 이곳에 오지 않았더라면 난 정말 어찌할 바를 알지 못했을 거야. 앤, 내가 그동안 네게 엄하고 매정했다는 거 안다. 그렇다고 해서 내가 매슈만큼 널 사랑하지 않았다고 생각하지는 말아다오. 말이 나온 김에 털어놓을게. 난 원래 속마음을 잘 드러내는 사람이 아니잖니. 하지만 이런 일이 닥치니 차라리 더 쉬워지는구나. 난 널 내 핏줄만큼이나 사랑한단다. 넌 초록 지붕 집의 기쁨이자 위안이었다."

이틀 뒤 매슈 커스버트는 농장 문을 지나 그가 일군 밭과 사랑했던 과수원, 직접 심은 나무들을 뒤로한 채 이 세상과 작별했다. 그리고 에이번리는 평안을 되찾았다. 초록 지붕 집도 과거의 일상과 일과를 되찾았지만 가족을 잃은 상실감은 여전했다. 매슈 없이도 세상은 잘만 돌아간다는 것이, 앤은 새삼 서글프게 느껴졌다. 앤은 전나무 숲 뒤로 태양이 떠오르고 정원에서 연분홍빛 꽃봉오리가 필 때면 기쁨으로 벅차올랐고, 다이애나와 즐거운 이야기를 나눌 때면 미소와 웃음이 절로 났다. 앤은 그런 감정을 느낀다는 것이 부끄럽고 죄스러웠다. 꽃들은 피어났고, 우정과 사랑도 전혀 시들 줄 몰랐으며, 앤의 상상력과 설레임도 여전했다. 삶이 끈질긴 모습으로 자신을 부르고 있다는 것이 앤을 애달프게 했다.

앤은 어느 날 저녁, 앨런 사모와 목사 사택을 산책하다가 진지한 목소리로 말했다.

"매슈 아저씨가 돌아가셨는데도 삶의 즐거움을 느낀다는 게 왠지 죄스러워요. 매슈 아저씨가 너무 보고 싶어요. 항상 그래요. 그런데 세상과 삶은 여전히 아름답고 흥미진진한 거 있죠. 오늘 다이애나가 재미있는 이야기를 들려줬는데 전 그만 웃음보가 터져버리고 말았어요. 전 다시는 웃을 일이 없을 줄 알았거든요. 웃으면 안 될 것 같기도 했고요."

앨런 사모가 다정하게 말했다.

"매슈가 살아 계셨을 때 네 웃음소리를 얼마나 좋아하셨는데. 그분은 네가 주변에서 기쁨을 찾는 모습을 좋아하셨어. 지금 매슈는 우리 곁에 없지만, 분명 네가 앞으로도 그런 모습으로 지내길 원하실 거야. 치유하는 자연의 능력을 인간이 거부해서는 안 돼. 하지만 네 기분도 충분히 이해해. 우리 모두 같은 경험이 있는 것 같구나. 사랑하는 사람이 떠나서 기쁨을 더 이상 함께 나눌 수 없는 때에도 우리는 일상으로 돌아와 다시 세상에 관심을 기울이면 왠지 배신을 하는 것 같고 말이지. 그래서 다시 기쁨을 느낀다는 사실에 화가 나기도 해."

앤이 꿈꾸는 듯 말했다.

"전 오후에 매슈 아저씨의 무덤가에 장미를 심었어요. 작은 하얀색 스코틀랜드 장미 묘목을요. 매슈 아저씨의 어머님이 아주 오래전에 스코틀랜드에서 가져온 것인데, 매슈 아저씨가 그 장

미를 제일 좋아하셨어요. 가시 돋친 줄기에 앙증맞고 달콤한 꽃
이 피죠. 매슈 아저씨의 무덤가에 그 꽃을 심을 수 있어서 너무 좋
았어요. 그분 가까이에 심어놓으니까 왠지 매슈 아저씨를 기쁘게
해드린 것 같았거든요. 매슈 아저씨가 천국에서도 그 꽃들을 좋
아해주셨으면 좋겠어요. 지난여름 내내 매슈 아저씨의 사랑을 받
고 자란 작은 하얀 장미들의 영혼이 아저씨를 만나고 왔는지도
모르죠. 전 이제 집에 가야 해요. 마릴라 아주머니께서 홀로 계시
거든요. 날이 어두워지면 더 적적해하세요."

"네가 학교로 떠나버리면 마릴라가 더 쓸쓸해할 텐데, 걱정이
구나."

앨런 사모가 말했다.

앤은 대답을 하지 못했다. 작별 인사를 하고 천천히 초록 지붕
집으로 돌아왔다. 마릴라는 현관 계단에 앉아 있었다. 앤이 마릴
라의 옆에 가서 앉았다. 두 사람 뒤로 문이 열려 있고, 문이 닫히지
않도록 끼워놓은 커다란 분홍빛 조가비의 매끄러운 껍데기 안쪽
의 나선형 무늬가 바다의 일몰을 떠오르게 했다.

앤은 연노랑빛 인동덩굴 줄기를 그러모아 머리에 꽂았다. 앤은
머리 위에서 달콤한 향기가 퍼지는 것을 좋아했다. 움직일 때마
다 마치 하늘의 은총을 받는 듯한 기분이 들었다.

"네가 외출한 동안 스펜서 선생님이 잠깐 들르셨다. 안과 의사
가 내일 샬롯타운에 오니까 꼭 가서 검진을 받으라고 하더라고.
아무래도 가서 진찰을 받아야 할 것 같구나. 이번에는 내 시력에
꼭 맞는 안경을 맞췄으면 좋겠는데. 내가 집을 비우는 동안 혼자

있어도 괜찮겠니? 마틴이 시내까지 데려다주기로 했다. 다림질
할 것도 있고 빵도 구워야 하는데."

"전 괜찮아요. 다이애나가 와서 같이 있어줄 거예요. 그리고 제
가 다림질도 하고 빵도 잘 구워놓을게요. 손수건에 풀을 먹이는
일도 없을 것이고, 케이크에 진통제를 넣지도 않을 테니 염려 마
시고요."

그러자 마릴라가 웃었다.

"네가 정말 실수투성이긴 했지. 넌 항상 말썽이었으니까. 어디
에 홀린 애가 아닌가 생각한 적도 있다니까. 머리 염색했던 것 기
억나니?"

앤이 양 갈래로 땋아내린 머리를 만지며 웃었다.

"그럼요, 그걸 어떻게 잊겠어요. 머리 때문에 속상해하던 옛날
을 생각하면 가끔 웃음이 나와요. 그 당시에는 심각한 고민거리여
서 웃을 수 없었지만 말이죠. 머리카락과 주근깨 때문에 얼마나 속
상했던지. 이제 주근깨들은 다 사라졌어요. 그리고 사람들은 이제
제 머리가 적갈색이라고 하죠. 조시 파이만 빼고요. 그 애는 어제
도 글쎄, 제 머리카락이 갈수록 빨개진다고 하더라고요. 검은 상복
을 입으니까 더 빨갛게 보인다나. 마릴라 아주머니, 조시 파이랑
친해질 생각은 이제 접었어요. 한때는 그 애를 좋아해보려고 무진
장 노력한 적도 있는데, 그 애는 정말 제 타입이 아니에요."

마릴라가 냉정하게 말했다.

"조시가 파이 집안 사람이잖니. 그러니 그럴 수밖에. 그런 사람
들도 세상에 유익한 일을 하기는 하겠다만 내 눈에는 엉겅퀴보다

도 못한 사람들 같아. 조시도 선생이 될 거라고 하니?"

"아뇨. 조시는 다음 학기에 퀸스로 돌아간대요. 무디 스퍼전과 찰리 슬론도요. 제인이랑 루비는 교사가 될 거고, 둘 다 갈 학교가 정해졌어요. 제인은 뉴브리지로 가고, 루비는 서쪽 지방 어딘가 랬어요."

"길버트 블라이스도 교사가 된다지?"

"네."

짤막한 답변이었다.

마릴라가 무관심한 듯 말했다.

"그 애는 참 잘생겼더구나. 지난주 주일에 그 애를 교회에서 봤다. 키도 크고 남자답던걸. 그 애 아버지의 젊을 때와 어쩜 그렇게 닮았던지. 존 블라이스는 어릴 때 참 착했어. 존과 난 꽤 친했단다. 사람들은 존이 내 남자 친구라고들 했거든."

앤은 솔깃해져서 마릴라를 올려다보았다.

"아, 마릴라 아주머니, 그럼 무슨 일이 있었던 거예요? 두 분은 왜……."

"싸웠어. 존이 사과를 했는데 내가 안 받아줬지. 내가 화가 나서 그 애를 좀 약올려주고 싶었거든. 그런데 존은 다시는 돌아오지 않더라고. 블라이스 집안 사람들은 자존심이 강해. 그런데 아쉽더라고. 항상 기회가 왔을 때 용서를 해줬으면 좋았을 텐데, 하고 생각하곤 했지."

"아주머니도 인생에 낭만적이었던 시기가 있었던 거네요."

앤이 부드럽게 말했다.

"응, 그렇게도 볼 수 있겠구나. 날 보면 그런 생각이 별로 안 들지? 하지만 사람은 겉으로 봐서는 알 수가 없단다. 사람들은 나와 존에 대해서 잊었지. 나도 잊었으니까. 그런데 지난주에 길버트를 보니까 옛 기억이 새록새록 떠오르더구나."

제38장
길모퉁이

이튿날 마릴라는 시내로 갔다가 저녁이 되어서 돌아왔다. 앤이 비탈 과수원 집에 다이애나를 데려다주고 집에 돌아오자 마릴라가 부엌에서 손으로 이마를 짚고 식탁 의자에 앉아 있었다. 낙심한 듯한 태도에 앤은 심장이 철렁 내려앉는 기분이었다. 앤은 마릴라가 이토록 기운 없어 하는 모습을 본 적이 없었다.

"많이 피곤하세요, 마릴라 아주머니?"

마릴라가 힘없이 앤을 올려다보며 말했다.

"응, 아니, 잘 모르겠구나. 그러고 보니 피곤한 것 같기도 하고. 그런데 그게 중요한 게 아니다."

앤은 걱정스럽게 물었다.

"안과 의사는 만나보셨어요? 뭐라고 하던가요?"

"응, 만나봤다. 진찰을 하더니 앞으로는 책도 읽지 말고, 바느질도 절대 하지 말라고 하더구나. 뭐든 일을 하면 눈에 안 좋을 거래. 울지 않도록 조심하라고 하더구나. 안경을 주었는데 이걸 쓰

면 눈이 더 나빠지지는 않을 거고 두통도 없어질 거래. 하지만 그
렇지 않으면 6개월 내로 실명할 수 있다고 하더구나. 눈이 먼다
니……. 앤, 상상이 되니?"

깜짝 놀라 비명을 지른 앤은 이내 할 말을 잃고 말았다. 아무 말
도 할 수가 없었다. 그러나 이내 용기를 내어 입을 열었다. 목소리
가 갈라졌다.

"마릴라 아주머니, 그렇게 생각하지 마세요. 의사 선생님이 희
망적인 말씀을 하신 거잖아요. 안경을 잘 쓰면 시력도 더 나빠지지
않을 거고, 두통도 낫게 될 거라고 하셨으니까 그건 좋은 일이죠."

마릴라는 씁쓸한 듯 말했다.

"그다지 희망적으로 들리지는 않는구나. 책과 바느질 없는 내
삶이라니! 그럼 난 도대체 뭘 하며 살아야 하는 거지? 차라리 눈
이 멀어버리거나 죽어버리는 게 낫겠다. 그리고 우는 건 말이야,
외로우면 저절로 눈물이 흐른다고. 하지만 말해봐야 무슨 소용이
겠니. 차 한 잔 가져다줄래? 난 오늘 완전히 맥이 빠져버렸어. 이
일에 대해서는 아무에게도 말하지 말도록 해. 사람들이 찾아와
꼬치꼬치 캐묻고 동정하며 수군거리는 건 못 참아."

앤은 마릴라가 저녁 식사를 마치자, 빨리 잠자리에 드는 것이 좋
겠다고 다독였다. 그런 다음 저 자신도 동쪽 다락방으로 가서 어둑
한 창문 곁에 앉아 외로이 눈물을 떨어뜨렸다. 에이번리에 돌아와
창가에 앉았던 그날부터 왜 자꾸 슬픈 일들이 생기는 건지. 그때만
해도 앤에게는 희망과 기쁨이 가득했고, 미래는 장밋빛 약속들로
충만했는데. 그때 이후로 족히 몇 년은 흐른 것만 같았다. 그럼에

도 잠들기 전 앤의 입가엔 미소가 번졌고 마음은 차분해졌다. 앤은 자신에게 주어진 임무와 대담하게 맞서고 그것을 진솔하게 받아들일 때, 임무와도 벗이 될 수 있다는 사실을 깨달았다.

며칠이 지난 어느 날 오후 마릴라는 앞뜰에서 누군가와 이야기를 나누고는 집으로 들어왔다. 그 사람은 카모디에서 온 존 새들러였다. 앤은 그 사람이 마릴라에게 무슨 이야기를 했길래 아주머니의 표정이 저럴까 의아했다.

"새들러 씨는 왜 오신 거예요, 마릴라 아주머니?"

마릴라는 창가에 앉아 앤을 지그시 바라보았다. 안과 의사의 조언에도 불구하고 마릴라의 눈에는 눈물이 고여 있었다. 목소리는 갈라졌다.

"내가 초록 지붕 집을 판다는 소식을 들었나봐. 그래서 사고 싶다고 하셨어."

"판다니요? 초록 지붕 집을 판다니요?"

앤은 자신의 귀를 의심했다

"마릴라 아주머니, 설마 진심은 아니시죠?"

"앤, 다른 방법이 없잖니. 나도 고민을 많이 해봤다. 내 눈만 건강했다면 나도 이곳에 살면서 일꾼을 들여 살림도 하고 밭일도 하겠지. 하지만 이제는 그럴 수 없잖니. 나는 시력을 잃고 있어. 눈이 완전히 멀지도 모를 일이고. 내가 감당하기에는 너무 버거워. 나도 이 집을 팔게 될 날이 올 거라고는 생각 못했다. 하지만 상황이 점점 더 악화되면 그때는 이 집을 사려고 드는 사람이 아무도 없을지도 몰라. 그동안 모은 돈은 전부 은행에 예치해두었고. 게

다가 지난가을에 매슈 오라버니가 어음을 좀 쓴 것도 있어. 린드 부인은 농장을 팔고 셋집을 얻으라고 하더구나. 집을 판들 큰돈이 되지는 않을 거야. 집이 작고 낡았잖니. 그래도 나 혼자 지내는 데는 그럭저럭 되지 않을까 싶어. 네가 장학금을 받아서 얼마나 고마운지 모른단다. 다만 네가 방학이 되어도 올 집이 없다는 게 너무 미안하구나. 그래도 넌 잘 견뎌낼 거지?"

마릴라는 울음을 터트리고 말했다.

"초록 지붕 집은 파시면 안 돼요!"

앤이 단호하게 말했다.

"앤, 나도 그러고 싶구나. 하지만 네 눈으로 직접 보렴. 난 여기에 홀로 지낼 수 없어. 외로움에 미쳐버릴지도 몰라. 그리고 내 시력도 문제이고."

"여기에 혼자 머무는 일은 없을 거예요! 마릴라 아주머니, 제가 곁에 있을게요. 저는 레드먼드로 가지 않겠어요."

"레드먼드에 안 가겠다니? 그게 무슨 말이니?"

마릴라는 자신의 야윈 얼굴에서 손을 떼며 앤을 바라보았다.

"제가 말씀드린 그대로예요. 장학금을 받지 않겠어요. 아주머니가 시내에 다녀오신 날 밤에 그렇게 마음먹었어요. 제가 편찮으신 마릴라 아주머니를 홀로 놔두고 어떻게 떠나요? 지금껏 제게 그렇게 잘해주셨는데. 저도 생각 많이 했고 계획도 짜봤어요. 제 계획은 그래요, 배리 아저씨가 내년에 우리 농장을 빌렸으면 하세요. 그러니 농장은 신경 쓰지 마세요. 그리고 전 교사가 될 거예요. 이곳 학교에도 지원서를 넣었어요. 이사회에서 길버트 블라이스를 채용하기로 약속했다고 해서 큰 기대는 하지 않지만요. 그래도 카모디 학교는 갈 수 있을 거예요. 어젯밤에 상점에 들렀더니 블레어 아저씨가 그러시더라고요. 물론 에이번리 학교만큼 편하지는 않겠지만, 날씨가 좋을 때는 이곳에 살면서 마차를 타고 카모디로 출퇴근하면 되니까 괜찮을 것 같아요. 겨울이라고 해도 금요일에는 집에 올 수 있고요. 그러니 말은 파시면 안 돼요! 전 이미 계획을 다 세웠다고요, 마릴라 아주머니. 그리고 책은 제가 읽어드릴게요. 그럼 기분이 좋아지실 거예요. 홀로 외롭게 지내실 일은 없을 거라는 거죠. 저희 둘이 정말 따뜻하고 행복하게 여기에서 살아요. 아주머니랑 저랑요."

마릴라는 꿈꾸는 여인처럼 앤의 이야기를 들었다.

"앤, 네가 여기 있어준다면 나는 좋지. 나도 알아. 하지만 나 때문에 너를 희생시킬 수는 없어. 그건 끔찍해."

앤이 웃으며 말했다.

"말도 안 되는 소리예요! 희생이라뇨! 초록 지붕 집을 파는 것보다 더 끔찍한 일이 또 있을까요? 그게 제일 마음 아픈 일인걸요. 이 소중한 집을 지켜야 해요. 저는 마음을 다잡았어요. 저는 레드먼드로 가지 않아요. 저는 여기에 머물면서 교사 일을 할 거예요. 제 걱정은 하지 마세요."

"하지만 네 꿈은 어쩌고……. 그리고……."

"전 예나 지금이나 야심차요. 다만 목표가 조금 변경되었을 뿐이에요. 저는 훌륭한 교사가 될 거예요. 그리고 아주머니의 눈도 지켜드릴 거고요. 집에서 저 혼자 대학 과정을 공부해볼까 해요.

정말 계획이 많죠, 마릴라 아주머니? 지난 일주일 동안 고민한 거라고요. 전 이곳에서의 생활에 최선을 다할 거예요. 그러다 보면 결실이 있을 거라고 믿어요. 퀸스를 졸업했을 땐 제 미래가 곧게 뻗은 대로 같았어요. 그 길을 가다보면 이정표를 보게 될 거라 생각했죠. 지금은 길모퉁이에 서 있어요. 이 모퉁이를 돌면 무엇이 기다리고 있는지는 저도 몰라요. 하지만 멋진 것이 기다리고 있을 거라고 믿기로 했어요. 길모퉁이 그 자체만으로도 멋지잖아요. 길 너머의 풍경이 어떨까 궁금하기도 해요. 초록빛의 영광이 있을지, 부드럽고 화사한 빛과 어둠이 있을지. 새로운 풍경, 새로운 아름다움 같은 것 말이에요. 저 멀리에선 어떤 언덕과 골짜기가 굽어 있는지도 궁금하고요.”

“그래도 네가 포기하는 건 안 된다고 생각한다.”

마릴라는 장학금을 두고 한 말이었다.

“하지만 저를 말리실 수 없어요. 저는 열여섯 살 반이고, 고집불통이잖아요. 린드 아주머니가 그러셨듯이 말이에요.”

앤이 웃었다.

“마릴라 아주머니, 저를 가엾게 여기지 마세요. 전 동정받는 거 싫어요. 그럴 필요도 없고요. 저는 초록 지붕 집에 머물 수 있다는 생각만으로도 너무 기쁜걸요. 그 누구도 아주머니와 저만큼 초록 지붕 집을 사랑할 수는 없어요. 그러니 우리가 반드시 지켜내야 하는 거라고요.”

“이 복덩이 같으니! 너로 인해 새 생명을 얻은 기분이구나. 내가 널 대학에 꼭 보내야 하는 건데. 하지만 나도 알아. 나로서는 널

말릴 수 없다는걸. 그러니 더는 말하지 않으마. 그리고 이 은혜는 꼭 갚을게, 앤."

앤 셜리가 대학을 포기하고 초록 지붕 집에 남아 교사가 되기로 했다는 소문이 에이번리에 퍼졌고, 이에 대해 수군대는 말들도 많아졌다. 마릴라의 시력에 대해서 아는 바가 없는 이웃들은 마릴라가 어리석다고 뒷말을 해댔다. 앨런 사모의 생각은 달랐다. 잘 선택했다는 격려에 앤은 기뻐서 눈물을 터트리고 말았다. 마음씨 고운 린드 부인도 마찬가지였다. 어느 날 밤, 린드 부인이 초록 지붕 집에 들렀던 날 앤과 마릴라는 따뜻하고 향기로운 여름 노을을 즐기며 현관 앞에 앉아 있었다. 두 사람은 노을 지는 무렵에 그곳에 나와 앉아 있기를 좋아했다. 흰 나방들이 정원을 날아다녔고 민트 향이 주변을 가득 메웠다.

린드 부인은 문 옆에 놓인 돌 의자에 자신의 살집 있는 몸을 내려놓았다. 피로와 안도감이 뒤섞인 표정이었다. 의자 뒤로는 분홍색과 노란색의 큰 접시꽃들이 길쭉길쭉 피어 있었다.

"앉으니까 좋네요. 오늘 온종일 걸어 다녔거든요. 200파운드 몸뚱이를 두 발로 지탱하고 다니는 게 어찌나 고되던지. 뚱뚱하지 않은 것도 복이라고요, 마릴라. 감사하면서 살아요. 앤, 네가 대학을 포기했다는 소식 들었다. 잘했구나. 여자가 그 정도 공부했으면 된 거야. 여자가 남자들처럼 대학에 가고 그러는 건 별로라고 생각해. 머릿속에 라틴어와 그리스어 같은 온갖 잡동사니들을 쑤셔 넣기나 하고 말이야."

"하지만 저는 라틴어와 그리스어를 똑같이 공부할 건데요, 린드 아주머니. 초록 지붕 집에서 학사 과정 공부를 하려고요. 대학에서 배울 수 있는 건 전부 독학으로 해볼까 해요."

앤은 웃으며 말했다.

린드 부인은 깜짝 놀라며 두 손을 치켜들었다.

"앤 셜리! 너 죽을 작정이니?"

"아뇨, 전혀요. 하지만 전 해볼 거예요. 물론 무리하지는 않을 거고요. '적당히 하라'는 말도 있잖아요. 하지만 겨울밤은 기니까 시간이 많을 거예요. 전 아기자기한 걸 만드는 데 별 소질도 없고요. 카모디에 가서 교사생활을 할 거예요."

"글쎄다. 난 네가 에이번리에서 교사생활을 하게 될 것 같은데. 이사회에서 널 채용하기로 결정했거든."

앤은 깜짝 놀라서 자리에서 벌떡 일어났다.

"린드 아주머니! 그게 무슨 말씀이세요? 길버트 블라이스를 채용한 것 아니었어요?"

"그랬지. 그런데 길버트가 네가 지원했다는 소식을 듣고는 이사회를 찾아갔나 보더라고. 어젯밤에 학교에서 회의를 한 것 같아. 글쎄 길버트가 자신이 지원을 취소할 테니 널 대신 뽑아달라고 했대. 길버트는 화이트샌즈에서 교사생활을 할 거래. 널 위해 양보한 거지. 네가 마릴라와 같이 살고 싶어하는 걸 아니까. 어쩜 그렇게 착하고 사려 깊은지. 진정한 희생이었다고. 화이트샌즈에 가면 하숙비도 들 텐데. 그 앤 대학 갈 학비도 저 혼자 벌어야 하잖니. 어쨌든 이사회에서는 너를 채용했다고 하더구나. 토머스가 와서 얘기해주는데 너한테 전해주려고 입이 어찌나 근질거리던지."

"아, 그건 도리가 아닌 것 같아요. 저 때문에 길버트가 그런 희생을 하는 건 옳지 않아요."

"이제 와서 말려도 소용없을걸. 이미 화이트샌즈 학교 이사회에 서명을 한 것 같던데. 네가 거절한다고 해도 그 애한테 도움될게 하나도 없어. 그러니 네가 에이번리 학교를 맡으렴. 넌 잘할 거야. 이젠 파이 집안 애들도 없잖니. 조시가 파이 집안의 막내였잖아. 천만다행이지 뭐니. 파이 집안 애들이 지난 20년 동안 에이번리 학교에 다녔잖아. 무슨 선생을 골려먹으려고 태어난 애들 같았지. 어머! 저기 배리 씨네 다락방에서 불빛이 반짝이잖아!"

앤이 웃었다.

"다이애나가 저에게 오라는 신호를 보내는 거예요. 어릴 때부터 해오던 거죠. 잠깐 가서 무슨 일인지 보고 올게요."

앤은 비탈길을 사슴처럼 뛰어 내려가 유령의 숲속 전나무 그늘속으로 사라졌다. 린드 부인은 자상한 눈길로 앤의 뒷모습을 바라보았다.

"아직도 애 같은 구석이 남아 있네요."

"숙녀 같은 면이 더 많은걸요."

마릴라는 이전의 깐깐한 여성으로 돌아간 듯 빈정대며 말했다.

하지만 마릴라는 더 이상 깐깐한 사람이 아니었다. 그날 밤 린드 부인은 토머스에게 말했다.

"마릴라 커스버트가 엄청 유해졌지 뭐예요."

다음날 저녁 앤은 매슈의 무덤가를 찾아가 생화 몇 송이를 꺾어 얹어놓고 스코틀랜드 장미에 물을 주었다. 그곳의 평온하고도 차분함이 마음에 들어 앤은 날이 저물 때까지 그 자리에 머물렀다. 포플러 잎사귀들이 낮고 다정한 목소리로 속삭이듯 바스락거렸다. 무덤가에 자라난 잡초들에게 말을 거는 것만 같았다. 앤이 자리에서 일어나 빛나는 호수를 따라 긴 언덕을 내려가던 무렵에는 이미 해가 졌고, 에이번리의 풍경은 어둠에 잠겨 있었다. 먼 옛날의 평화가 머무는 곳 같았다. 공기는 신선했고 바람은 상쾌했으며 토끼풀 들판을 따라 살랑대고 있었다. 나무 틈새로 집 안에서 새어 나온 불빛들이 이곳저곳을 밝게 비추었다. 멀리 쉼 없이 찰랑거리는 파도와 안개 자욱한 자줏빛 바다가 놓여 있었다. 서쪽 하늘은 부드럽게 어우러진 색깔들로 찬란하게 빛났고, 연못은 이 모든 빛깔을 더욱 부드럽게 비춰주었다. 이 아름다움에 앤은 감격하여 영혼의 문을 활짝 열어젖혔다.

"사랑하는 나의 오랜 세상아! 넌 정말 사랑스러워. 내가 네 안에 살고 있다는 게 기뻐."

언덕을 절반쯤 내려왔을 때였다. 키 큰 청년 하나가 휘파람을 불며 블라이스 댁 농장 대문으로 나왔다. 길버트였다. 앤을 알아보자 그는 휘파람을 멈췄다. 그는 예의 바르게 모자를 벗었지만 앤이 멈춰 서서 손을 내밀지 않았다면 그냥 지나쳐 갔을 것이다.

앤은 얼굴을 붉혔다.

"길버트, 나 때문에 학교 포기해준 것 고마워. 넌 정말 좋은 애야. 내가 정말로 고마워하고 있다는 걸 알아줬으면 좋겠어."

길버트는 앤이 내민 손을 기쁘게 잡았다.

"별로 큰일도 아니었는걸, 앤. 네게 작게나마 도움이 되었다니 기뻐. 우리 그럼 이제 친구할 수 있는 거니? 옛날에 내가 저지른 실수는 완전히 용서한 거야?"

앤은 웃으며 잡은 손을 빼려고 했지만 소용이 없었다.

"연못가에서 이미 용서했는걸. 그땐 나도 몰랐어. 내가 워낙 고집불통이잖니. 솔직히 고백하자면 그날 이후로 계속 후회하고 있었어."

길버트가 기쁘게 말했다.

"그럼 우리 이제부터 좋은 친구가 되는 거다! 처음부터 우린 좋은 친구가 될 운명이었다고. 네가 그동안 그걸 거부한 것뿐이지. 우린 여러모로 서로에게 많은 도움이 될 거야. 공부는 계속할 거지? 나도 마찬가지야. 가자, 집에까지 데려다줄게."

마릴라는 앤이 부엌으로 들어오자마자 호기심 어린 눈으로 앤을 쳐다보았다.

"오솔길로 같이 걸어온 애가 누구니, 앤?"

"길버트 블라이스예요. 배리 씨네 언덕에서 만났어요."

앤은 얼굴이 붉어졌다는 걸 깨닫고는 당황해했다.

"네가 길버트랑 그렇게 친한 줄은 몰랐는걸. 문 앞에서 30분 동안이나 서서 이야기를 할 정도로라니."

마릴라가 놀리듯 미소를 지었다.

"우린 좋은 경쟁자였어요. 하지만 앞으로는 더욱 좋은 친구로 지내는 게 낫겠다는 생각을 했죠. 그런데 정말 30분이나 거기에 있었어요? 고작 몇 분 지난 줄 알았는데. 하긴, 지난 5년 동안 대화를 못 나눴으니 할 말이 많을 수밖에요, 마릴라 아주머니."

그날 밤 앤은 기쁘고 만족스러운 마음으로 다락방 창가에 한참을 앉아 있었다. 산들바람이 벚나무 가지를 부대꼈고 민트 향이 그녀의 코를 찔렀다. 골짜기의 뾰족한 전나무 위에서는 별들이 반짝거렸고, 다이애나 집에서 새어 나오는 불빛도 나무들 사이에서 언뜻언뜻 비쳤다.

퀸스에서 돌아와 창가에 앉았던 그날 밤 이후로 앤의 미래는 좁혀졌다. 하지만 그녀의 발 앞에 놓인 길이 좁다한들, 앤은 그 길에 소소한 행복의 꽃들이 피어 있다는 걸 알고 있던 터였다. 전심을 다하여 일하고, 가치 있는 꿈을 품고, 좋은 친구가 옆에 있어줄 것이 아닌가. 상상력과 꿈으로 가득 찬 앤의 세계를 그 무엇도 앗아갈 수 없었다. 그리고 어느 길에나 모퉁이가 있었다!

앤은 부드럽게 속삭였다.

"하나님은 하늘에 계시고, 세상은 평안하네."*

---

* 영국 시인 로버트 브라우닝(Robert Browning)의 시 「피파가 지나간다」 중 한 구절.

영원히 기억될 사랑스러운 주인공,
앤을 다시 만나다

1908년에 첫 출판된『빨간 머리 앤(Anne of Green Gables)』이 요즘 시대를 살고 있는 독자들에게 이질적으로 느껴지지 않은 것은 '앤'이라는 풋풋한 소녀의 일상이 오늘날 청소년의 삶과 크게 다르지 않기 때문일 것이다. 친구와의 우정과 반목, 학업에 대한 중압감과 진로에 대한 고민은 미숙한 존재가 성숙에 이르는 과정에서 그 누구나 한 번쯤은 겪게 되는 통과의례이다.

『빨간 머리 앤』은 한 고아 소녀가 캐나다의 작은 섬마을인 에이번리에 사는 독신 남매에게 우연히 입양되면서 겪게 되는 좌충우돌 삶의 이야기를 주축으로 한다. 엄격하고 고지식한 마릴라와 소심하지만 속정 깊은 매슈, 몽상가에 수다쟁이인 앤이 한 가족을 이루며 살아가는 이야기는 웃음과 감동을 자아낼 뿐 아니라, 우리 모두가 사랑받고 사랑하며 의지하면서 살아가야 하는 존재임을 일깨운다.

　작가 몽고메리는 주인공인 앤을 통해 어린아이의 눈으로 세상을 보고, 그들의 언어로 대화하며, 그들의 마음으로 고민하는데, 앤의 시선과 말투에는 유독 '상상력'이라는 단어가 자주 등장한다. 앤에게 상상력이란 한때는 힘들고 괴로운 현실을 잊기 위한 나름의 생존 전략이었고, 초록 지붕 집에 온 이후에는 감수성 풍부한 숙녀로 성장하게 한 영혼의 자양분이었다. 앤은 상상력을 통해 고아인 자신의 처지를 위로하고 현실을 살아갈 힘을 얻었으며, 안정된 가정을 갖게 된 이후에는 성숙한 인품과 지성, 자연만물을 세밀히 관찰하고 포용할 수 있는 안목을 갖게 되었기 때문이다.

　앤의 에이번리 생활에는 많은 인연과 사건들이 있었다. 자신을 사랑으로 보살펴준 매슈와 마릴라는 물론이거니와, 영혼의 단짝친구인 다이애나, 스승인 스테이시 선생과 멘토인 앨런 사모가 있었다. 앙숙이자 선의의 경쟁자인 길버트와 든든한 후원자인 조세핀 할머니, 입만 열면 얄미운 조시 파이도 있었다. 못생긴 고아소녀가 지성과 감성, 인품을 갖춘 인격체로 올곧게 성장하는 데에는 이처럼 많은 사람들의 도움이 필요했다.

　작품을 번역하면서 문득 앤에게 매슈와 마릴라, 에이번리 이웃들이 없었다면 그녀의 삶은 어떻게 달라졌을까 생각해보게 되었다. 고아원의 앞뜰에 심겨져 있던 앙상한 나무처럼, 풍성히 열매 맺을 수도 있었으나 미처 그러지 못한 생명체가 되지는 않았을까? 너무도 익숙해서 오늘의 나를 있게 해준 가족과 이웃, 친구에 대한 감사를 잊지는 않았는지 다시금 되돌아보게 된다.

몽고메리는 자신이 경험했던 어린 시절의 일화를『빨간 머리 앤』에 담았다고 한다. 하지만 앤은 과연 작가의 삶만이 투영된 인물일까? 앤의 이야기를 읽으면서 '나'의 어린 시절과 소소한 추억들이 떠오르진 않았는가? 오랜 세월을 거쳐 앤이 많은 이들의 공감과 응원을 이끌어낸 데는 독자가 자신도 모르는 사이에 앤에게 투영된 '나'를 발견하였기 때문인지도 모른다.

역경 가운데서도 희망을 품고 상상의 나래를 펼쳤던 긍정의 아이콘 앤과 그런 앤을 사랑으로 품으며 되레 사랑을 배운 마릴라와 매슈, 그리고 온정 넘치는 에이번리 이웃들이 살아가는 이야기를 통해 잠시 잊고 살았던 '나'와 주변을 되돌아보고, 사랑과 감사를 경험할 수 있기를 바란다.

1874 11월 30일 프린스에드워드 섬 클리프턴에서 태어나다.

1876 어머니 클라라 울너 맥닐이 사망하다.

1881 학교에 입학하다.

1890 아버지가 살고 있는 서스캐처원에서 고등학교에 다니다.
      샬롯타운에서 발행하는 『패트리어트』에 처음으로 자작
      시가 실리다.

1893 시 「오직 제비꽃만이」가 미국 잡지에 실리고 그 대가로
      잡지 구독권을 받다. 프린스 오브 웨일즈 컬리지에서 교
      사 자격증을 따기 위해 공부하다.

1894 프린스에드워드 섬 비더포드에서 교사 생활을 하다.

1895 필라델피아 『골든 데이즈』에 단편소설을 게재하고 최초
      로 5달러의 보수를 받다. 이후 2년간 교편을 잡다.

1898 외할아버지 알렉산더 맥닐이 사망하다. 캐번디시로 돌아

와 외할머니와 함께 지내다.

1900 아버지 휴 존 몽고메리가 사망하다.

1901 핼리팩스에서 석간지『데일리 에코』의 직원으로 일하다.

1902 캐번디시로 돌아오다.

1904 『초록 지붕 집의 앤(Anne of Green Gables)』 집필을 시작
      하다.

1905 10월『초록 지붕 집의 앤』을 탈고하다.

1906 다섯 곳의 출판사에『초록 지붕 집의 앤』을 투고하지만
      모두 거절당하다.

1908 보스턴 페이지 출판사에서『초록 지붕 집의 앤』을 출간하다.

1909 『초록 지붕 집의 앤』의 속편『에이번리의 앤(Anne of
      Avonlea)』을 출간하다.

1910 『과수원의 킬메니(Kilmeny of the Orchard)』를 출간하다.

1911 『이야기 소녀(The Story Girl)』를 출간하다. 7월 이완 맥
      도널드와 결혼하다. 영국제도로 두 달여간 신혼여행을
      떠나다.

1912 첫아들 체스터 캐머런을 출산하다.

1913 『이야기 소녀』의 속편『황금길(The Golden Road)』을 출
      간하다.

1914 둘째아들을 출산했으나 태어난 지 하루 만에 사망하다.

1915 『레드먼드의 앤(Anne of the Island)』을 출간하다. 셋째아
      들 스튜어트를 출산하다.

1917 『앤의 꿈의 집(Anne's House of Dreams)』을 출간하다.

1923　『에밀리(Emily)』 시리즈의 출간을 시작하다.

1926　『푸른 성(The Blue Castle)』을 출간하다.

1929　『금잔화의 마력(Magic for Marigold)』을 출간하다.

1931　『엉킨 거미줄(A Tangled Web)』을 출간하다.

1933　『실버 부시의 패트(Pat of Silver Bush)』를 출간하다.

1936　『바람 부는 포플러나무 집의 앤(Anne of Windy Poplars)』
　　　을 출간하다.

1937　캐번디시 마을 일부가 국립공원으로 지정되고, 초록 지
　　　붕 집이 소설 속 모습대로 재현되어 일반에 공개되다.

1939　『잉글사이드의 앤(Anne of Ingleside)』을 출간하다.

1942　4월 24일 세상을 떠나다.

옮긴이 **김지혜**

한국외국어대학교 통번역대학원 한영 통역을 전공하였으며, 어린 시절 영국과 대만 등에서 다년간 거주하였다. 현재 번역 에이전시 엔터스코리아에서 전문 번역가로 활동 중이다. 주요 역서로는 『더미를 위한 와인』『불쌍한 영혼들(출간 예정)』이 있다.

빨간 머리 앤

초판 1쇄 인쇄 2018년 9월 20일
초판 1쇄 발행 2018년 10월 1일

지은이　루시 모드 몽고메리
옮긴이　김지혜
발행인　조상현
마케팅　조정빈
편집인　정지현
디자인　Design IF
펴낸곳　더디퍼런스

등록번호 제2015-000237호
주소 서울시 마포구 마포대로 127, 304호
문의 02-712-7927
팩스 02-6974-1237
이메일 thedibooks@naver.com
홈페이지 www.thedifference.co.kr

ISBN 979-11-6125-130-1 04800
　　　979-11-6125-063-2 (세트)